MICHELLE RAVEN

Verhängnisvolle Jagd

Die Romane von Michelle Raven bei LYX:

Romantic Thrill:

Dyson-Dilogie:

1. Eine unheilvolle Begegnung
2. Verhängnisvolle Jagd

Hunter-Reihe:

1. Vertraute Gefahr
2. Riskante Nähe
3. Gefährliche Vergangenheit
4. Trügerisches Spiel
5. Späte Vergeltung *(erscheint Oktober 2013)*

TURT/LE-Reihe:

1. TURT/LE. Gefährlicher Einsatz
2. TURT/LE. Riskantes Manöver

Außerdem erhältlich:

Tödliche Verfolgung *(erscheint März 2014)*
Verhängnisvolle Sehnsucht *(erscheint November 2013)*

Romantic Fantasy:

Ghostwalker-Reihe:

1. Ghostwalker. Die Spur der Katze
2. Ghostwalker. Pfad der Träume
3. Ghostwalker. Auf lautlosen Schwingen
4. Ghostwalker. Fluch der Wahrheit
5. Ghostwalker. Ruf der Erinnerung
6. Ghostwalker. Tag der Rache

Weitere Romane der Autorin sind bei LYX in Vorbereitung.

Michelle Raven

Verhängnisvolle JAGD

Roman

LYX
EGMONT

Überarbeitete Neuausgabe September 2013 bei LYX
verlegt durch EGMONT Verlagsgesellschaften mbH,
Gertrudenstr. 30–36, 50667 Köln
Die Originalausgabe erschien 2005
unter dem Titel *Abgründe des Verlangens*
in der RM Buch und Medien Vertrieb GmbH.

1. Auflage
Redaktion: Jutta Schneider
Satz: Greiner & Reichel, Köln
Printed in Germany (671575)
ISBN 978-3-8025-8833-4

www.egmont-lyx.de

1

Mpila Camp im Hluhluwe-Umfolozi-Park Südafrika, Oktober

Heftig stieß Laurel mit dem Kopf von unten gegen das Dach des Mietwagens, in den sie sich gerade beugte, als sie vor Schreck hochzuckte. Fluchend rieb sie sich den schmerzenden Hinterkopf und richtete sich auf. Welcher Idiot meinte, hier hupen zu müssen? Sie schob die Sonnenbrille wieder auf der Nase zurecht und warf einen Blick auf den Übeltäter, der gerade mit seinem Jeep in die freie Parklücke neben ihr geschossen war. Ihre Augen weiteten sich, als sich ein großer, braun gebrannter Mann aus dem Wagen schwang und sie mit einem strahlenden Lächeln bedachte, das gerade, weiße Zähne enthüllte. Mit diesen makellosen Zahnreihen könnte er ohne Weiteres den Models in der Werbung Konkurrenz machen. Doch damit würde er bei ihr nicht landen können. Schließlich kam sie durch ihre Arbeit mit wesentlich attraktiveren Männern in Kontakt. Da musste er sich schon etwas anderes einfallen lassen, um bei ihr Eindruck zu schinden. Falls das überhaupt der Sinn seiner Aktion gewesen war.

Nachdem sie den ersten Schreck überwunden hatte, beschloss Laurel, den Mann zu ignorieren, und drehte sich wieder zu ihrem Wagen um. Sie war hier, um im Umfolozi-Park eine Wandersafari zu begleiten und einen Bericht darüber für *Men's Fitness World* zu schreiben. Nicht, um knackige Männer zu beäugen, die überdies noch aufdringlich waren! Für einen Moment schloss sie dennoch die Augen und rief sich noch einmal alle Details seines Körpers in Erinnerung. Zugegebenermaßen würde dieser Mann selbst bei den Fitnessmodels vom Aussehen her im oberen Drittel rangieren, allerdings war er auf eine unauffälligere, natürlichere Weise attraktiv. Seine Erscheinung war eine Wohltat für die Augen, nachdem Laurel jahrelang nur von Männern mit künstlich aufgepumpten Muskeln und leeren Hirnen umgeben gewesen war. Und sicherlich war dieses Exemplar auch begehrenswerter. Begehren …

Kopfschüttelnd beugte Laurel sich wieder in ihren Mietwagen. Sie nahm eine Wasserflasche heraus, lehnte sich an das heiße Metall des Autos und trank gierig ein paar große Schlucke. Seit einiger Zeit stand sie jetzt schon in der brütenden Hitze, und noch immer war niemand aufgetaucht. Als sie eine halbe Stunde zuvor im Büro des Mpila Camps nachgefragt hatte, war ihr gesagt worden, dass gleich jemand käme. Anscheinend galt hier eine andere Zeitrechnung als anderswo, aber vermutlich hätte sie das in der Wildnis erwarten sollen.

Vor ihrem geistigen Auge sah sie die Unterlagen und Broschüren, die ihr zugeschickt worden waren, als sie die Safari gebucht hatte: »Seien Sie pünktlich, sonst werden Sie zurückgelassen!« Ihre Mundwinkel bogen sich unwillkürlich nach oben. Immerhin konnte sie die Situation noch mit Humor betrachten, obwohl sie bereits frühmorgens in Durban aufgebrochen war und deshalb ihr Frühstück, und vor allem ihren Kaffee, verpasst hatte. Erstaunlich, dass sie überhaupt die Augen offen halten konnte. Normalerweise war sie vor acht Uhr und einer Infusion extrastarken Kaffees zu nichts zu gebrauchen. Erst recht nicht, da sie gestern Abend erst in Durban, über zweihundert Kilometer von hier entfernt, nach einem elendig langen Flug gelandet war.

Erneut wanderte ihr Blick über den Parkplatz, der ringsum von üppiger, grüner Natur umgeben war. Es standen noch ein paar Fahrzeuge herum, aber bisher hatte sie niemanden bemerkt, der so aussah, als würde er an einer Safari teilnehmen wollen. Sicher nicht die zwei korpulenten älteren Herrschaften mit ihrer ebenso dicken Tochter, auch nicht die Familie mit den kleinen Kindern oder die beiden Männer, die unter den Bäumen auf einer Bank saßen und ihr Frühstück einnahmen, während sie miteinander turtelten. Am liebsten hätte sie sich auch dort in den Schatten gesetzt und die etwas kühlere Luft genossen, aber sie wollte auf keinen Fall den Guide verpassen.

Die Hitze stieg in Wellen vom Asphalt auf. Sie konnte sie sogar durch die dicken Sohlen ihrer Wanderstiefel spüren, von wo aus sie die weiten Hosenbeine ihrer Trekkinghose emporkroch. Laurel wischte sich den Schweiß von der Stirn, trank noch einen Schluck Wasser und warf dann die Flasche zurück ins Auto. Als sie sich umdrehte, spürte sie den interessierten Blick des Mannes auf sich ruhen. Sie beschloss, ihn und das leichte Prickeln in ihrer Magengrube einfach zu ignorieren und lieber noch einmal im Büro nachzufragen, wann der Ranger für die Tour denn nun endlich auftauchen würde. Während sie auf die Rangerstation zuging, war sie sich ständig bewusst, dass der Fremde sie beobachtete.

Einerseits genoss sie die Aufmerksamkeit des gut aussehenden Mannes, andererseits wusste sie aber auch, dass so eine Situation leicht zu Komplikationen führen konnte. Sie war hier, um ihre Arbeit zu erledigen, nichts anderes. Zu oft schon hatte sie erfahren müssen, wie schnell das Interesse eines Mannes nach einer kurzen Affäre bereits abkühlte und wie schwierig es sein konnte, verschiedene Lebensentwürfe unter einen Hut zu bringen. Und auf eine kurze erotische Episode ohne Zukunft legte sie keinen Wert. Nein, es war besser, wenn sie sämtliche Annäherungsversuche ignorierte und sich ganz auf ihren Job konzentrierte.

Zufrieden mit dieser Entscheidung betrat Laurel das relativ kühle Innere des Gebäudes und schob sich die Sonnenbrille in die Haare. Geduldig wartete sie, bis der dickbäuchige Mann vor ihr die beste Route für eine Rundfahrt erfragt hatte – als wenn es in diesem Park so viele Möglichkeiten gäbe –, und bedachte die schwarze Rangerin dann mit einem freundlichen Lächeln.

»Hallo, haben Sie inzwischen schon etwas vom Ranger für die Safari gehört?«

»Ich habe mit ihm gesprochen, er fährt gerade hier herauf, müsste jeden Moment da sein.«

Laurel bedankte sich, zweifelte inzwischen aber, ob sie der Information wirklich trauen konnte. Als sie sich umdrehte, prallte sie mit einem Mann zusammen. Für eine Schrecksekunde verharrte sie in der Bewegung, ehe ihr Blick zögernd an einer muskulösen Brust in einem olivgrünen T-Shirt über den kräftigen Hals bis zum gebräunten Gesicht des Mannes hinaufglitt. Fast hätte sie geseufzt, als sie den knackigen Jeepfahrer erkannte. Warum musste sie ausgerechnet ihm in die Arme laufen? Wortwörtlich. Seine Hand umfasste ihren Arm – vermutlich fürchtete er, dass sie bei seinem Anblick ohnmächtig zu Boden sinken könnte. Augenblicklich befreite sie ihren Arm aus seinem Griff und schob die Sonnenbrille auf die Nase zurück. Nun nahm sie in dem dunklen Raum zwar alles nur noch schemenhaft wahr, aber das war immer noch besser, als seinem neugierigen Blick ausgeliefert zu sein. Laurel wollte an ihm vorbeigehen, doch seine langen Finger schlossen sich bereits wieder um ihr Handgelenk.

Ihre Augenbraue zuckte in die Höhe. »Würden Sie mich jetzt endlich loslassen?«

Ein Lächeln huschte über sein Gesicht und ließ erneut seine strahlend weißen Zähne aufblitzen. Während er sie losließ, glitten seine Fingerspitzen flüchtig über ihren Arm. »Tut mir leid.«

Ja, sicher. Laurel warf ihm einen ironischen Blick zu, der ihm vermutlich wegen ihrer Sonnenbrille entging, bevor sie sich an ihm vorbeischob. Wieso stand der Typ überhaupt auf einmal hinter ihr? Sie hatte überhaupt nicht bemerkt, dass er ihr gefolgt war. Eilig trat sie aus dem Gebäude und überquerte den kleinen Parkplatz. Sofort nahm die Hitze sie wieder gefangen und sie blickte sich ungeduldig um, aber noch immer konnte sie niemanden entdecken, der wie ein Ranger aussah.

»Sie machen also auch die Wandersafari mit.«

Erschrocken fuhr Laurel herum. Offensichtlich war der Mann ihr aus dem Büro gefolgt. Was hatte er gesagt: *Auch?* Dann nahm er wohl ebenfalls an der Safari teil und konnte ihr damit in den nächsten Tagen ständig auf die Pelle rücken. Wie konnte es auch anders sein? So schlecht wie alles lief, seit sie in Südafrika gelandet war, hätte sie es wissen müssen.

»Das war keine Fangfrage.« Er probierte sein allerbestes Lächeln. »Ich bin Rey Dyson. Und wie heißen Sie?«

Laurel blickte auf seine ausgestreckte Hand hinab. So schnell würde sie den Mann wohl nicht wieder loswerden. Während sie sich einerseits geschmeichelt fühlte, dass so ein attraktiver Typ ein zumindest oberflächliches Interesse an ihr hatte, war sie im Moment wirklich nicht auf Flirten aus. Andererseits konnte sie so vielleicht wenigstens die Zeit überbrücken, bis endlich der Ranger auftauchte. Innerlich seufzend ergriff sie die Hand und drückte kräftig zu. »Harrison. Laurel Harrison.«

Laurel – bei dem Namen musterte Rey sie eindringlich. Die Frisur, die Kleidung und auch ihr Auftreten waren streng geschäftsmäßig – während »Laurel« eher weich und verträumt klang. Die dunkle Sonnenbrille verbarg ihre Augen. Aber auch wenn sie ihm bisher eher abweisend begegnet war, faszinierte ihn irgendetwas an ihr. Er hatte sie unbemerkt beobachtet und dabei festgestellt, dass sie sich nicht so zugeknöpft verhielt, wenn sie sich allein wähnte. Ein paar Mal war sogar ein Lächeln erschienen, das ihn noch mehr gefesselt hatte.

Rey wusste, dass er nicht hätte hupen sollen, aber er hatte einfach nicht widerstehen können. Wie sie da auf dem Beifahrersitz gekniet hatte, ihr verlockend rundes Hinterteil in der beigefarbenen Trekkinghose in die Luft gereckt, war es einfach über ihn gekommen. Die ständigen Ermahnungen seiner Eltern kamen ihm in den Sinn: Er solle endlich erwachsen werden – womit sie unzweifelhaft recht hatten. Aber wäre das Leben nicht furchtbar langweilig, wenn er immer nur das täte, was von ihm erwartet wurde oder was sich gehörte? Er zog es nun mal vor, hin und wieder eine Dummheit zu begehen und dafür richtig zu leben, statt nur danebenzustehen und alles zu beobachten.

»Also, nehmen Sie auch an der Safari teil?«

»Ja.« Ihrem Gesicht war deutlich anzusehen, dass sie am liebsten nicht geantwortet hätte.

»Ich auch. Toll, dann bin ich wenigstens nicht der einzige Amerikaner hier. Wo kommen Sie her, irgendwo aus dem Süden, oder?«

»Ja.« Wieder antwortete sie ihm nur knapp und wollte ihn anscheinend abwimmeln.

»Ich komme aus Kanab, das liegt einige Kilometer nördlich vom Grand Canyon.«

Auch diesmal erfolgte keine Reaktion, im Gegenteil, sie hatte sich bereits wieder umgedreht und blickte über den Parkplatz. Deutlicher hätte sie ihm ihr Desinteresse nicht zeigen können, dachte Rey. Was sein Interesse eher noch steigerte. Wahrscheinlich lag es daran, dass er es einfach satthatte, sich immer nur mit sich selbst zu unterhalten. Wie in den vergangenen Wochen, als er alleine kreuz und quer durch Südafrika gefahren war. Oder davor die Wochen auf seinem Segelboot. Er brauchte einfach mal wieder ein gutes Gespräch und ein wenig Gesellschaft, und wer war da besser geeignet als eine hübsche junge Frau? Er musste sie nur noch zum Reden bringen.

»Ist noch kein Ranger aufgetaucht?«, fragte er.

»Nein. Schon seit über einer Stunde sagt man mir, dass der Guide bald kommt. Aber bisher habe ich noch niemanden gesehen.«

Anscheinend war das die richtige Frage gewesen, denn immerhin hatte sie mehr als ein Wort gesagt. War da etwas mehr Regung in ihrer Stimme gewesen als zuvor? Er tippte auf Ungeduld, ihr Körper vibrierte förmlich damit. Rey fragte sich, was eine Frau wie Laurel, die eindeutig nicht wie jemand aussah, der freiwillig eine Zeltsafari mitmachte, dazu brachte, es dennoch zu tun. Ihr Leben schien sich sonst überwiegend in der Stadt abzuspielen. Er verzichtete jedoch darauf, sie danach zu fragen, denn das wäre vermutlich ein zu persönliches Thema gewesen.

Deshalb entschied er sich für harmlosen Small Talk. »Wenn hier jemand *bald* sagt, dann müssen Sie das nicht wörtlich nehmen. Ich würde es eher mit *irgendwann* übersetzen.«

Laurels Mundwinkel wölbten sich nach oben. »Das ist mir auch schon aufgefallen.« Sie schaute sich erneut um und verzog das Gesicht, als offensichtlich immer noch kein Ranger aufgetaucht war. »Ich werde dann mal mein Gepäck checken, ob ich auch nichts vergessen habe. Damit ich bereit bin, falls heute doch noch jemand kommen sollte.«

»Nehmen Sie genug Wasser mit. Und eine Kleinigkeit zu essen, wir bekommen erst abends im Lager etwas.«

Laurel nickte und ging weiter zu ihrem Mietwagen. Sie war froh, einen Grund gefunden zu haben, Rey entkommen zu können. Sein eindringlicher Blick hatte wieder dieses Kribbeln in ihrer Magengrube ausgelöst. Es wäre nicht das erste Mal, dass sie ihre

Gefühle in Schwierigkeiten gebracht hätten. Sie musste sich immer vor Augen halten, dass sie hier war, um einen Job zu erledigen, und nicht, um sich mit gut aussehenden Männern zu unterhalten. Und dass er gut aussah, konnte sie wirklich nicht leugnen. Das markante Gesicht, die forschenden hellgrünen Augen …

Laurel schüttelte den Kopf. Sie sollte sich besser auf ihre Arbeit konzentrieren. Zum Beispiel könnte sie ihre Gedanken ordnen und zu Papier bringen, was sie von der Safari erwartete. Oder – das wäre wohl etwas produktiver – ihre Gedanken gleich in den Laptop eingeben. Zur Sicherheit hatte sie auch noch einen Ersatzakku mitgenommen, denn sie bezweifelte, dass es im Lager überhaupt Strom gab.

Gerade wollte sie sich wieder in den Wagen beugen, als sie das Knattern eines Motorrads hörte. Sie blickte erstaunt auf. Tatsächlich, ein Ranger fuhr auf einem Motorrad den Hügel herauf, beladen mit einigen Rucksäcken und Feldflaschen. Der junge Mann, ein Weißer, grinste sie an. Laurel verzog den Mund. Wenn das ihr Führer war, dann würde das Ganze sicher noch eine lustige Angelegenheit werden. Mit Schwung stieg er vom Motorrad und ließ die Gepäckstücke achtlos auf den Boden fallen. Bisher hatte Laurel außer Rey noch niemanden gesehen, der so aussah, als ob er an der Safari teilnehmen würde, doch jetzt versammelten sich plötzlich sechs weitere Personen in der Mitte des Parkplatzes. Der Ranger schaute in die Runde und nickte dann zufrieden.

»Hallo, willkommen im Umfolozi. Jeder von Ihnen kann sich einen Rucksack und eine Wasserflasche nehmen. Mit dem Rucksack müssen Sie auf dem Hinweg Ihre persönlichen Sachen transportieren, auf dem Rückweg wird das Gepäck von den Eseln mitgenommen. Füllen Sie die Wasserflasche am besten schon mal voll, damit Sie auf dem Weg genug zu trinken dabeihaben. Wenn Sie fertig sind, fahren Sie zum Lager Mndindini und warten dort auf Ranger Jim, er wird dann gleich zu Ihnen stoßen. Noch Fragen?«

»Wo finden wir denn M-mm…, das Lager?«

»Einfach nur die Straße wieder runter und dann rechts den unbefestigten Weg entlang. Das Lager ist nicht zu übersehen.«

Das klang nicht besonders schwer. Außerdem bot ihnen ein junger Mann in uniformähnlicher Kleidung, der ebenfalls an der Tour teilnehmen würde, an, dass sie ihm einfach nur zu folgen brauchten. Jeder nahm sich einen Rucksack und eine Wasserflasche mit und ging zu seinem jeweiligen Fahrzeug zurück. Laurel konnte sich ein kleines Lächeln nicht verkneifen, als sie sah, wie der Uniformierte mit zwei anderen Teilnehmern heftig gestikulierend diskutierte. Der Mann schien sich sehr wichtig vorzukommen. Der Aussprache nach zu urteilen war er ein Südafrikaner und würde daher wohl wissen, wo es langging. Jedenfalls hoffte sie das. Inzwischen war es bereits halb zehn, und das Lager, von wo aus sie starten würden, lag nochmals einige Kilometer entfernt, wie sie auf ihrer Karte des Parks entdeckte. Wenn sie an diesem Tag überhaupt noch etwas sehen wollten, mussten sie sich allmählich sputen.

Als Laurel sah, dass Rey sich keinen Rucksack genommen hatte, blickte sie ihn fragend an. »Wollen Sie doch nicht mit?«

Er grinste. »Doch, natürlich. Aber ich habe bereits meinen eigenen Rucksack gepackt und keine Lust, jetzt alles noch mal umzuräumen.«

»Hat er eine Farbe, die wilde Tiere anzieht?«

»Nein. Ganz schlichtes Blau, kein Problem.«

»Schade, das wäre bestimmt eine nette Geschichte geworden.«

Während sie sich abwandte, um ihren Rucksack zu packen, blickte Rey ihr lachend hinterher, die Hände in die Hüften gestemmt. Nicht schlecht, sie hatte sogar Humor! Mochte er auch beißend sein – damit hatte er kein Problem.

Eine fröhliche Melodie pfeifend überprüfte er ein letztes Mal seinen Rucksack sowie die eingepackten Wasserflaschen und wartete dann voller Vorfreude auf das Zeichen zum Aufbruch. Endlich würde er sich wieder ein wenig bewegen können; in den meisten Parks musste man im Auto bleiben und konnte nur hin und wieder an ausgewählten Plätzen aussteigen. Er hatte zwar nicht unbedingt Lust, die ganze Zeit hinter jemandem herzulaufen, aber das war immer noch besser, als sich überhaupt nicht zu bewegen. Die Landschaft mit ihren weit ausladenden Akazien, stacheligen Büschen und mehrere Meter hohen Termitenhügeln war äußerst reizvoll. Er freute sich schon darauf, hier einige schöne Motive zu filmen. Und wenn ihm noch ein paar exotische Tiere vor die Linse laufen sollten, umso besser. Das war auch der Grund, warum sein Rucksack so vollgestopft war, denn er schleppte einen Teil seiner Filmausrüstung mit sich herum. Er beobachtete, wie die anderen in ihr Auto, ihren VW-Bus oder ihr Wohnmobil stiegen und tat es ihnen gleich.

In einer Kolonne fuhren sie die schmale Asphaltstraße hinunter und bogen dann in einen sandigen Weg ein. Rey wich tiefen Schlaglöchern und Auswaschungen aus und quälte sich langsam einen steilen Hügel hinauf. Die vor ihm fahrenden Wagen wirbelten so viel Sand auf, dass er kaum noch etwas durch die Windschutzscheibe sah. Dafür konnte er aus dem Seitenfenster eine Schar im Boden grabender Warzenschweine beobachten und etwas weiter entfernt ein Nashorn, das unter einem dürren Baum Schutz vor der glühenden Hitze suchte. Ein riesiger rabenähnlicher Vogel, der am Straßenrand entlanglief, ließ sich auf seiner Suche nach Aas von den Autos nicht stören. Nach einer letzten Abzweigung kam er schließlich gut durchgeschüttelt im Lager Mndindini an.

2

Laurel stieß einen Seufzer der Erleichterung aus. Endlich würde es losgehen! Nach der holprigen Fahrt stellte sie ihren Mietwagen auf dem Parkplatz im Schatten ab, hob den schweren Rucksack heraus und setzte ihn sich auf den Rücken. Ihre Baseballkappe behielt sie zunächst in der Hand, da sich die Sonneneinstrahlung unter den Bäumen noch in Grenzen hielt. Nach und nach versammelten sich alle Teilnehmer vor den Autos und Laurel blickte sich suchend um. Wo war, verdammt noch mal, der Ranger?

Nachdem er auch nach längerem Warten nicht aufgetaucht war, ließ sie sich zusammen mit den anderen Teilnehmern im Schatten einer kleinen, halb offenen Rundhütte nieder. Die Wände bestanden aus Flechtwerk, das Dach war strohbedeckt und bot ein wenig Schutz vor den Sonnenstrahlen. Auch unter dem Dach war es heiß und stickig, aber immer noch besser, als einen Sonnenbrand zu bekommen. Laurel musste zugeben, dass die Aussicht auf den kleinen Fluss wirklich schön war, und die Korbstühle in der Hütte wirkten einladend. Erleichtert stellte sie ihren Rucksack neben sich, legte sich die Baseballkappe auf den Schoß und wischte sich den Schweiß von der Stirn. Wenn sie sich jetzt schon so erhitzt fühlte, dann wollte sie sich gar nicht erst ausmalen, wie es wäre, mit vollem Gepäck stundenlang durch die Wildnis zu laufen. Wäre sie nur eine Touristin, hätte sie sich bestimmt schon längst verabschiedet. Aber sie war beruflich hier und musste wohl oder übel an der Safari teilnehmen, um ihren Artikel zu schreiben.

In Gedanken versunken, bemerkte sie zunächst nicht, dass Rey sich neben ihr in den Sessel hatte fallen lassen. »Er kommt bestimmt bald.«

Verwirrt hob sie den Kopf. »Was?«

»Der Ranger. Er ist bestimmt bald da.«

»Hoffen wir es. Ich bin sicher nicht von Durban aus hierhergehetzt – und das ohne meinen morgendlichen Kaffee – und habe für eine zweitägige Wanderung bezahlt, um dann einen halben Tag lang nutzlos hier herumzusitzen und Däumchen zu drehen.«

Rey lächelte nur.

»Finden Sie das etwa lustig?«

Bei ihrem scharfen Ton zuckte Rey sichtbar zusammen. »Nein. Ich habe auch Besseres zu tun, als hier herumzusitzen. Aber was bringt es schon, mich darüber aufzuregen, wenn ich es eh nicht ändern kann?«

Insgeheim musste Laurel ihm recht geben, aber das würde sie ihm bestimmt nicht kundtun. Vielleicht sollte sie wirklich netter zu ihm sein, schließlich hatte er ihr nichts getan – abgesehen von dem Scherz mit der Hupe. Ihr war bewusst, dass sie sich ihm gegenüber ziemlich kühl und abweisend verhalten hatte, vielleicht sogar ein wenig arrogant. Doch das war nur ein Schutzmechanismus, da sie fürchtete, ihn zu nah an sich heranzulassen. Denn dann lief sie Gefahr, in seinen Bann gezogen zu werden. Es war besser, sich von ihm so fern wie möglich zu halten.

Sie ließ den Blick nun zu den anderen Teilnehmern der Tour schweifen und überlegte, wie sie diese in ihrem Bericht beschreiben konnte. Ein hochgewachsener, blonder Südafrikaner war in ein Gespräch mit einem offensichtlich amerikanischen Paar vertieft, das ein todschickes Safari-Outfit trug. Anscheinend hatten sie ihn zusätzlich als einheimischen Tourführer angeheuert. Wozu jemand bei einer geführten Tour noch einen eigenen Führer brauchte, war Laurel allerdings schleierhaft. Wahrscheinlich hatten sie einfach zu viel Geld. Die meiste Zeit redeten sie über die hiesige Vogelwelt. Der Südafrikaner hatte ein dickes, reichlich abgegriffenes Buch dabei, in welchem er dem Paar Vogelabbildungen zeigte. Von Zeit zu Zeit hoben sie ihre Ferngläser und starrten auf verschiedene Punkte in der Umgebung.

Laurel bemühte sich, ein Grinsen zu unterdrücken. Die mussten wirklich einen Vogel haben, wenn sie sich auf eine Safari begaben, um lediglich Vögel zu beobachten. Aus den Augenwinkeln sah sie, dass auch Rey sich über sie amüsierte. Da ihn das ihr sympathischer machte, wandte sie sich rasch wieder ab und fuhr in ihrer Beobachtung der Gruppe fort.

Neben den Amerikanern saß ein Franzose, der sich an dem Vogelgespräch beteiligte. Er lebte offenbar seit einiger Zeit in Südafrika und besaß ein eigenes Tourenbüro. Blieb noch ein deutsches Paar, das sich, wahrscheinlich aufgrund fehlender Sprachkenntnisse, relativ zurückhielt. Von Zeit zu Zeit hoben sie lediglich ihre Ferngläser und betrachteten die Landschaft. Laurel konnte es ihnen nicht verdenken. Sie war froh, dass in Südafrika auch Englisch gesprochen wurde, zumindest das, was die Leute hier dafür hielten. Sie war in Sprachen nicht übermäßig begabt. In ihrer Muttersprache Englisch war sie sehr gut – nicht umsonst war sie Journalistin geworden –, aber alle anderen Sprachen waren ihr mehr oder weniger ein Rätsel. In der Schule hatte sich ihre Lehrerin, Señora Fogoso, vergeblich damit geplagt, ihr etwas Spanisch zu vermitteln. Hängen geblieben war davon nicht sehr viel.

Mit ihrer Baseballkappe fächelte Laurel sich etwas Luft zu. Selbst im Schatten wurde die Hitze langsam unerträglich. Es wehte kein Wind, der ein wenig Kühlung gebracht hätte, und der Himmel war grenzenlos blau, ohne den Hauch einer Wolke.

Zu ärgerlich, dass sie nicht schon die kühleren Morgenstunden genutzt hatten, um die Wanderung zu beginnen, sondern nun in der Mittagszeit draußen herumlaufen mussten. Wahrscheinlich würde sie bei diesen Temperaturen literweise Flüssigkeit verlieren. Wäre die ganze Tour von vornherein später angesetzt worden, dann hätte sie wenigstens noch in Ruhe frühstücken können. Ihr fehlte eindeutig das Koffein. Ihr Fuß wippte ungeduldig auf und ab, ihre Finger trommelten rhythmisch auf die Sessellehne. Als sie das bemerkte, bemühte sie sich, ruhiger zu werden, etwas, das sie in ihren dreißig Lebensjahren selten geschafft hatte. Ständig war sie ruhelos, wollte immer mehr, schneller, besser sein. Vor einiger Zeit hatte sie deshalb mit dem Yoga angefangen, aber das schien auch nicht zu helfen. Gut, es konnte auch daran liegen, dass sie selten genug Geduld für die Übungen aufbrachte. Laurel atmete tief durch, ließ sich in ihren Sessel zurücksinken und schloss die Augen.

Rey beobachtete, wie Laurel sich offenbar langsam entspannte. Sie wirkte dabei viel friedlicher als zuvor. Die ganze Zeit schien sie unter Druck gestanden zu haben, so als wäre sie ein Schnellkochtopf, der sich kurz vor dem Sieden befand. Ihr Körper hatte nicht eine Sekunde stillgestanden, wie ein Duracell-Hase hatte sie rastlose Energie versprüht. Doch jetzt war ihre Batterie anscheinend erschöpft, ihr Atem wurde gleichmäßiger, sie ließ die Hand mit der Kappe in den Schoß fallen und dort ruhen. Rey musterte ihre Hände. Laurel besaß schmale, langgliedrige Finger, die unlackierten Fingernägel waren perfekt gepflegt. Er konnte wetten, dass sie irgendwo in einer größeren Stadt einen Schreibtischjob hatte.

Ihre schwarzen Haare boten einen starken Kontrast zu ihrer eher hellen Haut. Ob die Haarfarbe wohl echt war? Bei genauerem Hinsehen entdeckte er sogar einige Sommersprossen auf der Nase und den hohen Wangenknochen. Er brannte darauf, die Farbe ihrer Augen zu erfahren. Im Gebäude war es dunkel gewesen, und draußen trug sie die ganze Zeit über die Sonnenbrille. Von der Seite konnte er nicht viel erkennen, außer dass sie wahrscheinlich hell waren. Ein weiteres lohnendes Ziel für eine gründlichere Erforschung. Zufrieden lehnte er sich im Sessel zurück und beschloss, den schönen Tag zu genießen.

Laute Rufe ließen ihn rasch zum Flussufer blicken. Dort tauchte eine Gruppe nasser, schmutziger und völlig erschöpfter Jugendlicher auf. Eine Rangerin führte sie an. Sie sah auch nicht wesentlich besser aus, aber dafür schien sie beeindruckend guter Laune zu sein.

»Hallo, seid ihr die Wochenendgruppe?«

Der Südafrikaner antwortete: »Ja, wir warten noch auf unseren Ranger.«

»Welchen denn?«

»Jim.«

»Ach, der wird bestimmt bald kommen, er fährt immer aus Durban hierher. Wollt ihr vielleicht solange eine kleine Erfrischung?«

Dankbar stimmten sie zu. Rasch brachte einer der Jugendlichen ein Tablett voller Plastikbecher mit einem undefinierbaren Getränk.

Laurel nahm einen der Becher, trank einen Schluck daraus und verzog das Gesicht. Nicht gerade besonders kühl oder schmackhaft, aber immer noch besser als gar nichts. Staunend beobachtete sie die erschöpften Jugendlichen. Was hatten sie nur erlebt, dass sie so fertig aussahen? Die Haare waren zerzaust und schweißnass, die Gesichter gerötet und mit Schlamm beschmiert. Ganz zu schweigen von der Kleidung, die zwar nicht in Fetzen herunterhing, aber nicht weit davon entfernt war. In der Beschreibung der Safari hatte gestanden, dass man möglichst fit sein sollte, doch Laurel hatte nicht erwartet, nach der Tour so abgekämpft auszusehen. Andererseits wirkten die Jugendlichen ziemlich untrainiert und übergewichtig, vielleicht lag ihr Aufzug ja daran. Zumindest hoffte Laurel das. Langsam zogen sich die Jugendlichen in ihre Zelte zurück, bis die Wochenendgruppe wieder unter sich war. Unsicher blickten sich die Teilnehmer an, doch keiner traute sich etwas zu sagen.

Einige Minuten später tauchte plötzlich ein kleiner, dicklicher Mann in Rangeruniform und mit einem Gewehr in der Hand im Lager auf. Er war grauhaarig und bestimmt schon jenseits der fünfzig. Er setzte ein freundliches Lächeln auf und trat vor die Gruppe. »Sind alle da?« Hinter ihm standen eine ebenfalls weiße Frau etwa in seinem Alter und ein Schwarzer in Nationalparkuniform, der ebenfalls mit einem Gewehr bewaffnet war.

»Ja.« Bis auf den Ranger waren sie alle schon seit Stunden hier.

»Gut, ich würde Sie bitten, nur noch diese Formulare hier auszufüllen.« Er warf einen Stapel Blätter auf den Tisch. »Ach so, ich bin übrigens Jim. Nachdem ich einige Regeln bekannt gegeben habe, kann's direkt losgehen. Wir sind spät dran, deshalb müssen wir uns etwas beeilen.«

Laurel verzog den Mund. Normalerweise waren acht Kilometer in zwei oder drei Stunden zu schaffen, aber sie wusste ja nicht, welche Bedingungen da draußen herrschten. Oder auf was für Tiere sie während ihrer Wanderung stießen. Natürlich brauchte sie gutes Material für ihre Reportage, andererseits wollte sie den Tieren hier in der Wildnis nicht unbedingt zu nahe kommen. Zur Not könnte sie auch noch etwas dazudichten, um den Bericht etwas aufregender zu gestalten. Fantasie hatte sie ja genug. Ihre Lippen kräuselten sich amüsiert. Laurel sah auf das gefaltete, doppelseitig beschriftete Papier hinab, dann zog sie einen Stift aus ihrer Westentasche und machte sich daran, so gut sie es konnte, die Fragen zu beantworten. Nach einer Weile bemerkte sie, dass Rey neben ihr gar nicht schrieb, sondern auf ihr Blatt schaute.

Mit hochgezogener Augenbraue blickte sie ihn an. »Sind Sie etwa schon fertig?«

»Nein.« Obwohl sie ihn gerade ertappt hatte, wirkte er nicht verlegen.

»Warum schreiben Sie dann nicht, anstatt bei mir mitzulesen?«

»Ich habe keinen Stift.« Rey grinste entwaffnend. »Außerdem bin ich furchtbar neugierig.«

»Das habe ich bemerkt.« Es lag nur eine sanfte Ironie in ihren Worten. Sie zog einen zweiten Stift aus ihrer Westentasche und reichte ihn Rey. »Hier, jetzt können Sie schreiben.«

»Danke.« Damit beugte er den Kopf über das Papier und fing an, die Fragen zu beantworten.

Laurel bemühte sich, nicht auch bei ihm zu spionieren, was er zweifellos erwartete. Neugierig war sie durchaus, schon von Berufs wegen, aber dieses eine Mal bezwang sie ihre Neugier. Sie wollte nicht, dass Rey bemerkte, wie sehr sie sich tatsächlich für ihn interessierte. Sie wüsste schon gerne mehr über ihn, wo er herkam, was er beruflich machte, aber sie durfte sich jetzt nicht ablenken lassen. Wäre sie zu Hause in Atlanta, dann … Sie schüttelte den Kopf. Lieber gar nicht erst darüber nachdenken.

Als sie fertig war, legte sie das ausgefüllte Formular auf den Tisch, steckte den Stift wieder ein und lehnte sich zurück. Aus den Augenwinkeln beobachtete sie Rey. Seinen kräftigen, hochgewachsenen Körper hatte sie schon vorher insgeheim bewundert, aber auch sein Gesicht war nicht zu verachten. Die markanten Gesichtszüge passten sehr gut zu seinem muskulösen Körper, die Bräune deutete an, dass er sich viel im Freien aufhielt. In überraschendem Kontrast zu seiner Hautfarbe standen die hellgrünen Augen, die im Gegensatz zu seiner sonst so entspannten Haltung ständig in Bewegung waren. Die braunen, zu einem kurzen Zopf gebundenen Haare fügten sich harmonisch in sein Erscheinungsbild. Eigentlich mochte sie bei Männern keine langen Haare, aber ihm standen sie. Mühsam riss Laurel den Blick von ihrem Sitznachbarn los und betrachtete die Umgebung.

Mit einem Nicken gab Rey ihr wenig später den Stift zurück und wandte seine Aufmerksamkeit wieder dem Ranger zu, der gerade die Formulare einsammelte.

Jim schrieb die Namen der Tourteilnehmer in ein kleines Buch, dann blickte er auf. »Okay, Leute, hier kommen meine drei Regeln für unsere Tour.« Er hielt eine Faust in die Höhe und hob einen Finger. »Regel Nummer eins: Ihr folgt alle meinen Befehlen. Das heißt, wenn ich etwas sage, dann macht ihr das, und zwar unverzüglich und ohne Fragen zu stellen. Da draußen sind gefährliche Tiere, und Nkosi, unser Guard hier, und ich sind die Einzigen, die zwischen euch und ihnen stehen. Es macht keinen Sinn, euch ausführliche Anweisungen darüber zu erteilen, wie ihr euch in bestimmten Situationen gegenüber welchen Tieren verhalten solltet – wie zum Beispiel: Renne ich, bleibe ich stehen, klettere ich auf einen Baum? Langwierige Erklärungen wären einfach zu umständlich. Also gibt es nur diese eine generelle Regel für alle potenziell gefährlichen Begegnungen: Bleibt ruhig und hört genau auf das, was ich sage. Zwar ist jede Situation anders, aber meistens werdet ihr einfach still stehen bleiben, bis das Tier sich beruhigt, und euch dann vorsichtig zurückziehen. Es kann jedoch genauso gut sein, dass ihr schnellstmöglich auf einen Baum klettern müsst. Also, entspannt euch und achtet darauf, was euer Ranger euch sagt. Okay?«

Alle nickten. Jim hob nun einen zweiten Finger.

»Regel Nummer zwei: Wir werden die ganze Zeit in einer Reihe gehen. Einer hinter dem anderen, und zwar ohne Ausnahmen. Alles klar?« Erneutes Nicken. Der dritte Finger erschien.

»Regel Nummer drei: Es wird nicht geredet und auch sonst kein lautes Geräusch gemacht, während wir gehen. Wir wollen schließlich wilde Tiere sehen, die zum großen Teil sehr viel besser hören als wir und sofort flüchten, wenn jemand in ihre Nähe kommt. Oder angreifen.«

Die andere Amerikanerin, Vivian, hob die Hand.

»Ja?«

»Und wenn wir Fragen haben?«

»Fragen könnt ihr jederzeit stellen.«

Laurel zog eine Augenbraue hoch. Aha. Man durfte nicht reden, aber Fragen stellen. Vielleicht hätte sie vorher doch noch die Zeichensprache lernen sollen.

Jim sah sie der Reihe nach an. »Noch weitere Fragen?«

Niemand meldete sich.

»Okay, dann können wir aufbrechen.« Er drehte sich um und winkte die Frau hinter ihm zu sich heran. »Das hier ist meine Frau, Linda. Sie wird uns begleiten. Seid ihr bereit?«

Mehr oder weniger enthusiastische Zustimmung war zu hören. Jeder erhob sich aus seinem Sessel und suchte eilig seine Sachen zusammen. Hüte und Kappen sowie Sonnenbrillen wurden aufgesetzt. Laurel unterdrückte ein Stöhnen, als sie den schweren Rucksack auf ihre Schultern hob.

Als der Blick des Rangers auf Reys Kameratasche fiel, sagte er laut: »Noch etwas: Fotos und Filme werden nur gemacht, wenn ich das Okay dazu gebe. Die Kameras machen Geräusche, welche die Tiere aufschrecken könnten.«

Diesmal war das Gemurmel schon missmutiger. Trotzdem wollte keiner auf seine Kamera verzichten.

»Ach ja, wir brauchen auch keine Uhren und erst recht keine Navigationsgeräte, wir befinden uns schließlich in freier Wildbahn. Ich hatte mal einen Tourteilnehmer, der ständig sein GPS konsultiert hat, um mir zu erzählen, wie wir am besten ins Lager zurückkommen. Also, wer eins dabeihat, sollte es besser im Auto lassen.«

Niemand bewegte sich.

Jim grinste. »Okay, los geht's.«

Hintereinander, wie ihnen geheißen, marschierten sie über die Grasfläche und tauchten dann in das gewaltige Grün hinter dem Camp ein.

3

Auf einem schmalen Trampelpfad entfernten sie sich langsam vom Lager. Bald waren die Hütten und Zelte aus ihrem Blickfeld verschwunden und hatten der überwältigenden Natur Platz gemacht. Das Grün der Gräser, Büsche und Bäume war jetzt, im südafrikanischen Frühling, besonders üppig, da alles spross und wuchs. Obwohl die Sonne gerade schien, musste die Regenzeit hier bereits eingesetzt haben, während sie in anderen Landesteilen noch auf sich warten ließ. Die Luft roch frisch und war erfüllt vom Gesang unzähliger Vögel. Laurel blickte sich suchend um, konnte die Tiere jedoch nicht entdecken. Sicherlich saßen sie hier irgendwo im Schilf, das in dichten Büscheln am Ufer des Flusses wuchs und sich in der leichten Brise bewegte. Stumm und in einer Reihe folgten die Teilnehmer dem Ranger bis zum Ufer des White Umfolozi River, der träge in zahllosen Windungen durch die Landschaft floss. Am Ufer angekommen, bedeutete Jim ihnen, die Schuhe auszuziehen und ihm durch das Wasser auf die gegenüberliegende Seite zu folgen.

Laurel ließ sich auf den sandigen Boden sinken und öffnete ihre Schnürbänder. Von Flussdurchquerungen hatte auch nichts in der Beschreibung gestanden, wie sie seufzend feststellte. Langsam hatte sie den Verdacht, dass einige Aspekte von den Angaben im Prospekt abwichen. Eigentlich war es nicht weiter tragisch, aber wäre sie darauf vorbereitet gewesen, dann hätte sie wenigstens noch ein weiteres Handtuch mitgenommen. Seufzend öffnete sie die Reißverschlüsse an ihren Hosenbeinen, um sie auf Shortslänge zu kürzen. Die Hosenbeine hängte sie über die Schulter, dann erhob sie sich.

Nachdem alle mit ihren Vorbereitungen fertig waren, führte Jim die Gruppe durch die schwache Strömung, das Gewehr lag dabei immer schussbereit in der Armbeuge. Mit den schweren Rucksäcken auf dem Rücken und den Schuhen in der Hand sahen sie aus wie zweibeinige Packesel, während sie mit den Füßen auf dem sandigen Untergrund im knietiefen, bräunlichen Wasser Halt suchten. Der Fluss war nicht besonders breit, sodass sie schnell die andere Seite erreichten.

Fassungslos beobachtete Laurel, wie der Franzose Pierre zurück in seine Sandalen schlüpfte. Er wanderte mit nackten Füßen durch diese Wildnis? Der Südafrikaner schien auch aus härterem Holz geschnitzt zu sein, denn er hatte nur einfache Lederhalbschuhe an den bloßen Füßen. Und alle, bis auf Rey und sie selbst, trugen lediglich kurze Hosen. Hatten diese Leute nie etwas von Zecken gehört? Ganz zu schweigen von anderem Getier, das hier überall herumkrauchte. Laurel schüttelte sich bei der Vorstellung, was sich alles an ihren nackten Beinen laben könnte. Und von den Dornbüschen einmal ganz abgesehen.

Achselzuckend schüttelte Laurel ihre Hosenbeine aus und machte sich daran, sie sich wieder überzustreifen, als plötzlich ein kleines Handtuch in ihrem Gesichtsfeld auftauchte. Erstaunt schaute sie nach oben und erblickte Rey neben sich, der ihr das Handtuch hinhielt.

»Für Ihre Füße.«

Erst wollte Laurel ablehnen, aber bei dem Gedanken an ihre nassen, sandigen Füße in den Wandersocken besann sie sich eines Besseren. Lächelnd blickte sie zu ihm hinauf. »Danke schön.« Während er sich neben ihr niederließ, nahm sie dankbar das Handtuch entgegen.

Rey beobachtete, wie Laurel eilig ihre schlanken Beine abtrocknete und danach den feuchten Sand von den Füßen wischte, bevor sie ihre Hosenbeine wieder anzog. Zum ersten Mal hatte sie ihm ein Lächeln geschenkt: Es hatte sich also gelohnt, sein Handtuch mit ihr zu teilen. Das kleine Grübchen in ihrer Wange hatte ihm besonders gefallen – er hoffte, er würde es noch öfter zu sehen bekommen. Er nahm ihr das Handtuch wieder ab und trocknete sich die eigenen Füße. Seine Hose war bis über die Knie nass, aber in dem heißen Klima würde sie rasch trocknen. Er zog sich die Socken über, schlüpfte in die Wanderschuhe und band sie sorgfältig zu. Er wollte besser nicht über seine Schnürbänder stolpern, wenn es doch einmal ernst wurde und sie flüchten mussten.

Die Worte des Rangers hatte er jedenfalls nicht vergessen. Die Frage war nur, wie man sich hinter oder auf Bäume retten sollte, wenn es hier fast nur dünne Büsche gab. Entlang des Flussufers sah er jedenfalls nichts, auf das er klettern könnte, wenn einem Löwen einfallen sollte, ihn zu jagen. Rey zuckte mit den Schultern. Jim würde schon wissen, was er tat. Außerdem hatten er und Nkosi, der schwarze Guard, der immer am Ende der Gruppe ging, Gewehre dabei. Rey bezweifelte jedoch, dass sie wirklich auf eines der geschützten Tiere schießen würden, außer vielleicht im äußersten Notfall.

Langsam fanden sich alle wieder in einer Reihe am anderen Ufer ein, die vogelbegeisterten Amerikaner dicht hinter dem Ranger. Wahrscheinlich erhofften sie sich von dieser Position exklusive Informationen. Rey war es lieber, möglichst weit hinten zu gehen, so konnte er in Ruhe die Umgebung betrachten. Tief atmete er die frische Luft ein. Sie roch nach Frühling, Sonnenschein und dem brackigen Wasser des Flusses.

Doch je weiter sie sich vom Fluss entfernten, desto staubiger wurde der Boden und desto trockener die Luft. Die Sonne stand hoch am Himmel, und wenn man sich nicht schützte, würden einem die unbarmherzigen Strahlen die Haut versengen. Doch das schien Jim nicht zu stören, der ohne Rücksicht auf Verluste ein schnelles Tempo anschlug, vermutlich um die Verzögerung wieder hereinzuholen. Mit seinen kurzen Beinen rannte er fast vor ihnen her, sodass viele der Teilnehmer große Mühe hatten, ihm mit ihren vollgepackten Rucksäcken überhaupt folgen zu können. Doch das bemerkte Jim überhaupt nicht, er schenkte den Leuten hinter ihm keine Aufmerksamkeit. Dafür bewegte sich sein Kopf ständig hin und her, um nach potenziellen Gefahren Ausschau zu halten, während er sich unaufhörlich einen Weg durch das Gras und dornige Büsche bahnte.

Rey verstand zwar, dass sie wenig Zeit hatten, aber er war dennoch enttäuscht, dass er nicht hin und wieder stehen bleiben und filmen konnte. Wenngleich sich ihnen noch keine größeren Tiere gezeigt hatten, so wäre alleine die fantastische Landschaft mit den hohen Gräsern, dornenbewehrten Büschen und den exotischen Blüten es wert gewesen, aufgenommen zu werden. Hoffentlich würde er später oder zumindest am nächsten Tag noch die Gelegenheit dazu bekommen.

Laurel versuchte, trotz des hohen Tempos so viel wie möglich von der Umgebung mitzubekommen, sodass sie immer wieder ein Erdloch oder einen Dornbusch übersah. Mehr als einmal duckte sie sich ers im allerletzten Moment. So fing sie sich zwar ein paar Kratzer ein, konnte aber schlimmeren Verletzungen entgehen. Sie schaute wieder nach vorne und beobachtete die anderen Tourteilnehmer vor ihr. Außer einem gelegentlichen Husten oder Flüstern und dem Geräusch ihrer Schritte im trockenen Gras war nichts zu hören. Rey ging schweigend hinter ihr, und dennoch fühlte sie seine Präsenz. Sie glaubte fast, seinen Atem in ihrem Nacken zu spüren.

Jims Regel, die ganze Zeit zu schweigen, fiel Laurel besonders schwer. Nicht dass sie sonst allzu viel redete, aber sie hätte sich zu gerne über die Dinge unterhalten, die sie sah, andere auf eine exotische Blüte oder eine interessante Spur auf dem Boden hingewiesen. Doch so konnte sie all die faszinierenden Eindrücke nur in ihrem Kopf sammeln, bis er dröhnte. So hatte sie sich eine geführte Natursafari eigentlich nicht vorgestellt, und sie war trotz der reizvollen Landschaft ein wenig enttäuscht, hier so durchgehetzt zu werden.

Immer weiter wanderten sie durch ein hügeliges Gebiet, in dem dünne, breitblättrige Bäume und ausladende Büsche mit teilweise fingerlangen Dornen sie umgaben. Trotzdem waren sie auch weiterhin der Sonne ausgesetzt, denn die wenigen Bäume standen weit auseinander und sorgten kaum für Schatten. Wo vorher nur Gras und sandiger Boden gewesen waren, bedeckten jetzt auch trockene Äste den Weg und machten es noch schwieriger, leise aufzutreten. Nach einer Weile blieb Jim schließlich stehen und versammelte die Gruppe um sich. Erfreut über diese kleine Pause standen sie im Halbkreis um ihn herum und griffen gierig nach ihren Feldflaschen. Laurel erwartete, nun interessante Informationen über Fauna oder Flora von dem Ranger zu erhalten.

»Okay, Leute, ich kann euch in dieser kurzen Zeit nicht beibringen, wie man leise geht, aber im Prinzip müsst ihr nur mit den Hacken zuerst auftreten. Versucht es einfach mal.«

Damit drehte er sich um und stampfte unbeirrt weiter durch das trockene Unterholz. Laurel, die gerade aus ihrer Wasserflasche trank, versuchte mühsam, ihr Lachen zu unterdrücken, und einige der Teilnehmer wirkten irritiert über diese barsche Ansprache und das abrupte Ende der Pause. Wahrscheinlich trat jeder Einzelne von ihnen leiser auf als ihr Führer. Laurel verschluckte sich und begann zu husten. Als sie eine Hand auf ihrer Schulter spürte und sich umdrehte, grinste Rey sie an und klopfte ihr auf den Rücken. Langsam ließ der Hustenreiz nach. Hastig wischte sie sich über die Augen.

Jim und der Rest der Gruppe waren schon einige Meter entfernt, nur der schwarze Guard wartete geduldig hinter ihnen, die Hände auf den Lauf des Gewehrs gestützt. Sie nickte Rey dankbar zu, was er mit einem Lächeln beantwortete. Einen Augenblick lang hingen ihre Augen wie gebannt an seinen Lippen. Sie stellte sich vor, wie es wohl wäre, sie zu küssen. Oh Gott, sie musste sich vor diesem Mann in Acht nehmen, er schien tatsächlich eine seltsame Wirkung auf sie auszuüben. Mühsam brachte sie ihre Gedanken wieder unter Kontrolle und stapfte entschlossen hinter der Gruppe her.

Nach einiger Zeit konzentrierte Laurel sich darauf, weniger die Umgebung zu betrachten als auf den Boden zu schauen und nicht zu stolpern. Am liebsten hätte sie Jim gefragt, wann sie endlich da wären, aber dafür war er zu weit entfernt. Außerdem wollte sie sich vor den anderen keine Blöße geben. Das Gewicht ihres Rucksacks schien sie immer mehr hinunterzudrücken, bei jedem Schritt wog er schwerer. Sie war so mit ihren schmerzenden Muskeln beschäftigt, dass sie zu spät bemerkte, wie die Gruppe stehen blieb. Fast wäre sie in ihren Vordermann hineingelaufen. Sie fühlte, wie Rey dicht hinter ihr war, doch ihr Blick war auf Jim und den Guard gerichtet, die jetzt zusammenstanden und sich in einer fremden Sprache unterhielten, vermutlich Zulu.

Jedenfalls verstand sie kein einziges Wort, was aber auch nicht nötig war, denn jetzt hatte sie den Grund für die Pause und ihren aufgeregten Wortwechsel entdeckt. Dicht vor ihnen standen einige Nashörner im Gebüsch, die unruhig mit den Hufen auf dem sandigen Boden aufstampften. Dumpfe Laute stiegen auf, weshalb wohl auch das Vogelgezwitscher verstummt war. Laurel stockte der Atem. Sie war mitten in der Natur, vor ihr eine Herde Nashörner, und es gab keinen Zaun, der sie vor ihnen schützte!

Laurels Herz klopfte heftig, Angst breitete sich in ihr aus. Langsam schob sie ihre Sonnenbrille auf den Schild ihrer Baseballkappe. Sie hatte nicht erwartet, dass die Gruppe so plötzlich auf große Tiere stoßen würde, und jetzt stand sie hier, etwa dreißig Meter von ihnen entfernt. Sie reckte den Hals, um besser sehen zu können, aber mehr als unförmige, graue Umrisse konnte sie hinter den Büschen nicht erkennen. Wenn sie doch nur etwas größer wäre! Unruhig wischte sie die schweißnassen Finger an ihrer Hose ab und rückte ihre Kappe zurecht. Auch beim Ranger und Nkosi konnte sie eine gewisse Nervosität ausmachen. Sie hatten die Gewehre erhoben, während sie das weitere Vorgehen berieten.

Die Tourmitglieder drängten sich dicht zusammen. Keiner gab einen Laut von sich, während sie die gewaltigen Tiere zwar fasziniert, gleichzeitig aber auch ängstlich beobachteten. Wahrscheinlich hatten sie alle Nashörner schon im Park vom Auto aus gesehen, aber es war ein völlig anderes Gefühl, plötzlich ohne Schutz vor ihnen zu stehen. Es war direkter, gewaltiger und elementarer. Ein Beben durchlief Laurels Körper, während ihr Blick wie gebannt an den Tieren haftete. Eine Weile standen sie so da, niemand rührte sich, weder die Menschen noch die Nashörner. Es war, als wäre die Zeit stehen geblieben, als hätte alles andere keinerlei Bedeutung mehr.

Schließlich flüsterte Jim ihnen zu, dass sie weiter hinter ihm bleiben sollten, während er versuchen wolle, die Tiere zu vertreiben. Er trat ein paar Schritte vor und schlug dann mit einer Patronenhülse auf sein Gewehr. Den Nashörnern gefiel das laute Geräusch offenbar nicht. Sie stampften und schnaubten, rührten sich aber sonst nicht von der Stelle. Sand wirbelte auf,

Büsche knackten. Jim sah ziemlich ratlos drein, dann versuchte er es noch einmal, diesmal mit seiner Stimme.

»Los doch, macht Platz!«

Erneutes Schnauben, dann brachen die Kolosse durch das Unterholz, glücklicherweise in die entgegengesetzte Richtung. Lautes Krachen und Stampfen ertönte, während sie sich schnell entfernten. Laurel atmete auf. Sie hätte die Tiere zwar gerne noch länger beobachtet, aber nicht bei der lauernden Gefahr, im nächsten Augenblick von ihnen überrannt zu werden.

Jim wandte sich an die Gruppe. »Normalerweise hätte ich die Tiere einfach weitläufig umrundet, aber wir waren schon zu dicht dran. Außerdem standen sie direkt in unserem Weg, und einen Umweg können wir uns heute nicht leisten. Weiter geht's.« Er legte sein Gewehr wieder in die Armbeuge und lief los.

Erst jetzt nahm Laurel zur Kenntnis, dass sie sich Schutz suchend an Reys starken Körper gelehnt hatte. Ihr Blick traf seinen und versank darin. Seine hellgrünen Augen waren mit dunklen Punkten durchsetzt, die beinahe hypnotisch auf sie wirkten. Abrupt löste sie sich von ihm, um den Bann zu brechen. Sie drehte sich um und setzte hastig ihren Weg fort. Sie meinte, ein unterdrücktes Lachen zu hören, blickte sich aber nicht um. Es war peinlich genug, dass sie sich beim ersten Anzeichen einer Gefahr an ihn gedrängt hatte. Laurel ballte die Hände zu Fäusten. Am besten tat sie einfach so, als wäre überhaupt nichts passiert. Es war doch verständlich, wenn eine Frau in der Aufregung etwas die Kontrolle verlor. Und wenn Rey das nicht verstand, dann war das sein Problem. Laurel hob den Kopf und straffte die Schultern.

Rey beobachtete amüsiert Laurels Reaktion. Es hatte ihm sehr gefallen, wie sie ihren zierlichen Körper an ihn gepresst hatte. Schade nur, dass der riesige Rucksack sich zwischen sie gedrängt hatte. Aber wer weiß, was in den nächsten zwei Tagen noch geschehen würde, dachte er bei sich. Zwei Tage – das war sein Mantra, seit er Laurel das erste Mal gesehen hatte. Noch stand zwar in den Sternen, was in diesen zwei Tagen passieren würde, aber auf jeden Fall würde er versuchen, mehr über diese Frau zu erfahren und ihr vielleicht auch etwas näherzukommen. Besonders, nachdem er endlich einen Blick in ihre wunderschönen Augen hatte werfen können. Die Iris war aus einem ungewöhnlich hellen Braun, fast schon golden. Katzenaugen, bei denen die äußeren Augenwinkel höher lagen als die inneren. Gänsehaut überlief seine Arme. Rey schüttelte den Kopf. Er sollte sich lieber auf das konzentrieren, weshalb er hierhergekommen war.

Nachdem er bisher hauptsächlich Landschaftsfilme gedreht hatte, wollte er sich jetzt als Tierfilmer versuchen. Und wo gab es so viele faszinierende Tiere wie hier in den Naturparks in Südafrika? In den letzten Wochen hatte er sich die Tiere vom Auto aus angesehen und wollte nun das erste Mal in freier Wildbahn filmen. Wenn er dazu kam. Wie es bisher aussah, würde er seine Kamera bei diesen kurzen Stopps kaum auspacken können. Hoffentlich würden sie später mehr Zeit dazu haben. Als sie auf die Nashörner gestoßen waren, hätte er sie allzu gern gefilmt. Aber er wusste, dass er sie nicht vernünftig auf Film hätte bannen können, weil sie zum größten Teil von den Büschen verdeckt gewesen waren. Dennoch juckte es ihn immer in den Fingern, sobald er etwas Interessantes sah.

Und er entdeckte ständig und überall faszinierende Dinge. Beinahe in allem, das die Natur erschaffen hatte, konnte Rey etwas Besonderes sehen. Das war eine Gabe, manchmal aber auch ein Fluch. Zum Beispiel, wenn ihm eine Frau wie Laurel nicht mehr aus dem Kopf ging, selbst wenn sie so offensichtlich kein Interesse an ihm zeigte. Aber wie sie ihn eben angeschaut hatte – war da nicht doch etwas ganz anderes in ihren Augen aufgeblitzt? Vielleicht Neugierde oder gar Sehnsucht?

Laurel konnte fast den intensiven Blick spüren, der sich in ihren Hinterkopf bohrte. Warum interessierte Rey sich so unübersehbar für sie? Schon die ganze Zeit über war er in ihrer Nähe geblieben, war kaum mehr als einen Meter entfernt gewesen. Natürlich war sie die einzige ungebundene Frau hier auf der Wanderung, aber das hatte er ja vorher nicht wissen können. Vielleicht lag es einfach nur daran, dass sie auch Amerikanerin war und er jemanden suchte, mit dem er sich unterhalten konnte. Laurel blieb fast stehen, als ihr diese Erkenntnis kam. Er meinte gar nicht sie persönlich, sondern suchte einfach nur angenehme Gesellschaft! Sie ignorierte den Stich der Enttäuschung, der sie bei diesem Gedanken durchfuhr, und atmete gleichzeitig erleichtert aus. Natürlich, so war es: Laurel, die Gesellschafterin.

Ein leises Lachen entfuhr ihr, das sie sofort unterdrückte. Wenn Rey nette, leichte Unterhaltung suchte, dann war er bei ihr wirklich an der falschen Adresse. Sie war noch nie gut im Small Talk gewesen, erst recht nicht irgendwo mitten in der Wildnis. Aber sie könnte immerhin etwas freundlicher zu ihm sein. Ihr Schritt wurde federnder, während sie die Natur um sich herum endlich in aller Ruhe genießen konnte.

Kurz vor dem Lager trafen sie erneut auf eine der zahlreichen Schlaufen, in denen sich der Fluss durch den weitläufigen Park schlängelte. Doch diesmal gab es keine ebenerdigen Sandbänke, sondern ein sandiges, mit stacheligen Pflanzen bedecktes Steilufer, das sie barfuß hinunterklettern mussten. Dann sollten sie – möglichst ohne auszurutschen – in das hüfttiefe Wasser springen. Normalerweise wäre das kein Problem, aber mit schwerem Gepäck und Schuhen in den Händen oder um den Hals gebunden, war es eine knifflige Angelegenheit. Diesmal wollte Laurel sich nicht entgehen lassen, ein Foto zu machen. Sie ließ die anderen vorgehen und drückte dann auf den Auslöser ihrer Digitalkamera. Natürlich wäre es fast noch besser gewesen, wenn jemand in dem Moment kopfüber ins Wasser gefallen wäre, aber man konnte nicht alles haben. Laurel unterdrückte ein Grinsen, während sie die Kamera wieder sicher verstaute und sich bereit machte, selbst in das Wasser zu springen.

»Fertig?«

Erstaunt hob sie den Kopf, als sie Reys Stimme hörte. Er stand im Wasser und hielt ihr seine Hand entgegen.

»Ja, danke.« Sie wäre ungern selbst zur Lachnummer geworden. Aber verdient hätte sie es wahrscheinlich für ihre Gedanken. So hängte sie sich ihre an den Schnürbändern zusammengebundenen Schuhe um den Hals und ergriff seine kräftige Hand. Mit einem langen Schritt war sie hüfttief im Wasser und krallte ihre Zehen in den Sandboden, um nicht von der Strömung mitgerissen zu werden. Wenigstens war das Wasser nicht besonders kalt, sondern fühlte sich in der Hitze des Tages sogar recht angenehm an. Allerdings wollte sie lieber nicht darüber nachdenken, was sich alles in dem trüben Wasser verbarg. Vorsichtig hielt sie ihre Schuhe in die Höhe, damit sie nicht nass wurden, während sie sich mit der anderen Hand weiter an Rey festklammerte. Ihn schien das nicht zu stören, und Laurel bemerkte es erst, als sie am anderen Ufer ankamen. Ein Prickeln schoss ihren Arm hinauf und breitete sich in ihrem Magen aus.

Hastig zog sie die Hand zurück. »Danke.«

»Jederzeit wieder.«

Damit reichte er ihr erneut das kleine Handtuch und setzte sich in den heißen Sand. Er legte den Kopf in den Nacken und blickte zum Himmel hinauf. Offenbar tief in Gedanken versunken, musste Laurel ihn mehrmals ansprechen, bevor er reagierte und das feuchte Handtuch entgegennahm. Während Jim und der Guard sorgfältig überprüften, ob sich im hohen Schilfgras oder den angrenzenden Büschen nicht vielleicht gefährliche Tiere versteckten, zogen sie schnell ihre Socken und Schuhe wieder an. Sobald sie bereit waren, führte Jim die Gruppe über das sandige Ufer in einen kleinen Wald aus hohen Büschen, Akazien und anderen Laubbäumen. Diesmal boten die Bäume sogar ein wenig Schatten. Dankbar registrierte Laurel eine leichte Abkühlung der Luft.

Auf einem schmalen Trampelpfad durchquerten sie das Waldstück, bis plötzlich das Zeltlager hinter einer Wegbiegung auftauchte. Die Bäume und Büsche wichen einer rechteckigen, dürren Rasenfläche, um die vier mittelgroße Kuppelzelte angeordnet waren. Die grünlich braunen Zelte wirkten, als ständen sie schon einige Jahre am gleichen Fleck und wären häufig genutzt worden. Die Moskitonetze wiesen einige größere Löcher auf, durch die garantiert ganze Horden von Insekten, wenn nicht gar Schlangen hineingelangen konnten.

Laurel verzog bei diesem Gedanken den Mund. Sie hatte zwar nichts anderes erwartet, aber sie hätte sich auch gerne positiv überraschen lassen.

Jim stellte sich vor die Gruppe und erhob die Stimme. »Verteilt euch auf die Zelte, und dann treffen wir uns in fünf Minuten wieder hier, damit ich euch Toilette und Dusche zeigen kann.« Damit verschwand er, fröhlich *Umfolozi sunshine* singend, in seinem Zelt.

Anscheinend hatten alle nur auf das Stichwort gewartet, denn ehe Laurel einmal blinzeln konnte, waren bereits alle Zelte verteilt. Wie angewurzelt blieb sie mitten auf der Lichtung stehen. *Vier* Zelte? Sie war zwar nicht besonders gut in Mathematik, aber für diese Rechnung reichte es gerade noch: Vier Zelte bei acht Teilnehmern bedeutete, dass sie sich die Unterkunft mit jemandem würde teilen müssen. Und da ein deutlicher Männerüberhang herrschte ... Verdammt! Sie hatte wirklich gedacht, dass die Unterkünfte nicht ganz so knapp bemessen sein würden. Laurel sah sich nach dem Ranger um, doch der hatte sich bereits mit seiner Frau in sein abseits stehendes Zelt verkrochen und sich damit elegant aus der Affäre gezogen. Ratlos beobachtete sie das Treiben vor und in den Zelten. Die anderen beiden Frauen waren mit ihren Männern gekommen, sie würden sich garantiert nicht mit ihr das Zelt teilen wollen. Hinter den Zelten, die sich unter die Büsche und Bäume kauerten, fiel der Boden ein Stück ab und führte in ein weiteres kleines Lager, das anscheinend den Schwarzen vorbehalten war. Jedenfalls sah sie den Guard dort herumlaufen, sowie einen zweiten Mann, der wahrscheinlich der Koch im Lager war. Dort konnte sie auch nicht übernachten.

Zwar gab es in diesem Land keine staatlich verordnete Rassentrennung mehr, aber in den Köpfen war sie offensichtlich immer noch vorhanden. Schwarz und Weiß schienen hier weniger miteinander zu leben als vielmehr nebeneinander. Offene Konflikte waren seltener geworden, aber unterschwellig spürte sie die Trennung immer noch. Besonders auffällig war es im Berufsleben, wie zum Beispiel in ihrem Hotel in Durban: Schwarze übten meist die typischen Dienstboten-Berufe aus und waren häufig entweder Zimmermädchen oder Kofferträger, während die Weißen als Manager oder als Rezeptionisten arbeiteten. Hier auf der Safari waren der Koch und der Guard schwarz, der Ranger und die Teilnehmer weiß. Natürlich gab es inzwischen auch wohlhabende und besser ausgebildete Schwarzafrikaner, aber die bildeten noch immer die Minderheit. Wenn man bedachte, dass der Anteil der farbigen Bevölkerung in Südafrika erheblich größer war als jener der weißen Minderheit, musste hier noch viel getan werden, bis wirkliche Gleichberechtigung herrschte, dachte Laurel.

»Es werden nicht mehr.«

Erschrocken wirbelte sie herum.

Rey war unbemerkt hinter sie getreten und blickte sie jetzt halb mitfühlend, halb amüsiert an.

»Was?«

»Die Zelte. Es werden auch dann nur vier Stück sein, wenn Sie noch länger hier stehen bleiben. Nun kommen Sie schon, damit Sie endlich den schweren Rucksack loswerden. Außerdem ist die Zeit fast um.«

Laurel fühlte sich, als wäre sie in einer anderen Realität gelandet. »Wohin soll ich kommen?«

Rey lächelte. »Zu unserem Zelt natürlich.«

»Unserem?« Laurels Stimme klang selbst in ihren Ohren schwach.

»Ja, unserem. Ist das nicht toll, ein ganzes Zelt nur für uns allein!«

Laurel wusste, dass er sie aufheitern wollte, aber irgendwie fühlte sie sich nicht danach. Sie sollte sich mit Rey, einem mehr oder weniger fremden Mann, ein Zelt teilen?

Er schien ihre Bedenken zu erahnen, denn mit einem Mal wurde er ernster. »Ich werde Ihnen bestimmt nicht zu nahe treten, Sie brauchen keine Angst zu haben.«

Das hatte sie auch nicht angenommen, aber es war ihr einfach unangenehm, sich auf so engem Raum mit einem Fremden aufhalten zu müssen. Noch dazu, da sie in seiner Nähe immer ein Flattern im Magen spürte und ihr Herz anfing, schneller zu schlagen. Als sie bemerkte, dass die anderen schon wieder aus den Zelten herausgekrochen kamen, raffte sie sich innerlich auf und entschied, dass es nicht zu ändern war. Sicher würde sie es aushalten können, mit einem attraktiven Mann in einem gemeinsamen Zelt zu übernachten, dachte sie ironisch. Es war schließlich nur für zwei Nächte und hätte auch schlimmer kommen können.

Energisch ging sie auf das Zelt zu, das Rey sich ausgesucht hatte. »Ich hoffe, Sie schnarchen nicht.«

Rey stieß ein überraschtes Lachen aus. »Nein. Und Sie?«

Laurel drehte sich grinsend zu ihm um. »Das werden Sie heute Nacht feststellen.« Damit verschwand sie im Innern.

4

Rey sah ihr anerkennend hinterher. Sie war doch nicht so kompliziert, wie er ursprünglich angenommen hatte. Denn sie bemühte sich offensichtlich, das Beste aus der Situation zu machen, und konnte sogar darüber scherzen, auch wenn es ihr nicht behagte. Nicht jede Frau hätte sich so ohne Weiteres in das Unvermeidliche gefügt. Er fragte sich, wie das bei vorherigen Touren funktioniert hatte, wenn die Gruppen nicht nur aus Paaren zusammengesetzt gewesen waren. Nach Jims rascher Flucht ins eigene Zelt zu urteilen hatte es schon öfter Probleme gegeben, und deshalb hatte er wohl beschlossen, sich gar nicht erst einzumischen. Nicht gerade die feine Art, aber es kam Rey sehr gelegen. Er hatte schon überlegt, mit den anderen allein reisenden Männern eine Absprache zu treffen, damit er sich die Unterkunft mit Laurel teilen konnte, aber die beiden waren so schnell gemeinsam in einem Zelt verschwunden, dass dazu gar keine Zeit blieb.

Während er sich einerseits freute, dass das Schicksal ihm diese Karte zugespielt hatte, konnte er andererseits aber auch nachfühlen, wie Laurel jetzt zumute sein musste. Sich mitten in der Wildnis, in einem fremden Land, mit einem fremden Mann ein Zelt teilen zu müssen war bestimmt nicht das, was eine Frau sich wünschte. Wie auch immer, er hatte ja nicht vor, über sie herzufallen. Er würde auch nicht wollen, dass eine fremde Frau sich auf ihn stürzte, nur weil sie zufällig zusammen in einem Zelt schlafen mussten. Es sei denn, es handelte sich um Laurel – auch wenn dieses Szenario wohl doch eher unwahrscheinlich war …

Um ihr ein wenig Freiraum zu geben, schlenderte Rey hinter den anderen her zu der Feuerstelle, um die herum auf der festgestampften Erde gepolsterte Matten lagen. Wie es aussah, waren das die einzigen Sitzgelegenheiten im ganzen Lager. Sie waren gerade groß genug, um sich daraufzusetzen und sich mit dem Rücken gegen die dahinterliegenden Baumstämme zu lehnen. Wenn man etwas größer war, musste man sehen, wie man damit zurechtkam. Aber Rey hatte schon unter schlimmeren Bedingungen gearbeitet, daher hatte er kein Problem damit.

Mit einem Ohr den Gesprächen der anderen lauschend, ließ er den Blick durch das Lager gleiten. Hinter der Sitzgruppe überspannte eine Plane einen kleinen Tisch, auf dem ein großer, mit Wasser gefüllter Behälter stand. Daneben gab es eine Anzahl von bunten Plastikbechern und eine Flasche mit Fruchtsirup zum Anmischen. Rey verzog das Gesicht. Er hatte immer noch den Geschmack von dem Gemisch im Mund, das ihnen in Mndindini angeboten worden war. Glücklicherweise hatte er sich einige Flaschen Quellwasser mitgenommen, als Vorrat für die bevorstehenden Wanderungen.

Unter einem Baum stand ein großer, gusseiserner Kessel über einem Feuer, aus dem bereits Dampfschwaden aufstiegen. An einem Ast baumelten ein Schöpfbecher aus Plastik und ein ausgefranster Lappen, der wahrscheinlich als Topflappen diente. Ein Anblick, bei dem man unwillkürlich erwartete, dass gleich ein paar Kannibalen hinter den Büschen auftauchten. Rey musste grinsen. Seine Fantasie ging wieder einmal mit ihm durch. Er hatte schon immer eine blühende Fantasie gehabt, wie in seiner Kindheit, als er im Grand Canyon und den umliegenden Wäldern ständig neue Formen entdeckt hatte. Die einen hatten sich in Boote oder Raumschiffe, andere wiederum in Burgen oder Waldgeister verwandelt, und immer tiefer hatten sie ihn in ihre Zauberwelt hineingezogen.

Diese Einbildungskraft und sein besonderer Blick fürs Detail kamen ihm heute bei seiner Arbeit als Filmer zugute. Sicherlich war dieses Talent auch mit dafür verantwortlich, dass es ihn immer wieder in die Wildnis hinauszog und ihm das Leben in der Stadt oft wie die reinste Hölle erschien. Er fragte sich, wie die Leute es aushielten, inmitten von so vielen Menschen, Häusern und Autos zu leben, ohne dabei völlig durchzudrehen. Schulterzuckend erkannte er an, dass es andererseits Menschen gab, die nicht in der Wildnis leben könnten. Was ihm nur recht war, denn sonst gäbe es noch weniger unberührte Natur für Leute wie ihn.

Laurel kroch aus dem Zelt und schlenderte zu dem Essplatz hinüber. Kurz bevor sie zu den anderen stieß, blieb sie einen Augenblick stehen, um sich umzuschauen. Rey lehnte an einem Baumstumpf, während sein Blick in die Ferne gerichtet war, so als wäre er ganz woanders. Er strahlte eine solche Ruhe und inneren Frieden aus, dass es sie fast magisch anzog. Sie steuerte unbewusst bereits in seine Richtung, als sein Blick plötzlich klar wurde und ihren traf. Er zwinkerte ein paar Mal, dann breitete sich ein Lächeln auf seinem Gesicht aus. Laurel bekam umgehend ein flaues Gefühl im Magen. Gütiger Himmel, er brauchte wirklich einen Waffenschein für dieses Lächeln! Nur mit äußerster Willensanstrengung schaffte sie es, möglichst gleichgültig zu wirken und sich nicht wie eine Idiotin aufzuführen. Gerade als er sie zu sich winkte, wurde sie durch Jims Erscheinen gerettet.

Der Ranger baute sich vor ihnen auf, die Daumen in die Gürtelschlaufen gehakt. Seinen Bauch vorstreckend, wippte er ungeduldig auf den Fußballen. »Alles fertig?«

Alle nickten.

»Okay, dann zeige ich euch jetzt unsere sanitären Einrichtungen. Auf geht's.«

Gehorsam erhoben sich die Teilnehmer und marschierten hinter ihm her. Das hörte sich nach Dusche an, und Laurel konnte es kaum erwarten, den Dreck des Tages loszuwerden, endlich den Schweiß abzuwaschen und sich wieder selbst riechen zu können. An dem gusseisernen Topf hielten sie an.

»Das ist die Dusche.« Jim blickte um sich und lachte dann über ihre entsetzten Gesichter. »Kleiner Scherz.« Mit dem Lappen hob er den Deckel des Topfes an und deutete mit dem Kinn auf den Plastikbecher daneben. »Damit schöpft ihr das Wasser in diesen Eimer hier …« – mit der Schuhspitze stieß er einen alten Emailleeimer an und senkte den Deckel wieder –, »… dann geht ihr damit diesen Weg entlang zur Dusche.« Er führte sie auf einem kleinen Trampelpfad vom Lager weg, weiter den Hügel hinauf. Vor einem Baum hielt er an. Er löste ein dickes Seil von einem Zweig und ließ damit etwas herunter, das aussah wie ein großer, dickwandiger schwarzer Plastiksack mit Duschkopf und Wasserhahn. »Hier füllt ihr das heiße Wasser ein, dann zieht ihr das Ding wieder nach oben und bindet das Seil fest. Wie ein Wasserhahn funktioniert, wisst ihr ja sicher. Ihr braucht nicht viel Wasser, das Ganze ist sehr ergiebig. Falls noch etwas übrig ist, lasst es einfach für den Nächsten drin.«

Laurel schaute sich ungläubig um. Das hier war die Dusche? Hätten sie nicht wenigstens eine Art Sichtschutz anbringen können, damit nicht jeder zusehen konnte? Die kleine Lichtung war zwar einige Meter von ihrem Lager entfernt, doch ringsherum gab es nur ein paar ausgemergelte Büsche und dünne Bäume. Die Blätter waren nach dem Winter auch noch nicht sehr dicht, sodass man das Lager von hier gut erkennen konnte. Ebenso wie der Duschplatz vom Lager aus einsehbar war. Zumindest teilweise. Von Privatsphäre konnte also überhaupt nicht die Rede sein.

Vivian, die Amerikanerin, meldete sich zu Wort. »Woher wissen wir, ob jemand in der Dusche ist oder nicht?«

Eine gute Frage. Es würde bestimmt zu allerlei peinlichen Situationen kommen, wenn man erst nachsehen musste, ob gerade jemand duschte.

»Ganz einfach. Wenn der Eimer nicht beim Kessel steht, dann duscht gerade jemand.«

Stimmt, das konnte klappen. Außerdem könnte man die Köpfe abzählen, bevor man den Weg hinaufging. Oder jemanden fragen, es würde bestimmt immer jemand in der Sitzecke sein, der wusste, ob die Dusche gerade benutzt wurde. Laurel zwang sich, die Sache nicht gleich zu verdammen, bevor sie sie ausprobiert hatte. Ihr Artikel versprach jedenfalls immer abenteuerlicher zu werden. Außerdem waren sie nur zwei Tage hier, und danach konnte sie sich ausgiebig in der Hütte waschen, die sie sich für eine Nacht im Hilltop Camp reserviert hatte. Das hob ihre Stimmung wieder etwas, wenn auch nur für kurze Zeit.

Denn jetzt gingen sie zu den Toiletten. Wieder am Lager vorbei, wo Jim einen Spaten mitnahm, der an einem Baum lehnte, und einen weiteren Trampelpfad entlang, diesmal in die andere Richtung, etwas weiter entfernt. Ein Spaten? Wozu brauchten sie einen Spaten, wenn sie auf die Toilette gehen wollten? Ein ungutes Gefühl machte sich in Laurel breit. Sicher würde es hier … Ihre Gedanken wurden unterbrochen, als sie auf eine weitere Lichtung kamen. Weit und breit kein Toilettenhäuschen in Sicht. Fröhlich grinsend stützte Jim sich auf den Griff des Spatens.

»Das hier ist die Toilette. Ganz einfach – ihr sucht euch ein freies Plätzchen, grabt ein Loch, verbrennt danach das Toilettenpapier und schüttet das Loch wieder zu.« Er hob die Augenbrauen und betrachtete die geschockten Gesichter der Gruppe. »Irgendwelche Fragen?«

Niemand meldete sich. Mit glasigen Augen schauten sie auf die weite Fläche mit den entwurzelten Baumstämmen und dem noch recht frisch duftenden Elefantendung auf dem umgegrabenen Sandboden. Das hier sollte die Toilette sein? Selbst ein einfacher Busch wäre dem hier vorzuziehen, dachte Laurel. Natürlich ohne Stacheln.

»Okay, dann treffen wir uns in einer halben Stunde für eine kleine Tour in die Umgebung.« Jim ging ein paar Schritte und drehte sich dann noch einmal um. »Ach, noch etwas: Geht möglichst im Dunkeln nicht mehr so weit vom Lager weg, hier tauchen häufiger Elefanten und andere gefährliche Tiere auf.«

Unbehaglich blickte Laurel sich um. Gut zu wissen. Obwohl sie der Warnung sicher nicht bedurft hätte, sie würde auf keinen Fall noch einmal zu diesem Ort gehen. Sie würde warten, bis sie in ihrer luxuriösen Hütte im Hilltop war, ehe sie überhaupt wieder daran dachte, auf die Toilette zu gehen. Angewidert wandte sie sich ab. Sie hatte bestimmt keinen Luxus erwartet, aber unter dem im Prospekt vermerkten Satz: *Es gibt keine anspruchsvollen Einrichtungen* hatte sie gewiss nicht verstanden, dass überhaupt keine sanitären Einrichtungen vorhanden waren. Kein fließendes Wasser, okay. Ein Plumpsklo, in Ordnung. Aber ein durchgepflügtes Toilettenfeld: Nein! Mit großen Schritten entfernte sie sich in Richtung Lager.

Rey schloss zu ihr auf und passte seine Schritte ihren an. »Sehen Sie es als Teil eines großen Abenteuers.«

Laurel blieb stehen und drehte sich zu ihm um. »Ich weiß ja nicht, was Sie als abenteuerlich empfinden, aber ich und vermutlich so ziemlich alle Frauen hier empfinden diese ›Toilette‹ jedenfalls als eine Zumutung.«

Rey zuckte mit den Schultern. »Ich finde es auch nicht toll, aber es ist nun einmal so, und wir müssen damit leben.«

Schon wieder diese praktische Einstellung. Und wieder hatte er recht. Es half nichts, sich darüber aufzuregen, weil es sich nicht ändern ließ. Sie konnte tatsächlich nur versuchen, das Beste aus der Situation zu machen. Auf jeden Fall würde sie sich demnächst vorher genau nach den sanitären Einrichtungen erkundigen, sollte sie jemals wieder an einer Wandersafari teilnehmen wollen.

Warum hatte sie das nicht getan? War sie so auf diesen Job versessen gewesen, dass ihr alles andere egal gewesen war? Es sah so aus.

Laurels Mundwinkel bogen sich nach unten. Keine angenehme Vorstellung, dass sie so planlos und Hals über Kopf in diesen Auftrag geschlittert war. Im Prinzip besaß sie einen guten Job, der ihr ein sicheres Einkommen einbrachte. Aber das genügte ihr anscheinend nicht. Immer wenn sie wieder etwas erreicht hatte, war sie lediglich ein paar Monate damit zufrieden, bevor sich erneut diese Unruhe in ihr breitmachte. Als würde sie nach etwas suchen, es aber nirgendwo finden. Dabei wusste sie noch nicht einmal, was ihr genau fehlte, es war einfach ein unbestimmtes Gefühl, das sie immer weiterdrängte. Laurel tauchte aus ihren trüben Gedanken auf und bemerkte, dass Rey geduldig vor ihr stand und anscheinend auf eine Antwort oder eine Reaktion von ihr wartete.

Sie seufzte. »Sieht so aus.«

Mit den Fingerspitzen berührte er ihren Arm. »Versuchen Sie, die Unannehmlichkeiten zu ignorieren und nur diese grandiose Natur wahrzunehmen. Die Pflanzen und Tiere, die saubere Luft, den Gesang der Vögel. Es ist ein großes Privileg, hier sein zu dürfen und das alles zu genießen.«

Laurel zog eine Augenbraue hoch. »Was sind Sie, Werbetexter für Afrikareisen?«

Rey lachte überrascht auf. »Nein. Wahrscheinlich habe ich wieder ein bisschen dick aufgetragen, aber im Grunde ist es doch so: Nicht jeder hat die Möglichkeit, das hier zu erleben. Wir sollten froh sein, dass wir hier sind.«

Laurel nickte nachdenklich. »Sie haben recht, ich werde versuchen, Ihren Ratschlag zu beherzigen.« Sie setzte ihren Weg fort, um sich kurz darauf noch einmal umzudrehen. »Diese Toilette werde ich trotzdem nicht benutzen.«

Reys fröhliches Lachen folgte ihr zurück bis ins Lager. Merkwürdig, wie schnell sie sich an seine Gesellschaft gewöhnt hatte, entgegen ihrer anfänglichen Skepsis. Er brachte sie sowohl zum Nachdenken als auch zum Lachen, rückte vieles, worüber sie sich alleine wahrscheinlich furchtbar aufgeregt hätte, in eine andere Perspektive. Obwohl sie ihn kaum kannte, erschien er ihr wie der ruhende Gegenpol zu dem Nervenbündel, das sie war. Sie schüttelte den Kopf. So ein Unsinn, sie wusste weder genau, wer dieser Mann war, noch was er machte. Und wollte es auch gar nicht wissen. Oder?

5

»... an einigen Suhlplätzen vorbeigehen und versuchen, Tiere zu beobachten. Am späten Nachmittag treffen wir dann wieder im Camp ein. Wenn alles glattgeht.« Dabei grinste Jim. »Und denkt daran, das Gewehr haben wir nicht dabei, um die Tiere zu erschießen, sondern nur, um euch notfalls den Gnadenschuss zu geben.«

Laurel zog eine Grimasse. Sehr beruhigend! Vor allem, da man bei Jim nie genau wusste, ob er sich wieder einmal einen Scherz erlaubte oder es tatsächlich so meinte. Nachdem sie etwas getrunken und eine Kleinigkeit gegessen hatten, führte Jim sie, beladen mit kleinen Rucksäcken, wieder auf einem schmalen Trampelpfad vom Lager fort. Diesmal hatte er eine lange Hose angezogen, während die anderen, bis auf Laurel und Rey, immer noch ihre Shorts trugen. Es würde bestimmt nicht angenehm werden, durch die scharfkantigen Gräser und teilweise fingerlangen Dornen zu laufen, schon gar nicht in Shorts. Aber wahrscheinlich gehörte das für die anderen einfach zu einer Wandertour durch die Wildnis dazu.

Im Geiste ging Laurel die Formulierungen durch, mit denen sie das bisher Erlebte beschreiben würde. Sie unterdrückte ein Kichern, als sie feststellte, dass wohl eher eine Satire als ein ernst zu nehmender Abenteuerbericht daraus werden würde. Leider ging es ihr zu spät auf, dass sie für diese Art von Reportage wohl nicht unbedingt die geeignete Person war. Sie war ein Stadtmensch, um wilde, unberührte Natur machte sie gewöhnlich einen weiten Bogen. Ihre einzige Rettung für den

Artikel und damit ihren guten Ruf als Journalistin wäre, wenn noch etwas Ungewöhnliches passierte.

»Was ist so lustig?«

Reys geflüsterte Frage ließ sie über die Schulter zurückblicken. Er folgte ihr wortwörtlich auf dem Fuß – noch ein Stückchen näher, und er würde ihr in die Hacken treten. »Nichts. Alles.«

»Aha.«

Erneut bekämpfte Laurel den Lachreiz. Erstaunt stellte sie fest, dass ihr die Unternehmung allmählich wirklich Spaß machte. Die Landschaft war reizvoll, die Gesellschaft kurzweilig, und sie hatte sich sogar mit der Toilettensituation abgefunden. Wahrscheinlich war es nicht zuletzt Reys Anwesenheit, die ihr half, sich an alle Gegebenheiten anzupassen. Ein seltsam entspanntes und unbesorgtes Gefühl machte sich in ihr breit. Und als sie sich kurz umschaute und Rey anblickte, kam ihr auf einmal der Gedanke, dass es wirklich sehr einfach wäre, sich auf eine kurze Affäre mit ihm einzulassen. Abrupt schob sie diese Idee jedoch wieder von sich. So etwas kam gar nicht infrage, sie war aus rein beruflichen Gründen hier.

Wie zuvor liefen sie einen schmalen Trampelpfad entlang, der sie über magere Grasflächen, durch lichte Wälder und dornige Büsche führte. Die Sonne brannte mit voller Kraft auf Laurels Kopf und würde das wohl auch weiterhin, bis sie um sechs Uhr schließlich unterging. Sie schwitzte unter ihrer Kappe und der dünnen Safarikleidung, und die Aussicht auf eine Dusche, mochte sie noch so primitiv sein, erschien ihr mit einem Mal himmlisch. Ein Rascheln ließ ihren Blick zur Seite schnellen, doch sie konnte nichts entdecken. Kopfschüttelnd blickte Laurel wieder nach unten, um nicht gleich wieder zu stolpern. Erneutes Rascheln, dann ertönte ein lauter Schrei. Laurel riss den Kopf hoch und schaute sich panisch um. Was war das? Ein Zweig im Gebüsch neben ihr bewegte sich, etwas schoss blitzschnell daraus hervor, rauschte knapp an ihrem Kopf vorbei und verschwand dann, erneut einen unheimlichen Schrei ausstoßend.

Laurel zuckte zurück und taumelte gegen Rey, der hinter ihr stehen geblieben war. Seine Arme schlossen sich um sie und stützten sie, bis sie ihr Gleichgewicht wiedergefunden hatte. Einen Augenblick lang kostete sie das Gefühl seiner Hände auf ihrem Körper aus, dann drehte sie sich langsam zu ihm um.

»Was war das?«

Rey lächelte sie an, während er sie zögernd losließ. »Ein Vogel. Was dachtest du denn?«

Bevor sie aufgebrochen waren, hatten alle einstimmig entschieden, sich weniger förmlich anzureden. Wodurch es ihr noch schwerer fallen würde, Rey auf Abstand zu halten.

Verlegen zuckte Laurel mit den Schultern. »Keine Ahnung, ich habe ihn nicht gesehen, und dieser komische Schrei …« Sie verstummte und schüttelte sich.

»Stimmt, der klang gespenstisch.« Er blickte über ihre Schulter. »Wir sollten jetzt weitergehen, Jim ist schon wieder in den Laufschritt gefallen.«

Seufzend machte Laurel sich wieder auf den Weg. Sie ging so schnell sie konnte, aber trotzdem wurden die Abstände zwischen ihnen und dem Ranger langsam immer größer. Seine Erklärungen waren ziemlich dürftig, meist zeigte er nur flüchtig in irgendeine Richtung. Und diejenigen weiter hinten in der Schlange konnten sich dann selbst einen Reim darauf machen – falls sie überhaupt entdeckten, was er ihnen zeigen wollte. Es hatte Ähnlichkeit mit dem Kinderspiel »Stille Post«, spätestens der dritte in der Reihe verstand entweder gar nichts mehr oder gab etwas ganz anderes weiter, als ursprünglich gesagt wurde.

Die Idee brachte Laurel mehr als einmal zum Lachen. Im Geiste machte sie sich eine Notiz für ihren Artikel.

Etwa anderthalb Stunden später saßen sie auf einer kleinen, abschüssigen Grasfläche, durch höhere Gräser verdeckt, an einem großen, fast trockenen Wasserloch. In der weichen, sandigen Erde waren Abdrücke und Dung unzähliger Tiere zu erkennen. Von den Regenfällen waren noch einige Tümpel übrig geblieben, in denen die Tiere sich anscheinend gerne wälzten. Sie hatten erst ein kleines Picknick veranstaltet – mit heißem Tee: Nkosi hatte sogar einen Kessel mitgebracht und ein Erdloch dafür gegraben. Jetzt saßen sie alle gesättigt und gespannt da, um endlich Tiere aus der Nähe beobachten zu können.

Reys Camcorder lag griffbereit auf seinem Schoß, während er aufmerksam die Umgebung betrachtete. Außer dem Zwitschern der Vögel war kein einziger Laut zu hören. Schon seit einer halben Stunde warteten alle geduldig, dass irgendwann einmal ein Tier auftauchte, irgendetwas geschah. Nur hin und wieder ertönte ein leises Scharren, wenn jemand sein Gewicht verlagerte, doch sonst herrschte absolute Stille. Es war erstaunlich, dass eine so große Gruppe absolut leise sein konnte. Ein Lächeln huschte über Reys Züge, als Laurel zum wahrscheinlich hundertsten Mal überprüfte, ob ihre Kamera auch wirklich einsatzbereit war. Er konnte nur ahnen, wie schwer es ihr fallen musste, ruhig sitzen zu bleiben. Neben dem Fotoapparat lag auch ihr Notizblock samt Stift, damit sie sich hin und wieder Notizen machen konnte.

Erneut stieß sie unbeabsichtigt mit ihrem Knie an sein Bein und sandte damit einen Hitzestoß durch seinen Körper. So erging es ihm jedes Mal, wenn sie ihn berührte. Er wusste nicht, woran es lag, vielleicht an der erzwungenen Bewegungslosigkeit oder dem Fehlen von Ablenkung, jedenfalls war er sich jeden

Atemzugs und jeder Bewegung bewusst, die sie machte. Aus den Augenwinkeln bewunderte er einmal mehr den perfekten Sitz ihres T-Shirts und der Trekkinghose. Schuldbewusst lenkte er schnell den Blick in eine andere Richtung, aber irgendwie schien er immer wieder von alleine zu der Gestalt neben sich zu wandern.

Gerade als er sich erneut dafür schalt, dass er sich überhaupt neben sie gesetzt hatte, obwohl er durchaus noch einen anderen Platz gefunden hätte, passierte es: Krachende Geräusche ertönten aus dem kleinen Wald auf der anderen Seite des Wasserlochs, bis schließlich die Umrisse eines großen, grauen Tiers auftauchten. Aufgeregt hob Rey seinen Camcorder und balancierte ihn auf dem Knie, um zu vermeiden, dass die Aufnahme verwackelte. Er schaltete ihn an und folgte mit der Kamera dem Elefantenbullen, der sich jetzt gemächlich dem sumpfigen Tümpel näherte. Eine Weile stand er dort und prüfte die Umgebung, dann senkte er den Kopf und tauchte seinen Rüssel in den Morast. Kurze Zeit später hob er ihn wieder und sprühte das Nass über seinen Rücken.

Rey meinte fast, ein genüssliches Seufzen zu hören, als der erfrischende Matsch den heißen Körper berührte. Neben ihm knipste Laurel Foto über Foto, und auch die anderen Tourteilnehmer hatten ihre Fotoapparate und Camcorder im Einsatz. Langsam ging der Bulle vorwärts, bis er bis zum Bauch im Wasser stand. Seine Haut zeigte dunkle Flächen, wo sie mit dem brackigen Wasser in Berührung gekommen war. Mit einem Ächzen ließ sich das Tier schließlich tiefer in das Wasser sinken, die Ohren weiterhin wachsam aufgestellt. Schon bald landeten erste Vögel neben ihm, die sich daranmachten, Insekten aus seiner Haut zu picken. Ein ganz vorwitziger kroch halb in ein Ohr, nur noch seine Schwanzfedern ragten hervor.

Leider dauerte es nicht lange, bis die Idylle gestört wurde, als eine Kamera sich automatisch ausschaltete und das piepsende Geräusch den Elefanten aufschreckte. Dieser erhob sich, blickte zu ihnen hinüber und wedelte mit den Ohren. Schließlich drehte er sich um und verschwand gemächlichen Schrittes in den Büschen. Einerseits war Rey enttäuscht, dass sie den Elefanten nicht noch länger beobachten konnten, andererseits aber auch froh, dass er sich endlich wieder bewegen durfte.

Auch die nächste halbe Stunde verhielten sich die Gruppenteilnehmer leise, in der Hoffnung, dass noch irgendetwas passierte. Doch offensichtlich hatten keine weiteren Tiere Lust, sich zu zeigen. Jim machte es sich neben seiner Frau gemütlich und hielt erst einmal ein Nickerchen. So blieb nur der Guard, um Wache zu halten. Mit seinem Gewehr im Arm saß er ein Stück entfernt an einen Baum gelehnt und beobachtete die Umgebung.

Laurel hielt es nicht lange auf dem Boden aus. Zweige und harte Gräser piksten durch ihre dünne Hose, und immer in der gleichen Position zu verharren war auch nicht gerade gemütlich. Langsam und still verließ sie die Deckung der Büsche und Bäume und bewegte sich auf die Lichtung zu. Am Rand des Wasserlochs blieb sie stehen und machte ein Foto von den Abdrücken, die der Elefant im zähen Schlamm hinterlassen, und der großen Mulde, in der er sich gesuhlt hatte. Dann fotografierte sie die mächtige Akazie mit der weit ausladenden Krone, die am Rande der Lichtung stand. Sie spürte, wie jemand hinter sie trat, und drehte sich rasch um.

Natürlich war es Rey. Irgendwie tauchte er immer dort auf, wo sie gerade war. Es bestand kein Zweifel daran, dass er an ihr interessiert war, aber sie hatte nicht vor, eine von vornherein zum Scheitern verurteilte Beziehung anzufangen. Auch wenn seine Nähe ein Kribbeln in ihr hervorrief. Sie hatte einfach keine Zeit für eine Beziehung, schon gar nicht wenn der Kandidat dafür Tausende Meilen von ihr entfernt wohnte.

»Willst du etwas wirklich Lustiges sehen?« Reys Begeisterung wirkte ansteckend. Lächelnd ließ sie sich von ihm zu einem Baum führen. Er ging in die Hocke und zog sie an der Hand zu sich hinunter. »Sieh dir die Samenhülle dort an.«

Laurel beugte den Kopf, um sie eingehender zu betrachten, konnte aber nichts Besonderes entdecken. Es war einfach nur eine alte, vertrocknete Hülse. Plötzlich hüpfte das Ding in die Luft. Überrascht lachte Laurel auf. Sie hob den Kopf und blickte direkt in Reys faszinierende Augen.

Während sie die Samenhülle betrachtet hatte, war er anscheinend in ihren Anblick vertieft gewesen. »Eine Käferlarve ist darin, deshalb hüpft sie.«

»Findet sie den Ausgang nicht?«

»Nein, ich denke, sie bewegt sich einfach nur. Oder sie hat Schluckauf.«

Bei der Vorstellung musste Laurel abermals lachen.

»Ich wollte gerade meinen Camcorder holen, aber ich dachte, dass ich die Hülse vielleicht nicht mehr finde. Könntest du …«

»Geh ruhig, ich passe hier auf, dass sie nicht flüchtet.« Grinsend winkte sie ihn fort.

6

Als er mit ihrem Gepäck und seinem Camcorder zurückkam, war sie gerade dabei, ein Foto von der Samenhülse zu schießen. Auch wenn sie das Hüpfen auf dem Bild nicht einfangen konnte, so war es doch wenigstens ein nettes Erinnerungsfoto. Rey war nicht nur ein Mensch, der sich auch an kleinen Dingen erfreuen konnte, nein, er schien auch immer vorauszudenken. Sie lächelte, als er ihren Rucksack neben sie legte.

»Danke.«

Laurel öffnete die gefütterte Innentasche ihres Rucksacks und legte ihre Kamera hinein. Interessiert beobachtete sie, wie Rey seinen Camcorder auspackte und anschaltete.

»Schicke Kamera. Filmst du viel?«

Rey schaute lächelnd zu ihr auf. »Könnte man sagen, ich bin Landschaftsfilmer.«

»Wirklich? Das klingt spannend. Bist du deshalb hier nach Südafrika gekommen?«

»Ja. Mal ganz abgesehen davon, dass ich auch gerne das Land sehen wollte. Ich bin bereits seit einigen Wochen hier, habe sämtliche Naturparks abgeklappert und jede Menge Aufnahmen gemacht. Aber vom Auto aus kommt man normalerweise nicht so nah an die Tiere ran, daher habe ich vor, nach dieser Safari zum Great Limpopo Transfrontier Park zu fahren. Er schließt an den Kruger National Park an und verbindet ihn mit Mosambik. Eine Erlaubnis dafür habe ich bereits.«

»Hört sich aufregend an, aber irgendwie auch gefährlich.«

»Einen bewaffneten Guard kann ich mir nicht leisten, und

für jeden anderen ist das Mitführen von Schusswaffen verboten. Aber ich habe mich mit Rangern und Filmern unterhalten und alle meinten, dass es nicht sonderlich gefährlich ist, solange man bestimmte Regeln einhält und keine unnötigen Risiken eingeht.« Er grinste wieder. »Und das habe ich nicht vor.«

Laurel schauderte. »Trotzdem, für mich wäre das nichts.«

»Schade, dabei hatte ich gerade vor, dich zu fragen, ob du nicht mitkommen willst.«

Laurel lachte, dann weiteten sich ihre Augen, als sie erkannte, dass er es ernst meinte. »Danke für das Angebot, aber für mich ist das wirklich nichts. Außerdem habe ich gar keine Zeit, ich fahre in zwei Tagen schon wieder zurück nach Durban und fliege nach Hause.«

»Schade. Ziemlich kurzer Urlaub, oder hatte ich es falsch verstanden, dass du geradewegs aus Durban gekommen bist?«

»Nein, das stimmt schon. Ich mache auch keinen Urlaub, sondern bin aus beruflichen Gründen hier. Ich schreibe für eine Zeitschrift einen Artikel über diese Safari.«

Rey blickte sie interessiert an. »Toll! Für welche denn?«

»*Men's Fitness World*.« Sie wartete auf den üblichen dummen Spruch, den sie überall zu hören bekam, doch er kam nicht.

»Kenne ich nicht. Worum geht es in der Zeitschrift? Außer um Männer und Fitness natürlich.«

»Alles Mögliche: Fitnessübungen, Karrieretipps, gesunde Ernährung, die neusten Trendsportarten. Und hin und wieder erscheint ein Bericht über einen ›Abenteuertrip‹. Diesmal eben eine Safari in Südafrika.«

»Und du bist für den Reiseteil zuständig?«

»Nein, bisher noch nicht. Dies ist meine erste Reportage dieser Art, wahrscheinlich bin ich deswegen so nervös.«

»Das kann ich mir vorstellen. Aber ich beneide dich, dass du gut mit Sprache umgehen kannst. Ich habe dafür leider überhaupt kein Talent.«

»Das musst du ja auch nicht haben, wenn du nicht gerade Journalist oder Schriftsteller bist. Oder Politiker. Obwohl, da hättest du dann einen Redenschreiber.«

Rey lachte. »Bin ich alles nicht. Aber meine Naturfilme müssen natürlich auch kommentiert werden. Am Anfang habe ich es selbst versucht, aber bald gemerkt, dass das nicht das Wahre ist. Daher arbeite ich jetzt immer mit einem Autor zusammen, der die Kommentare dazu schreibt.«

»Ist das nicht teuer?«

»Doch, schon, aber was soll ich machen? Ich kann den Fernsehsendern ja schlecht einen Stummfilm anbieten.«

»Stimmt. Hast du keine Freundin, die dir dabei helfen könnte?« Sowie sie es ausgesprochen hatte, hätte Laurel sich am liebsten auf die Zunge gebissen. Verdammt, das hörte sich an, als wollte sie ihn aushorchen! Was in gewisser Weise auch stimmte, aber normalerweise ging sie wesentlich subtiler vor. Vorsichtig schaute sie Rey an. Vielleicht hatte er es ja gar nicht so verstanden. Die Hoffnung zerschlug sich, als sie ihn lächeln sah. Sie spürte, wie ihr die Röte in die Wangen stieg.

»Nein.«

Laurel wartete, dass er mehr sagte, aber er schwieg und ließ sie zappeln. Und tatsächlich konnte sie sich auch die anschließende Frage nicht verkneifen: »Nein, keine Freundin, oder nein, sie kann dir nicht dabei helfen?«

»Keine Freundin und auch keine Frau, falls du das wissen möchtest.«

Laurel tat so, als ob die Samenhülse wieder ihre Aufmerksamkeit erregt hätte.

»Kann ich dich auch etwas fragen?«

Schweigend blickte Laurel ihn an. Dann hob sie eine Schulter.

»Und du, bist du verheiratet oder sonst irgendwie liiert?« Das war ziemlich plump, das wusste Rey, aber die ganze Zeit über hatte er sich gefragt, ob Laurel wohl in festen Händen war. Was ihn bei einer Frau wie ihr nicht erstaunt hätte. Und warum sollte er die Gelegenheit ungenutzt verstreichen lassen, mehr über sie zu erfahren?

Er konnte Laurel ansehen, dass sie mit sich kämpfte, ob sie ihm die Wahrheit sagen sollte oder nicht. Schließlich befeuchtete sie die Lippen und sah ihm in die Augen. »Nein, derzeit nicht.«

Rey verschluckte sich fast. Derzeit? Sammelte sie ansonsten die Männer, quasi als Freizeitbeschäftigung oder was? Er musste einfach fragen, es ließ ihm keine Ruhe. »Warst du schon mal verheiratet?«

»Ja, drei Mal.« Ihr Gesicht war völlig ruhig. »Was ist, geht es dir nicht gut?«

Rey räusperte sich und wusste, dass er sie ziemlich entsetzt ansah. »Doch, doch. Es ist nur …« Er war eindeutig sprachlos.

Laurel begann zu lachen, und Rey ließ erleichtert die Schultern sinken. Verdammt, sie hatte ihm einen ganz schönen Schock versetzt mit ihren drei Männern! Und er war voll darauf reingefallen. Es war das erste Mal, dass er sie so herzlich lachen hörte, und er stellte fest, dass ihm ihr Lachen äußerst gefiel. Es klang so echt, von der Reserviertheit, die sie sonst an den Tag legte, war nichts mehr zu spüren. Eine wirklich faszinierende Frau mit immer wieder neuen Facetten.

Schließlich wischte sie sich lächelnd die Tränen aus den Augenwinkeln. »Entschuldige, ich konnte einfach nicht widerstehen.«

Rey grinste breit. »Kein Problem. Also kann ich davon ausgehen, dass du noch nie verheiratet warst?«

»Ja. Und ich habe derzeit auch keinen Freund.« Das Letzte sagte sie in einem merkwürdigen Tonfall.

»Lass mich raten, du hast irgendwie nie Zeit dafür.«
Erstaunt blickte Laurel ihn an. »Woher weißt du das?«
»Ich bin einfach ein guter Beobachter.«
Laurels Mundwinkel zuckten. »Aber du hast mir ohne Weiteres abgenommen, ich wäre bereits dreimal geschieden.«
»Ja, weil es einfach so viele Idioten unter uns Männern gibt.«
Lachend stieß Laurel ihn an. »Ich glaube, du bist wirklich ein guter Beobachter.«
Rey freute sich über ihren Anflug von Unbeschwertheit. Mit einem Mal wirkte sie fast entspannt. Er fragte sich, wie er es wohl anstellen musste, um Laurel einmal richtig ungezwungen zu erleben. Ohne ihre ständige Anspannung und die unnahbare Maske, die sie nach Belieben überstülpen konnte. Aber vielleicht war das auch einfach ihre Art, und sie konnte gar nicht anders sein. Rey zuckte im Geiste mit den Schultern. Nun, wenn sie bei ihm nicht auftaute, bei wem denn sonst? Es lag nun einmal in seiner Natur, jederzeit und überall Freundschaften schließen zu können, die Leute fühlten sich bei ihm einfach wohl. Aber jetzt war es Zeit, endlich die Aufnahme zu machen, bevor es sich die Larve in der Samenhülse anders überlegte und keine Lust mehr zum Hüpfen hatte. Konzentriert suchte er den besten Blickwinkel und wählte die richtigen Einstellungen, bevor er seine Aufnahme begann.

Laurel beobachtete ihn fasziniert. Fast ging etwas Andächtiges von ihm aus, als er seine Kamera auf das winzige Objekt richtete. Er schenkte dieser kleinen Samenhülse die gleiche Aufmerksamkeit und Sorgfalt wie allem anderen auch, was er tat. Ein Gefühl von Wärme breitete sich in Laurel aus. Ein sicheres Zeichen dafür, dass es langsam Zeit war, sich aus seiner Nähe zu entfernen, wenn sie seinem Charme nicht ganz erliegen wollte.

Sie war gerade dabei aufzustehen, als er sagte: »Möchtest du auch mal durchschauen?«

Ein perfekter Köder, denn sie war neugierig auf seine Kamera. Und außerdem war sie insgeheim froh darüber, einen Grund zu haben, noch ein wenig in seiner Nähe zu bleiben. Sie hockte sich neben Rey und blickte durch den Sucher, während er die Kamera hielt.

»Drück auf den roten Knopf, wenn du aufnehmen willst.«

»Aber …«

»Mach ruhig, die Speicherkarte ist fast noch leer.«

Sie nahm ihm die Kamera aus der Hand, startete die Aufnahme, und die Samenhülse hüpfte wie auf Befehl in die Luft. Laurel wartete, bis sie es ein zweites Mal tat, dann drückte sie erneut auf den roten Knopf und beendete damit die Aufnahme. Fast bedauernd gab sie Rey die Kamera zurück. Dieser ging auf den Anfang zurück und klappte den kleinen Bildschirm aus, um ihr zu zeigen, was sie gefilmt hatte. Die Aufnahme war gar nicht so schlecht. Sie war nur ein klein wenig verwackelt.

Laurel zog unzufrieden die Augenbrauen zusammen. »Ein Grund, warum ich nur fotografiere, ist, dass ich die Hände einfach nicht ruhig halten kann. Bei mir verwackelt alles.«

»Dafür gibt es Stative. Wenn ich ernsthaft filme, habe ich sie immer dabei. Manchmal hilft auch der SteadyShot, ein Stabilisierungs-System, aber das benutze ich nur bei unbewegten Objekten.«

Er suchte sich eine andere Perspektive und filmte noch eine Sequenz. Laurel war sprachlos, als er ihr die Aufnahme zeigte: Obwohl es sich um das gleiche Motiv unter gleichen Bedingungen handelte, wirkte der Film gleich viel lebendiger und professioneller.

»Du bist wirklich gut.«

Röte kroch in Reys Wangen, während er eilig die Kamera

ausschaltete und in seinem Rucksack verstaute. »Ich habe dir das nicht gezeigt, um damit anzugeben, sondern nur …«

Laurel unterbrach ihn. »Ich weiß. Du wolltest deine Freude an der Natur und am Filmen mit mir teilen.«

Langsam breitete sich wieder ein Lächeln auf seinem Gesicht aus. »Genau. Und, hat es geklappt?«

»Auf jeden Fall. Am liebsten …«

Ein lautes Krachen und anschließendes aufgeregtes Stimmengewirr unterbrachen sie. Der Guard war aufgestanden, gestikulierte heftig und gab Klicklaute von sich. Was Jim keineswegs aus seinem seligen Schlaf zu reißen vermochte. Erst als seine Frau ihn mehrmals anstieß, setzte er sich langsam auf.

»Rhino!«

Nachdem er die Situation erkannt hatte, winkte Jim die verstreuten Tourteilnehmer hektisch zu sich. Rasch schlüpfte Rey in die Riemen seines Rucksacks und half Laurel in ihre. Dann schob er sie vor sich her in das Unterholz. Die krachenden Geräusche kamen näher. Jim und Nkosi standen nebeneinander mit ihren Gewehren in den Händen und berieten sich auf Zulu. Das machte es für die anderen unmöglich, dem Gespräch zu folgen. Den Gesten nach zu urteilen ging es wohl um die Frage, in welche Richtung sie sich zurückziehen sollten. Schließlich wandte sich Jim mit leiser Stimme an die Gruppe.

»Es sieht so aus, als kämen Nashörner auf uns zu. Sie scheinen aufgebracht zu sein, wahrscheinlich haben sie ein Junges bei sich. Wir werden so schnell und leise wie möglich in die andere Richtung verschwinden. Okay?«

Niemand hatte etwas dagegen einzuwenden. Unsicher blickten sie sich an. Laurel wusste nicht, ob sie die Situation aufregend oder beängstigend finden sollte. So leise wie möglich folgte sie Jim durch das dichte, teilweise dornige Gebüsch, während Nkosi wie immer den Schluss bildete. Von Zeit zu Zeit stieß er Klicklaute aus, worauf Jim eine andere Richtung einschlug. Gerade als Laurel dachte, sie hätten die Tiere abgehängt, tauchte vor ihnen eine Mutter mit ihrem Jungen auf. Jim blieb ruckartig stehen und gab ihnen mit Handbewegungen zu verstehen, ganz vorsichtig rückwärtszugehen. Jetzt konnte Laurel das graue Ungetüm zum ersten Mal richtig sehen, und vor allem hören. Unruhig stampfte die Mutter auf den Boden, hin und wieder ertönte ein Schnauben. Fliegenschwärme umtanzten die erhitzten Körper und folgten jeder Bewegung.

Während ihm die Angst im Nacken saß, wünschte sich Rey gleichzeitig, er könnte die Szene filmen. Umsichtig stieg er über Sträucher und umgeknickte Baumstämme, immer bemüht, auf Anweisungen von Jim zu achten. Vor allem aber ließ er Laurel keine Sekunde aus den Augen. Ihr angstvoller Gesichtsausdruck vorhin schnitt ihm ins Herz. Offensichtlich hatte sie mit dieser Art von Gefahr auf der Tour nicht gerechnet. Er auch nicht, wenn er ehrlich war. Menschen wurden normalerweise von wilden Tieren nicht als Nahrung oder Gefahr gesehen und eigentlich nur angegriffen, wenn sie zu dicht herankamen. Was mochte die Nashörner aufgeschreckt haben?

Jäh wurde er in seinen Gedanken unterbrochen, als Vivian plötzlich mit einem leisen Aufschrei zu Boden stürzte. Ihr Mann zog sie hastig hoch, aber das Geräusch von knackendem Holz machte die Nashornkuh noch nervöser und vor allem aggressiver. Jetzt hielt sie direkt auf die beiden Amerikaner zu, die sich in letzter Sekunde gerade noch hinter einen Busch retten konnten. Jim schlug auf sein Gewehr, um von den beiden abzulenken. Wild schnaubend warf sich das Nashorn herum und lief nun auf den Ranger und damit den Rest der Gruppe zu. Vorsichtig wichen sie aus, darauf bedacht, das Nashorn nicht noch mehr zu reizen.

7

Laurels Herz klopfte ihr bis zum Hals, als sie sich panisch umblickte und nach einem Fluchtweg suchte. Plötzlich fühlte sie eine kräftige Hand an ihrem Arm. Sie sah auf und erblickte Rey, der ihr signalisierte, ihm zu folgen, was sie instinktiv auch tat. Sie kannte Rey noch nicht besonders lange, aber sie wusste, dass sie ihm vertrauen konnte. Die Gefahr war längst nicht gebannt, noch immer waren Nashörner in ihrer Nähe, das konnte sie deutlich hören. Aber mit Rey an ihrer Seite fühlte Laurel sich schon wesentlich sicherer. Schließlich trat er hinter einen auffällig dicken Baumstamm und zog Laurel dicht an sich. Das Nashorn mit dem Jungen brach in geringer Entfernung durch das Unterholz, bemerkte sie aber nicht. Erleichtert atmete Laurel auf.

Rey blickte sie besorgt an. »Alles in Ordnung?«

Laurel nickte stumm. Sie traute sich nicht, den Mund aufzumachen, weil ihre Stimme womöglich vor Angst zitterte. In ihrem Leben hatte sie schon einiges erlebt, aber eine derartige elementare Furcht hatte sie noch nie erfahren. Rey schien ihre Gefühle zu spüren, denn er drückte kurz ihren Arm, nahm dann ihre Hand und führte sie in einem Zickzackkurs zu den anderen zurück. Um sie herum waren weiterhin die Geräusche der aufgebrachten Mutter zu hören, die sich noch immer mit ihrem Jungen in der Nähe aufhielt. Laurel wusste, dass Nashörner sehr schlecht sehen konnten und sich nach ihrem Gehör und Geruchssinn richteten. Sie hoffte inständig, dass der Schweißgeruch, den sie und die anderen Teilnehmer der Gruppe nach dem Fußmarsch und in der Aufregung verströmten, die Tiere nicht noch mehr auf sie aufmerksam machte. Sie bemühte sich, so leise wie möglich zu gehen, aber da der Boden mit dürrem Holz übersät war, tat sie sich schwer.

Schließlich hatten sich alle wieder versammelt. Peter und Vivian wirkten noch ziemlich mitgenommen. Man konnte ihnen ansehen, dass sie um ihr Leben gefürchtet hatten. Und auch den anderen merkte man ihre Nervosität an.

Jim winkte sie dicht zu sich heran. »Solange wir eine so große Gruppe sind, werden wir nicht unbemerkt an den Nashörnern vorbeikommen. Es ist nicht nur die Mutter mit ihrem Jungen, den Geräuschen nach zu urteilen müssen noch mehr Tiere in der Nähe sein. Deshalb teilen wir uns jetzt in zwei Gruppen auf. Linda, Vivian, Peter, Pierre und Sheldon kommen mit mir, die anderen folgen Nkosi. Bleibt immer ganz dicht zusammen und verhaltet euch so leise wie möglich. Wir treffen uns dann in einiger Entfernung wieder oder, wenn das nicht klappt, im Lager.«

Dann wiederholte er seine Anweisungen noch einmal auf Zulu, woraufhin der Guard nickte. Jim schaute sich prüfend um, dann wünschte er der anderen Gruppe viel Glück und machte sich mit seinen Leuten auf den Weg.

Rey drückte beruhigend Laurels Finger, bevor sie Nkosis Handzeichen folgten und sich vorsichtig durch das Gestrüpp vorwärtsbewegten. Etwas weiter entfernt, etwa aus der Richtung, in die sich Jim und sein Häuflein entfernt hatten, hörten sie erneut ein lautes Knacken, und Rey hoffte, dass die andere Gruppe nicht abermals den Weg der Nashörner kreuzte. Was ihnen – für den Moment – Zeit gab, sich aus der unmittelbaren Nähe der Rhinozerosse zu entfernen. Leise schlichen sie hinter dem Guard her.

Gerade als sie dachten, sie hätten die grauen Riesen weiträumig umlaufen, hob Nkosi die Hand und ballte sie zur Faust. Rey blieb dicht hinter dem Mann stehen, und die anderen folgten seinem Beispiel. Nkosi horchte und sagte dann etwas, das niemand verstand. Rey hob fragend die Hände, deutete an, dass er ihn nicht verstand, woraufhin Nkosi es mit Zeichensprache versuchte. Ratlos sahen sich die verbliebenen Tourteilnehmer an. Was wollte er ihnen sagen? Als nicht weit von ihnen entfernt plötzlich ein Nashorn durch die Büsche brach, erhielten sie ihre Antwort. Hastig suchte jeder sich Deckung. Rey zog Laurel mit sich in ein dichtes Dornengestrüpp. Sie krochen so tief zwischen die dornigen Büsche, wie es ging, bevor sie sich auf den Boden kauerten und den Atem anhielten.

Rey schob sich schützend vor Laurel. Angestrengt spähte er zwischen den Zweigen hindurch, um zu erkennen, wohin ihre Begleiter verschwunden waren. Aber er konnte niemanden mehr entdecken. Fast schien es, als wären sie die einzigen Menschen weit und breit. Ein Schauer kroch ihm über den Rücken. Keine besonders angenehme Vorstellung. Er gab Laurel ein Zeichen, sich nicht von der Stelle zu rühren, und kroch wieder ein Stück in die Richtung, aus der sie gekommen waren. Wenn das Nashorn sich entfernt hatte, könnten sie an den Ausgangspunkt zurückkehren und dort vielleicht auf die anderen treffen. Dornen zerkratzten ihm Gesicht und Hände, rissen an seinen Haaren, und sein Zopf löste sich allmählich auf.

Vorsichtig schob er den Kopf durch das Gestrüpp und blickte sich um. Nichts zu sehen. Gerade wollte er erleichtert aufatmen, als er neben sich ein lautes Schnauben hörte. Er erstarrte. Keine fünf Meter vor ihm stand das Nashorn und schaute ihn an. Er konnte sich nicht vorstellen, dass es so blind war, ihn selbst auf diese kurze Distanz nicht zu sehen. Was sich im nächsten Moment zu bewahrheiten schien. Denn das Tier schnaubte erneut, setzte sich in Bewegung und steuerte genau auf ihn zu.

»Oh, verdammt!«

So schnell es das dichte Gestrüpp zuließ, kroch er rückwärts zu der Stelle, wo Laurel auf ihn wartete. Mit hektischen Handbewegungen bedeutete er ihr, zur anderen Seite des Strauchs zu flüchten. Sie zögerte erst, doch als es hinter ihm krachte und ächzte, kroch sie los. In Sekunden war Rey bei ihr angelangt, doch auch das Nashorn näherte sich durch das Unterholz, wie sie unschwer hören konnten.

»Schneller!«

Er wusste nicht, ob sie seine Worte überhaupt vernahm, denn das Pochen seines Herzens übertönte alle anderen Geräusche. Fast meinte er, den heißen Atem des Tieres in seinem Nacken zu spüren, während sie sich weiter durch Zweige und Dornen kämpften. Sie mussten unbedingt Schutz finden! Das Nashorn war durch seine dicke Haut viel besser vor den Dornen geschützt als sie, mochte es sich aufgrund seiner Masse in dem Gestrüpp auch schwerer tun. Es war nur eine Frage der Zeit, bis es sie einholte und angriff. Gerade als er dachte, sie würden es nicht mehr schaffen, stolperten sie auf eine Lichtung. Rey ergriff Laurels Arm und zog sie in die Höhe.

»Lauf!«

»Wohin?«

Eine gute Frage. Rasch blickte Rey sich um. In einiger Entfernung war eine Baumgruppe zu sehen, aber er glaubte nicht, dass sie es bis dahin schaffen würden. Schon gar nicht auf freier Fläche.

»Lauf an den Büschen entlang zu den Bäumen. Wenn es zu nahe kommt, retten wir uns erneut in die Büsche.«

Laurel lief sofort los, die Angst verlieh ihr ungeahnte Energie. Sie war normalerweise recht fit, aber in Wanderstiefeln über einen unebenen Boden zu rennen, noch dazu mit einem auf ihrem Rücken auf und ab hüpfenden Rucksack, das war sie nicht gewohnt. Rey war dicht hinter ihr, sie konnte seinen keuchenden Atem hören. Genauso wie die stampfenden Tritte des Nashorns. Die Angst brachte sie dazu, die letzten Kraftreserven aus ihrem Körper herauszuholen.

Den Blick starr auf die rettenden Bäume gerichtet, war sie vollkommen überrascht, als Rey sie um die Taille packte und sich mit ihr in einen dichten Busch warf. Zweige und Dornen zerkratzten ihre Haut, während sie scheinbar endlos durch das Geäst stürzten. Schließlich kam sie hart auf der Hüfte und dem Ellbogen zum Liegen. Ein stechender Schmerz fuhr durch ihren Körper. Es half auch nicht gerade, dass Rey mit seinem ganzen Gewicht auf sie fiel. Noch bevor sie dazu kam, ihre Verletzungen zu untersuchen, zog er sie bereits wieder auf die Füße und zerrte sie hinter sich her, tiefer in das Gestrüpp hinein. Das Krachen und Poltern in ihrem Rücken bedeuteten ihr, dass sie keine Sekunde zu verlieren hatten.

Ihre Kappe und Sonnenbrille hatte sie längst verloren, ihre Haare flatterten wild um ihr Gesicht. Mit einem Ruck verfing sich eine Strähne an einem dornigen Zweig und brachte sie abrupt zum Stehen. Als Rey bemerkte, dass sie vergeblich versuchte, sich von dem Hindernis zu befreien, legten sich seine blutenden, verschrammten Finger um den Zweig und brachen ihn ab. Er warf einen Blick über ihre Schulter und stieß einen tonlosen Fluch aus. Bevor Laurel sich selbst umdrehen und davon überzeugen konnte, dass das Nashorn ihnen dicht auf den Fersen war, hatte er sie bereits wieder um die Taille gefasst. Mit aller Kraft hechtete er mit ihr seitwärts. Sie brachen durch eine dichte Wand aus Gestrüpp, während hinter ihnen das Nashorn genau über die Stelle trampelte, an der sie gerade noch gestanden hatten.

Bevor Laurel darüber nachdenken konnte, wie knapp sie der

Gefahr entkommen waren, landete sie erneut unsanft neben Rey auf der Erde. Schmerzen schossen durch ihren Körper und nahmen ihr förmlich den Atem. Sie wollte sich aufrappeln, als der Boden unter ihnen wegbrach und sie ins Rutschen gerieten. Aneinandergeklammert rollten sie einen sandigen Abhang hinunter, über Gras, Pflanzen, kleinere Büsche und den ein oder anderen Stein hinweg. Stöhnend registrierte Laurel die stachelige Pflanze, die durch ihre dünne Hose drang, ignorierte aber den Schmerz, als sie einen riesigen Termitenhügel auf sich zukommen sah.

»Achtung!«

Rey reagierte sofort auf ihren Warnschrei. Er warf sich herum und katapultierte sie beide haarscharf an dem Bau vorbei. Irgendwann – Laurel kam es wie nach einer Ewigkeit vor – wurde ihr Sturz mit Wucht abgebremst. Sie mussten durch das Gestrüpp einer steilen Böschung gebrochen sein, die ein schmales ausgetrocknetes Flussbett begrenzte. Noch immer aneinandergekrallt blieben sie wie betäubt liegen.

Schließlich öffnete Laurel die Augen und blickte Rey an. »Leben wir noch?«

Rey verzog das Gesicht. »Da ich jeden einzelnen Knochen in meinem Körper spüre, würde ich sagen: ja.« Aufmerksam betrachtete er Laurel. »Du siehst etwas mitgenommen aus. Geht es dir gut?«

»Das kann ich dir jetzt noch nicht sagen. Dazu müsste ich erst aus diesem Loch herauskommen und meine Knochen sortieren.« Unsicher sah sie ihn an. »Wir kommen doch raus, oder?«

»Ja. Ich würde aber vorschlagen, dass wir erst noch eine Weile ruhig hier liegen bleiben, uns erholen und sicherstellen, dass dieses verdammte Nashorn endlich unsere Spur verloren hat.«

Laurels Stimme sank zu einem Flüstern herab. »Meinst du, es kann uns hören?«

Rey zuckte mit den Schultern und stöhnte auf. »Autsch. Ich weiß es nicht, aber es kann nicht schaden, wenn wir so leise wie möglich sind.«

Laurel nickte, legte den Kopf in den Sand zurück und schloss die Augen. Vielleicht könnte sie einfach einschlafen und dann in einem gemütlichen, sauberen Hotelbett wieder aufwachen. Allerdings würde dort nicht Reys Körper wie die zweite Hälfte eines Sandwichs neben ihr liegen. Sie konnte sich nicht entscheiden, ob das ein Verlust oder eine Erleichterung wäre.

Als Laurel den Mund öffnete, um etwas zu sagen, kam Rey ihr zuvor, indem er den Arm unter ihrer Hüfte hervorzog und einen Finger über ihre Lippen legte. Laurel verstand seine Aufforderung zu schweigen und klappte den Mund wieder zu. Dabei rieb Reys rauer Finger über ihre Lippen. Eine Welle heißer Empfindungen überrollte sie. Jäh wurde ihr bewusst, dass jedes Mal, wenn Rey sie berührte, ein Schauer sie überlief. Fast wie von selbst bewegten sich ihre Lippen und strichen erneut an seinem Finger entlang.

Eine seltsame Erregung erfasste Laurel, als sie spürte, dass auch Reys Herzschlag sich beschleunigt hatte. Oh ja, es war offensichtlich, dass Rey ganz und gar nicht unberührt blieb. Unter normalen Bedingungen hätte sie sich jetzt von ihm zurückgezogen, aber hier konnte sie das nicht. Auch auf ihre stärkste Waffe, eine sarkastische Bemerkung, konnte sie im Moment nicht zurückgreifen. Und wenn sie ihn ganz einfach küsste …? Oh Gott, was dachte sie denn da? Fast hätte sie enttäuscht aufgestöhnt, als er seinen Finger zurückzog. Um keinen Laut von sich zu geben, biss sie sich auf die Unterlippe.

Noch immer hingen Reys Augen wie gebannt an ihrem Mund, schienen ihn mit Blicken zu streicheln. Ihre Lippen prickelten. Ihr Mund war plötzlich wie ausgetrocknet. Sie war nahe daran, vor Enttäuschung aufzustöhnen, weil Rey keine

Anstalten machte, sie zu küssen. Ihre Lippen waren nur Zentimeter voneinander entfernt, aber irgendwie kam es ihr vor, als gäbe es eine unsichtbare Mauer, die sie trennte. Doch in Reys hellgrünen Augen sah sie die mühsam gebändigte Leidenschaft funkeln. Warum tat er nichts? Plötzlich verstand sie. Er wollte es ihr überlassen, ob sie sich näherkamen oder nicht. Rey wollte sie küssen, doch wartete er darauf, dass sie die Initiative ergriff.

Ihren Blick weiter in seinen versenkt, beugte sie sich langsam vor und berührte mit zitternden Lippen die seinen – flüchtig und kaum wahrnehmbar. Die Berührung durchzuckte sie wie ein Blitz, das Herz trommelte in ihrer Brust, ihr Puls raste. Langsam zog sie sich von ihm zurück, so weit es in der schmalen Rinne möglich war. Heftig stieß Rey den angehaltenen Atem aus. Seine hellen Augen hatten sich verdunkelt, nur noch ein schmaler grüner Rand war um die erweiterte Pupille zu sehen. Wenn die Gefühle in ihrem Innern nicht genauso getobt hätten, hätte sie sich jetzt vor ihm gefürchtet. So steigerte die Erregung dieses sonst so gelassenen Mannes nur ihr eigenes Begehren.

Als sie sein Stöhnen vernahm, schob sie eine Hand nach oben und zog sein Gesicht dichter zu sich heran. Sein schneller Atem strich über ihre feuchten Lippen, streichelte ihre Haut. Ihre Lippen trafen sich erneut, sanft und behutsam. Gerade als Laurel sich wieder von ihm lösen wollte, schlang Rey einen Arm um ihren Körper, mit der anderen Hand stützte er ihren Kopf. Dann senkte sich sein Mund erneut auf ihren, fordernd und energisch diesmal. Verführerisch strich seine Zunge über ihre Lippen, erkundete ihren Mund.

Selbst mit zerzausten, mit Zweigen, Blättern und Erde gespickten Haaren und schmutzigem, zerkratztem Gesicht schaffte Laurel es, seinen Herzschlag zu beschleunigen und ihn alles andere vergessen zu lassen. Das Gefühl, sie endlich in seinen

Armen zu halten und zu küssen, war überwältigend. Als Rey ihren Körper fühlte, der sich perfekt an seinen schmiegte, grub er seine Hand in ihre schwarzen Haare. Mit der anderen Hand drückte er sie fest an sich, obwohl sie ohnehin eng aneinandergepresst lagen. Aber er wollte sie spüren, wissen, ob ihre Haut wirklich so samtig war, wie sie aussah. Langsam schoben sich seine Finger tiefer, hoben den Saum ihres T-Shirts an und berührten ihre Haut.

Das Beben, das durch ihren Körper lief, setzte sich in seinem fort. Oh Gott, sie zu küssen, sie zu spüren, war noch viel schöner, als er es sich in seiner Fantasie ausgemalt hatte! Ohne Eile glitten seine Finger unter dem T-Shirt höher, um dann innezuhalten. Er zögerte kurz, dann ließ er seine Hand wieder nach unten wandern. Laurel erschauderte erneut. Der Kuss wurde heftiger, elementarer. Reys Hand legte sich um ihren zarten Nacken, streichelnd fuhren seine Fingerspitzen an der weichen Haut entlang, legten sich um ihren Hinterkopf. Auch wenn jeder Zentimeter ihres Körpers fest an seinen gepresst war, versuchte er, sich noch enger an sie zu drängen, ihr noch näher zu kommen.

Mit einem Mal wurde Rey wieder die Situation bewusst, in der sie sich befanden. Dieser Gedanke riss ihn ein wenig aus der Verzauberung, die ihn gefangen hielt. Noch vor einer Stunde hätte er sich nicht einmal in seinen kühnsten Träumen vorstellen können, dass er Laurel so nahe kommen würde. Und nun war es Wirklichkeit, doch der Ort und die Umstände waren einfach absurd: Noch immer war die Gefahr nicht gebannt, mussten sie doch erst den Weg zum Lager zurückfinden! Sosehr die Leidenschaft auch in ihm brannte, zwang er sich allmählich zur Besinnung. Sie mussten schleunigst versuchen, den Rest der Gruppe ausfindig zu machen, es war einfach zu riskant, mit Laurel alleine hier in der Wildnis herumzuirren, wenn es dunkel wurde.

Abermals küsste er sie, dann löste er sich energisch von ihr. Mit großen Augen blickte Laurel ihn an. Ein Lächeln umspielte seine Mundwinkel, als er ihren verträumten Ausdruck sah. Wo war ihre anfängliche geschäftsmäßige, kühle Art geblieben? Er würde dafür sorgen, dass sie sich in Zukunft noch öfter von dieser Seite zeigte! Aber nicht jetzt.

Rey neigte den Mund zu ihrem Ohr. »Ich kann dir gar nicht sagen, wie gerne ich weitermachen würde.« Seine Lippen zupften an ihrem Ohrläppchen. »Doch das verschieben wir lieber auf später. Jetzt sollten wir besser nachsehen, ob das Nashorn endlich von uns abgelassen hat, und möglichst schnell die anderen suchen.«

Eine leichte Röte kroch in Laurels Wangen. »Ja, natürlich.« Ihr Flüstern drang kaum an seine Ohren. Ruckartig versuchte sie, sich aufzurichten, doch eingekeilt wie sie war und noch immer mit dem Rucksack am Rücken, konnte sie sich kaum rühren.

»Warte, wir probieren es gemeinsam.«

Als sie sich endlich aus ihrer engen Lage befreit hatten und sich aufsetzen konnten, blickte Rey orientierungslos um sich. Um sie herum waren nur Büsche zu sehen, die links und rechts den schmalen Wasserlauf begrenzten. Sonst nichts. Rey unterdrückte ein Stöhnen, als er sich streckte und ein Nackenwirbel knackte. Es war wirklich ein Wunder, dass sie sich keine ernsthaften Verletzungen zugezogen hatten. Leicht schwankend stemmte er sich schließlich in die Höhe und hielt Laurel die Hand hin, um ihr aufzuhelfen.

»Danke.«

Mit der Hand schirmte Rey die Augen gegen die Sonne ab und hielt erneut Ausschau, ob das Nashorn nicht doch noch in ihrer Nähe war. Doch es war nichts zu sehen und – noch besser – nichts zu hören. Er seufzte. Sie waren offensichtlich mit dem Schrecken davongekommen, und die Gefahr war gebannt.

Langsam wich die Anspannung aus seinem Körper. »Okay, gehen wir.«

Laurel sah ihn fragend an. »Wohin?«

»Ich habe keine Ahnung. Erst einmal aus diesem Dickicht heraus und dann mal sehen, ob wir uns an irgendetwas in der Landschaft orientieren können.«

»Ja, versuchen wir's.«

Rey beugte sich zu ihr hinunter und drückte einen Kuss auf ihren Mund. Dann drehte er sich rasch um und machte sich daran, die Böschung zu erklimmen. Laurel folgte dicht hinter ihm und war froh, dass er ihr einen Pfad durch das Gestrüpp bahnte. Trotzdem blieb sie mehr als einmal an den spitzen Dornen hängen. Sie mochte sich gar nicht vorstellen, wie viele Kratzer, Prellungen und Beulen diese Odyssee auf ihrem Körper hinterließ. Aber die Hauptsache war, dass sie mit dem Leben davongekommen und auch nicht ernsthaft verletzt waren. Sie weigerte sich, den Schmerz in der Seite anzuerkennen. Besser, sie ignorierte ihn, solange sie noch nicht in Sicherheit waren und sie nicht unversehrt das Camp erreicht hatten. Der Gedanke an ein weiches, sauberes Bett entlockte ihr einen Seufzer, den sie sofort unterdrückte. Es brachte nichts, sich jetzt etwas zu wünschen, das sie sowieso nicht haben konnte. Sie sollte sich lieber darauf konzentrieren, so schnell wie möglich hier wieder herauszukommen.

Vom Erklimmen der steilen Böschung leicht außer Atem, hielt sie weiter oben an, wo der Abhang sich abflachte, und blickte sich um. »Ist das nicht der Termitenhügel, in dem wir fast gelandet wären?«

Rey folgte mit den Augen ihrem ausgestreckten Zeigefinger, der auf eine Stelle weiter oben zeigte. »Sieht fast so aus. Könnte natürlich mehrere davon geben.«

»Versuchen wir es einfach.« Laurel rückte den Rucksack auf ihrem Rücken zurecht und ging mit langen Schritten auf den Termitenbau zu.

Schließlich blieb sie stehen und betrachtete die Umgebung. »Weißt du noch, aus welcher Richtung wir gekommen sind?«

Rey sah sich lange um, bevor er sich mit der Hand durch die Haare fuhr. »Ganz sicher bin ich mir nicht, aber ich glaube, wir sind durch diese Büsche dort oben gedrungen. Sehen wir nach, ob wir abgebrochene Zweige oder andere Spuren finden.«

Ihre Spurensuche erwies sich jedoch als fruchtlos. Sie fanden nicht nur eine, sondern gleich mehrere niedergetrampelte Stellen, wahrscheinlich von Nashörnern, Elefanten oder anderen großen Tieren angelegte Wege. Die Chance, dazwischen ihre Spuren zu finden, war ziemlich gering. Also umrundeten sie das Gebüsch und versuchten dann aufs Geratewohl, die Lichtung zu finden, auf der sie durch das plötzliche Auftauchen des Nashorns von Nkosi und dem deutschen Ehepaar getrennt worden waren. Nach einer halben Stunde gaben sie erschöpft auf. Laurel hatte das Gefühl, sich ständig im Kreis gedreht zu haben. Sie ließ sich auf den Boden sinken und streckte stöhnend die Beine aus. Rey schlüpfte aus seinem Rucksack und stellte ihn vor sich auf den Boden. Er hockte sich neben sie und öffnete ihn. Als er die zwar demolierte, aber dicht gebliebene Trinkflasche herauszog, gab er einen zufriedenen Laut von sich und hielt sie Laurel hin.

»Danke, ich habe eine eigene Flasche. Jedenfalls hoffe ich, dass sie noch heil ist.« Sie setzte ihren Rucksack ab und öffnete ihn. Ja, auch ihr Wasserbehälter war unbeschädigt. Wenigstens ein Lichtblick! Erleichtert öffnete sie den Verschluss und trank gierig. Wasser rann ihr aus den Mundwinkeln und tropfte auf das T-Shirt, aber das war ihr jetzt egal. »Gut, dass ich meinen Laptop im Zelt gelassen habe. Die Strapazen hätte er bestimmt nicht überstanden.«

Laurel öffnete das gepolsterte Innenfach in ihrem Rucksack und zog vorsichtig den Fotoapparat heraus. Sie besah ihn sich von allen Seiten, auch hier kam sie zu einem positiven Ergebnis: Zumindest war von außen kein Schaden zu erkennen. Mit angehaltenem Atem schaltete sie ihn an und seufzte erleichtert, als die Anzeige erschien. Die Aufnahmen waren glücklicherweise nicht verloren gegangen.

»Gott sei Dank, es ist alles noch da. Der Chefredakteur würde mich lynchen, wenn ich ohne die Fotos wiederkommen würde.«

»Im Ernst?«

»Nein, natürlich nicht, aber erfreut wäre er bestimmt nicht. Wie sieht deine Kamera aus?«

Vorsichtig zog er den Camcorder aus seinem Rucksack und schaltete ihn an. Auch er funktionierte noch. »Super, aber ehrlich gesagt ist es mir viel wichtiger, dass wir beide heil davongekommen sind.« Rey verstaute sie wieder im Rucksack. »Dagegen ist die Kamera völlig unwichtig.«

»Stimmt.« Mit einem Grinsen richtete sie den Fotoapparat auf Rey. »Bitte lächeln!«

Das würde ein interessantes Foto werden: Mit den wirren Haaren und dem schmutzigen, zerkratzten Gesicht ähnelte er eher dem Überlebenden einer Katastrophe als einem Fotomodell für ein Hochglanzmagazin. Die Grimasse, die er zog, tat noch ein Übriges. Doch Laurel störte das nicht. Im Gegenteil, ihr war ein richtiger Mensch wesentlich lieber als eines von diesen manikürten Models, mit denen sie es bei der Arbeit ständig zu tun hatte.

Mit einem Lächeln betrachtete sie das Digitalfoto, dann drehte sie den Apparat herum, sodass Rey es auch sehen konnte. Wie nicht anders zu erwarten, zuckte er zusammen, als er sein Bild sah, und zog abermals eine Grimasse.

»Zum Fürchten, oder?«

Laurel lächelte. »Nicht wirklich. In Anbetracht dessen, was wir eben erlebt haben, siehst du eigentlich noch ganz passabel aus.«

»Danke.« Er nahm ihr die Kamera aus der Hand. Noch ehe Laurel protestieren konnte, hob er sie hoch und drückte auf den Auslöser. Er grinste schelmisch, als er Laurels Bild betrachtete, und reichte ihr den Fotoapparat zurück. »Ich kann das Kompliment nur erwidern«, fügte er hinzu.

Ihre Augen weiteten sich erschreckt. Mit der Hand vor dem Mund saß sie einige Zeit stumm da und betrachtete die Verwüstungen, die die abenteuerliche Flucht in ihrem Gesicht und mit ihren Haaren angerichtet hatte. Sie konnte sich nicht erinnern, jemals so abgerissen ausgesehen zu haben. »Na, vielen Dank! Wirklich gelungen.«

Rey schaute ihr lächelnd zu, als sie den Fotoapparat wieder an seinem Platz verstaute.

Laurel betrachtete ihre trostlose Umgebung. »Was machen wir jetzt?«

»Irgendwie versuchen, zum Lager zu kommen. Vielleicht haben wir Glück und treffen unterwegs auf eine der beiden Gruppen. Das Problem ist nur: Ich habe keinen blassen Schimmer, in welche Richtung wir gehen müssen. Das Lager liegt ziemlich weit nördlich, aber wo genau …« Er brach ab und wühlte in seinem Rucksack. Schließlich beförderte er mit einem triumphierenden Gesichtsausdruck einen Gegenstand zutage.

Laurel blickte ihn verwirrt an. »Was ist das?«

»Ein Navigationsgerät.«

Langsam breitete sich ein Lächeln auf ihrem Gesicht aus. »Ich dachte, wir sollten so etwas im Auto lassen?«

»Manchmal ist es eben gut, sich Anweisungen von oben zu widersetzen.« In ernsterem Ton fuhr er fort: »Ich hatte ja nicht vor, es zu benutzen. Aber in einem Notfall wie diesem können wir es gut gebrauchen.«

»Ist es noch intakt?«

Rey schaltete das Gerät an, und sofort ertönte ein Piepsen. »Okay, ich habe es zwar nicht auf unser Zeltlager einprogrammiert, aber auf Mndindini.« Laurel hob die Augenbrauen. »Wir müssen nur versuchen, den Weg nachzuvollziehen, den wir heute Vormittag von Mndindini aus gegangen sind, dann müssten wir ungefähr die Stelle finden, an der das Lager ist. Lass uns zusehen, dass wir den Fluss erreichen. Dann folgen wir ihm in nördlicher Richtung, um irgendwann auf das Camp zu stoßen.«

Laurel nickte. Ihr war immer noch nicht ganz klar, wie sie das bewerkstelligen sollten, doch sie beschloss, ihr Schicksal in Reys Hände zu legen. Was blieb ihr auch anderes übrig? Sie stand auf, klopfte sich die Hose ab und schaute in die Ferne. »Glaubst du, wir schaffen den Heimweg noch im Hellen?«

»Wenn wir uns beeilen.«

»Na ja, mal sehen, wie vielen angriffslustigen Tieren und Dornbüschen wir unterwegs noch begegnen.«

Rey trat lächelnd auf sie zu und zog Laurel in seine Arme. Einen Moment lang hielt er sie ganz fest und wiegte sie sanft hin und her. Trotz ihrer heiklen Situation breitete sich Wärme in ihr aus, und sie fühlte sich seltsam geborgen. Dann ließ er sie langsam los, viel zu früh, wenn es nach Laurel ginge. Nur seine Augen hielten ihren Blick noch immer gefangen.

»Wir werden es schaffen, glaub mir.«

Laurel war sich dessen nicht so sicher, aber sie nickte trotzdem. »Okay. Dann lass uns gehen.«

Sie setzte ihren Rucksack auf und strich sich die Haare aus dem Gesicht. Jeder Millimeter ihres Körpers schmerzte, aber sie lebte. Sie konnte gehen, und Rey war bei ihr. Energisch schüttelte sie den Kopf. Nein, den Gedanken würde sie jetzt nicht weiterspinnen. Mit einem Ruck brachte sie den Rucksack in die richtige Position und sah Rey erwartungsvoll an.

Prüfend blickte er auf das Navigationsgerät und deutete dann in eine Richtung. »Dort entlang.«

Laurels Blick glitt über seine hochgewachsene Gestalt, bewunderte die Art, wie er zielstrebig losmarschierte, ohne zu wissen, was ihn in dem unbekannten Gelände erwartete. Als sie Rey das erste Mal auf dem Parkplatz des Mpila Camps gesehen hatte – war das wirklich erst heute Morgen gewesen? –, hatte sie geglaubt, genau zu wissen, was für ein Mensch er war. Nicht im Traum wäre sie auf die Idee gekommen, ihn nur wenige Stunden später so attraktiv zu finden. Nun, äußerlich schon: Aber sein ganzes Wesen, sein Charakter, das Selbstvertrauen, das er ausströmte, all das zog sie nun unwiderstehlich an. Rey lief nicht mit geschlossenen Augen durch die Gegend, wie so viele dieser oberflächlichen Leute es heutzutage taten. Er sah, was um ihn herum vor sich ging, und konnte sich daran erfreuen. Oder er tat etwas, um die Situation zu verbessern, wie jetzt gerade. Laurel ignorierte das warme Gefühl, das in ihr aufstieg, und konzentrierte sich darauf, einen Fuß vor den anderen zu setzen.

8

Vor ihr marschierte Rey Hügel hinauf und wieder hinunter, umrundete undurchdringliche Büsche oder kroch durch Dickichte hindurch, während er der Richtung folgte, die das Navigationsgerät ihm vorgab. Als hätte es die Strapazen, die Lebensgefahr, in der sie schwebten, nie gegeben, genoss er die Wanderung – von den schmerzenden Gliedern einmal abgesehen. Die Stille, die Natur, die Tatsache, dass er mit Laurel ganz alleine war, all das nahm er mit jeder Faser seines Körpers wahr. Während Jim sie meist über kleine Trampelpfade geführt hatte, marschierten sie jetzt geradewegs durch die Wildnis, ein unberührtes Gebiet, das seit Jahren kein Mensch mehr betreten hatte, wenn überhaupt jemals. Der Gedanke war zwar aufregend, aber er wollte ihn lieber für sich behalten, da Laurel ihn wohl weniger reizvoll finden würde …

Seine Mundwinkel zogen sich nach oben, als er daran dachte, wie sie sich unter unmöglichsten Umständen nähergekommen waren. War es der Anfang einer Beziehung? Das war ein Wort, vor dem er bisher immer zurückgeschreckt war. Durch seinen Beruf und den unsteten Lebenswandel, den dieser mit sich brachte, war es schwierig, wenn nicht gar unmöglich, eine längerfristige Beziehung aufzubauen. Er war nie länger als ein paar Wochen an einem Ort. Die meiste Zeit reiste er durch ferne Länder und größtenteils durch wilde, unberührte Natur – also die abgelegensten Winkel der Welt.

Er hatte noch nicht einmal eine eigene Wohnung, sondern wohnte immer noch bei seinen Eltern in einem Apartment unter dem Dach, wenn er mal für ein paar Tage in der Gegend war. Alles Dinge, die eine potenzielle Partnerin sich bestimmt nicht als Voraussetzungen für eine funktionierende Beziehung vorstellen würde. Außerdem sah man sich bei seinem Beruf einfach viel zu selten, um überhaupt tiefere Gefühle zu entwickeln und sich näher kennenzulernen. Laurel war die erste Frau seit Jahren, die ihn wirklich interessierte. Rey schüttelte den Kopf. Was für ein schlechtes Timing!

Schweigend setzten sie ihren Weg fort. Nur wenn sie eine kurze Pause einlegten oder über die einzuschlagende Richtung diskutierten, sprachen sie in leisem, sachlichem Ton miteinander. Schließlich blieb Rey stehen und wischte sich den Schweiß von der Stirn, während er die Gegend betrachtete. Er spürte die Hitze von Laurels Körper, als sie dicht hinter ihm stehen blieb. Offenbar hatte sie nicht damit gerechnet, dass er anhielt.

»Was ist los?« Ihre Stimme klang müde, wahrscheinlich war sie genauso erschöpft wie er.

»Laut GPS müssten wir bald am Fluss sein. Von da aus ist es dann nicht mehr weit zum Lager. Nur noch ein paar Kilometer, dann sind wir wieder in der Zivilisation.«

Laurel schnaubte. »Das nennst du Zivilisation?«

Grinsend hängte er sich das Gerät wieder um den Hals. »Nun ja, zumindest im Vergleich zu hier.«

Laurel seufzte. »Auch wieder wahr.« Sie blickte auf die Uhr. »Es ist schon fast halb fünf; glaubst du, wir schaffen es noch bis zum Camp, solange es hell ist?«

»Wir müssen uns einfach beeilen. Komm, gehen wir.« Er nahm ihre Hand und zog sie mit sich.

Laurel genoss einige Sekunden lang seine warme Haut an ihrer, dann machte sie sich los. Sie war froh, einfach nur seinen Schritten zu folgen, ohne sich überlegen zu müssen, welche Richtung sie einschlagen sollten. Auf der Kuppe eines Hügels blieben sie stehen und schauten auf die vor ihnen liegende Senke hinunter. Akazien und hohe Büsche umsäumten eine Lichtung, die manche Tiere offenbar als Suhlplatz benutzten. Vorhin, mit der Gruppe, war es ein Erlebnis gewesen, den Elefanten am Wasserloch zu beobachten. Doch jetzt waren sie allein und ohne Waffen hier; eine weitere Begegnung mit einem wilden Tier könnte sehr gefährlich für sie werden. Vorsichtig schaute sie sich um. Es war nichts zu sehen. Doch wie die Begegnung mit den Nashörnern sie gelehrt hatte, kündigten die Tiere sich nicht lange vorher an. Mit einem Mal waren sie da.

Wie um Laurels Gedanken zu bestätigen, ertönte genau in dem Moment ein Knacken in den Büschen. Entsetzt presste sie sich dicht an Rey. Nicht schon wieder! Panisch blickte sie um sich, konnte aber zunächst nichts entdecken. Was immer auch im Gebüsch am Rande der Lichtung lauerte, wagte sich noch nicht ins Freie. Ob das Tier ihre Anwesenheit schon bemerkt hatte?

Erneut ein Knacken, dann schob sich langsam ein großer, grauer Körper durch das dichte Gestrüpp auf der gegenüberliegenden Seite. Laurel packte Rey am Arm und zog ihn mit sich, tiefer in den Schatten der Vegetation. Dort kauerte sie sich hinter einen gewaltigen Busch, der sie vollständig bedeckte. Rey schlüpfte neben Laurel und zog sie an sich. Durch die Zweige hindurch konnten sie die Lichtung überblicken. Laurel schlang die Arme um ihre angezogenen Beine und stützte das Kinn auf ihre Knie. Als das Nashorn gemächlich auf das Schlammloch in der Mitte der Lichtung zutrottete, stieß sie den angehaltenen Atem aus. Genüsslich ließ sich das mächtige Tier jetzt in den Schlamm sinken. Im schräg einfallenden Licht sah man die Insektenschwärme, die den warmen Tierkörper umschwirrten.

Allmählich entspannte sich Laurel ein wenig und fand Gefallen an dem Schauspiel.

»Das ist ein Spitzmaulnashorn. Hier im Park gibt es das größte Aufkommen dieser Art, sonst ist es fast ausgerottet. Allerdings sieht man sie nicht besonders häufig, weil sie Einzelgänger und sehr scheu sind.«

Laurel passte ihre Lautstärke Reys Flüstern an. »Woran erkennst du, dass es kein Breitmaulnashorn ist?«

»Sieh dir den Kopf an. Das Maul läuft spitz zu. Außerdem ist sein Horn länger als das von Breitmaulnashörnern, und seine Kopfhaltung ist ebenfalls anders.«

»Inwiefern?«

»Breitmaulnashörner ernähren sich vorwiegend von Gräsern, ihre Kopfhaltung ist daher zum Boden hin ausgerichtet. Spitzmaulnashörner hingegen fressen Blätter und frische Triebe von Bäumen und Büschen, ihr Kopf hat eine aufrechtere Haltung.« Rey drückte ihre Hand. »Deshalb bin ich auch ziemlich sicher, dass nicht noch weitere Nashörner in den Büschen lauern, das hier ist wie gesagt ein Einzelgänger.«

Laurel nickte, während sie weiter wie gebannt das Tier beobachtete.

Am liebsten hätte Rey sie gefilmt, ihren verträumten Gesichtsausdruck, das leichte Lächeln eingefangen, das ihre Lippen umspielte. Doch das wollte er in dieser Situation lieber nicht riskieren, aber ihr Anblick würde sich auch so in sein Gedächtnis einprägen. Ein scharfer Stich fuhr durch seine Brust. Verdammt, er wollte sich nicht vorstellen, wie es war, wenn sich ihre Wege wieder trennten und ihm nur einige wenige Erinnerungen an diese Tage mit ihr blieben. Kaum waren sie ein paar Stunden zusammen, hatte er sich auch schon an ihre Nähe gewöhnt. Fast als wären sie schon immer zusammen gewesen.

Rey zuckte zusammen, als Laurel seinen Arm berührte und ihn wieder in die Gegenwart holte.

Ihre warmen Finger gruben sich in seine Haut, als sie aufgeregt in eine Richtung deutete. Rey folgte ihrem Blick und lächelte, als er drei Warzenschweine sah, die zielstrebig auf das Schlammloch zurannten. Dabei trugen sie ihre Schwänze steif nach oben gereckt. Nicht umsonst wurden sie auch Antennenschweine genannt, wie Rey schmunzelnd bemerkte. Mit einem weithin hörbaren Grunzen ließen sie sich in den Schlamm fallen. Mit sichtbarem Vergnügen suhlten sie sich, jagten sich gegenseitig durch das schlammige Nass, ohne sich an dem Nashorn zu stören. Ihre braunen Borsten waren mit Schlamm verkrustet, und der etwas längere Haarkamm auf dem Rücken stand in alle Richtungen ab.

Rey beugte sich dicht zu Laurel hinab. »Hippieschweine.«

Laurel schlug eine Hand vor den Mund, um ihr Lachen zu unterdrücken, während sie die Schweine weiter beobachtete. Rey sah zu ihr hinüber und grinste. Das hier war es, wofür er nach Südafrika gekommen war: Tiere in ihrer heimischen Umgebung zu beobachten und zu filmen. Diese Kreaturen übten eine so elementare Wirkung aus – und nicht selten brachten sie einen auch zum Lachen –, dass die Strapazen des Tages schon beinahe vergessen waren. Auch auf Laurels Gesicht breitete sich ein zufriedenes Lächeln aus. Rey wurde es warm ums Herz bei ihrem Anblick. Behutsam, um sie nicht zu erschrecken, beugte er sich vor, bis sein Mund nur noch einen Hauch von ihrem entfernt war. Seine Hand fuhr durch ihre Haare, umfasste sanft ihren Hinterkopf und zog sie näher zu sich heran. Mit der Zunge fuhr er über ihre Lippen, kostete ihren Geschmack. Aus Laurels Kehle kam ein Laut, der einem Schnurren ähnelte.

Mit einem fast lautlosen Stöhnen schob er sich dichter an sie und küsste sie. Zärtlich zunächst und schließlich immer leidenschaftlicher. Es dauerte nicht lange, und er verlor sich in diesem Kuss. Es war, als hätte er jahrelang auf diesen Moment gewartet, um nun all die Intensität und Hingabe zu spüren, die ihm so lange verwehrt geblieben waren. Erst als eines der Schweine ein hohes Quieken ausstieß, lösten sie sich schwer atmend voneinander. Rey blickte schweigend auf Laurel hinunter, die ihn ebenso aufmerksam musterte. Mit dem Daumen fuhr er zärtlich über ihre geröteten Lippen, dann zwang er sich dazu, sich wieder dem Geschehen auf der Lichtung zuzuwenden. Sie mussten schließlich noch wachsam bleiben, da sie sich allein und schutzlos hier draußen befanden.

Außerdem sollte er sich mehr darauf besinnen, wozu er eigentlich hier war, schalt er sich im Geiste. Und da die Gelegenheit gerade günstig war, wollte er sie nicht ungenutzt verstreichen lassen. Vorsichtig, um möglichst keines der Tiere aufzuscheuchen, holte er seine Kamera aus dem Rucksack, stützte sie auf seinem Knie ab und fing an zu filmen.

Während die Schweine sich nach einiger Zeit genug gesuhlt hatten und sich auf der Suche nach einer anderen Beschäftigung entfernten, blieb das Nashorn weiter im Schlamm liegen. Rey filmte noch eine letzte Sequenz, dann ließ er die Kamera sinken. Ein Blick auf Laurel sagte ihm, dass es nun wirklich Zeit war aufzubrechen. Ihre Augen waren geschlossen, ihr Kopf nach vorne gesunken; sie wirkte völlig erschöpft und brauchte dringend Schlaf und Erholung. Sie mussten sich beeilen, sonst würden sie es bei Tageslicht nicht mehr rechtzeitig bis zum Camp schaffen. Er richtete sich lautlos auf und betrachtete noch einmal die friedliche Szene vor ihm. Wenn er doch nur seine Profikamera und das Stativ hier hätte! Aber daran konnte er jetzt nichts ändern. Außerdem hatte er später im Peace Park noch genug Zeit für seine Aufnahmen, jetzt musste er zusehen, dass sie beide heil ins Lager zurückfanden.

Plötzlich sah er aus den Augenwinkeln auf der anderen Seite der Lichtung etwas aufblitzen. Stirnrunzelnd schaute er hinüber, doch er entdeckte nichts. Wahrscheinlich war es ein Sonnenstrahl gewesen, der sich an einem Blatt gebrochen hatte.

Sanft berührte er Laurels Schulter und beobachtete, wie sie träge die Augen aufschlug. Ihre Lider hoben sich schwerfällig, flatterten ein paar Mal, bevor sich ihre Augen auf ihn richteten. Schlagartig war sie hellwach.

»Oh nein, bin ich etwa eingeschlafen?« Ihre Stimme war vom Schlaf ganz heiser. Verlegen räusperte sie sich.

Rey beugte sich zu ihr vor und legte die Lippen an ihr Ohr. »Ja, aber nur kurz. Du hast nichts verpasst.«

Laurel blickte zu dem Nashorn, das noch immer genüsslich seinem Bad frönte, und lächelte dann. »Es scheint so. Wir müssen wohl los?«

»Ich würde ungern im Dunkeln noch hier herumirren.«

Leise standen sie auf und packten ihre Sachen zusammen. Rey wollte gerade seine Kamera im Rucksack verstauen, als plötzlich ein Schwarm Vögel aus einer Akazie aufstob und mit lautem Geschrei davonflog. Auch das Nashorn hatte sich erhoben und begann nun langsam zum Dickicht zurückzutrotten. Mit einem Mal legte es an Tempo zu. Hatte es eine Gefahr gewittert? Soweit Rey wusste, hatte das Nashorn keine natürlichen Feinde. Kein Fleischfresser interessierte sich normalerweise für ein Nashorn – es sei denn, das Tier war krank und schwach und damit eine leichte Beute für Raubtiere. Dennoch schien das Tier beunruhigt zu sein, denn kaum hatte es festeren Boden erreicht, trabte es auch schon los. Mit den kurzen, stämmigen Beinen konnte es sich erstaunlich schnell fortbewegen, und in Sekundenschnelle überquerte es die Lichtung und hielt auf das schützende Blätterdach der Bäume und Büsche zu. Rey hatte seine Kamera wieder angeschaltet und folgte der Bewegung.

Unvermittelt hallte ein lauter Knall durch die stille Landschaft. Erschreckt zuckte Rey zusammen. Die Kamera schwankte in seinen Händen. *Verdammt, jemand hatte einen Schuss abgegeben!*

Er blickte zu Laurel hinunter, die beide Hände vor den Mund gepresst hielt und mit geweiteten Augen zu der Stelle hinüberschaute, wo das Nashorn eben noch in das Dickicht tauchen wollte. Rey beugte sich abermals über den Sucher, doch das Nashorn war verschwunden. Ein Gefühl der Ohnmacht und Wut breitete sich in ihm aus, als er die Kamera neu ausrichtete. Dort, auf dem Boden! Er zoomte den Bildausschnitt näher heran, und tatsächlich, dort lag das Nashorn. Das schöne, kraftvolle Tier lag blutend am Boden und zuckte mit den Läufen.

»Verdammt!«

Ruckartig richtete Rey sich auf und wollte schon aus dem Unterschlupf hinauskriechen, als Laurel ihn energisch am Bein festhielt.

»Wo willst du denn hin?«, flüsterte sie.

»Zum Nashorn.«

»Bist du verrückt geworden? Wer immer da draußen auf das Tier geschossen hat, ist noch da! Glaubst du, die Typen finden es lustig, wenn hier plötzlich jemand herumrennt und ihnen ins Handwerk pfuscht?«

Langsam richtete er sich auf. »Aber …«

Laurel lehnte ihre Stirn an seine. »Ich weiß, ich würde auch gerne etwas unternehmen. Aber wir können nichts tun. Schließlich sind die bewaffnet und wir nicht! Nimm lieber alles auf, um es zu dokumentieren. Vielleicht können wir mithilfe des Films die Wilderer überführen.«

Rey musste einsehen, dass Laurel recht hatte. Er würde sie beide nur in Lebensgefahr bringen, außerdem konnte er dem Nashorn nicht mehr helfen. Die Zähne fest zusammengepresst, löste er sich sanft aus Laurels Griff, hob die Kamera wieder an und schaute hindurch. Das Nashorn versuchte sich aufzurichten, aber es war zu schwach. Zitternd lag es im verdorrten Gras und stieß dumpfe Laute aus. Rey klappte den kleinen Bildschirm aus, der an der Kamera angebracht war, damit Laurel auch sehen konnte, was gerade passierte. Eng presste sie sich an ihn und umschlang ihn mit ihren Armen, als wollte sie ihm Trost spenden.

Tränen stiegen ihm in die Augen, als er den Todeskampf des Nashorns beobachtete. Am liebsten hätte er es mit bloßen Händen mit demjenigen aufgenommen, der dafür verantwortlich war, dass das Tier so litt, aber das wäre selbstmörderisch gewesen. Seine Hände krampften sich um die Kamera, als er mehrere Gestalten sah, die aus dem gegenüberliegenden Gebüsch traten und vorsichtig auf das verletzte Tier zugingen. Wahrscheinlich hatten sie Angst, dass es ihnen trotz seiner Verletzung noch gefährlich werden könnte. Die Gewehre im Anschlag, pirschten sie sich an das Nashorn an.

9

Es waren zwei weiße Männer in Safari-Outfit und vier Schwarze, die fast alle Jeans trugen. Nur einer der Männer hatte eine Uniform an, und Rey schien es, als ob es die Dienstkleidung der hiesigen Park Ranger war. Rey presste die Zähne so fest zusammen, dass sie knirschten. Seine Hand an der Kamera bebte vor Wut. Um die Aufnahme nicht zu verwackeln, stützte er sie wieder auf sein Knie. Die andere Hand ließ er in den Schoß sinken.

Er spürte, wie Laurels Finger sich mit seinen verschränkten. Als er sie kurz anschaute, erkannte er, dass sie mit den Nerven am Ende war. Ihr ganzer Körper bebte, die Augen waren weit aufgerissen und gerötet. Tränen bedeckten ihre Wangen. Sie musste die Zähne so sehr in die Unterlippe gepresst haben, dass sie leicht blutete. Sanft strich Rey mit der Hand über ihre feuchte Wange und wischte ihr die Blutstropfen von der Lippe. Er versuchte, sie beruhigend anzulächeln, doch es gelang ihm nicht. So hatte er sich das Tierfilmen nicht vorgestellt. Dass vielleicht ein Tier ein anderes riss, darauf war er vorbereitet gewesen. Aber nicht, dass rücksichtslose Menschen in einem anerkannten Schutzgebiet einfach ein Nashorn abschlachteten!

Nur widerwillig blickte er wieder auf den Monitor der Kamera. Die Männer hatten mittlerweile das Nashorn erreicht und umringten es in geringem Abstand. Rey konnte jetzt nur noch ein Bein und den Kopf des Tieres erkennen. Ein dünner Faden Blut rann aus dem geöffneten Maul. Das Bein zuckte nur noch ab und zu. Laute Stimmen ließen ihn die Kamera nach oben schwenken, zu den Gesichtern der Männer. Auf diese Entfernung und ohne Teleobjektiv konnte er keine Einzelheiten erkennen, aber er könnte den Ausschnitt später vergrößern lassen.

»... tolle Jagd ...« Der eine weiße Mann klopfte dem anderen auf die Schulter.

Dieser lachte freudig. »Machen Sie ein Foto von mir und meinem Fang?«

Entsetzt schauten Laurel und Rey sich an. Die Aussprache des Mannes klang eindeutig amerikanisch! Noch wütender als zuvor beobachtete Rey, wie der Amerikaner sich hinter dem Nashorn in Positur warf und siegreich einen Fuß auf den Nacken seiner Beute stellte. Anschließend trat er ein Stück zurück und gab zweien der schwarzen Männer ein Zeichen. Diese holten eine große Säge aus einem Plastiksack und stellten sich zu beiden Seiten des Kopfes auf. Doch statt das Horn abzusägen, wie Rey es erwartet hatte, machten sie sich daran, den ganzen Kopf abzutrennen.

Laurel gab einen entsetzten Laut von sich, während Rey mühsam schluckte. Beim Anblick von Blut war ihm schon immer übel geworden, aber die Szene hier übertraf bei Weitem alles, was er je gesehen hatte. Ein würgendes Geräusch drang aus seiner Kehle, Übelkeit überkam ihn. Hastig presste er eine Hand vor den Mund und wandte sich von dem Gemetzel ab. Mit Mühe bekämpfte er den Brechreiz, bis er einigermaßen sicher sein konnte, sich nicht doch noch übergeben zu müssen. Jetzt erst bemerkte er Laurels Hand, die sanft über seinen Rücken rieb.

Etwas verlegen drehte er sich zu ihr um und dankte ihr mit einem Nicken. Der Gedanke, sich abermals dem Gemetzel zuzuwenden, war ihm unerträglich, aber er hatte keine andere Wahl. Wenn er das Verbrechen, das diese Männer begingen, auf Film bannen wollte, dann musste er zwangsläufig hinsehen. Vorsichtig und aufs Schlimmste gefasst, schaute er erneut auf den Monitor. Er atmete erleichtert auf, als er erkannte, dass die Männer ihre grässliche Arbeit bereits beendet hatten. Von dem Nashorn war kaum mehr etwas zu erkennen, nur die Wölbung des Körpers und die ausgestreckten Beine. Blut bedeckte die graue Haut und das verdorrte Gras.

Rey schluckte den bitteren Geschmack in seiner Kehle hinunter und konzentrierte sich darauf, die Männer zu filmen, die sich nun entfernten. Zwei von ihnen trugen unter großen Mühen den Plastiksack, der jetzt wohl den Kopf des Nashorns enthielt. Der Amerikaner folgte ihnen. Schließlich verschwand auch der Letzte von ihnen im Gebüsch, aus dem sie gekommen waren. Vermutlich hatten die Männer genau wie sie selber im Dickicht gekauert und gewartet, bis ein lohnendes Tier vor ihnen auftauchte.

Anscheinend waren sie aber erst später gekommen, sonst hätten sie bemerkt, wie Laurel und er auf der anderen Seite der Lichtung eintrafen, ehe sie sich einen Unterschlupf gesucht hatten. Verdammt, wenn Laurel und Rey sich früher auf den Weg gemacht hätten, wären sie vielleicht auch in Gefahr geraten! Oder sie hätten verhindern können, dass ein wehrloses Tier getötet wurde. Blicklos starrte Rey vor sich hin, bis Laurels Hand seine umschloss.

»Was machen wir jetzt?«

Rey tauchte aus seinen Gedanken auf und sah sie an. »Unsere Sachen zusammenpacken und ganz schnell von hier verschwinden.«

In Windeseile packten sie die Kamera und ihre Wasserflaschen ein und setzten sich die Rucksäcke auf den Rücken. Während sie aus dem Gebüsch hervorkrochen, bemühten sie sich, möglichst kein Geräusch zu verursachen. Nicht dass die

Männer etwas vergessen hatten und noch einmal hierher zurückkamen und ihr Versteck entdeckten! Rasch versuchte Rey, mit den Händen ihre Spuren zu verwischen, doch vergebens. Schließlich gab er auf und zog Laurel mit sich fort.

Wenn wirklich jemand vom Park Service in dieser Geschichte steckte, dann wäre es ein Leichtes für ihn, ihre Namen herauszubekommen. Schließlich hatten Laurel und er sich ordnungsgemäß angemeldet, und da sie als Einzige von der Gruppe später ins Lager zurückkehren würden, war es für andere offensichtlich, dass sie beide hier durch die Gegend geirrt waren. Seine Mundwinkel färbten sich weiß, so fest presste er die Lippen zusammen. Er würde alles dafür tun, dass diese Männer bestraft wurden, egal was es ihn kostete.

Doch erst mussten sie ins Camp zurückfinden. Noch waren sie nicht außer Gefahr. Jederzeit konnte jemand ihren Spuren von der Lichtung folgen und seine Schlussfolgerungen ziehen. Rey wollte sich lieber nicht ausmalen, was die Wilderer mit möglichen Zeugen anstellen würden. Wenn man bedachte, welche Strafen in Südafrika auf Wilderei standen und was die Männer damit verdienen konnten, dann war es gut möglich, dass sie ohne Weiteres alle Zeugen beseitigen würden, um weiter ungestört ihrem schmutzigen Geschäft nachgehen zu können. Das hatten schon einige Ranger am eigenen Leib erfahren müssen. Dieser Gedanke beschäftigte ihn, während sie sich vorsichtig einen Weg aus ihrem Unterschlupf bahnten.

Mit einem Mal trat Rey auf einen von Gras bedeckten Ast, der mit einem lauten Knacken zerbrach. Wie erstarrt blieben sie beide stehen und spähten auf die andere Seite der Lichtung. Mit Entsetzen sahen sie, dass der zweite weiße Mann über das Nashorn gebeugt dastand und sich jetzt in ihre Richtung wandte. Er musste, ohne dass sie es bemerkt hatten, nochmals zurückgekehrt sein. In der Hand hielt er ein langes Messer, von dem das Blut tropfte. Obwohl sie durch das relativ dichte Gestrüpp vermutlich nicht zu sehen waren, schien der Mann sie direkt anzublicken.

Reys Hand schloss sich fester um Laurels, während er überlegte, was sie jetzt tun sollten. Ducken oder fliehen? Der Mann nahm ihm die Entscheidung aus der Hand. Immer noch in ihre Richtung blickend, rief er seinen bereits verschwundenen Kumpanen etwas zu, das Rey über dem Rauschen in seinen Ohren nicht verstehen konnte. Aber es bedeutete wohl nichts Gutes für sie, denn jetzt richtete sich der Wilderer auf und kam mit langen, energischen Schritten direkt auf sie zu. In einer Hand hielt er immer noch das Messer, während er mit der anderen hinter seinen Rücken griff und eine Schusswaffe herauszog. Laurels ängstlicher Blick traf Reys, dessen Herz vor Angst raste. Schweiß bildete sich auf seiner Stirn, während er verzweifelt in wenigen Sekunden, die ihm wie eine Ewigkeit vorkamen, nach einem Ausweg suchte.

Er ließ Laurels Hand los und gab ihr einen Schubs. »Lauf!«

Ohne zu zögern, lief Laurel los, Rey dicht hinter ihr. Mit seinem Körper versuchte er sie abzuschirmen, sollte der Mann auf sie schießen. Wie waren sie hier nur hineingeraten? Es war schon beängstigend genug, von wilden Tieren bedroht zu werden und alleine in der Wildnis umherzuirren. Aber dann noch Zeugen zu werden, wie Wilderer ein Nashorn töteten! Allmählich wurde ihre Lage wirklich verzweifelt. Noch hatten sie einen ziemlichen Vorsprung, und das Unterholz war hier so dicht, dass ihr Verfolger sie unmöglich sehen konnte. Aber wenn der Weiße einen der Schwarzen hinzurief, die womöglich ausgezeichnete Fährtenleser waren, würde es ihnen wohl nicht schwerfallen, ihre Spur aufzunehmen.

Hektisch um sich blickend lief Rey hinter Laurel her, immer tiefer in die Wildnis hinein. Er hatte keine Zeit mehr gehabt, auf das Navigationsgerät zu schauen, sodass er nicht wusste, ob die Richtung noch stimmte. Doch jetzt ging es einfach darum, den Verbrechern zu entkommen. Außerdem hatte er genug damit zu tun, den Blick auf den Boden zu heften, um nicht zu stolpern. Der Atem brannte ihm in der Lunge, sein Herz klopfte wie ein Presslufthammer. Plötzlich strauchelte Laurel und stürzte vor ihm auf den weichen Boden.

Rey wich ihr im letzten Moment mit einem Sprung zur Seite aus und ließ sich neben ihr auf die Knie fallen. Schwer atmend fuhr er mit der Hand über ihren Rücken. »Alles in Ordnung?«

Laurel setzte sich stöhnend auf, dann nickte sie. »Ja.«

»Gut. Komm, wir müssen weiter.« Gerade wollte er sie wieder auf die Füße ziehen, als dicht hinter ihnen knackende Geräusche ertönten. Ihr Vorsprung hatte sich verringert, der Verfolger war ihnen dicht auf den Fersen. Reys Gehirn arbeitete fieberhaft, als Laurel ihn anstieß und auf einen umgestürzten Baum deutete. Mit dem mächtigen Wurzelwerk, das in die Luft ragte, schien er sich als Versteck geradezu anzubieten. Rey nickte ihr zu, und eilig krochen sie auf allen vieren so leise wie möglich darauf zu. Mit letzter Kraft warfen sie sich hinter den Baumstamm und drängten sich eng aneinander. In der Deckung der gewaltigen Wurzel spähten sie vorsichtig hinaus.

Das Dröhnen ihres Herzens und ihr keuchender Atem übertönten jegliches Geräusch, sodass Laurel sich nur auf ihre Augen verlassen konnte. Hastig schob sie sich die Haare aus dem Gesicht, während sie sich gleichzeitig tiefer auf den Boden duckte. Sie war dankbar für Reys beruhigende Wärme in ihrem Rücken. Auch wenn er ebenso wenig gegen einen bewaffneten Mann ausrichten konnte wie sie. Aber vielleicht hatten sie den Wilderer tatsächlich überlistet. Laurel ballte die Hände zu Fäusten. Sie hatten an einem einzigen Tag schon so viel Pech gehabt –

war es da wirklich zu viel verlangt, dass sie zur Abwechslung einmal Glück hatten?

Wie um ihre Hoffnung im Keim zu ersticken, kam auch schon der Mann in ihr Blickfeld. Er blieb an der Stelle stehen, wo Laurel kurz zuvor gestrauchelt war, und schaute um sich. Die Waffe, offensichtlich eine Pistole, hielt er immer noch in der Hand, das Messer steckte jetzt in einer Scheide am Gürtel. Sein Blick glitt suchend über die nähere Umgebung, bis er schließlich am Baumstamm hängen blieb. Als würde er von ihren angsterfüllten Augen magisch angezogen, kam er zielsicher auf ihr Versteck zu.

Rey beugte sich schützend über Laurel, den Blick starr auf den herankommenden Mann gerichtet. Ihnen blieb nichts anderes übrig, als auszuharren und zu hoffen, dass er sie vielleicht doch nicht entdeckte. Sie saßen hier fest, ihr Fluchtweg war abgeschnitten. Noch zehn Meter, acht, sechs … Rey schob Laurel hinter sich, nachdem er ihr zu verstehen gegeben hatte, auf sein Zeichen hin loszulaufen. Er ignorierte ihr Kopfschütteln und Gestikulieren, und Laurel wusste nicht, wie sie ihm klarmachen sollte, dass es Selbstmord wäre, unbewaffnet gegen diesen Verbrecher vorzugehen. Ihre Hand legte sie auf seinen Rücken und spürte seine angespannten Muskeln.

Plötzlich erklang eine Stimme aus der Ferne. »Jacobs, wo bleiben Sie? Wir müssen jetzt aufbrechen, wenn wir nicht im Dunkeln hier festsitzen wollen.«

Der Mann drehte sich halb um und blickte in die Richtung zurück, aus der er gekommen war. Sein gemurmelter Fluch verriet, dass er nicht besonders glücklich über die Störung war. »Ich komme.«

Laurel zuckte unter seiner lauten Stimme zusammen, ein Zittern lief durch ihren Körper. Sie erstarrte, als seine Augen wieder über den Baum glitten. Würde er tatsächlich umkehren oder erst nach ihnen suchen? Erleichtert atmete sie auf, als er schließlich nach einem letzten Blick auf ihr Versteck auf dem Absatz kehrtmachte und zurück zu seinen Kumpanen marschierte. Nach einer Weile waren keine Geräusche mehr zu hören, und Laurel hob den Kopf, um über den Stamm hinwegzublicken. Sofort drückte Rey sie wieder hinunter. Fragend schaute sie ihn an.

»Was ist, wenn es ein Trick ist?« Sein Flüstern war kaum zu hören.

Augenblicklich kauerte sie sich tiefer auf den Boden. Sie hatte überhaupt nicht darüber nachgedacht, aber Rey hatte recht, der Mann konnte immer noch in der Nähe sein und nur darauf warten, dass sie aus ihrem Versteck herauskamen. So oder so konnten sie nicht hierbleiben, denn wenn ihr Verfolger den anderen davon berichtete, dass er unwillkommene Zeugen hierher verfolgt hatte, dann würde er womöglich mit Verstärkung zurückkehren.

Rey schien den gleichen Gedanken zu verfolgen, denn er beugte sich dicht an ihr Ohr. »Ich will sehen, ob die Luft rein ist. Warte hier.«

»Das ist zu gefährlich! Wenn er darauf wartet, dass du auftauchst, dann …«

Rey lehnte seine Stirn an ihre. »Das weiß ich, aber wir haben keine andere Möglichkeit. Wir müssen hier weg, und zwar so schnell wie möglich!«

»Sei bitte vorsichtig …«

Ihre Lippen waren einander so nah, dass Rey sie sanft küsste, bevor er sie langsam von sich schob. Er setzte sich auf die Fersen und kauerte hinter der großen Wurzel, um vorsichtig hinauszuspähen. Nichts rührte sich, niemand trat aus dem Gebüsch, kein Zweig bewegte sich. Vielleicht war der Mann ja wirklich verschwunden, aber erst mussten sie sich Gewissheit verschaffen. Langsam, Zentimeter für Zentimeter, schob Rey sich in die Höhe, bis er schließlich aufrecht stand, ein lohnenswertes Ziel für jemanden, der im Gebüsch auf diese Gelegenheit lauerte. So schnell wie möglich schlich Rey durch das kniehohe Gras auf die Stelle zu, wo ihr Verfolger verschwunden war. Lautlos verschwand er im Gestrüpp und damit aus Laurels Blickfeld.

Mit einem Mal wurde Laurel seine Abwesenheit schmerzhaft bewusst. Obwohl Rey nur einige Meter von ihr entfernt war und – hoffentlich – bald wiederkommen würde, kam sie sich allein und verlassen in der Wildnis vor. Zitternd schlang sie die Arme um ihre angewinkelten Knie. Und plötzlich wurde ihr klar, wie hilflos sie als Stadtmensch war. Nicht dazu geschaffen, sich in der unberührten Natur zurechtzufinden. Jedenfalls nicht ohne einen erfahrenen Begleiter an ihrer Seite. Die nackte Angst, hier sterben zu müssen, ergriff auf einmal von ihr Besitz. Erneut lief ihr ein Schauder über den Rücken, als sie darüber nachdachte, was bisher alles geschehen war. Ihre Hände ballten sich zu Fäusten, als sie an das Nashorn dachte. Hastig blinzelte sie die Tränen fort, die sich in ihren Augen gesammelt hatten. Sie würde durchhalten, bis sie in Sicherheit waren, dann konnte sie ihren Gefühlen freien Lauf lassen. Später.

Ihr Kopf schnellte herum, als plötzlich ein Knacken ertönte. War der Mann jetzt hinter ihr? Oder wurde sie abermals von einem wilden Tier bedroht? Sie ignorierte ihr hämmerndes Herz und richtete sich langsam auf, damit sie notfalls flüchten konnte. Wieder ein Knacken, mit einem Mal Stille. Laurels Nackenhaare richteten sich auf, Gänsehaut überzog ihren Körper. Sollte sie Rey rufen, damit er gewarnt war? Oder brachte sie ihn damit noch mehr in Gefahr? Unschlüssig kauerte sie in ihrem Versteck, die Augen immer in Bewegung. Schließlich nahm sie einen dunklen Fleck in den Büschen hinter sich wahr. Wie erstarrt hockte sie im Gras und beobachtete, wie etwas auf sie zukam. Schließlich siegte ihr Selbsterhaltungstrieb, mit einem Satz warf sie sich über den Baumstamm. Hart landete sie auf dem Boden, rappelte sich wieder auf und sprintete in den fadenscheinigen Schutz der Büsche.

10

»Laurel!«

Fast hätte sie die leise Stimme nicht gehört, so sehr hämmerte ihr Herz. Jäh blieb sie stehen und schaute über die Schulter zurück, gerade als Rey aus dem Gestrüpp trat, einen schuldbewussten Ausdruck im Gesicht. Zitternd kehrte sie zum Baumstamm zurück und ließ sich erschöpft darauf nieder. Das Gesicht in den Händen vergraben, erlaubte sie sich einen kurzen Moment der Schwäche. Ihr ganzer Körper bebte. Als Rey sich neben sie setzte, blickte sie auf.

Er nahm ihre Hand und hauchte einen Kuss darauf. »Es tut mir leid, ich wollte dich nicht erschrecken. Es war blöd, mich von hinten anzuschleichen.«

Laurel atmete tief durch, dann brachte sie ein Lächeln zustande. »Schon in Ordnung. Damit hast du mich zwar ein paar Jahre meines Lebens gekostet, aber ich bin froh, dass du wieder hier bist.« Ihre Augen verdunkelten sich. »Hast du den Mann noch gesehen?«

»Nein, er scheint wirklich verschwunden zu sein.« Er half ihr beim Aufstehen. »Und das sollten wir auch schleunigst tun.«

Sie blickte auf die Uhr. Es war bereits fünf Uhr nachmittags, spätestens in einer Stunde würde die Sonne verschwunden sein. »Glaubst du, wir schaffen es heute noch zurück?«

»Nein, es sieht nicht so aus. Aber trotzdem sollten wir versuchen, so nah wie möglich an das Lager heranzukommen. Wahrscheinlich suchen sie uns schon, und wenn wir Glück haben, finden sie uns.«

Die Aussicht darauf, dass sich bereits ein Suchtrupp auf ihrer Spur befinden könnte, hellte Laurels Stimmung beträchtlich auf. Wenn sie sich beeilten, konnten sie es vielleicht doch noch schaffen. Keinesfalls wollte sie sich mit dem Gedanken abfinden, die Nacht hier im Freien verbringen zu müssen. Ohne Zelt und ohne irgendeinen Schutz.

Sie zog die Schulterriemen ihres Rucksacks enger, dann schaute sie Rey entschlossen an. »Wo geht es lang?«

Sein Lächeln ließ sie für einige Sekunden ihre missliche Lage vergessen. Der Ausdruck in seinen Augen, als er sie jetzt voller Zärtlichkeit anschaute, brachte sie fast zum Weinen. Rey zog sie zu sich heran und hielt sie eng an sich gedrückt. Es fühlte sich so gut an, in seinen Armen gehalten zu werden und seine Kraft zu spüren. Rey hauchte einen Kuss auf ihre Haare und ließ sie schließlich los. Zwar wollte sie gerne dagegen protestieren, aber sie hatten keine Zeit mehr zu verlieren. Anhand des Navigationsgeräts bestimmte er schnell die Richtung. Dann nahm er Laurels Hand und marschierte los. Immer wieder musste sie daran denken, dass sie beide schon tot sein könnten. Gott, wie hatte eine einfache, harmlose Safari in so einem Desaster enden können?

Jacobs war sauer. Instinktiv hatte er gespürt, dass er den beiden unwillkommenen Zeugen hart auf den Fersen gewesen war. Aber sein Chef duldete es nicht, wenn er ihn warten ließ. So lief das nun mal, dafür wurde er bezahlt. Mal ganz davon abgesehen, was hätte er mit den Typen gemacht, wenn er sie entdeckt hätte? Erschossen? Jacobs verzog den Mund. Normalerweise wandte er nicht gerne Gewalt an, dafür hatten sie ihre Handlanger. Nein, er war für die Strategie zuständig. Er hatte diese Tour organisiert, dafür gesorgt, dass niemand etwas davon erfuhr – schon gar nicht die Presse –, und er hatte die schwarzen Helfer angeheuert. Alles war genau nach Plan verlaufen, das Nashorn war zur rechten Zeit am rechten Ort aufgetaucht, und der Boss hatte sogar getroffen. Halleluja!

Wütend trat Jacobs nach einer Wurzel. Sie könnten jetzt schon wieder auf dem Weg zum Ausgang des Parks sein, wenn nicht diese beiden Spione aufgetaucht wären. Was hatten sie hier überhaupt zu suchen, mitten in der Wildnis des Parks? Der von ihm engagierte Parkangestellte hatte ihm versichert, dass man hier nie auf Tourengänger stieß, dafür war die Gegend einfach zu weit von den Camps entfernt. Außerdem hatten die Ranger mehr oder weniger festgelegte Routen, denen sie auf ihren Safaris folgten. Es hätte also niemand in der Gegend sein dürfen. Tatsache war jedoch, dass offensichtlich jemand ihre illegale Jagd beobachtet hatte. Das konnte ihnen ziemlich gefährlich werden.

Wilderei war in den Schutzgebieten unter strengste Strafe gestellt – nicht selten drohten den Wilderern mehrere Jahre Haft. Und niemand, der Wert auf seine Gesundheit legte, wollte hier in Südafrika im Gefängnis sitzen. Gut, waren die Gefassten Amerikaner, so wurden sie sehr wahrscheinlich in die USA ausgeliefert, aber auch dort würde man nicht eben glimpflich mit ihnen umgehen. Ganz zu schweigen davon, dass sein Chef – und damit auch er selbst – erledigt sein würde, sollte die Sache jemals bekannt werden.

Jacobs trat auf die Lichtung, auf der sein Boss mit den vier schwarzen Führern ungeduldig auf ihn wartete. Er hatte es tatsächlich geschafft, seinen neuen Safarianzug weder zu beschmutzen noch die Bügelfalten in der Hose zu verlieren. Aber natürlich hatten die Einheimischen die Drecksarbeit für ihn erledigt. Mit der Kehrseite des Vergnügens wollte sein Boss schließlich nichts zu tun haben.

Der blickte Jacobs äußerst ungeduldig entgegen. »Wo bleiben Sie denn?«

Jacobs biss die Zähne zusammen, um nicht das zu sagen, was ihm auf der Zunge lag. »Ich bin den Spuren von zwei Personen gefolgt, die uns anscheinend beobachtet haben.«

Sein Chef sah ihn entgeistert an. »Was? Sie haben doch gesagt, hier ist niemand!«

Natürlich, wer sollte auch sonst schuld sein. »Ich habe nur gesagt, dass hier *normalerweise* niemand herumläuft. Ugambo wird das bestätigen.«

Der schwarze Parkangestellte nickte eifrig.

»Sind Sie sicher, dass es Menschen waren?«

Mit Mühe unterdrückte Jacobs ein Augenrollen. »Sofern Sie keine Tiere kennen, die aufrecht gehen, Kleidung tragen und Abdrücke von Wanderstiefeln hinterlassen, dann waren es welche.«

»Verdammt! Was wollten die hier?«

Jacobs zuckte mit den Schultern. »Ich habe keine Ahnung. Wenn Sie mich nicht zurückgerufen hätten, wäre es mir sicher gelungen, sie danach zu fragen.«

»Woher sollte ich denn wissen, was Sie da im Gebüsch treiben? Ich dachte, Sie müssten sich erleichtern oder etwas Ähnliches.«

»Egal, viel wichtiger ist jetzt, dass wir entscheiden, was wir mit den Augenzeugen machen.«

»Machen? Was sollen wir denn tun?«

»Nun ja, man könnte sie überzeugen, ganz schnell zu vergessen, was sie gesehen haben.«

Der Chef rieb sich über das glatt rasierte Kinn. »Mit Geld?«

»Zum Beispiel.«

»Ich weiß nicht …«

Jacobs unterbrach ihn. »Können wir es uns wirklich leisten, etwaige Zeugen einfach so entkommen zu lassen? Es ist zwar unwahrscheinlich, aber was ist, wenn sie Sie erkannt haben?

Und wenn sie die Sache melden, Nachforschungen anstellen und dabei auf Ugambo stoßen? Es wäre nur noch ein kleiner Schritt bis zu Ihrer Haustür, sollte jemand nur ein wenig Geschick bei der Ermittlungsarbeit besitzen.«

Man konnte deutlich sehen, dass Jacobs' Worte ihre Wirkung taten. Blass, aber entschlossen nickte sein Boss. »In Ordnung. Nehmen Sie Ugambo mit und machen Sie sich auf die Suche nach den Typen. Ich warte im Jeep auf Sie. Aber kommen Sie zurück, bevor es dunkel wird, ich habe nicht vor, hier in der Wildnis zu übernachten.«

Jacobs deutete ein knappes Nicken an und wandte sich um. Sie durften keine Zeit verlieren, wenn sie noch eine Chance haben wollten, die beiden Beobachter zu erwischen. Mit raschen Schritten verschwand er im unwegsamen Unterholz, dicht gefolgt von Ugambo.

Zielstrebig folgten Laurel und Rey der vom Navigationsgerät angegebenen Richtung. Unweigerlich müssten sie so auf den Fluss stoßen, daran bestand kein Zweifel. Die Sonne stand inzwischen schon ziemlich tief, ein Blick auf die Uhr bestätigte, dass ihnen nicht mehr viel Zeit blieb, bis es dunkel wurde. Suchend blickte Rey sich um, aber es gab nichts, was auf die Nähe von Wasser hinwies. Wahrscheinlich wäre es besser, wenn sie sich in der verbleibenden Helligkeit einen geeigneten Platz zum Übernachten suchen würden. Er wandte sich zu Laurel um, die ihm die ganze Zeit stumm gefolgt war. Ihr Kopf war gesenkt, die Hände hatte sie zu Fäusten geballt. Ein Stich fuhr Rey durchs Herz. So niedergeschlagen und verängstigt, wie sie wirkte, tat sie ihm unendlich leid.

Er legte eine Hand auf ihre Schulter und drückte sie beruhigend. »Keine Angst, ich glaube nicht, dass sie uns folgen. Wir sind bestimmt bald in Sicherheit.«

Laurel blickte ihn an. Er erschrak, als er ihre glänzenden Augen sah, es schien fast, als hätte sie Fieber. »Darum geht es gar nicht. Ich bin so was von wütend, ich könnte die Kerle mit bloßen Händen in der Luft zerreißen!«

Ihre heisere Stimme vibrierte vor Empörung. Rey schluckte ein überraschtes Lachen hinunter, als er erkannte, dass sie es absolut ernst meinte. Wenn die Männer jetzt vor ihr stünden, würden sie sich wünschen, nie einen Fuß in den Park gesetzt zu haben.

Lächelnd drückte er Laurels Finger. »Wir werden alles tun, um diese Kerle dafür bezahlen zu lassen. Wenn ich erst wieder zu Hause bin, werde ich den Film zur Veröffentlichung anbieten. Der Stoff ist so heiß, dass irgendein Sender bestimmt zugreifen wird. Und dann wird es in unserem Land bestimmt jemanden geben, der den Amerikaner als seinen Nachbarn, Kollegen oder Freund erkennt. Abgesehen davon, dass sein Ruf geschädigt wird, besteht auch die Möglichkeit, dass er juristisch belangt wird.«

»Glaubst du wirklich?«

»Oh ja. Wir haben sein Gesicht auf Film, vergiss das nicht. Und was die afrikanischen Helfer angeht, wenn das wirklich eine Uniform der hiesigen Park Ranger war, dann wird man den Burschen bei der Parkverwaltung unschwer erkennen können.«

»Stimmt.« Tränen traten Laurel in die Augen. »Aber das Nashorn macht es auch nicht wieder lebendig.«

»Nein, aber vielleicht können wir verhindern, dass diese Männer so etwas noch einmal machen.«

»Dann macht es jemand anders.«

Rey seufzte. »Vermutlich. Aber mehr können wir nicht tun, und vielleicht erreichen wir ja, dass die Kontrollen hier in der Gegend verschärft werden.«

»Ja, das wäre immerhin etwas.« Laurel blickte zum Himmel,

der sich langsam rötlich färbte. »Wir werden es nicht schaffen, oder?«

Rey drückte ihre Hand. »Nein. Wir suchen uns jetzt am besten eine Stelle, wo wir übernachten können. Einen geschützten Platz.«

»Okay.« Laurel sah sich suchend um. »Was hattest du so im Sinn? Ein Hotelzimmer oder einen Campingplatz?«

Er lachte. Wie gut, dass sie trotz allem ihren Humor nicht verloren hatte. »Ich werde es dir sagen, wenn ich die Übernachtungsmöglichkeit sehe.«

»Da bin ich aber gespannt.«

Das Gelände wurde hügeliger. Kleine steinerne Terrassen wechselten sich mit grasbewachsenem Boden ab. Rey erklomm eine dieser Naturterrassen in der Hoffnung, weiter oben eine geeignete Stelle für die Nacht zu finden. Gerade als sie einen sandigen Kanal durchquerten, der durch die während der Regenzeit herrschenden Sturzfluten entstanden war, ertönte nicht weit hinter ihnen ein Knacken. Rey wirbelte herum und schob Laurel hinter sich.

Kreidebleich und mit großen Augen starrte sie ihn erschreckt an. »Was war das?«

»Sicher nur ein Tier.« Rey versuchte, möglichst gelassen zu klingen, aber es gelang ihm nicht ganz.

»Ich weiß nicht, ob mich das beruhigt.«

»Es ist nicht sehr wahrscheinlich, von Tieren angegriffen zu werden. Schon gar nicht zweimal am selben Tag.« Ein sehr kläglicher Versuch, Laurel zu trösten, dachte Rey bei sich.

Inzwischen waren sie auf der anderen Seite des Bachlaufs angekommen und machten sich daran, das sandige Steilufer zu erklimmen. Im letzten Moment rutschte Laurel aus und wäre fast wieder hinuntergefallen, wenn Rey sie nicht geistesgegenwärtig an ihrem T-Shirt festgehalten hätte. Erschöpft tauchten sie in das Dickicht der Büsche ein und kauerten sich auf den Boden.

»Und für wie wahrscheinlich hättest du vorher das eingeschätzt, was wir heute alles erlebt haben?« Laurels Stimme war nur noch ein Hauch.

Angespannt suchte Rey nach der Ursache für das Geräusch, doch er konnte nichts entdecken. »Nicht besonders. Allerdings finde ich es an der Zeit, dass unsere Pechsträhne allmählich ein Ende findet.«

»Wem sagst du das.«

Wieder knackte es, diesmal näher als zuvor. Es klang so, als würde jemand – oder etwas – sich durch das Unterholz auf sie zubewegen. Und zwar aus genau der Richtung, aus der sie gekommen waren. Mit der Hand auf ihrem Rücken drückte Rey Laurel tiefer in den weichen Sand. Gleichzeitig kam ihm in den Sinn, dass ein möglicher Verfolger nur ihren Fußspuren folgen musste, um sie zu finden. Deutlich waren die Abdrücke ihrer Sohlen im Sand erkennbar. Verdammt, warum hatten sie sich nicht die Zeit genommen, die Spuren zu verwischen? Jetzt war es zu spät. Wer immer ihnen folgte, würde ohne Probleme erkennen, wohin sie geflohen waren. Laurels Zittern ging ihm nahe, nur schlecht konnte er es ertragen, wenn sie sich fürchtete. Gerade erst hatte er ihr versprochen, dass sie hier sicher waren und ihnen nichts mehr passieren konnte. Doch jetzt sah es so aus, als hätte er ihr zu früh Versprechungen gemacht.

Mit angehaltenem Atem lauschte er auf weitere Geräusche, doch es blieb still. Zu still. Irgendwo zwischen den Büschen lauerte Gefahr, denn auch die Vögel hatten aufgehört zu singen. Ein leises Schaben ertönte, als Laurel unruhig ihr Gewicht verlagerte. Rey legte den Zeigefinger an die Lippen.

Die hellbraunen Augen hatten sich vor Angst verdunkelt, ihre Lippen waren fast blutlos, so fest hatte sie sie zusammengepresst. Als Antwort nickte sie ihm zu. Rey gelang ein kleines, beruhigendes Lächeln. Noch am Morgen hätte er nicht gedacht, dass Laurel, die offenbar Stadtkind war, sich in der Wildnis so gut halten würde. Und dabei war nur eine harmlose Safari geplant gewesen, keine Flucht vor wild gewordenen Nashörnern. Erst recht nicht, dass sie mitansehen mussten, wie Wilderer ihr Unwesen trieben, und sie schließlich von den bewaffneten Tiermördern verfolgt wurden. Trotz ihrer großen Angst war Laurel in keiner Sekunde in Panik ausgebrochen. Kein Jammern und kein Klagen. Während Rey aufmerksam die Umgebung beobachtete, hielt er Laurel dicht an sich gedrückt und strich ihr beruhigend über die Wange. Vom ersten Moment an hatte er es instinktiv gespürt: Laurel war eine außergewöhnliche Frau.

Zäh verrannen die Minuten, während sie darauf warteten, dass sich der Urheber der Geräusche zeigte, doch nichts geschah. Als der Gesang der Vögel schließlich wieder einsetzte, entschied Rey, dass sie weitergehen konnten. Natürlich könnte sich jemand genau wie sie im Unterholz versteckt halten. Andererseits würde es bald dunkel werden, und dann wollte er einen sicheren Schlafplatz gefunden haben. Also gab er Laurel ein Zeichen, dass sie ihm so leise wie möglich folgen solle.

11

Eine weitere halbe Stunde später ragte vor ihnen eine Felswand empor, die mehrere kleine Nischen aufwies. In den Felsspalten hatten sich Yuccas und andere Pflanzen angesiedelt. Sie erklommen einen schmalen Sims, kletterten an einer dünnen Akazie vorbei und umrundeten einen größeren Felsblock. Schließlich standen sie vor einer Nische, die gerade breit genug war, um zwei Personen zu beherbergen. Rey duckte sich, um nicht gegen die obere Kante zu stoßen, und prüfte, ob der unebene Untergrund ihr Gewicht trug, bevor er Laurel zu sich winkte.

Vorsichtig betrat sie die Felsöffnung und blickte sich um. Die kahlen Felswände schimmerten rötlich in der untergehenden Sonne, auf dem Boden lagen kleinere Steine und Sand. Nicht gerade das Ritz, aber für eine Nacht würde es gehen. Vor allem waren sie hier vor Tieren sicher – den meisten Tieren –, der Zugang war zu schmal für alles, was größer war als eine Katze. Eine große Katze. Unbehaglich schaute Laurel sich um. Was war, wenn plötzlich ein Löwe oder Leopard auftauchte?

Rey schien ihre Gedanken zu erraten. »Dies ist der sicherste Platz, den wir finden konnten.«

Sie ließ den Blick über das Tal unter ihnen schweifen, das die letzten Strahlen der untergehenden Sonne in ein glühendes Licht tauchte. Die wenigen Akazien ragten riesenhaft in den Himmel. Tief nahm sie den Anblick der Landschaft in sich auf. Die Natur des Umfolozi war rau und erbarmungslos, aber eben auch wunderschön.

Rey trat leise neben sie. »Was meinst du?«

»Du hast recht. Gleich wird es stockdunkel sein, und da sollten wir nicht mehr draußen umherirren. Außerdem werden wir wohl kaum einen besseren Platz finden.« Sie setzte ihren Rucksack ab und öffnete ihn. »Zeit, es uns etwas gemütlicher zu machen.«

Während Rey eine kleine Taschenlampe aus seinem Rucksack nahm und die Nische nach etwaigen Untermietern durchsuchte, breitete Laurel die beiden Handtücher, die sie eingesteckt hatten, zu einem notdürftigen Lager aus. Nicht gerade eine Federkernmatratze, aber immerhin mussten sie nicht auf den nackten Felsen liegen. In der Nacht würde es sicher etwas abkühlen, aber richtig kalt wurde es jetzt im afrikanischen Frühling nicht mehr.

Laurel schaute in die Nacht hinaus. Vom journalistischen Standpunkt aus hätte sie sich über diese Geschichte freuen müssen, aber liebend gerne hätte sie darauf verzichtet. Im Gegensatz zu vielen Kollegen war sie nicht auf Abenteuer aus, sie war zufrieden damit, an einem Schreibtisch zu sitzen und solide recherchierte Artikel zu schreiben. Wenn sie ehrlich war, musste sie zugeben, dass sie selbst schuld an der Situation war. Hatte sie sich nicht freiwillig gemeldet, als in der Redaktion jemand gesucht wurde, der über eine Abenteuersafari schreiben sollte? Hätte sie sich damals zurückgehalten, dann säße sie jetzt in einem klimatisierten Büro in der Stadt, anstatt mitten in der Wildnis um ihr Leben zu fürchten. Allerdings hätte sie dann auch Rey nicht kennengelernt …

Aus den Augenwinkeln heraus beobachtete sie, wie er über seinem Rucksack hockte und alles heraussuchte, was sie brauchen würden: Essen, Trinken, ein Taschenmesser. Sie wollte lieber nicht weiter darüber nachdenken, wozu das Messer im Notfall diente. Trotz der Wärme fröstelte sie. Rey schien ihren

Blick bemerkt zu haben, denn er hob den Kopf und schenkte ihr ein aufmunterndes Lächeln. Wärme durchströmte sie und vertrieb die Kälte in ihrem Körper. Mit jedem Lächeln, jeder freundlichen Geste grub er sich tiefer in ihre Gedanken – und ihr Herz. Verdammt, sie hatte doch solchen Verwicklungen aus dem Weg gehen wollen! Und jetzt saß sie hier, mitten in der Wildnis, und lächelte diesen Mann an.

Abrupt wandte sie den Blick ab. Sie hatte Angst, dass er in ihren Augen lesen könnte, wie sehr sie ihn mochte, wie sehr sie sich nach seinem Körper sehnte. Laurel schlang die Arme um die Knie und malte sich aus, wie es wäre, noch einmal seine Nähe zu fühlen, in seinem Kuss zu versinken.

Rey bemerkte, wie Laurel sich von ihm zurückzog und blicklos in die anbrechende Nacht hinaussah. Was würde er dafür geben, jetzt ihre Gedanken lesen zu können. Vielleicht würde sie sich ihm später anvertrauen, ihm sagen, was sie bedrückte. Er schwor sich, sie zu beschützen, solange sie hier draußen waren. Warum hatte er eigentlich eine solche Angst empfunden, als die Nashörner sie bedroht hatten, und später, als der Wilderer sie verfolgte? Auf seinen zahlreichen Reisen hatte er schon manche gefährliche Situation erlebt, doch noch nie hatte er diese existenzielle Furcht verspürt. Auf einmal wurde ihm klar, warum es diesmal anders war: Er hatte vor allem Angst um Laurel gehabt, Angst davor, sie schon wieder verlieren zu müssen, noch ehe sie sich richtig gefunden hatten.

Die Nacht hatte sich jäh wie ein dunkler Vorhang auf sie herabgesenkt, und er konnte Laurel nur noch schemenhaft wahrnehmen – die steife Haltung ihres Rückens, ihre um die Beine geschlungenen Arme.

»Hier sind wir gut aufgehoben.«

Laurel wandte ihm den Kopf zu. »Glaubst du?«

»Ja. Die Wilderer werden bestimmt nicht nachts durch den Park laufen, das wäre viel zu gefährlich.«

Laurel schauderte. »Gut zu wissen.«

»Warum?«

»Wir sind auch mitten im Park!«

»Aber wir laufen nicht draußen herum. Die Höhle schützt uns.«

Rey legte die Taschenlampe, die er vorsichtshalber wieder ausgeschaltet hatte, auf ihr provisorisches Bett und kletterte zu ihr hinüber. Er setzte sich neben sie und legte den Arm schützend um ihre Schultern. Ein Zittern lief durch ihren Körper.

»Du frierst. Soll ich dir deine Windjacke geben?«

»Ja, bitte.«

Rey reichte sie ihr und beobachtete, wie sie die Jacke hastig überstreifte. Dann zog er sie wieder in seine Arme. »Besser so?«

Mit einem Seufzen ließ Laurel den Kopf auf seine Schulter sinken. »Ja …« Sie stockte. »Nein. Ich weiß auch nicht, was los ist, bis eben ging es mir noch gut, aber mir ist gerade wieder klar geworden, wie knapp wir vorhin diesem Mann entkommen sind. Scheint so, als hätte der Schock gewartet, bis ich mich irgendwo ruhig hingesetzt habe.«

Rey kauerte dicht neben ihr, seine Finger strichen über ihre Arme, dann nahm er ihre Hände in die seinen. »Das geht mir genauso.«

Laurel blickte ihn erstaunt an. »Du hast Angst? Du sitzt doch ganz ruhig da!«

»Das ist nur äußerlich. Glaub mir, innerlich bibbere ich wie ein Wackelpudding.«

Die Vorstellung ließ Laurel auflachen, dann hielt sie erschrocken die Hand vor den Mund. Dabei zog sie seine Hand mit sich, und ihre Lippen streiften darüber. Gänsehaut bildete sich an seinem ganzen Körper.

Langsam ließ sie die Hände wieder sinken und schaute ihm tief in die Augen. »Das hast du nur gesagt, damit ich mich besser fühle.«

»Nein, es ist die Wahrheit. Auch auf die Gefahr hin, dass ich jetzt mein Supermann-Image beschädige, aber ich finde es nicht unbedingt lustig, von einer Herde Nashörner oder, noch schlimmer, einem Mann mit Waffe verfolgt zu werden. Solange ich gelaufen bin, hatte ich andere Dinge im Kopf, aber jetzt, wo die unmittelbare Gefahr vorüber ist und ich Zeit habe, darüber nachzudenken, bekomme ich nachträglich ein mulmiges Gefühl im Magen. Mir ist es auch lieber, wenn ich mir die Natur in Ruhe ansehen kann und nicht mitten in einen Actionfilm gerate.«

Laurels Augenbraue hob sich. »Bist du sicher, dass du weiter Tierfilme drehen willst?«

»Ehrlich gesagt, ich weiß es nicht. Ich hatte mir vorgenommen, es hier in Südafrika auszuprobieren, mir die Zeit zu nehmen und zu sehen, was dabei herauskommt. Sollte es nicht klappen, kann ich immer noch die Finger davon lassen.«

»Eine gute Einstellung.«

Lächelnd drückte Rey die Lippen auf ihren Handrücken. »Ja, wenn die Safari zu Ende ist, werde ich ohnehin in die Staaten zurückkehren.«

»Nach …« Laurel stockte und zog die Stirn in Falten. »Irgend so ein Ort am Grand Canyon, oder?«

»Aha, du hast heute früh also doch zugehört. Ich komme aus Kanab. Einem kleinen Ort auf dem Kaibab Plateau, wo es ringsherum nichts als Wald gibt.«

»Muss schön dort sein. Ganz anders als Atlanta, wo ich herkomme.«

»Ich weiß.«

»Woher?«

Rey grinste. »Ich habe auf deinen Zettel geschaut, erinnerst du dich noch?«

Ja, sie erinnerte sich durchaus. Gott, war das wirklich erst an diesem Morgen gewesen? In der Zwischenzeit war so viel geschehen … Sie fröstelte. Dankbar lehnte sie sich an Rey, als seine Hand beruhigend über ihren Rücken strich. Seine Lippen berührten ihre Stirn, ihre Schläfe.

Seine Stimme klang rau, als er schließlich sprach. »Glaub mir, wir sind hier so sicher, wie wir nur sein können. Die Männer werden uns nicht finden, selbst wenn sie noch nach uns suchen sollten, was ich nicht glaube. Und auch vor den Tieren brauchen wir hier keine Angst zu haben. Wozu sollten sie sich mit uns beiden mageren Würstchen abgeben, wenn da draußen ganz andere Brocken auf sie warten.«

Laurel lachte. Erstaunlich, dass sie noch immer dazu in der Lage war. Jetzt wusste sie, dass sie es Rey zu verdanken hatte, dass sie bisher weder in Panik geraten war noch den Mut verloren hatte. Sie kannte ihn weniger als einen Tag, aber trotzdem spürte sie, dass er alles tun würde, um sie hier sicher herauszubringen.

Sie legte ihre Hand auf seine. »Ich hoffe, das wissen die wilden Tiere auch.«

Sanft zog Rey sie noch dichter an sich. »Garantiert, die haben doch Erfahrung.«

Eng umschlungen saßen sie in der undurchdringlichen Dunkelheit. Beide schwiegen eine Weile.

»Rey?«, sagte Laurel nach einigen Minuten.

»Ja?« Seine Stimme war ein tiefes Brummen dicht neben ihrem Ohr.

»Hast du so etwas schon mal erlebt?«

»Was? Von Tieren verfolgt zu werden?« Laurel nickte und

Rey fuhr fort. »Nicht ganz so extrem, aber im Yellowstone National Park bin ich beim Filmen einmal zu nah an einen Bison geraten. Er fand das nicht besonders lustig und meinte, mich aus seinem Revier vertreiben zu müssen.«

»Was hast du getan?«

»Ich bin gerannt. Um mein Leben.« Rey lachte. »Vor Angst ist mir das Herz in die Hose gerutscht. Glücklicherweise können Bisons nicht auf Bäume klettern.«

»Ich bin froh, dass du heute bei mir warst.«

Rey küsste ihre Schläfe. »Ich auch.« Seine Augen glitzerten in der Dunkelheit. »Sonst hätte ich dich nicht getroffen.«

»Rey …«

Rasch legte er den Zeigefinger auf ihre Lippen. »Schsch … Sag nichts.«

Er hatte schon wieder recht. Sie schwieg besser, sie hätte ohnehin nicht gewusst, was sie ihm sagen sollte. Dass sie sich auch freute, ihn getroffen zu haben? Natürlich tat sie das. Es war sogar noch weit mehr, aber ihre Gefühle waren in Aufruhr, und sie wusste nicht, wie viel davon Dankbarkeit, Zuneigung oder mehr war. Und bevor sie das nicht geklärt hatte, wäre es besser, wenn sie ihre Gefühle Rey gegenüber unerwähnt ließ. Auch wenn ihr das Schweigen darüber im Moment noch so schwerfiel. Am liebsten hätte sie sich einfach in seine Arme gestürzt und für ein paar glückliche Momente alles andere vergessen, aber das durfte sie nicht tun. Sie hatte gelernt, sich nur noch mit Männern einzulassen, bei denen wenigstens die Möglichkeit bestand, dass sie eine ernsthafte Beziehung mit ihr eingehen würden. Doch Rey kannte sie erst einen Tag, außerdem wohnte er Tausende von Kilometern entfernt, und sein Beruf würde ihn ständig wochenlang von ihr trennen.

Laurel schüttelte den Kopf. Worüber dachte sie hier eigentlich nach? Rey hatte lediglich angedeutet, dass er sich freute, sie getroffen zu haben, von verzehrender Liebe dagegen war nicht die Rede gewesen! Ja, er hatte sie geküsst, aber womöglich war es im Überschwang geschehen – der Freude darüber, dass sie zusammen überlebt hatten. Es wurde eindeutig Zeit, über etwas anderes nachzudenken.

Sie räusperte sich. »Hast du Hunger?«

Jacobs und Ugambo erreichten den Jeep gerade rechtzeitig, bevor es dunkel wurde. Sie waren den Spuren quer durch die Wildnis gefolgt, ohne ihre Urheber zu finden. Doch schließlich mussten sie umkehren, wenn sie den Weg zurück zum Wagen noch in der Dämmerung finden wollten. Auf keinen Fall konnten sie riskieren, eine Nacht im Park zu verbringen und noch mehr Aufmerksamkeit auf sich zu ziehen. Jacobs stieg im Fond des Geländewagens neben seinem Chef ein und seufzte auf, als das weiche Leder ihn umfing.

»Und, haben Sie sie gefunden?«

»Nein. Ich glaube, wir waren dicht dran, aber dann wurde es dunkler und wir mussten umkehren.«

»Wahrscheinlich haben die Männer nicht viel gesehen. Und selbst wenn, uns kennt hier ja niemand. In Amerika wäre das etwas anderes, aber hier, am Ende der Welt …«

»Frauen.«

Sein Chef blickte ihn erstaunt an. »Wie bitte?«

»Ich glaube, es waren Frauen. Sie waren zu weit weg, um sie genau zu erkennen, aber beide hatten längere Haare.«

»Ah, na dann brauchen wir uns überhaupt keine Sorgen zu machen. Zwei Frauen alleine in der Wildnis – wenn die es überhaupt schaffen, den Weg zurückzufinden.«

Jacobs war nicht unbedingt dieser Meinung, schwieg aber. Wenn sein Boss sich etwas vormachen wollte, dann sollte er es tun. Er selber würde jedenfalls Ugambo damit beauftragen, sich umzuhören, ob etwas von der Sache bekannt wurde und woher die Information kam. Damit sollte es möglich sein, die Augenzeugen zu finden und wenn nötig zum Schweigen zu bringen. Zufrieden lehnte er sich zurück und freute sich darauf, bald wieder nach Hause zu kommen. Er konnte sich nicht vorstellen, was jemand so toll daran fand, Tiere zu erschießen. So eine Zeitverschwendung! Aber was tat man nicht alles, um seinen Chef zufriedenzustellen.

»Hatten Sie die Kugel entfernt?«

Jacobs schob eine Hand in die Hosentasche, zog sie wieder heraus und präsentierte die Kugel auf seiner Handfläche.

»Ah, gut. Ich werde sie als Souvenir behalten.«

Auch diesmal behielt Jacobs seine Meinung lieber für sich. Obwohl ihm eine Antwort auf der Zunge lag.

12

Nach einer mageren Mahlzeit legten Rey und Laurel sich vorsichtig auf den schmalen Vorsprung. Für eine Nacht würde es gehen. Aber sie mussten auf der Hut sein und sich nicht groß bewegen, ansonsten liefen sie Gefahr, von der Klippe zu stürzen. Keine allzu angenehme Vorstellung. Laurel lag direkt an der Wand, mit dem Rücken zu Rey, der sich schützend zwischen sie und den Abgrund gelegt hatte. Laurel war nicht wohl bei dem Gedanken, dass er sich damit in Gefahr begab. Sein Arm lag um ihre Mitte, sein Körper war dicht an ihren gepresst. Wärme durchströmte sie und sorgte dafür, dass sie sich langsam entspannte. Erschöpft schloss Laurel die Augen und lauschte Reys tiefen Atemzügen. Es dauerte nur wenige Minuten, bis sie tief und fest eingeschlafen war.

Laurel erwachte mit einem Ruck. Desorientiert lag sie einen Moment da, dann erinnerte sie sich, was die verwitterte Felswand nur wenige Zentimeter von ihrer Nasenspitze entfernt zu bedeuten hatte. Langsam drehte sie sich auf den Rücken und blickte über Rey hinweg auf die von der Morgensonne rötlich gefärbte Landschaft. Ihr Herz schlug bei diesem Anblick höher. Die Wildnis wirkte von hier oben so friedlich. Die ausladenden Äste der Akazien und die Blätter der Büsche waren zu dieser Jahreszeit von üppigem Grün. Vorsichtig, um Rey nicht zu wecken, schob sie sich auf dem Handtuch höher, bis sie mit den Fingerspitzen ihren Rucksack erreichen konnte. Sie musste unbedingt ein Foto schießen. Bisher hatte sie fast nur Nahaufnahmen gemacht, und dieses Bild würde ihren Artikel abrunden.

Laurels Finger hielten in der Bewegung inne. Ihr Bericht. Wie sollte sie über eine abenteuerliche Safari schreiben, ohne auch gleichzeitig die Tötung des Nashorns zu erwähnen? Aber das war nicht möglich. Sie war sich ziemlich sicher, dass der Chefredakteur in seiner Zeitschrift nur eines duldete: die Safari als rundum gelungenes Reiseerlebnis. Eines der besonderen Art – exotisch, ausgefallen und mit dem Kitzel des Abenteuers. Was er sicherlich nicht wollte, war eine Anklage gegen die Großwildjagd. Dafür war in *Men's Fitness World* kein Platz. Was konnte sie aber dann überhaupt berichten, wenn sie das Wichtigste weglassen musste? Sie ahnte, dass ihr der Artikel noch einiges an Kopfzerbrechen bereiten würde.

Seufzend öffnete sie den Reißverschluss und zog den Fotoapparat heraus. Ein Blick in Reys Gesicht zeigte ihr, dass er immer noch schlief. Er sah so jung und unschuldig aus, wenn man von den Kratzern absah, die sein Gesicht verunstalteten. Seine dunklen Wimpern zeichneten Halbkreise auf seine hohen Wangenknochen, der breite Mund war entspannt. Sie schaltete die Kamera an und richtete sie auf Rey anstatt auf die Landschaft. Ein kleines Andenken, da sie sich bald trennen würden. Vorausgesetzt, sie fanden den Weg zurück in die Zivilisation. Doch Laurel hatte jetzt keine Angst mehr, ihre Zuversicht war zurückgekehrt. Sie wunderte sich über sich selbst, wie sehr sie Rey vertraute, dass er sie heil wieder hier herausbringen würde. Kopfschüttelnd knipste sie ein zweites Foto von Rey. Dann schwenkte sie den Fotoapparat über das Landschaftspanorama, das sich unter ihrem Versteck ausbreitete wie eine große Bühne. Sie war so in das Fotografieren vertieft, dass sie gar nicht bemerkte, wie Rey die Augen öffnete und sie beobachtete.

»Was tust du da?«

Seine heisere Stimme bewirkte ein Kribbeln in ihrem Bauch. Laurel deutete in Richtung Tal. »Ich dokumentiere einen fantastischen Sonnenaufgang.« Sie sah ihn lächelnd an. »Tut mir leid, wenn ich dich geweckt habe.«

Rey legte eine Hand um ihre Wange. Seine Finger strichen über ihre weiche Haut. »Das macht nichts, wir müssen jetzt sowieso aufbrechen, wenn wir nicht in der Mittagshitze herumlaufen wollen.«

»Was glaubst du, wie lange wir noch brauchen werden?«

Langsam richtete Rey sich auf und betrachtete die Landschaft vor ihm. »Ehrlich gesagt, ich weiß es nicht. Eigentlich können wir nicht so weit vom Lager entfernt gewesen sein, es wäre also durchaus möglich, dass wir noch vor Mittag ankommen. Möchtest du noch etwas essen, bevor wir uns auf den Weg machen?«

Laurel blickte von ihrem Rucksack auf. Natürlich hatte sie Hunger, aber ihre Vorräte waren so geschrumpft, dass sie den kläglichen Rest lieber aufheben wollte, falls sie doch noch länger unterwegs waren. »Nein, danke.« Wie um ihren Worten zu widersprechen, knurrte ihr Magen vernehmlich.

In gespieltem Entsetzen schaute Rey um sich. »Mein Gott, war das ein Löwe?«

Lachend presste Laurel eine Hand auf den Magen. »Idiot.«

»Bist du sicher, dass du nichts willst? Wir haben noch einen langen Marsch vor uns.«

»Nein, ich passe. Aber wenn du etwas essen willst …«

Rey zog nur die Augenbrauen hoch und fuhr fort, seinen Rucksack zusammenzupacken. Wenig später waren sie bereit, ihren Unterschlupf zu verlassen. Nach einem letzten Blick auf die inzwischen in helles Sonnenlicht getauchte Landschaft kletterten sie vorsichtig den schmalen Grat entlang, um den Felsblock herum, zurück auf festen Boden. In wenigen Minuten erklommen sie den Gipfel des Hügels und schauten in die Richtung, in der sie den Fluss und das Camp vermuteten. Hier oben in der prallen Sonne war die Hitze bereits kaum auszuhalten. Angespannt suchte Laurel den Horizont nach dem Fluss oder einer Ansammlung von Zelten ab.

Mutlos wollte sie sich schon wieder abwenden, als sie plötzlich aus dem Augenwinkel etwas aufblitzen sah. Die Augen zusammengekniffen, blickte sie angestrengt in die Richtung, wo sie etwas gesehen hatte. Nichts. Fast dachte sie schon, sie hätte es sich eingebildet, als erneut etwas aufblitzte. War das etwa Wasser?

Aufgeregt griff sie nach Reys Arm. »Dahinten, siehst du es?«

Reys Blick folgte ihrem ausgestreckten Arm, bis auch er den winzigen Fleck sehen konnte, der Laurels Aufmerksamkeit erregt hatte. »Könnte ein Fluss sein. Warte, ich hole meine Kamera.«

Hastig zog er den Camcorder aus seinem Rucksack, schaltete ihn ein und zoomte die Stelle heran, an der es in unregelmäßigen Abständen blitzte. Er klappte den Bildschirm aus, damit Laurel es ebenfalls sehen konnte. Mit der Kamera folgte er dem schmalen Band des Flusses, das an einigen Stellen durch die Vegetation schimmerte.

Bald hatten sie ihr Ziel also erreicht. Ihre Hand grub sich immer noch in seinen Arm, während sie den Anblick in sich aufsog. Wie auf Kommando sahen sie sich an und grinsten. Überschwänglich zog Rey Laurel in die Arme, drückte sie fest an sich und küsste sie auf den Mund. Langsam ließ er sie an seinem Körper wieder nach unten gleiten und gab sie widerstrebend frei.

»Gehen wir.«

Seine heisere Stimme sandte einen Schauer über Laurels Rücken. Sie ballte die Hände zu Fäusten und zwang sich, das Gefühl nicht weiter zu beachten. Sie konnte sich nicht länger dieser Sentimentalität hingeben – das führte nur dazu, dass ihr der Abschied noch viel schwerer fallen würde. Und es war keine Frage, dass sie sich spätestens morgen Mittag wieder trennen mussten. Mit einem leisen Seufzer begann sie, den Hügel hinabzusteigen. Je eher sie sich an den Gedanken gewöhnte, desto besser.

Rey heftete den Blick auf Laurels schmalen Rücken, während sie vorsichtig einen Weg durch die dichte Vegetation suchte. Sie zu küssen war einfach über ihn gekommen, als er ihr erleichtertes Lächeln gesehen hatte. Noch einmal ihre weichen Lippen zu fühlen, ihren Körper an seinem, hatte ihm deutlich gemacht, dass er sie nicht einfach gehen lassen konnte. Er wollte sich nicht damit abfinden, dass sich ihre Wege trennen würden, wenn diese Safari zu Ende war. Er wollte sie unbedingt wiedersehen. Und wenn er dafür früher in die USA zurückkehren musste. Es war ohnehin besser, schnellstmöglich hier zu verschwinden. Zurück in den USA würde er sofort seinen Freund bitten, den Film zu schneiden, um ihn zur Veröffentlichung anzubieten. Es war besser, die Verbrecher zur Rechenschaft zu ziehen, statt noch länger hier auszuharren und sich der Gefahr auszusetzen, eventuell identifiziert und zum Schweigen gebracht zu werden. Letzteres war keine besonders angenehme Vorstellung. Hastig steckte er die Kamera in den Rucksack, dann folgte er Laurel im Laufschritt den Hang hinunter.

Sie waren über eine Stunde gegangen, aber der Fluss war noch nicht in Sicht. Rey konnte die Entfernung nicht abschätzen, weil der Flusslauf durch die Vegetation verdeckt war, aber seinem Gefühl nach konnten sie nicht mehr weit davon entfernt sein. Stimmen und ein lautes Klacken hallten plötzlich durch die bis auf das Zwitschern der Vögel stille Natur. Abrupt blieben sie stehen und blickten sich unsicher an. Was, wenn es wieder die Wilderer waren, die geradewegs auf sie zukamen? Rasch kauerten sie sich hinter ein dichtes Gestrüpp. Laurel schaute Rey ängstlich an, und er wünschte, er könnte sie beruhigen, doch auch sein Herz schlug heftig gegen seine Rippen.

Sie befeuchtete ihre Lippen. »Glaubst du, es sind die Wilderer?«

»Nein. Ich glaube nicht, dass sie sich hier blicken lassen, so nah am Camp.« Jedenfalls hoffte er das. Aber wer wusste schon, wozu diese Mistkerle imstande waren?

»Wenn es Ranger sind, können wir ihnen von den Wilderern berichten, damit sie sich auf die Suche nach ihnen machen.«

Rey schüttelte nachdenklich den Kopf. »Nein, lieber nicht.«

»Wieso nicht?«

»Mindestens einer der Männer war höchstwahrscheinlich vom Park-Service. Vielleicht stecken noch mehr von ihnen unter einer Decke. Und wenn sie dann erfahren, dass wir es waren, die sie beobachtet haben …« Laurel erbleichte. Rey musste den Satz gar nicht fortführen, sie verstand offensichtlich auch so, dass sie in höchster Gefahr waren, solange sie sich noch im Park befanden.

»Was wollen wir denn dann machen?«

»Wir verschwinden von hier, so schnell wie möglich. Die beiden Amerikaner sind sowieso schon über alle Berge, und dem Nashorn können wir jetzt auch nicht mehr helfen. Es ist besser, erst dann etwas zu unternehmen, wenn wir in Sicherheit sind.«

»Okay.«

Rey drückte ihre Hand. Als die herannahende Gruppe in sein Blickfeld trat, stand er auf. Seine angespannten Schultern lockerten sich, als er Jims runde Figur sah. Endlich, die Kavallerie! Er gab Laurel ein Zeichen, dass alles in Ordnung war, und strebte mit langen Schritten auf die Herannahenden zu.

Jim fiel sichtbar ein Stein vom Herzen. »Da seid ihr endlich! Dann kann ich die Suchaktion ja wieder abblasen.«

Während Rey und Laurel ihre Rucksäcke absetzten und sich auf dem Boden niederließen, sprach Jim in sein Funkgerät.

Kurze Zeit später waren sie von den restlichen Tourteilnehmern umringt. Aufgeregte Stimmen hallten durch die Wildnis und erweckten in Laurel den Wunsch, wieder alleine zu sein. Mit einem Blick auf Rey stellte sie fest, dass es ihm genauso zu gehen schien, obwohl er sich bemühte, es zu kaschieren. Sein Lächeln wirkte fast so strahlend wie eh und je, seine Stimme war ruhig und gelassen, als er die Geschehnisse schilderte – mit Ausnahme ihres Zusammentreffens mit den Wilderern. Laurel nickte nur einige Male zustimmend, überließ es aber Rey, alles zu berichten. Bei ihm hörte es sich fast wie ein nettes Abenteuer an. Wenn sie nicht dabei gewesen wäre, wäre sie wahrscheinlich auch davon beeindruckt gewesen. Aber so fühlte sie jeden geprellten und zerkratzten Zentimeter ihres Körpers. Immerhin konnte sie ein paar Minuten in Ruhe auf dem Boden sitzen und sich ausruhen. Wenn sie jetzt noch ein Bett und eine Dusche hätte …

Als Rey mit seiner Geschichte fertig war, saßen alle andächtig um ihn herum.

Schließlich stand Jim auf und klatschte in die Hände. »Wir haben jetzt zwei Möglichkeiten: Entweder geht die ganze Gruppe zurück – womit die Safari beendet wäre –, oder die ganze Gruppe setzt die Tour gemeinsam fort. Da ihr das Pech hattet, verloren zu gehen, dürft ihr entscheiden, Laurel und Rey.«

Gemurmel kam auf, es war klar, dass die anderen Teilnehmer nicht ganz mit den Spielregeln einverstanden waren. Laurel betrachtete Rey, konnte aber an seinem Gesichtsausdruck nicht erkennen, was er dachte. Sie erhob sich und gab ihm ein Zeichen, ihr zu folgen.

»Entschuldigt uns für einen Moment.« Ein Stück abseits

drehte sie sich schließlich zu Rey um und blickte ihn besorgt an. »Was sollen wir tun?«

Rey zuckte mit den Schultern und verzog schmerzlich das Gesicht. »Wenn es nach meinen Knochen ginge, würde ich am liebsten in ein gutes Hotel fahren und mich ausruhen. Allerdings würde ich nur ungern den anderen ihre Safari versauen.«

Laurel seufzte. »Stimmt. Glaubst du, es droht uns Gefahr von den Wilderern, wenn wir noch einen Tag hierbleiben?«

»Ich weiß nicht, wie fanatisch sie sind, aber irgendwie kann ich mir nicht vorstellen, dass sie eine so große Gruppe überfallen würden. Sie können ja nicht wissen, dass wir sie gefilmt haben, daher sollten sie eigentlich in uns keine große Gefahr sehen. Vermutlich sind sie bereits über alle Berge.«

Laurel nickte nachdenklich. »Das könnte sein. Sollen wir das Risiko eingehen?«

»Das musst du für dich entscheiden. Überlege dir gut, welche Vor- und Nachteile es hätte, wenn du hierbleibst.«

Laurel blickte zur Gruppe hinüber, dann zu ihm zurück. »Nachteil Nummer eins wäre, dass ich keine richtig luxuriöse Dusche und kein anständiges Bett bekomme. Allerdings könnte das auch der Fall sein, wenn ich wegfahre, weil ich die Hütte erst für die nächste Nacht gebucht habe. Nachteil Nummer zwei wäre die Gefahr, in der wir schweben könnten, wenn wir hierbleiben. Nachteil Nummer drei wäre, dass mir alles wehtut und ich noch jede Menge laufen muss, wenn ich bleibe. Natürlich müsste ich sonst auch noch bis Mndindini zurücklaufen und dann stundenlang Auto fahren.« Nachdenklich zwirbelte sie eine Haarsträhne. »Es gäbe allerdings auch einen Vorteil.«

Gespannt blickte Rey sie an. »Und der wäre?«

»Ich könnte weiter für meinen Artikel recherchieren und Material sammeln.«

Rey wirkte eindeutig enttäuscht. Hatte er damit gerechnet, dass sie seinetwegen noch länger hierblieb? »Sonst noch etwas?«

Laurel schüttelte den Kopf. »Nein, das war's.« Sie würde ihm lieber nicht gestehen, dass sie ihn furchtbar vermissen würde, wenn sie sich jetzt trennten. »Was sagen wir jetzt?«

Rey strich über seine Haare. »Du hattest drei Nachteile und einen Vorteil aufgezählt, nach meiner Rechnung heißt das Abbruch.«

»Ja, aber ich möchte den anderen auch nicht den verbleibenden Tag stehlen. Wenn du wirklich der Meinung bist, dass es relativ ungefährlich ist, würde ich dafür plädieren, dass wir den einen Tag auch noch durchstehen. Was hältst du davon?«

Rey lächelte. »Das wäre auch meine Entscheidung gewesen, aber ich wollte sie dir nicht aufdrängen.«

13

Mit einem tiefen Seufzer der Erleichterung öffnete Laurel die Wagentür und schwang die Beine heraus. Sie verzog das Gesicht, als sie sich hochstemmte. Ihre geprellte Seite pochte schmerzhaft. Es war schon richtig gewesen, die Safari nicht vorzeitig enden zu lassen, aber jetzt brauchte sie dringend eine heiße Dusche und ein weiches Bett, in dem sie mindestens zehn Stunden durchschlafen konnte. Die anderen Tourteilnehmer waren Laurel und Rey äußerst dankbar gewesen, dass sie wegen ihnen die Tour nicht vorzeitig abbrechen mussten. Aber wenn Laurel ehrlich war, hatte sie es nicht der anderen wegen getan. Sie redete sich ein, dass sie die Safari wegen ihres Berichts fortgesetzt hatte, was zum Teil auch stimmte. Doch es gab noch einen weiteren Grund, den sie sich nicht gerne eingestand: Sie hatte den Abschied von Rey noch etwas hinauszögern wollen.

Und sie hatte es nicht bereut. Rey war die ganze Zeit nicht von ihrer Seite gewichen, hatte sie aufgemuntert und sie zum Lachen gebracht. Zurück im Zeltlager trafen sie sich prompt bei der Dusche wieder. Und Laurel hatte es genossen, wie Rey ihr den schmerzenden Rücken wusch. Es war wie selbstverständlich gewesen, und es hatte ihr nichts ausgemacht, dass er sie nur mit dem Bikinihöschen bekleidet sah. Sie schlug sich fröstelnd die Arme um den Oberkörper, als sie sich in Erinnerung rief, wie seine warmen Hände ihren Rücken massierten. Und wie sie sich dann bei ihm für seine Mühe revanchiert hatte.

Mühsam riss sie sich zusammen. Sie konnte es sich nicht leisten, jetzt den Kopf zu verlieren. Einen Augenblick lang vergrub

Laurel das Gesicht in den Händen. Ganz egal was sie sich vorgenommen hatte: Die Sache war längst mehr als ein harmloser Urlaubsflirt. Zumindest was sie betraf. Wie durch einen Zauber hatte Rey etwas geschafft, was seit Langem keinem Mann mehr gelungen war und vor allem nicht in so kurzer Zeit: komplett unter ihre Haut zu dringen. Seine Freundlichkeit, seine Nähe und seine Liebkosungen – sein ganzes Wesen berührte sie.

Doch sie durfte ihren Gefühlen nicht nachgeben, denn dann würde genau das passieren, was sie sich geschworen hatte, niemals zuzulassen: Sie würde sich in einen Reisenden verlieben. Ihr Leben lang hatte sie gesehen, wie sehr ihre Mutter unter der ständigen Abwesenheit ihres Vaters gelitten hatte. Wie schwer es für sie gewesen war, ihm gegenüber so zu tun, als würde sie gut alleine zurechtkommen, während er für Wochen oder manchmal sogar monatelang Geschäftsreisen in die ganze Welt unternahm. Mochten sie sich auch noch so geliebt haben – am Ende wurden sie dann doch geschieden, weil ihre Mutter die Trennungen einfach nicht mehr aushielt.

Nein, so wollte Laurel nicht leben. Deshalb hatte sie sich geschworen, einen weiten Bogen um alle Männer zu machen, denen die Freiheit wichtiger war als ihre Familie. Nur bei Rey hatte sie kläglich versagt. Gut, als sie von ihrer Gruppe getrennt worden waren, hatte sie gar keine Möglichkeit gehabt, ihm auszuweichen. Sie war auf Gedeih und Verderb seiner Hilfsbereitschaft ausgeliefert gewesen. Wobei das natürlich nur ein Teil der Wahrheit war, denn auch sie hatte seine Gefühle erwidert, als sie sich leidenschaftlich in dem Gebüsch geküsst hatten. Und dass das nichts mit Dankbarkeit zu tun gehabt hatte, war ihr auch mittlerweile klar. Aber geschehen war geschehen und konnte nun nicht mehr rückgängig gemacht werden – falls sie das überhaupt wollte.

Doch warum hatte sie zugestimmt, dass sie sich später am

Abend noch in ihrer Hütte hier im Hilltop Camp trafen? Obwohl Rey den Naturpark ursprünglich noch heute verlassen wollte, hatte er beschlossen, sich für eine Nacht eine Hütte zu mieten. Je länger sie den Abschied hinauszögerte, desto schwerer würde er ihr fallen. Mit einem tiefen Seufzer schlug sie die Autotür zu. Jetzt freute sie sich erst mal auf die Dusche – eine Dusche, die den Namen auch verdiente –, die in der großen, orange gestrichenen Hütte auf sie wartete. Das strohgedeckte Dach leuchtete in der Nachmittagssonne und vermittelte einen Eindruck von Ruhe und Frieden. Nach den Strapazen der vergangenen zwei Tage und der spartanischen Ausstattung ihres Zeltlagers verhieß das Camp hier den puren Luxus.

Laurel beugte sich gerade in den Kofferraum, als neben ihr ein Jeep hielt. Unwillkürlich zuckte sie zusammen. Die Angst, dass die Wilderer sie verfolgen könnten, saß ihr immer noch in den Knochen. Erleichtert entspannte sie sich, als sie sah, dass es Rey war. Eine Hand über ihr wild klopfendes Herz gelegt, lehnte sie sich an das Heck ihres Mietwagens.

»Entschuldige, ich wollte dich nicht erschrecken.«

Sie befeuchtete ihre Lippen. »Macht nichts. Was tust du denn schon hier?«

»Ich wollte mich verabschieden.«

Erstaunt sah Laurel ihn an. »Ich dachte …«

»Die Hütten sind alle schon belegt. Und deshalb muss ich mich beeilen, um rechtzeitig aus dem Park hinauszukommen, bevor die Tore geschlossen werden.« Er kam langsam auf Laurel zu. »Ich hätte wirklich gerne den Abend mit dir verbracht.«

»Ich …« Laurel befeuchtete ihre trockenen Lippen. »Ich auch.«

Reys Lächeln vertiefte die Falten an seinen Augenwinkeln. »Das freut mich. Vielleicht können wir das nachholen, wenn wir wieder in den USA sind.«

»Ich glaube nicht … dass das eine gute Idee ist.«
Rey wurde schlagartig ernst. »Warum nicht?«
»Weil es … einfach keine gute Idee wäre.«
»Aha, ich verstehe.«
»Wirklich?«
»Nein, ehrlich gesagt, kein bisschen.« Er berührte Laurels Schulter und sie zuckte automatisch zusammen. »Was ist mit dir los? Ich dachte, wir hätten uns auf der Safari gut verstanden?«
»Darum geht es ja. Ich kann einfach nicht …« Laurel brach ab und blickte ihn hilflos an.
»Ich verstehe«, sagte er abermals, obwohl sein Gesicht genau das Gegenteil ausdrückte. Ein Muskel zuckte in Reys Wange, seine Augen hatten sich verdunkelt. »Dann wünsche ich dir noch eine schöne Zeit in Südafrika und einen guten Flug nach Hause.«

Er wandte sich um und machte einen Schritt in Richtung Jeep. Mit einem stummen Fluch blieb er wieder stehen und stemmte die Hände in die Hüften. Nein, egal wie enttäuscht er war, so konnte er sich nicht von Laurel verabschieden. Sicher hatte er es sich nicht nur eingebildet, dass auch sie sich zu ihm hingezogen fühlte. Langsam drehte er sich wieder zu Laurel um, die ihn mit großen Augen ansah. Die Hände hatte sie zu Fäusten geballt, ihre Lippen zitterten. Rey strich ihr eine Haarsträhne hinters Ohr, dann legten seine Finger sich um ihren Nacken.
Langsam näherte sich sein Gesicht ihrem, um ihr die Gelegenheit zu geben, sich noch rechtzeitig zurückzuziehen. Doch sie bewegte sich nicht. Seine Lippen berührten ihren weichen Mund, strichen sanft darüber. Als Laurel die Augen schloss, wusste er, dass sie den Kuss genauso genoss wie er. Unter seinem Daumen fühlte er ihren rasenden Puls, spürte ihr Zittern, als er sie näher an sich zog. Es fühlte sich einfach so gut, so

richtig an, wenn sie zusammen waren. Empfand sie das nicht ebenso?

Entschlossen löste er sich von ihr und trat einen Schritt zurück. Er ließ die Hand sinken, die eben noch ihren Nacken umfasst hielt.

»Danke für die schöne Zeit.« Seine Stimme war kaum mehr als ein Flüstern.

Damit eilte er zu seinem Jeep. Sie sollte nicht in seinem Gesicht lesen können, wie sehr ihn die Trennung von ihr schmerzte. Was war bloß mit ihm geschehen? Er war nicht der Typ Mann, der sich so rasch für eine Frau entflammte. Ganz zu schweigen davon, dass er innerhalb kürzester Zeit so tiefe Gefühle entwickelt hatte. Vermutlich lag es an den gemeinsamen intensiven Erlebnissen der vergangenen zwei Tage.

Er stellte das Bein auf das Trittbrett und stieg ein. Heute würde er wegfahren, aber er hatte nicht vor, Laurels Entscheidung einfach so zu akzeptieren. Als sie am Lager Mndindini angekommen waren, hatte er ihre beiden Anmeldeformulare mitgehen lassen. Um zu verhindern, dass die Wilderer auf ihre Spur kamen. Doch das war nur die halbe Wahrheit: Er hatte es auch getan, um an Laurels Adresse zu kommen.

Natürlich würde er einige Tage verstreichen lassen. Zunächst wollte er sich um das Video kümmern. Anschließend würde er nach Atlanta fliegen und Laurel aufsuchen. Wenn sie dann immer noch der Meinung war, dass eine Beziehung zwischen ihnen nicht infrage kam, dann musste er wohl oder übel einen Rückzieher machen. Aber zumindest hätte er es versucht. Als er die Tür zuzog und den Motor anließ, spürte er, wie sich sein Magen verkrampfte. Sein Körper schien dagegen zu rebellieren, dass er Laurel einfach so verließ. Zögernd trat er auf das Gaspedal.

»Rey!«

Durch das Motorengeräusch hätte er ihre Stimme beinahe überhört, doch dann sah er, wie Laurel auf den Jeep zukam. Atemlos lehnte sie sich in sein heruntergekurbeltes Fenster und blickte ihn unsicher an. Rey versuchte, die in ihm aufkeimende Hoffnung zu unterdrücken, aber es war vergebens.

»Rey …«

»Ja?«

»Glaubst du, dass die Wilderer noch irgendwo in der Nähe sind?«

Enttäuscht stieß er den angehaltenen Atem aus. Sie hatte ihn also nicht gerufen, weil sie ihn nicht einfach so gehen lassen wollte, sondern weil sie sich wegen der Wilderer Sorgen machte. »Ich glaube nicht. Die werden wohl schon über alle Berge sein, aber ganz sicher kann man natürlich nie sein.« Er brachte ein beruhigendes Lächeln zustande. »Außerdem habe ich unsere Anmeldeformulare mitgehen lassen. Da müssten sie schon Zugang zum Computersystem des Parks haben …«

»Aber wenn einer der Männer vom Park-Service war?«

»Tja, dann könnte es sein, dass sie doch noch an unsere Adressen kommen. Allerdings, woher sollten sie wissen, dass wir es waren, die sie gesehen haben? Dann müssten sie hinter allen Mitgliedern unserer Gruppe her sein. Nein, vermutlich sind sie schon längst wieder auf dem Weg nach Hause.«

Laurel knabberte an ihrer Unterlippe, offensichtlich nicht ganz überzeugt. »Wäre es nicht sinnvoll, wenn wir zusammenblieben, bis wir am Flughafen sind?« Sie zögerte. »Die Hütte ist so groß, da gibt es sicher eine Couch oder ein zweites Bett für dich.«

Rey fühlte, wie Wärme sich in seinem Brustkorb ausbreitete. Auch wenn sie ihn vermutlich nur aus Angst hier haben wollte, war das immerhin schon ein Anfang. Ein paar Stunden mehr, die er mit ihr verbringen konnte. Verdammt, es musste ihn wirklich erwischt haben, wenn er sich von ihr benutzen ließ und ihr dann auch noch dankbar dafür war. »Gut, wenn du dich dann sicherer fühlst …«

Laurel bedachte ihn mit einem dankbaren Lächeln. »Ja, auf jeden Fall.« Ihre Hand legte sich über seine. »Also bleibst du?«

Mit einem tiefen Seufzer schaltete Rey den Motor aus. »Wie könnte ich so einem Angebot widerstehen.«

Laurel war sich vollkommen im Klaren, dass sie dabei war, sich selbst zu betrügen. Natürlich fühlte sie sich in Reys Gegenwart sicherer. Aber das war nicht der eigentliche Grund, warum sie ihn gebeten hatte, die Hütte für die eine Nacht mit ihr zu teilen. Vermutlich war Rey genauso bewusst, dass sie nur eine Entschuldigung vorgeschoben hatte. Energisch straffte sie die Schultern, während sie beobachtete, wie Rey den Jeep in die Parklücke neben ihrem Mietwagen fuhr und dann seinen Rucksack und eine Reisetasche herausnahm.

Er stellte die Reisetasche neben ihr ab. »Sag mir einfach, welche Taschen du aus dem Auto brauchst, dann trage ich sie hinein.«

»Aber ich …«

Rey unterbrach sie. »Freu dich doch, dass ich mich von meiner wohlerzogenen Seite zeige. Das ist nicht immer der Fall. Außerdem hast du dich in den vergangenen zwei Tagen genug verausgabt.«

Laurel deutete auf ihr Gepäck. »Nur den Koffer, bitte.«

Sie hatte im Camp einfach alles nur hineingestopft und ihn kaum wieder zubekommen, so voll war er. Als sie sich in Bewegung setzte und mittlerweile jeden einzelnen Knochen spürte, war sie froh, den Koffer nicht selbst tragen zu müssen. Um ihre geprellte Hüfte zu schonen, ging sie mit langsamen Schritten den schmalen Weg und die drei Stufen zu ihrer Hütte hinunter.

Sie öffnete die Tür und trat in den halbdunklen Flur hinein.

Alle Innentüren waren geöffnet, sodass der Flur halbwegs von Tageslicht beleuchtet wurde. Dennoch suchte sie den Lichtschalter und betätigte ihn. Rechts lag das Badezimmer, daneben ein großes Schlafzimmer mit zwei Einzelbetten, getrennt durch einen Nachttisch. Was ihre unbedachte Einladung etwas entschärfte, wie Laurel erleichtert feststellte. Nun würde sie nicht auf einer Matratze mit Rey schlafen müssen und damit in Versuchung kommen, sich wieder an ihn zu schmiegen, wie in den vergangenen beiden Nächten. Rasch drehte sie sich um und schüttelte das leicht wehmütige Gefühl ab, das sie bei dem Gedanken überkam. Die letzte Tür führte sie in ein riesiges Wohnzimmer mit angeschlossener Küche.

Mit offenem Mund sah Laurel sich um. »Wow!«

Rey, der ihr ins Wohnzimmer gefolgt war, stieß einen lang gezogenen Pfiff aus. »Nicht schlecht.« Er betrachtete anerkennend den Raum. »Auf jeden Fall wesentlich komfortabler als unser Zelt. Und ich wette, Dusche und Toilette sind auch ein bisschen ansprechender.«

Laurel lachte. »Vermutlich. Wenn nicht, fordere ich mein Geld zurück.«

Rey beobachtete, wie Laurel langsam zur Glastür schlenderte, die zu einer großen Terrasse führte. Dahinter lag die hügelige Savannenlandschaft des Parks, die die Abendsonne bereits rötlich färbte. Laurel trat auf die Terrasse hinaus und stützte die Arme auf die hölzerne Brüstung. Rey konnte sehen, wie sie tief durchatmete, während sie den Blick über das vor ihr ausgebreitete Panorama wandern ließ. Er bezwang den Drang, sich neben sie zu stellen, und wandte sich ab. Erst einmal würde er das ganze Gepäck hereinbringen, dann konnte er tun und lassen, was er wollte. Na gut, vielleicht nicht alles, was er wollte, aber zumindest das Naheliegende wie duschen und essen.

Er kehrte zu Laurels Auto zurück, hob ihr Gepäck aus dem Kofferraum und stellte es ächzend auf dem Boden ab. Was hatte sie bloß alles eingepackt? Ein paar Steine als Souvenirs? Er ließ die Klappe zufallen, betätigte die Zentralverriegelung und ging zur Hütte zurück.

Laurel stand immer noch auf der Terrasse, ganz in den Anblick der Szenerie vertieft. Oder war sie bereits im Stehen eingeschlafen?

Rey trat neben sie und berührte sie sacht am Arm. »Ich habe deinen Koffer ins Schlafzimmer gebracht, du kannst jetzt duschen, wenn du möchtest.« Die Arme vor der Brust verschränkt, wandte Laurel sich ihm schließlich zu. Deutlich konnte er die Erschöpfung auf ihrem Gesicht sehen. »Eine Erfrischung wird dir bestimmt guttun.«

Laurel lächelte matt. »Ja, vermutlich. Ich wünschte bloß, das mit dem Duschen würde automatisch gehen, ohne dass ich einen Finger rühren müsste.«

»Ich würde dir ja gerne behilflich sein, aber vermutlich wäre das keine gute Idee.«

»Nicht wirklich.«

Rasch löste Laurel sich vom Geländer und ging ins Schlafzimmer. Sie suchte sich etwas Sauberes zum Anziehen aus ihrem Koffer und betrat das Badezimmer. Die letzten beiden Tage hatte sie sich nicht einmal im Spiegel betrachtet, doch durch das Digitalfoto, das Rey von ihr gemacht hatte, war sie sich sehr wohl bewusst, wie es um ihr Aussehen stand. Also war sie einigermaßen auf das vorbereitet, was sie nun im Spiegel sah. Die Hände auf dem Waschbecken abgestützt, betrachtete sie kritisch ihr Gesicht. Kein Make-up verdeckte die Kratzer und roten Flecken – Mahnmale ihrer abenteuerlichen Flucht durch den Busch. Ihre Haare waren zerzaust und von der Sonne ausgetrocknet, ihre Haut war gerötet. Und dennoch war Laurel nicht schockiert von dem Bild, das ihr entgegenblickte. Noch nie hatte sie so natürlich, so voller Leben ausgesehen.

Energisch schüttelte sie den Kopf. Anscheinend war durch den Sturz auch ihr Kopf in Mitleidenschaft gezogen worden, dass sie sich in diesem Zustand auf gewisse Weise attraktiv fand. Bestimmt würde ihr eine Dusche dabei helfen, die Dinge wieder in die richtige Perspektive zu rücken. Behutsam stieg sie aus ihrer schmutzigen Kleidung und wandte sich der ebenerdigen Dusche zu. Gerade als sie den Wasserhahn aufdrehen wollte, klopfte es an der Tür. Laurel warf einen Blick hinter dem Duschvorhang hervor.

»Ja?«

»Bist du angezogen?«

»Nein. Wieso?«

»Weil ich mir dachte, dass es besser wäre, vor dem Duschen nach Zecken zu suchen. Hast du nachgeschaut, ob du welche hast?«

»Nein, daran habe ich überhaupt nicht mehr gedacht. Außerdem habe ich doch lange Hosen getragen und das Antizeckenspray benutzt.«

»Das hilft nicht immer. Die Viecher kriechen auch unter die Kleidung, glaub es mir, ich habe es auch schon erlebt.«

»Okay, ich sehe nach. Danke für die Warnung.«

»Ich fürchte, am Rücken wirst du sie nicht selber entdecken. Ebenso wenig wie an der Rückseite deiner Oberschenkel. Wenn du dich bedeckst, komme ich herein und schaue nach.«

Laurel zögerte, ehe sie seufzend ein Badetuch vom Halter zog und es sich um die Hüfte schlang. Sie wusste schließlich, welche Krankheiten ein Zeckenbiss hervorrufen konnte. »Komm rein.«

Rey betrat den Raum, in der einen Hand eine Pinzette und in der anderen einen Aschenbecher. »Mein Handwerkszeug. Komm hierher ins Licht.«

Wortlos folgte Laurel seiner Anweisung. Seit Rey das Badezimmer betreten hatte, kam ihr der Raum viel kleiner vor, intimer. Nur zu deutlich war sie sich seiner forschenden Augen bewusst, die auf ihren Körper gerichtet waren, während er ohne ein weiteres Wort zu verlieren begann, ihren Rücken nach Zecken abzusuchen. Als er sich hinter sie kniete und das Badetuch ein wenig anhob, zuckte Laurel erschrocken zurück.

»Was tust du da?«

»Ich suche deine Beine nach Zecken ab. Leider habe ich keine Lupe dabei. Die Dinger sind teilweise verdammt klein, weniger als ein Millimeter.« Er hob die Schultern. »Zumindest bevor sie angefangen haben zu saugen, erst dann blähen sie sich zu voller Größe auf.«

Laurel schauderte unwillkürlich und zog das Handtuch enger um sich. Bei dem Gedanken an irgendwelche Parasiten, die sich an ihrem Blut gütlich taten, wurde ihr ganz anders. Außerdem versuchte sie das Gefühl zu ignorieren, das Reys Nähe in ihr hervorrief. Er war jetzt so dicht hinter ihr, dass sie seinen warmen Atem an ihren Beinen fühlen konnte. Langsam glitten seine Finger über ihre Wade, hin und wieder über einen Fleck streichend, der ihm verdächtig erschien.

»Aha!«

Hektisch blickte Laurel über ihre Schulter. »Was? Was?«

»Da haben wir eine. Aber keine Sorge, sie hatte sich noch nicht festgesaugt.«

Laurel atmete erleichtert auf. »Gott sei Dank.«

»Lag wohl eher an dem Spray.«

Sie warf ihm einen spöttischen Blick zu. »Sag mal, macht dir das etwa Spaß?«

Rey grinste sie an. »Ohne die Zecken könnte ich mich dran gewöhnen.«

»Rey …«

»Entschuldige. Dreh dich wieder um, damit ich weitermachen kann.«

Zehn Minuten später erhob Rey sich mit knackenden Knien und einem ausgiebigen Stöhnen. Seine Suche hatte eine Ausbeute von drei Zecken ergeben. »Okay, du bist jetzt zeckenfrei. Sauber sozusagen.«

»Noch nicht ganz, aber ich hoffe es bald zu sein.«

Rey lächelte. »Dann will ich dich nicht länger stören. Genieße es!« Damit verließ er das Badezimmer und zog die Tür leise hinter sich zu.

Laurel blickte stumm die Tür an, dann riss sie sich das Badetuch vom Leib, warf es über eine Stange und trat unter die Dusche. Sie wartete, bis das Wasser die richtige Wärme erreicht hatte, dann stellte sie sich wohlig seufzend darunter. Einige Minuten lang hielt sie einfach nur das Gesicht dem Strahl entgegen und genoss das herrliche Gefühl. Das Wasser brannte zwar etwas in ihren noch nicht ganz verheilten Wunden, aber das war das kleinere Übel.

14

Rey stand auf der Terrasse und brütete vor sich hin. Das Geräusch des plätschernden Wassers ließ ihn daran denken, wie er tags zuvor mitten in der Wildnis mit Laurel unter der provisorischen Dusche gestanden hatte. Stöhnend rollte er seine verspannten Schultern. Eben hatte er sich ganz schön zurückhalten müssen, da er sich so sehr danach sehnte, sie anzufassen und wieder wie gestern in den Armen zu halten. Aber Laurel hatte ihm deutlich zu verstehen gegeben, dass sie das im Moment nicht wollte. Ihm war nicht ganz klar, warum sie sich wieder von ihm zurückgezogen hatte, nachdem sie sich bereits so nahegekommen waren. Aber er musste es wohl oder übel respektieren.

Sein leerer Magen knurrte und lenkte ihn von seinen Grübeleien ab. Essen, genau, sie brauchten dringend eine ordentliche Mahlzeit. Rasch fasste Rey den Entschluss, etwas zu essen zu besorgen. Er griff nach dem Autoschlüssel, dem Schlüssel zur Hütte und seinem Portemonnaie. Dann stieg er in den Jeep und fuhr die gewundene Straße zum Haupthaus des Camps zurück. Gras säumte die schmale Asphaltstraße. Das Grün des Rasens war durchsetzt von vereinzelten Büschen und Bäumen, dazwischen standen kleine, runde und größere, eckige Hütten. Alle waren in demselben warmen Orangeton gehalten, sie wirkten sehr gepflegt und ansprechend. Eine wirklich schöne Anlage, dachte Rey, schade nur, dass sie nicht länger bleiben konnten.

Nachdem er in einem kleinen Laden die Zutaten für ein einfaches Abendessen gekauft hatte, setzte er sich an den Computer, der in der Lobby stand. Er war lange nicht dazu gekommen, seine E-Mails abzurufen, daher hatten sich in seiner Abwesenheit einige Nachrichten angehäuft. Rasch machte er sich daran, die wichtigsten möglichst knapp zu beantworten. Nur die Mail an seine jüngere Schwester Sam geriet etwas ausführlicher. Er beschränkte sich nicht darauf, Landschaft und Tiere des Umfolozi zu beschreiben, sondern ging auch andeutungsweise auf die Geschehnisse während der Safari ein. Natur in allen Formen und Arten interessierte sie als Paläontologin immer. Auch wenn sie es in ihrem Beruf normalerweise nur mit ausgestorbenen Tieren und Pflanzen zu tun hatte; derzeit arbeitete sie an einer Ausgrabung in Golden bei Denver. Doch die südafrikanische Buschlandschaft wäre ebenfalls ganz nach ihrem Geschmack.

Ein Lächeln huschte über Reys Gesicht. Im Frühjahr hatte sie den Mann ihres Lebens gefunden – so hatte sie selbst gesagt – und war deshalb von Salt Lake City nach Denver gezogen. Also stand sie nicht nur schon länger auf eigenen Füßen, sie hatte ihn auch darin überholt, eine feste Beziehung einzugehen. Ihre Eltern waren jedenfalls begeistert davon, dass Sam nun nicht mehr allein war und mit ihrem Freund so glücklich schien. Unter Vorbehalt wohlgemerkt, denn sie hatten Morgan, so hieß Sams Freund, bisher noch nicht persönlich kennengelernt. Nach Sams Erzählungen klang er jedenfalls sehr sympathisch, auch wenn seine Schwester ihn unter recht abenteuerlichen und gefährlichen Bedingungen kennengelernt hatte.

Rey beendete seine Korrespondenz und trug die verbrauchten Einheiten in die Liste ein, die dafür neben dem Computer lag. Die braune Einkaufstüte auf dem Arm ging er zu seinem Wagen zurück. Inzwischen war Laurel bestimmt fertig mit dem Duschen und wieder angezogen. Das hoffte er zumindest. Auf halber Strecke schoss ihm plötzlich ein Wagen entgegen, dem er nur durch ein gewagtes Ausweichmanöver entgehen konnte, um einen Zusammenstoß zu verhindern. Mit zitternden Händen fuhr er sich über das Gesicht. Dieser verdammte Linksverkehr! Man sollte meinen, dass er sich nach einigen Wochen daran gewöhnt hätte. Aber mit seinen Gedanken schon bei Laurel, hatte er sich anscheinend nicht richtig konzentriert. Kopfschüttelnd hielt er vor der Hütte an. Was hatte diese Frau bloß mit ihm angestellt?

Als er die Eingangstür öffnete, kam Laurel ihm schon entgegen. In ihre Augen war der wachsame Ausdruck zurückgekehrt, der ihm bereits vertraut war. »Wo warst du?«

Rey hielt ihr die Tüte entgegen. »Einkaufen. Oder hast du keinen Hunger?«

»Doch. Entschuldige, es geht mich auch nichts an, wo du warst, es war nur … Ich kam aus dem Bad, und du warst auf einmal verschwunden.« Sie verschränkte die Arme schützend vor der Brust.

»Ich hätte natürlich Bescheid sagen können.«

Sein entwaffnendes Lächeln bewirkte, dass Laurel sich etwas entspannte. »Und, was hast du Schönes mitgebracht? Ich bin halb verhungert.«

Rey betrat die Kochnische und stellte die Tüte auf die Arbeitsplatte. »Sieh selbst nach.«

Das ließ sich Laurel nicht zweimal sagen. Während sie den Inhalt inspizierte, stöhnte sie verzückt auf.

Rey musste lachen. »Okay, ich sehe schon, die Dusche muss noch warten. Ich fange lieber gleich mit dem Kochen an, bevor du noch an der Tischplatte knabberst.«

Laurel protestierte sofort. »Ich kann auch kochen!«

»Das mag sein, aber da du mich netterweise hier aufgenommen hast, werde ich den Part übernehmen. Einverstanden?«

»Wenn du darauf bestehst … Kann ich dir irgendwie helfen?«

»Ja. Setz dich gemütlich in den Sessel, leg die Beine hoch und entspann dich.«

»Wird gemacht, Chef.«

Zwanzig Minuten später hatte Rey ein einfaches, aber schmackhaftes Essen zubereitet, Steaks mit dicken Bohnen in Tomatensoße. Wie Halbverhungerte machten sie sich über das Essen her, nur das Schaben ihrer Gabeln auf dem Porzellan war zu hören.

Schließlich schob Laurel zufrieden seufzend ihren Teller zurück. »Du kannst ja kochen.«

»Ja. Und überrascht dich das?«

»Wenn du mich das vorgestern gefragt hättest, wäre meine Antwort Ja gewesen, aber inzwischen habe ich gelernt, dass du voller Überraschungen steckst.«

Rey lehnte sich zurück. »Tut das nicht jeder, wenn man ihn näher kennenlernt?«

»Vielleicht. Aber manche Männer gleichen sich so sehr, dass man fast meinen könnte, sie wären alle einer Form entsprungen.«

»Du scheinst reichlich Erfahrungen gesammelt zu haben.«

»Einigen wir uns auf gute Beobachtungsgabe. In meinem Beruf ist das von Vorteil.«

»Da haben unsere Berufe etwas gemeinsam. Tatsächlich stoße ich immer wieder auf Neues. Ob es sich nun um Felsen, Pflanzen, Tiere oder Menschen handelt, man ist nie vor Überraschungen sicher. Deshalb versuche ich, mit meiner Wertung immer abzuwarten, bis ich den Dingen auf den Grund gegangen bin.«

Rey erhob sich etwas steif, ging an ihr vorbei zur Theke und zog etwas aus der Tüte. Auf der flachen Hand hielt er ihr einen Schokoladenriegel hin. »Ich gehe jetzt duschen. Aber vielleicht willst du inzwischen deinen Nachtisch essen.«

Mit leuchtenden Augen griff Laurel danach.

»Ich bin gleich wieder da!«, rief Rey über die Schulter, während er im Schlafzimmer verschwand.

»Mmh …« Laurel war offensichtlich bereits im siebten Schokoladenhimmel.

Als Rey die Tür zum Badezimmer geschlossen hatte, lehnte er die Stirn für einen Augenblick dagegen und schloss die Augen. Himmel, er wusste nicht, wie er den Rest des Abends überstehen sollte, ohne Laurel zu berühren. Ihr genießerischer Gesichtsausdruck eben, als sie die Schokolade gegessen hatte … Wahrscheinlich sollte er sich möglichst von ihr fernhalten. Eine kalte Dusche würde ihm jedenfalls guttun. Rey schlüpfte aus seiner verschmutzten Kleidung und trat in die Dusche. Nachdem er sich eingeseift und gründlich gewaschen hatte, drehte er das kalte Wasser auf und genoss eine Weile den kühlen Strahl. Während er sich anschließend trocken rubbelte, blickte er in den Spiegel. Er sollte sich mal wieder rasieren …

Aus dem Wohnzimmer ertönte ein spitzer Schrei. Rey ließ vor Schreck das Handtuch fallen. Ehe er aus dem Badezimmer rannte, riss er es wieder hoch und schlang es sich um die Hüfte. Hatten die Wilderer sie gefunden und waren in die Hütte eingedrungen? Das Herz hämmerte in seiner Brust. Verdammt, sie hätten am besten heute noch einen Flug nach Hause nehmen sollen! Als er ins Wohnzimmer stürzte, stieß er beinahe mit Laurel zusammen, die gerade in die entgegengesetzte Richtung lief.

»Was ist los?« Von ihrer offensichtlichen Panik angesteckt, überschlug sich seine Stimme. Er packte sie an den Armen und hielt sie fest. »Laurel?«

Mit weit aufgerissenen Augen starrte sie ihn an. »Da … da …«

»Ja, was?«

»Ein Pavian!«

Im selben Moment sah er ihn auch. Ein riesiger, grauer Affe, der ungestüm durch Wohnzimmer und Küche hüpfte und dabei ein gewaltiges Chaos anrichtete. Der Affe schien ziemlich aufgebracht und sah nicht gerade vertrauenerweckend aus. Aber irgendjemand musste ihn wohl hinausschaffen. Also schob Rey Laurel aus dem Zimmer und schloss die Tür hinter ihr. Immerhin war der Affe das kleinere Übel – wenn er daran dachte, dass es auch die Wilderer hätten sein können. Rey atmete tief durch, dann nahm er den Kampf auf.

Bewaffnet mit einem großen Sesselkissen begann er damit, den Pavian wieder zur Terrassentür zurückzutreiben. Doch der machte es ihm nicht leicht: Gerade als Rey dachte, er hätte ihn so weit, sprang der Affe auf die andere Seite und versuchte wieder, in die Kochnische zurückzugelangen. Er war offensichtlich auf der Suche nach etwas Essbarem. So ging es eine Weile hin und her, Mann und Affe lieferten sich einen harten Kampf, bis Rey den dreisten Pavian schließlich doch durch die Terrassentür hinausbugsierte und dieser in der Wildnis verschwand.

Schwer atmend schloss Rey die Tür und betrachtete kopfschüttelnd den Raum. Es sah aus, als hätte eine Bombe eingeschlagen, die Möbel waren verschoben, kleinere Gegenstände lagen verstreut auf dem Boden herum und ein Teller war zerbrochen. Wo war in dem Tumult bloß sein Handtuch abgeblieben? Gut, dass er Laurel aus dem Raum geschoben hatte, sie hätte es bestimmt nicht lustig gefunden, ihn splitterfasernackt durch die Gegend hüpfen zu sehen, während er versuchte, einen Pavian zu bändigen. Reys Mundwinkel zuckten. Oder vielleicht doch?

»Rey, lebst du noch?«

Er räusperte sich. »Ja, kleinen Moment noch.«

Hektisch blickte er um sich. Kein Handtuch zu sehen. Er warf das Kissen wieder auf den Sessel und ging zur Kochnische hinüber. Vielleicht hinter der Theke? Er bückte sich genau in dem Moment, als die Tür aufging und Laurel vorsichtig den Kopf hereinschob.

»Wo bist du?«

»Küche. Komm aber lieber nicht hierher!«

Schon öffnete Laurel die Tür und trat ins Wohnzimmer. »Oh Gott, bist du verletzt?«, fragte sie im Näherkommen.

»Nein. Und bleib bitte da stehen.«

»Ist der Affe noch da?«

Rey richtete sich auf und sah sie mit hochgezogenen Augenbrauen an. »Nein, der ist draußen.«

»Aber wieso …?« Sie umrundete die Theke und blieb abrupt stehen, als ihr Blick an ihm hinabglitt. »Oh.«

»Ja, oh. Würdest du jetzt vielleicht …?«

»Ich warte draußen.«

»Das wäre nett.«

Amüsiert blickte Rey an sich hinunter und warf den herzförmigen Topflappen, den er vor sich gehalten hatte, auf die Arbeitsplatte.

Immer noch über Laurels Reaktion schmunzelnd, suchte er das Zimmer weiter nach seinem Handtuch ab. Schließlich fand er es unter dem Sessel, hob es auf und band es sich um die Hüfte. Als er die Tür öffnete und Laurel gegenübertrat, bemühte er sich um einen ernsten Gesichtsausdruck.

»Wie ist der Pavian überhaupt hereingekommen?«, fragte er.

Laurel zuckte mit den Schultern und bemühte sich, Rey nur ins Gesicht zu sehen. »Ich war auf der Terrasse und habe die Tür offen gelassen. Er muss gleich hinter mir hereingeschlüpft sein. Als ich mich umdrehte, turnte er bereits auf dem Sofa herum.« Sie errötete. »Tut mir leid, dass ich so laut geschrien habe, ich habe mich einfach so erschreckt.«

»Das war schon gut so, schließlich sind Paviane nicht ganz ungefährlich. Du bist nicht verletzt?« Sein Blick glitt suchend über ihren Körper.

»Nein. Er hat mir ja nichts getan. Wahrscheinlich hat er sich genauso erschreckt wie ich.«

Rey konnte ein Grinsen nicht länger unterdrücken. »Ja, und als ich dann auch noch hereingestürzt kam und ihn mit meinem Körper geblendet habe …«

Laurel lachte. »Besonders der Topflappen wird es ihm angetan haben.«

»Den habe ich nur für dich vorgehalten.«

Laurels Augen verdunkelten sich. »Das wäre nicht nötig gewesen.«

»Laurel …«

Obwohl sie es im Scherz gesagt hatte, fand er ihren Vorstoß erregend. Sein Herz pochte schneller, während er versuchte, in ihrem Gesicht ihre Absicht zu lesen. Sie schaute ihn mit halb geöffneten Lippen an. Sollte er auf ihre Bemerkung eingehen oder ein Gentleman sein und sie ignorieren oder ganz einfach als Spaß auffassen? Unwillkürlich trat er auf sie zu und zog sie in seine Arme. Seine Finger gruben sich in ihre seidigen Haare, umfassten ihren Hinterkopf. Langsam, sodass sie noch die Gelegenheit hatte, sich ihm zu entziehen, beugte er sich zu ihr hinunter und senkte den Mund auf ihre Lippen. Himmel, sie fühlte sich so gut an. Rey zog sie näher an sich heran. Durch den dünnen Stoff ihres T-Shirts konnte er ihre Brüste an seinem nackten Oberkörper spüren. Ihre steifen Brustwarzen reckten sich ihm entgegen. Oh ja, auch Laurel begehrte ihn: Die Reaktion ihres Körpers war unübersehbar.

Laurel schloss die Augen, als Leidenschaft sie durchflutete. Wie von alleine glitten ihre Finger über Reys nackten Rücken. Als sie an dem Handtuch anlangten, das er sich um die Hüfte geschlungen hatte, wanderten sie rasch wieder nach oben. Seine Haut glühte unter ihren Händen, als würde er innerlich verbrennen. Der Kuss wurde intensiver, ihre Zungen erkundeten einander, steigerten ihre Erregung. Das Blut rauschte in

Laurels Ohren, es gab nichts mehr außer Rey und dem rasenden Klopfen ihres Herzens. Laurel spürte, wie Reys Hände sich unter ihr T-Shirt schoben, sich einen Weg über ihre Rippen bahnten, bis sie neben ihren Brüsten zum Liegen kamen. Seine rauen Daumen streichelten die weiche Unterseite. Ihre Brustspitzen schienen nur darauf zu warten, endlich berührt zu werden, doch Reys Hände ließen sich Zeit. Gott, er machte sie verrückt!

Der Anblick seines – bis auf den albernen Topflappen – nackten Körpers eben hatte ihr Verlangen erneut entfacht. Seine Haut war überall gleichmäßig braun, bis auf einen helleren Streifen an der Hüfte. Zu gerne würde sie diesen Körper erforschen. Jetzt konnte sie sich kaum noch an den Grund erinnern, warum sie keinesfalls mit Rey eine Liebesbeziehung anfangen wollte. In seinen Armen vergaß sie alle Vernunft, derer sie sich sonst so rühmte.

Ihre Hände strichen über seine breiten Schultern, berührten den muskulösen Brustkorb und das kleine Dreieck dunkler Haare zwischen seinen Brustwarzen. Es war mittlerweile zu dunkel hier auf dem Flur, sie konnte kaum mehr als seine Unrisse erkennen. Jetzt ärgerte sie sich darüber, dass sie vorhin das Licht wieder ausgeschaltet hatte. Laurel zuckte wie unter einem Stromschlag zusammen, als Reys Finger endlich ihre Brustwarze berührte. Atemlos drängte sie sich an ihn, bis sie meinte, vor Hitze zu vergehen. Sie spürte, wie sie feucht wurde und bereit, ihn in sich aufzunehmen.

Ein lautes Krachen ließ sie beide heftig zusammenfahren. Während Laurel wie erstarrt mitten im Flur stehen blieb, hatte Rey sich bereits von ihr gelöst und spähte vorsichtig durch die Tür in den Wohnraum. Im Lichtschein, der aus der Türöffnung drang, konnte sie erkennen, wie sich sein Körper langsam entspannte. Offenbar drohte ihnen keine neue Gefahr. Laurel presste eine Hand auf ihr wild pochendes Herz. Sie konnte nicht sagen, ob es am Schreck oder an ihrer Erregung lag, jedenfalls fühlten sich ihre Beine an wie Gummi. »Was … was war das?«

»Nur was umgefallen.«

Als er langsam auf sie zukam, sah Laurel, dass ihm sein Handtuch von den Hüften geglitten war. Sein Körper war geradezu perfekt. Dennoch, die Unterbrechung hatte sie wieder zur Besinnung kommen lassen. Ansonsten wäre Laurel im Strudel der Leidenschaft untergegangen. Doch so hatte ihre Vernunft sich wieder zu Wort melden können und erinnerte sie daran, sich lieber nicht überstürzt ihren Gefühlen hinzugeben. Jetzt konnten sie noch aufhören, noch war es nicht zu spät.

Als ob Rey spürte, was in ihr vorging, hielt er inne. Seine Hände ballten sich zu Fäusten, in dem Bemühen, sie nicht zu berühren. Laurel verschränkte die Arme über der Brust, um ihr Beben zu verbergen. Mit großen Augen blickte sie ihn an, unsicher, wie sie ihm erklären sollte, was in ihr vorging. Doch es bedurfte keiner weiteren Worte, das konnte Laurel sehen: Rey hatte verstanden.

15

Laurel fühlte sich seltsam leer, als er schließlich ein paar Schritte zurücktrat und sie dabei aufmerksam betrachtete. »Geht es dir gut?«

Wortlos nickte sie. Sie brachte keinen Ton heraus. Ein dicker Kloß saß ihr im Hals und drückte auf ihre Brust. Verdammt noch mal, warum konnte sie nicht einfach genießen, wonach sie sich so sehnte, und sich hinterher den Kopf darüber zerbrechen? Ihr ganzer Körper pochte, verlangte danach, wieder in Reys Armen zu versinken, seine Hitze zu spüren.

»Warum gehst du nicht ins Bett, dann räume ich noch schnell das Chaos hier auf.«

Laurel blickte ihn mit offenem Mund an. »Ins Bett?«

Ein Lächeln spielte um Reys Mundwinkel. »War es nicht das, was du dir während der Safari am meisten gewünscht hast? Dass du ein weiches Bett haben willst?«

»Oh. Ja, doch.«

»Dann such dir schon mal eins aus, ich komme dann bald hinterher.«

»In mein Bett.«

»Nein, natürlich in mein eigenes Bett. Keine Angst, ich werde mich dir sicher nicht aufdrängen.«

»Das hatte ich auch nicht angenommen. Ich …« Sie brach ab und schüttelte den Kopf.

Wie sollte sie ihm erklären, dass sie sich selber nicht traute, wenn er in der Nähe war? Aber wahrscheinlich war es vernünftiger, ihn in dem Glauben zu lassen, dass sie ihm jederzeit widerstehen konnte. Sie wünschte, es wäre so! Laurel brachte ein zaghaftes Lächeln zustande, dann wandte sie sich um und verschwand im Bad. Erschöpft sank sie an die geschlossene Tür und schloss die Augen. Warum musste immer alles so kompliziert sein? Andere Leute gingen auch einfach Urlaubsbeziehungen ein, die zwangsläufig mit einer Trennung endeten. Warum konnte sie das nicht?

Weil sie wusste, dass sie Rey nie vergessen würde, sobald sie eine tiefere Bindung mit ihm einging. Verdammt, spätestens morgen würde sie sich von ihm verabschieden müssen. Bei dem Gedanken zog sich ihr Magen zusammen. Sie hatten einfach so viel gemeinsam erlebt, Gutes und Schlechtes, dass sie sich ihm näher fühlte als den meisten anderen Menschen, die sie kannte. Wahrscheinlich war das ganz natürlich, und das Gefühl würde sich abschwächen, sobald sie ihn nicht mehr ständig sah. Doch momentan fühlte sie sich körperlich und emotional völlig ausgelaugt, nicht fähig, vernünftige Entscheidungen zu treffen.

Laurel trat ans Waschbecken, um sich die Zähne zu putzen. Sie sehnte sich nach Schlaf. Eigentlich müsste sie noch ihren Bericht schreiben, aber dazu war sie jetzt nicht mehr in der Lage. Zu sehr hatten die Erlebnisse der vergangenen zwei Tage an ihren Kräften gezehrt. Dann musste sie ihn eben morgen früh schreiben, bevor sie zum Flughafen fuhr. Der Chefredakteur wollte den Artikel auf dem Tisch haben, sobald sie nach Hause zurückkam, und sie bezweifelte, dass sie auf dem Flug viel schaffen würde.

Sie strich sich flüchtig durch die zerzausten Haare, dann zuckte sie die Schultern und entschied, dass sie keine Lust hatte, die luftgetrockneten Strähnen noch in Form zu bringen. Rey hatte sie schon in wesentlich schlimmerem Zustand gesehen. Verdammt, warum kamen ihre Gedanken immer wieder auf Rey zurück? Hatte er sie mit einem Zauber belegt, dass sie keine fünf Minuten ohne ihn überstehen konnte? Laurel blickte auf ihr Spiegelbild und verdrehte die Augen. Sie brauchte sich nichts vorzumachen – sie war rettungslos verloren.

Eine Viertelstunde später betrat Rey leise das Schlafzimmer und schlug die Bettdecke zurück. Sein gebräunter Körper hob sich dunkel vom weißen Bezug ab.

»Brauchst du noch etwas? Sonst mache ich jetzt das Licht aus.«

»Nein …« Laurel räusperte sich. »Danke, ich habe alles.« Außer ihn, aber das behielt sie für sich.

Rey schaltete die Lampe aus, dann herrschte im Zimmer undurchdringliche Dunkelheit. Laurel lag ganz still da und lauschte Reys gleichmäßigen Atemzügen. Dabei merkte sie gar nicht, wie sie selbst die Luft anhielt. Keuchend atmete sie schließlich ein. Ein Druck schien auf ihrer Brust zu liegen und erschwerte ihr das Atmen.

Reys Stimme kam aus der Finsternis neben ihr. »Fühlst du dich nicht gut?«

»Ich weiß … auch nicht … irgendwie … habe ich so ein beklemmendes Gefühl.«

Reys Bettzeug knisterte, als er sich umdrehte. »Kann ich dir irgendwie helfen?«

»Ich wüsste nicht, wie.«

Wieder hörte sie das Rascheln von frisch gestärkter Bettwäsche, dann spürte sie seine Hand auf ihrem Arm. Unwillkürlich zuckte sie zusammen. Er drückte ihren Arm, dann zog seine Hand sich zurück.

»Versuch zu schlafen.«

Mit weit offenen Augen lag sie da und starrte in die Dunkelheit. War es die Angst, die Wilderer könnten sie in der Nacht überfallen? Oder sehnte sie sich einfach nach Reys Nähe? Sie wusste nur, dass sie so nicht einschlafen konnte. Sie bemühte sich, ihren Atem zu kontrollieren, damit sie wenigstens Rey nicht vom Schlafen abhielt.

»Kannst du nicht einschlafen?« Reys Stimme drang rau zu ihr hinüber.

»Tut mir leid, wenn ich dich jetzt auch noch vom Schlafen abhalte.«

»So ein Unsinn.«

Erneut breitete sich Schweigen aus. Schließlich hielt Laurel es nicht mehr aus. »Rey?«

»Ja?« Seine Stimme klang merkwürdig heiser. Womöglich hatte er doch schon geschlafen.

»Entschuldige, jetzt habe ich dich aufgeweckt.«

»Ich habe noch nicht geschlafen. Was wolltest du?«

Laurel holte tief Luft. »Wäre …« Sie hielt kurz inne. »Wäre es möglich, dass du mich wieder festhältst?« Als Rey schwieg, sprach sie hastig weiter. »So wie die letzten beiden Nächte. Nur bis ich eingeschlafen bin. Dann fühle ich mich nicht so …« Ihre Stimme wurde leiser und verstummte dann ganz.

Rey hatte Mühe, sich von seiner Überraschung zu erholen. Laurel wollte, dass er neben ihr lag und sie festhielt? Er war sich nicht sicher, ob er die Idee gut fand oder schlichtweg irrsinnig. Es mochte vielleicht sein, dass er Laurel damit zum Einschlafen verhalf, aber er selber würde kein Auge schließen können, wenn er ihre Haut an seiner spürte. Auf der anderen Seite sehnte er sich so sehr danach, ihren Körper wieder an seinem zu fühlen, ihr ganz nah zu sein. Er bemerkte, wie sich sein Körper erwartungsvoll regte, und biss die Zähne zusammen. Verdammt, er musste sich wirklich beherrschen, sonst würde auch Laurel nicht schlafen können …

»Okay.«

Langsam kletterte Rey aus seinem Bett und legte sich neben

Laurel. Sie hatte ein langes T-Shirt an, das ihr bis zu den Knien reichte, sodass nur ihre Beine nackt waren. Rey unterdrückte einen Seufzer. Ob es Erleichterung oder Enttäuschung war, hätte er nicht sagen können. Er rückte etwas weiter in Richtung Bettkante, damit sie mehr Platz hatte, nur um sich im nächsten Moment wieder an sie zu schmiegen. Einen Arm streckte er aus, sodass sie ihren Nacken darauflegen konnte, den anderen schlang er leicht um sie. Nicht einengend, sondern eher beschützend.

»Bequem so?«

»Ja, danke.« Mit einem Seufzer schmiegte sich Laurel an ihn. »Gute Nacht.«

»Schlaf schön.«

Stille. »Du auch.« Laurels Stimme klang, als ob sie bereits kurz vor dem Einschlafen war.

Rey versuchte es auch, aber mit Laurels Körper, der sich an seinen presste, und seiner wachsenden Erregung war vorerst nicht daran zu denken. Lange Zeit lag er wach und lauschte ihren gleichmäßigen Atemzügen, bis er schließlich selber in den Schlaf hinüberglitt.

Rey wachte auf, weil irgendetwas nicht stimmte. Verschlafen richtete er sich auf und blickte um sich. Alles war ruhig. Zu ruhig. Sein Herz klopfte schneller. Wo war Laurel? Inzwischen hellwach, suchte er nach Anzeichen, wo sie abgeblieben sein könnte. Er hörte kein Wasser rauschen, also war sie wohl nicht im Bad. War sie am Ende schon abgereist? Nein, das konnte er sich nicht vorstellen. Wenigstens hätte sie sich von ihm verabschiedet. Hastig schlug er die Bettdecke zurück und setzte die Füße auf den Boden. Vorsichtig tappte er durch das Zimmer. Im Dämmerlicht musste er sich erst orientieren. Es war noch nicht richtig hell, die Sonne ging gerade erst auf. Er schaffte es, durch den Flur zu gehen, ohne sich an irgendetwas zu stoßen, und betrat das Wohnzimmer. Sein Blick fiel sofort auf Laurels vornübergebeugte Gestalt, die intensiv auf den Bildschirm ihres Laptops starrte. Erleichtert atmete er aus. Zum Glück war sie noch da!

Erst jetzt wurde ihm klar, wie es sich anfühlen würde, wenn sie ihn tatsächlich verlassen hätte. Mit einem Mal raste sein Herz, und seine Beine zitterten. Matt ließ er sich in einen der Sessel sinken und betrachtete Laurels gesenkten Kopf. Sie war so in ihre Arbeit vertieft, dass sie ihn überhaupt nicht bemerkte. Ein Lächeln spielte um seine Mundwinkel. Er verstand es nur zu gut, wenn jemand völlig in seiner Arbeit aufging. Es machte ihm nichts aus, wenn sie ihn nicht beachtete. So blieb er einige Minuten ruhig sitzen und schaute ihr beim Tippen zu.

Schließlich räusperte er sich, wollte einen Augenblick lang ihren Blick auf sich spüren. »Kommst du voran?«

Laurel hob erschrocken den Kopf und fasste sich mit der Hand ans Herz. »Hast du mich vielleicht erschreckt! Wie lange bist du schon hier?«

Rey grinste. »Lange genug, um zu sehen, dass du sehr konzentriert arbeiten kannst.«

Laurel lehnte sich im Sessel zurück und zog die Beine unter das weite T-Shirt. Unwillkürlich wanderten ihre Augen über seinen Körper und blieben einen Moment lang an seinem schwarzen Slip hängen. »Manchmal, wenn ein Artikel gerade richtig gut läuft, dann bekomme ich nichts mehr um mich herum mit«, beeilte Laurel sich zu sagen, als sie seinen forschenden Blick spürte.

»Das verstehe ich, beim Filmen geht es mir auch oft so.«

»Ich wollte den Bericht fertig schreiben, bevor ich zurückfliege. Während des Flugs kann ich nicht arbeiten, und danach bin ich bestimmt zu müde dafür. Morgen ist mein Abgabetermin.«

»Wie weit bist du?«

»Fast fertig.«

Rey erhob sich, und Laurel konnte nicht verhindern, dass ihre Augen ihm folgten. Sie schaffte es nicht rechtzeitig, den Blick wieder abzuwenden, als Rey sich noch einmal nach ihr umwandte. An seinem Lächeln konnte sie sehen, dass er es bemerkt hatte.

»Gut. Dann werde ich schon mal das Frühstück vorbereiten.«

Damit wandte er sich der Küche zu. »Rey?«

»Ja?«

»Würdest du dir bitte etwas anziehen? Sonst kann ich mich nicht auf die Arbeit konzentrieren.«

»Oh, natürlich. Entschuldige.« Reys breites Grinsen verriet ihr, dass er sie absichtlich geneckt hatte.

Lächelnd schaute sie ihm hinterher, als er sich ins Schlafzimmer zurückzog. Ein warmes Gefühl breitete sich in ihr aus. Sie hatte damit gerechnet, dass das morgendliche Zusammentreffen mit Rey unangenehm werden würde, nachdem sie am Abend zuvor ihre leidenschaftliche Umarmung so jäh abgebrochen hatte. Doch wieder einmal hatte er sie überrascht. Er hatte ihr gezeigt, dass er sie noch immer mochte und Verständnis dafür hatte, dass sie ihre Arbeit erledigen musste. Und dass er sie immer noch *wollte*. Auch das war mehr als deutlich gewesen.

Wärme kroch in ihre Wangen, und in ihrem Körper begann es zu kribbeln. Energisch schüttelte sie den Kopf. Nein, nicht schon wieder. Sie musste ihre Arbeit erledigen und dann ihre Sachen packen, um rechtzeitig am Flughafen zu sein. Hatte sie nicht beschlossen, dass sie jede körperliche Annäherung unterlassen und einfach nur das Zusammensein mit ihm genießen würde? Laurel riss sich mühsam zusammen und beugte sich wieder über ihren Laptop.

16

Einige Minuten später betrat Rey vollständig angezogen wieder das Wohnzimmer. Er blickte auf Laurels gesenkten Kopf und ging dann schweigend in die Küche. So leise wie möglich bereitete er ein einfaches Frühstück zu. Er steckte zwei Weißbrotscheiben in den Toaster, drückte sie aber noch nicht nach unten. Wer wusste, wie lange Laurel noch für ihren Artikel brauchte. Noch einmal wollte er sie nicht unterbrechen, deshalb holte er den Camcorder aus dem Rucksack, setzte sich damit an die Theke und schaltete ihn an. Er öffnete die Abdeckung und nahm die Speicherkarte heraus.

Als er Laurels Blick auf sich spürte, sah er auf. »Entschuldige, habe ich dich gestört?«

Sie stand auf und ging zu ihm hinüber. »Nein, ich bin gerade fertig geworden.« Sie atmete tief ein. »Täusche ich mich, oder duftet es hier nach Kaffee?«

»Nein, dein Geruchssinn scheint noch intakt zu sein. Setz dich schon mal hin, ich kümmere mich um alles Weitere.«

»Aber …«

»Sch!«

Seufzend streckte sie die Arme nach oben, um ihren Rücken zu lockern, und kletterte dann auf einen der Barhocker. Das Gesicht in beide Hände gestützt beobachtete sie, wie Rey das Frühstück zubereitete. »Sieht ganz so aus, als hättest du Erfahrung damit.«

Rey zog eine Augenbraue hoch. »Was denkst du, wovon ich mich sonst immer ernähre? Von Regenwürmern?«

Laurel schüttelte sich und lachte. »Igitt! Nein. Bisher habe ich allerdings die Erfahrung gemacht, dass Männer sich gerne bedienen lassen und um alles, was mit dem Haushalt zu tun hat, einen großen Bogen machen.«

»Dann hattest du bisher wohl immer mit den falschen Männern zu tun.«

»Hm.«

Rey blickte sie nachdenklich an. »Wenn du länger mit mir zusammen bist, wirst du feststellen, dass ich in den meisten Dingen sehr selbstständig bin.«

»Rey …«

»Laurel …«

»Du weißt, dass unsere Zeit abläuft.«

Rey wurde ernst. »Aber warum denn? Können wir uns nicht auch zu Hause sehen?«

»Nein.« Sie ignorierte Reys enttäuschten Blick. »Wir haben viel zusammen erlebt, und ich mag dich sehr gern, aber ich muss zurück nach Atlanta. Ich habe keinen Urlaub, wie du weißt.«

Mit einer matten Geste strich Rey sich durch die Haare. »Ich weiß. Und ich wollte dich auch nicht bedrängen, aber ich möchte einfach nicht, dass es jetzt schon zu Ende ist.«

»Es hat eigentlich nie angefangen, Rey. Es tut mir leid, wenn ich dir gestern ein falsches Signal gegeben habe. Von vornherein war klar, dass nie mehr aus uns werden kann.«

»Warum nicht?«

Laurel biss sich auf die Lippe und versuchte den Kloß in ihrer Kehle hinunterzuschlucken. Gott, am liebsten hätte sie sich einfach in Reys Arme gestürzt und sämtliche Konsequenzen vergessen. Doch Rey liebte seine Arbeit, ging in seinen Reisen auf. Sie durfte jetzt, wo sich ihre Wege ohnehin trennen würden, nicht noch einmal schwach werden und seinem Reiz erliegen.

Jede Minute, die sie länger mit ihm verbrachte, verankerte ihn mehr in ihrem Herzen. Schon jetzt wusste sie nicht, ob sie überhaupt in der Lage wäre, ihn einfach wieder zu vergessen und ihr Leben fortzusetzen, als wäre nichts geschehen.

»Bitte, Rey, mach es nicht schwieriger, als es sowieso schon ist.«

Rey ergriff ihre Hand und drückte sie. »So schlimm unsere Erlebnisse auf der Safari waren, haben wir sie nicht deshalb so gut überstanden, weil wir zusammen waren? Zumindest empfinde ich es so. Es wäre eine Schande, wenn wir das einfach wegwerfen.«

Laurel blickte ihn mit feuchten Augen an. »Du hast recht, es ist eine Schande.«

Eine halbe Stunde später fuhren sie in Reys Wagen vor der Lobby vor. Laurel wusste nicht, wie Rey es geschafft hatte, sie dazu zu überreden, aber sie hatte zugestimmt, ihren Chef um ein paar Tage Urlaub zu bitten. Wenn sie ihm von den Geschehnissen berichtete, hatte er vielleicht ein Einsehen, dass sie ein wenig Ruhe gebrauchen könnte.

Doch statt sich auszuruhen, wollte sie Rey dabei unterstützen, das Video zu publizieren. Mit dem Ziel, die abscheulichen Wilderer ihrer gerechten Strafe zuzuführen. Sie wusste nicht, ob sie wirklich das Richtige tat, aber sie wollte es zumindest probieren. Rey ergriff ihren Ellbogen und steuerte sie zu einem altmodischen Telefon, das an der Wand angebracht war. Mit zitternden Fingern warf sie ein paar Münzen hinein und wählte schließlich die Nummer des Chefredakteurs. Als sie das Freizeichen hörte, schloss sie die Augen und atmete tief ein. Sie würde es wirklich tun. Obwohl sie wusste, dass es ihr danach noch viel schwerer fallen würde, Rey zu vergessen, wenn es nicht sogar unmöglich wäre.

»*Men's Fitness World*. Perry.«

Laurel schluckte heftig, als die raue Stimme erklang. »Hallo Herb, hier ist Laurel.«

»Na, so was. Bist du schon wieder im Lande?«

»Nein. Ich bin noch in Südafrika im Hluhluwe-Umfolozi-Park. Ich habe den Bericht und die Fotos über die Safari fertig.«

»Gut. Und?«

Sie warf Rey, der neben ihr an der Wand lehnte, einen Blick zu und räusperte sich. »Während der Safari ist etwas geschehen.« Mit knappen Worten erzählte sie Herb von ihrer Begegnung mit dem Nashorn und wie sie beide die Wilderer auf frischer Tat ertappt hatten.

Eine lange Pause entstand. »Das ist ja ein Ding. Und ihr habt das auf Video?«

Laurel schluckte erneut. »Ja.«

»Gut, sehr gut. Hör zu, du schickst mir deinen Bericht über die Safari per E-Mail, und dann folgst du diesem Naturfilmer, wo immer er auch hingeht. Das klingt nach einer interessanten Story. Wir werden einen Artikel darüber bringen, wenn er es schafft, dass diesen Typen das Handwerk gelegt wird. Und du wirst ihn schreiben. Also hefte dich diesem Filmer an die Fersen – egal wie –, Hauptsache du lässt dich nicht abschütteln.«

»Herb …«

»Pass auf, ich weiß, was wir machen: Du sagst ihm einfach, dass du einen Artikel über den Beruf des Naturfilmers schreiben willst. Da wird er doch sicher nicht Nein sagen.«

»Ich weiß nicht, ob ihm das passt.« Wieder blickte sie unschlüssig zu Rey hinüber.

»Himmelherrgott, dann frag ihn!«

Laurel verdrehte die Augen und wandte sich Rey zu, der sie fragend ansah. Sie legte die Hand über die Sprechmuschel. »Mein Chef möchte, dass ich einen Artikel über dich und deine Arbeit schreibe. Wärst du damit einverstanden?«

Rey grinste breit, dann flüsterte er ihr zu: »Für jeden Tag mehr, den du mit mir verbringen kannst, bin ich zu allen Schandtaten bereit.«

Ein Schauer lief durch Laurel und sie musste sich räuspern. »Herb? Rey hat nichts dagegen.«

»Sehr gut. Ich erwarte dann regelmäßige Berichte, was sich so tut.«

»Okay.«

»Bleibt ihr noch in Südafrika oder kehrt ihr in die USA zurück?«

»Ich denke, wir werden heute noch zurückfliegen.« Sie blickte Rey fragend an. Er nickte.

»Gut. Melde dich dann hier.«

»Okay. Danke.«

Sie legte den Hörer auf und starrte an die weiß verputzte Wand.

»Und?« Reys Stimme dicht hinter ihr ließ sie zusammenzucken.

Hastig wandte sie sich um. »Es hat geklappt.«

Rey strahlte. »Super!« Er nahm ihre Hand und zog sie vom Telefon weg. »Du kommst mit mir nach Kanab. Dort werden wir uns gemeinsam um den Film kümmern; außerdem unternehmen wir eine Tour in den Grand Canyon, damit du Material für den Artikel bekommst.«

»Danke.«

»Gern geschehen. Ich muss gestehen, ich bin da ganz eigensüchtig.«

Sein Grinsen ließ Laurels Herz leichter werden. Ihre Entscheidung war richtig gewesen. Sie würde noch ein paar Tage in Reys Gesellschaft verbringen, auch wenn sie ahnte, dass das ein Fehler war, weil sich ihre ungewollten Gefühle für ihn dadurch noch vertiefen würden. So könnte sie sich gleichzeitig ein wenig von den Geschehnissen erholen. Außerdem wollte sie dabei mitwirken, die Wilderer ihrer gerechten Strafe zuzuführen. Nicht, weil sie sich damit einen Namen machen wollte, sondern weil sie noch immer eine schreckliche Wut im Bauch hatte. Sie wollte dafür sorgen, dass diese Typen nie mehr einem Tier ein Haar krümmten!

Spontan trat sie auf Rey zu und küsste ihn auf die Wange. In der nächsten Sekunde hatten sich seine Arme um sie geschlungen und sie an seinen warmen Körper gezogen. So hielt er sie einige Sekunden umfangen, bevor er sich widerstrebend von ihr löste.

»Wir sollten uns wohl langsam beeilen, wenn wir noch einen Flug nach Hause erwischen wollen.«

Laurel rief bei der Fluggesellschaft an und buchte ihren Flug von Atlanta nach Las Vegas um, danach buchte Rey auch seinen Flug. Die Maschine sollte am selben Abend von Durban aus starten. Erleichtert kehrte sie mit Rey in ihre Hütte zurück. Wenige Minuten später saß Laurel bereits wieder an ihrem Laptop und konvertierte die Fotos in kleinere Formate, um die Übertragungszeit beim Mailen zu verringern. Besonders gut gefiel ihr das Foto, das sie am Fluss gemacht hatte: die Gruppe beim Durchwaten des Flusses und im Vordergrund Rey, der geduldig neben dem Ufer auf sie wartete. Auf seinem Gesicht lag ein Ausdruck, den sie schwer beschreiben konnte. Geduld, Akzeptanz, Humor – alles lag darin. Und etwas, das nur ihr allein galt: Verlangen … Laurel bekam eine Gänsehaut. Gott, wie sollte sie ihm die nächsten Tage widerstehen?

Am Nachmittag kamen sie am Flughafen in Durban an. Nachdem sie sich um die Rückgabe ihrer Mietwagen gekümmert hatten, checkten sie ein und suchten sich im Wartesaal ihres Terminals eine ruhige Ecke mit bequemen Sesseln. Mit einem Stöhnen ließ Laurel sich hineinsinken und schloss erschöpft die Augen. Ehe sie das Camp verließ, hatte sie noch ein wenig an dem Artikel gefeilt und ihn dann samt Fotos an ihren Chef gesandt. Jetzt machte sich doch langsam die kurze Nacht bei ihr bemerkbar.

Mühsam öffnete sie ihre Augen wieder und setzte sich gerader hin. »Also, wir fliegen nach Las Vegas – und was machen wir dann?«

»Von dort fahren wir nach Kanab … und ruhen uns erst einmal aus, bevor wir unseren Feldzug in Angriff nehmen.«

»Was willst du mit dem Video machen?«

»Ein Freund von mir ist ein echter Zauberer, was den Filmschnitt betrifft. Er soll das Video schneiden. Außerdem kann er die Standaufnahmen von den Gesichtern der Männer vergrößern, sodass wir sie gesondert veröffentlichen können. Wenn der Anführer wirklich ein Amerikaner war, dann wird ihn bestimmt irgendjemand erkennen.« Er bemühte sich um ein Lächeln. »Und bis mein Freund so weit ist, kann ich dir die Arbeit eines Naturfilmers näherbringen.«

Laurel lehnte sich in den Sessel zurück. »Und darauf freue ich mich.« Sie nahm Reys Hand und schloss die Augen. »Ich bin wirklich froh, dich getroffen zu haben.«

17

Drei Stunden später saßen sie in den engen Sitzen des Flugzeugs und warteten auf den Abflug. Die Maschine hatte noch immer keine Starterlaubnis wegen des dichten Nebels, der sich rund um Durban herabgesenkt hatte. Immer wieder versuchte Rey, seine langen Beine im Gang auszustrecken. Irgendwann gab er es jedoch auf, nachdem die Stewardess zum wiederholten Male darüber gestolpert war. Laurel hatte den Kampf gegen die Müdigkeit verloren. Ihr Kopf lag an seiner Schulter, ihre Brust hob und senkte sich unter ihren regelmäßigen Atemzügen, während sie tief und fest schlief.

Lächelnd blickte Rey auf sie hinunter. Die Strapazen und all die Aufregung hatten sich zu guter Letzt doch noch gelohnt: Laurel war bei ihm. Ihre Hand war in seiner vergraben, ihr Knie berührte seinen Oberschenkel. Ein warmes Gefühl breitete sich in seiner Brust aus. Sie gehörte zu ihm, er fühlte es ganz deutlich. In den nächsten Tagen würde er alles dafür tun, damit auch sie erkannte, dass sie zusammengehörten. Fast erschrak er selber über die Heftigkeit seiner Gefühle für Laurel, die er doch erst so kurze Zeit kannte. So etwas war ihm noch bei keiner Frau passiert.

Rey schloss ebenfalls die Augen und erwachte erst wieder, als das Flugzeug mit einem Ruck von der Startbahn abhob. Desorientiert schaute er um sich, bis er realisierte, wo er war. Erleichtert lehnte er sich im Sitz zurück. Bald würden sie wieder auf amerikanischem Boden sein, dann mussten sie wenigstens nicht mehr fürchten, von den Wilderern verfolgt zu werden.

Seine Hände ballten sich zu Fäusten, als er darüber nachdachte, was die Männer dem Nashorn angetan hatten. Sonst schnitt er seine Filme meist selbst, aber diesmal würde er das seinem Freund überlassen. Cookie und er waren zusammen auf der Universität gewesen. Er arbeitete bei einem kleinen Sender und hatte Erfahrung darin, das Beste aus dem vorhandenen Material herauszuholen. Rey war sicher, dass der Film in Amerika viel Aufmerksamkeit finden würde. Natürlich wäre es eine Illusion zu glauben, damit die Welt verändern zu können. Aber wenn auch nur einigen Tieren damit das Leben gerettet werden konnte, dann wäre es immerhin ein kleiner Erfolg.

Obwohl sie die meiste Zeit geschlafen hatte, fühlte Laurel sich wie gerädert, als sie etliche Stunden später auf dem Flughafen von Las Vegas landeten. Es war zwar schon Oktober, dennoch wurden sie von brütender Hitze empfangen. In der Wüstenstadt, wo kein Baum Schatten spendete, flimmerte der Asphalt. Durch dichten Verkehr fuhren sie vorbei an den bunten, glitzernden Palästen der Kasinos und Hotels. Wäre sie nicht so erschöpft gewesen, hätte Laurel wohl mit offenem Mund das große Schiff bestaunt, das mitten in einer Lagune lag. Doch so hatte sie nur einen müden Blick dafür. Sie hielt es für übertrieben, mitten in der Wüste ein riesiges Becken mit Wasser zu füllen, in dem Piraten versuchten, ein Schiff zu versenken. Überhaupt kam ihr die Stadt mit dem ganzen Spektakel, das sie bot, zu künstlich und überdreht vor. Wahrscheinlich lag es daran, dass sie geradewegs aus der Wildnis kam.

Beeindruckender fand sie die karge Wüste, die die Stadt umgab. Während in Las Vegas dank künstlicher Bewässerung grüner Rasen wuchs, herrschte bereits wenige Meter hinter den letzten Häusern die Trockenheit. Welch ein Kontrast die Wüstenlandschaft zu der Gegend bildete, aus der sie gerade kamen!

Auch im Umfolozi-Park war es heiß gewesen, doch dort gab es an den Flussläufen und Seen das ganze Jahr hindurch eine üppige Vegetation. Hier jedoch war … nichts.

Das änderte sich, als sie die von roten, gelben und lilafarbenen Bändern durchzogenen Felsen des Valley of Fire State Parks hinter sich ließen und immer weiter in die hügelige Bergwelt hineinfuhren. Die Blätter der Bäume erstrahlten in sämtlichen Rottönen und kündeten den Herbst an. Trotz ihrer Müdigkeit genoss Laurel die Fahrt durch die atemberaubende Landschaft. Zu ihrer Schande musste sie gestehen, dass sie diese Gegend mit ihren zahlreichen Nationalparks noch nicht kannte. Nur am Grand Canyon war sie einmal als Kind mit ihren Eltern gewesen. Als Nächstes durchquerten sie den Zion National Park mit seinen rot gemusterten Sandsteinfelsen und erreichten die Wälder des Kaibab National Forest, in denen Kanab lag. Tief atmete sie die frische Luft ein.

Neugierig sah Laurel sich um, als sie schließlich vor einem zweigeschossigen Haus anhielten, das, umgeben von Wald, am Rande der Stadt lag.

Rey hatte ein zufriedenes Lächeln im Gesicht, als er aus dem Auto stieg. Er half Laurel aus dem Wagen, dann nahm er ihre Hand und zog sie mit sich zur Haustür. Laurel hatte gar keine Gelegenheit, sich genauer umzusehen, denn Rey hatte schon auf die Klingel gedrückt.

»Hast du keinen Schlüssel?«

»Doch, aber wenn ich nach Wochen zum ersten Mal nach Hause komme, klingele ich meistens, damit meine Eltern wissen, dass ich zurück bin.«

Die Haustür wurde aufgerissen, und eine große, schlanke Frau trat heraus. Sie strahlte über das ganze Gesicht, als sie Rey sah, und zog ihn sofort in ihre Arme. »Du bist wieder da!« Sie hielt ihn auf Armeslänge von sich. »Erschöpft siehst du aus.

Hast du etwa wieder zu viel gearbeitet? Und warum hast du nicht Bescheid gesagt, dass du kommst?« Jetzt erst entdeckte sie Laurel. Sie trat einen Schritt zurück, während ein neugieriger Ausdruck auf ihrem Gesicht erschien.

Rasch nahm Rey Laurel bei der Hand und zog sie nach vorne. »Mom, das ist Laurel Harrison. Laurel, meine Mutter Eileen Dyson.«

»Ms Dyson.« Laurel schüttelte ihr die Hand. Sie bemühte sich, nicht unter dem festen Händedruck zusammenzuzucken und auch dem forschenden Blick nicht auszuweichen. Es war ihr sehr unangenehm, hier einfach so unangemeldet auf der Türschwelle zu stehen. Warum hatte Rey seine Eltern nicht angerufen, um sie vorzubereiten?

Rey schien ihre Gedanken erraten zu haben. »In der Hektik gestern habe ich ganz vergessen, euch anzurufen. Ich habe Laurel auf einer Safari in Südafrika kennengelernt. Sie ist Journalistin und hat einen Artikel über unsere Tour geschrieben. Sie wird mich für ein paar Tage bei meiner Arbeit begleiten, um auch darüber eine Reportage zu schreiben.«

Eileen blickte ihren Sohn mit hochgezogenen Augenbrauen an und wandte sich dann an Laurel. »Herzlich willkommen, Laurel!« Sie legte ihr eine Hand auf den Rücken und schob sie ins Haus. »Woher kommen Sie? Irgendwo aus dem Süden, oder? Nennen Sie mich ruhig Eileen. Sie sehen erschöpft aus, ich werde gleich das Gästebett für Sie beziehen. Haben Sie schon etwas gegessen?«

Rey fing Laurels hilflosen Blick auf und zuckte mit den Schultern. Er hätte sie vielleicht vorwarnen sollen, aber er hatte einfach nicht daran gedacht. Offenbar war er länger von zu Hause fort gewesen, als es ihm vorgekommen war. Aber schon ein Blick auf das Haus und die überschwängliche Art seiner Mutter hatten gereicht, um sich sofort wieder heimisch zu fühlen. Ein breites Grinsen lag auf seinem Gesicht, als er zum Mietwagen zurückkehrte und das Gepäck herausholte. Er beugte sich gerade in den Kofferraum, als ihm klar wurde, was seine Mutter gerade gesagt hatte. *Gästezimmer!* Mit einem Ruck richtete er sich wieder auf – und prallte mit dem Kopf gegen die Kante des Kofferraumdeckels.

»Verdammt.« Verärgert rieb er über die schmerzende Stelle am Hinterkopf.

»Lass das bloß Mom nicht hören.«

Als er sich umdrehte, entdeckte er seine Schwester Samantha, die ihn aus ein paar Metern Entfernung amüsiert betrachtete. Seine Verärgerung wich einem Lächeln. »Sam! Was machst du denn hier?« Er ging auf sie zu und schloss sie in die Arme.

Sam fuhr mit der Hand durch ihre zerzausten, kurzen Haare. »Wir machen hier einen Kurzurlaub.«

»Wir? Hast du endlich mal deinen Freund mitgebracht?«

Sams blaue Augen strahlten. »Ja. Morgan konnte sich ein paar Tage bei der Feuerwehr freinehmen.«

»Wo ist er denn?« Neugierig sah Rey sich um.

Sam lachte. »Wo denn wohl? Mit Dad in der Garage, seinen neuen Wagen bewundern.«

»Mom und Dad haben einen neuen Wagen? Den muss ich sehen.« Er blickte auf die Koffer, Taschen und Rucksäcke zu seinen Füßen. »Nachdem ich das Gepäck reingetragen habe.«

»Komm, ich helfe dir.« Sam beugte sich zu einem kleinen Koffer hinunter und zog die Augenbrauen hoch. »Seit wann reist du mit Frauengepäck?«

Rey errötete. »Das ist doch nicht meins.«

Grinsend betrachtete seine Schwester das Namensschild, das am Koffer befestigt war. »Laurel. Soso.«

Rey baute sich drohend vor Sam auf. »Na warte …«

Sam protestierte lautstark, als Rey sie packte.

»Sam, was ist denn hier los?«

Als die grollende Stimme dicht hinter ihm ertönte, erschrak Rey. Augenblicklich ließ er seine Schwester los und drehte sich zu dem Neuankömmling um. Der Mann war zwar einige Zentimeter kleiner als er, allerdings wesentlich kräftiger gebaut. Außerdem taxierte er Rey misstrauisch.

Sam dagegen lachte nur und ging auf den Mann zu. Sie legte ihre Arme um seine Taille und schmiegte sich an ihn. »Alles in Ordnung, das ist nur mein Bruder Rey.« Sam gab ihm einen Kuss. »Komm schon, Morgan, es war nur ein Spaß.«

Die Miene des Mannes hellte sich ein wenig auf.

Das war also Sams Lebensgefährte; anscheinend passte er ziemlich gut auf sie auf. Rey betrachtete ihn eingehend. Er war bestimmt zehn Jahre älter als Sam, sein gebräuntes Gesicht von feinen Linien durchzogen. Die grauen Augen wirkten, als hätten sie schon einiges im Leben gesehen. Nur die blonden Haare, die in der Morgensonne aufleuchteten, bildeten einen auflockernden Kontrast zu seinen ernsten Zügen.

Morgan schenkte Sam ein Lächeln, dann wandte er den Blick Rey zu und streckte ihm die Hand entgegen. »Tut mir leid, ich bin wohl etwas übervorsichtig, wenn es um Sam geht.«

Rey reichte ihm die Hand. »Das ist schon in Ordnung. Es beweist, dass meine Schwester in guten Händen ist.«

Sam hängte sich bei beiden Männern ein. »Gut, nachdem wir das geklärt hätten, gehen wir lieber rein. Schließlich will ich wissen, wem der geheimnisvolle Koffer gehört.« Rey schoss ihr einen düsteren Blick zu, doch Sam lachte nur. Suchend blickte sie sich um. »Wo ist Dad?«

»Noch bei seinem Auto. Als ich ihn das letzte Mal gesehen habe, polierte er gerade mit seinem Ärmel die Stoßstange.«

Lachend traten sie ins Haus, wo ihnen bereits ihre Mutter entgegenkam.

»Das arme Ding war völlig erschöpft. Ich habe sie jetzt erst mal in deinem Apartment untergebracht, bis ich ein Gästezimmer fertig habe. Erst kommt monatelang niemand und jetzt plötzlich alle auf einmal!«

Sam zog eine Augenbraue hoch und sah Rey erwartungsvoll an.

»Ist schon in Ordnung. Wir hatten einen ziemlich anstrengenden Flug. Ich werde mich um sie kümmern, mach du dir keine Umstände. Schließlich habe ich nicht Bescheid gesagt, dass wir kommen.«

»Aber …«

Rey legte einen Arm um die Schultern seiner Mutter und küsste sie auf die Wange. »Wirklich, Mom, das Einzige, was wir jetzt brauchen, ist jede Menge Schlaf.«

»In Ordnung, aber zum Abendessen kommt ihr doch?«

»Natürlich. Wie immer um sechs Uhr?«

»Ja.«

»Gut.« Er drückte Eileen noch einmal an sich, lächelte Sam und Morgan zu und verschwand im Treppenhaus.

Sam blickte ihre Mutter an. »Ich helfe dir in der Küche.«

»Freiwillig?«, fragte sie mit hochgezogenen Augenbrauen.

Sam grinste. »Gegen ein paar Informationen über diese mysteriöse Laurel hätte ich nichts einzuwenden.«

Lachend zogen sie sich in die Küche zurück.

Es tat gut, wieder zu Hause zu sein, dachte Rey, als er das Lachen unten in der Küche hörte. In letzter Zeit war er wirklich nur selten vorbeigekommen. Nur kurz bevor er nach Südafrika geflogen war, hatte er einen Zwischenstopp gemacht, um seine Kleidung zu waschen und die Koffer zu packen. Vielleicht sollte er doch langsam etwas sesshafter werden. Bei diesem Gedanken tauchte Laurels Gesicht vor seinem inneren Auge auf. Kopfschüttelnd stieß er die Tür zu seinem Apartment auf. Er sollte es wirklich langsam angehen lassen und nicht jetzt schon Pläne schmieden. Er würde ja sehen, was die nächsten Tage brachten.

Leise schloss er die Tür hinter sich und ging zu seinem Schlafzimmer. Sein Herz klopfte schneller, als er Laurel in seinem Bett liegen sah, die schwarzen Haare auf seinem Kopfkissen ausgebreitet, eine Hand unter ihrem Kinn. Er konnte es kaum erwarten, zu ihr unter die Bettdecke zu schlüpfen. Und das tat er dann auch. In Rekordzeit entledigte er sich seiner Jeans und des T-Shirts, stellte den Wecker auf fünf Uhr und schlüpfte unter das frisch duftende Laken. Er umschlang mit einem Arm ihren Oberkörper und zog sie dicht an sich. Laurel wachte nicht auf, sondern seufzte nur zufrieden auf und schmiegte sich dichter an ihn. Rey lächelte, vergrub das Gesicht in ihren weichen Haaren und war auch schon eingeschlafen.

18

Als der Wecker klingelte, kam es ihm vor, als hätte er gerade erst die Augen geschlossen, dabei hatte er fünf Stunden geschlafen. Er grinste über das ganze Gesicht, als er bemerkte, dass Laurel sich unter der Bettdecke versteckte. Mit einem Ruck zog er die Decke weg. Sie stöhnte auf. Liebevoll betrachtete er ihren nur in Dessous gekleideten Körper, doch dann zwang er sich dazu, die Bettdecke wieder fallen zu lassen. Jetzt war weder die Zeit noch der Ort, seinem Verlangen nachzugeben. Okay, der Ort vielleicht schon, aber Zeit hatten sie nicht, wenn sie erst noch duschen und sich zurechtmachen wollten, bevor sie nach unten zum Essen gingen. Als er an das Abendessen dachte, meldete sich grummelnd sein Magen zu Wort.

Er beugte sich zu Laurel hinab. »Aufstehen, Laurel, sonst bekommen wir nichts mehr zu essen!«

Langsam öffnete sie die Augen und blinzelte ihn verschlafen an. »Essen?«

»Ja, und ich kann dir versichern, dass meine Mutter besser kocht als ich.«

Laurel gähnte und streckte sich genüsslich. »Wie spät ist es? Habe ich noch Zeit für eine Dusche?«

Sie schien überhaupt nicht zu bemerken, wie Rey sich an ihrem Anblick weidete. Schließlich räusperte er sich und blickte auf den Wecker. »Genug Zeit, wenn du jetzt aufstehst.«

Laurel setzte sich langsam auf. Ihre Haare standen ihr in alle Richtungen vom Kopf ab. Unwillkürlich streckte Rey die Hand aus, um die Strähnen glatt zu streichen. Doch dann zog er sie rasch wieder zurück. Wenn er jetzt seinem Impuls nachgab und sie berührte, würde er sich nicht länger beherrschen können. Ihm wurde ganz heiß, als er zusah, wie Laurel sich aus dem Bettlaken schälte und sich auf den Weg ins angeschlossene Badezimmer machte.

Vor der Tür blieb sie stehen und blickte sich um. »Oh, ich brauche saubere Sachen, hattest du meinen Koffer vorhin mitgebracht?«

Rey wandte den Blick ab und rieb sich über die heiße Stirn. »Nein, das Gepäck hab ich ganz vergessen. Es steht noch unten im Flur. Geh ruhig schon mal unter die Dusche, ich bringe die Sachen dann nach oben.«

»Aber …«

»Ein Bademantel hängt an der Tür.«

»Okay.« Sie schenkte ihm ein strahlendes Lächeln. »Danke.«

Rey schlüpfte in seine Jeans, öffnete die Tür und zuckte zurück, als ein dunkler Schatten auf ihn zukam. Sein Herz hämmerte in seiner Brust, während er versuchte, im Dunkel des Flurs etwas zu erkennen.

»Ich bin es nur.« Licht flammte auf und enthüllte Morgans kräftige Gestalt. »Ich dachte, ihr hättet vielleicht gerne euer Gepäck.«

Rey befeuchtete die trockenen Lippen. »Gerade wollte ich es holen gehen.« Er blickte um sich und erkannte, dass bereits alle Koffer, Taschen und Rucksäcke aus dem Mietwagen auf dem oberen Treppenabsatz standen. »Aber ich sehe, das ist nicht nötig. Vielen Dank, Morgan.«

Morgan zuckte mit den Schultern, dann stieß er einen leisen Pfiff aus. »Netter Bluterguss.«

Rey folgte Morgans Blick, der die von Dunkelblau bis Lila changierenden Flecken an seiner Seite musterte.

»Ein Unfall?«

»Eine Herde Nashörner wollte uns partout nicht in Ruhe lassen.«

»Das stelle ich mir … unangenehm vor.«

»Das war es auch.« Aber nicht nur, dachte er bei sich. Ein Lächeln überzog Reys Gesicht, als er sich an den Kuss im Graben erinnerte. »Aber wie du siehst, sind wir ihnen dann doch entwischt und heil wieder im Camp angekommen.« Nachdem sie auf eine Bande Wilderer gestoßen waren und die Nacht in der Wildnis verbracht hatten. Doch das musste er Morgan ja nicht gleich auf die Nase binden. Rey straffte sich. »Ich muss jetzt die Taschen reinbringen, Laurel braucht frische Sachen, alles Weitere berichten wir nachher beim Essen. Noch mal vielen Dank für deine Hilfe.«

»Kein Problem.«

Nachdem er sämtliche Gepäckstücke in sein Apartment geschafft hatte, schloss er leise die Tür hinter sich und lehnte sich dagegen. Durch die geschlossene Badezimmertür hörte er das Prasseln der Dusche. Seine Lider schlossen sich, während er versuchte, die Bilder zu unterdrücken, die augenblicklich auf ihn einstürmten. Laurel unter der Dusche. Nackt. Nass. Wassertropfen, die auf ihrer nackten Haut perlten. Um sich abzulenken machte Rey sich daran, seinen Rucksack auszupacken. Als Nächstes inspizierte er die wertvolle Filmausrüstung. Obwohl er sie immer im Handgepäck mitnahm, konnte es auch mal vorkommen, dass jemand unvorsichtigerweise einen schweren Gegenstand ins Gepäckfach schob. Teil für Teil betrachtete er sie prüfend und atmete auf, als er feststellte, dass alles heil geblieben war. Er war so in seine Aufgabe vertieft, dass er es erst gar nicht bemerkte, als Laurel leise die Tür öffnete und ins Zimmer trat.

Als er aufblickte, stockte ihm der Atem. In seinen viel zu großen Bademantel gehüllt, die nassen Haare glatt nach hinten gekämmt, wirkte sie viel jünger als sonst. Verletzlicher. Auch der etwas schüchterne Blick ihrer goldbraunen Augen trug zu dieser Wirkung bei. Rey stand auf und ging langsam auf sie zu. Einen Schritt von ihr entfernt blieb er stehen. Mit der Hand strich er ihr sanft eine Haarsträhne hinters Ohr. Langsam ließ er die Hand wieder sinken und atmete tief durch.

»Morgan hat unsere Sachen bereits heraufgebracht.« Er deutete auf ihren Koffer, der neben der Couch stand.

»Wer ist Morgan?«

»Stimmt, du hast ihn noch gar nicht kennengelernt. Meine Schwester Sam ist mit ihrem Freund Morgan auch gerade zu Besuch.«

»Oh, dann ist das Haus bestimmt voll.«

Rey grinste. »Das kann man so sagen. Meine Mutter ist ganz in ihrem Element.«

»Vielleicht sollte ich dann lieber in einem Hotel in der Nähe übernachten. Ich möchte ihr nicht auch noch zur Last fallen.«

Rey ergriff ihre Hand. »So ein Unsinn. Du bleibst natürlich hier. Ich habe genug Platz in meiner Wohnung für uns beide.« Seine Augenbrauen hoben sich. »Außer es würde dich stören, so eng mit mir zusammenzuwohnen, und du möchtest doch lieber das Gästezimmer haben.«

Reys Herz schlug schneller, als er auf ihre Antwort wartete. Wenn sie jetzt sagte, dass sie lieber woanders bleiben würde … »Wenn das so wäre, dann hätte ich sicherlich nicht eingewilligt, mit dir zu kommen.«

Sie sah das Feuer in seinen Augen aufflammen. Das Grün wurde noch intensiver, unergründlicher, während er einen Schritt auf sie zu machte. Laurel straffte den Körper. Nicht schon wieder schwach werden, dachte sie. Doch dann stand Rey schon dicht vor ihr. So nah, dass sie seine Wärme spürte. Ihr wurde bewusst, dass sie unter dem Bademantel nackt war, während er nur eine Jeans trug.

»Darf ich?« Reys Stimme klang seltsam rau und atemlos.

Ein Schauer lief über Laurels Körper. Stumm nickte sie. Sie schien unter seinem durchdringenden Blick ihre Sprache verloren zu haben. Rey legte die Arme um ihren Körper und zog sie sanft an sich. Eine Weile stand er einfach nur da und hielt sie umschlungen. Das Gefühl, von ihm gehalten zu werden, als wäre sie unendlich kostbar, ließ Tränen in Laurels Augen aufsteigen. Um sie vor ihm zu verbergen, vergrub sie das Gesicht an seiner Schulter. Seine Haut war heiß und glatt. Deutlich konnte sie seinen beschleunigten Herzschlag spüren, das Pochen seines Pulses. Mit der Zunge fuhr sie über seine Haut. Sie schmeckte salzig. Rey berührte sie am Kinn, hob es an und blickte ihr tief in die Augen. Eine Welle der Vorfreude wogte durch ihren Körper. Gleich … gleich würde er sie küssen.

Doch Rey küsste sie nicht. Mit dem Finger fuhr er leicht über ihre Lippen, dann schob er sie sanft von sich. »Damit solltest du warten, bis ich geduscht habe.«

»Aber ich mag dich so, wie du jetzt bist.«

Rey überdeckte seine Erregung mit einem Lachen. Sein Blick wanderte hinab zu dem Spalt in ihrem Bademantel, der sich geweitet hatte und den Ansatz ihrer Brüste entblößte.

»Glaub mir, ich mag dich auch so, wie du jetzt bist, aber in zehn Minuten werden wir von meinen Eltern unten beim Essen erwartet, und bis dahin sollten wir fertig angezogen sein.«

Erschreckt fasste sich Laurel in die Haare. »Oh Gott, daran hatte ich überhaupt nicht mehr gedacht! Ich hoffe, ich bekomme die Haare noch trocken.«

Rey antwortete ihr nicht, denn er war in den Anblick vertieft, der sich ihm bot. Der Gürtel ihres Bademantels hatte sich gelöst. Mit unverhohlener Bewunderung ließ Rey den Blick über die Wölbung ihrer Brüste gleiten, ehe er auf dem dunklen Dreieck zwischen ihren Beinen innehielt. Rasch zwang er sich, wieder aufzusehen. Ihr Gesicht hatte sich mit einer leichten Röte überzogen.

»Entschuldige, ich konnte einfach nicht widerstehen«, sagte er lächelnd, als Laurel den Gürtel wieder enger zog. Er überlegte, worüber sie gerade geredet hatte. »Hast du einen Föhn? Sonst kann ich sicher einen bei meiner Mutter oder meiner Schwester besorgen.«

Laurels Wangen waren immer noch gerötet. »Danke, ich habe einen dabei. Solange du hier eine Steckdose und einen Spiegel hast …«

»Natürlich.« Er deutete auf die Kommode, die in einer Ecke des Schlafzimmers stand.

Nach einer kurzen Dusche schlüpfte Rey rasch in frische Kleidung. Seine nassen Haare hatte er einfach zu einem Zopf zusammengebunden, denn mehr Zeit hatte er nicht, sonst würden sie es nie rechtzeitig zum Abendessen schaffen. Und seine Mutter ließ man nicht einfach so warten. Außerdem würden die anderen sofort darüber spekulieren, was er und Laurel hier oben getrieben hatten. Er schmunzelte. Natürlich würden sie ohnehin Vermutungen anstellen, welche Art von Beziehung Laurel und ihn verband.

Er betrat das Schlafzimmer, gerade als sie mit ihrem Make-up fertig war und einen Schritt zurücktrat, um sich einer kritischen Prüfung zu unterziehen. So lief sie geradewegs in seine geöffneten Arme, und er umschlang lachend ihre Taille. Ihre Augen begegneten sich im Spiegel.

»Wow, du siehst großartig aus!«

»Danke. Meinst du, ich habe etwas zu dick aufgelegt?« Die

Nervosität, gleich auf seine Familie zu treffen, war ihr anzusehen.

»Nein. Aber mir gefällst du immer, egal ob du geschminkt bist oder dein Gesicht vor Dreck starrt.«

Laurel lachte. »Na, danke.«

»Das sollte ein Kompliment sein. Ich will nur sagen, dass du mir auch gefällst, wenn du gerade nicht die Zeit und Möglichkeit hattest, dich schick zu machen.«

Laurel stellte sich auf die Zehenspitzen und hauchte Rey einen Kuss auf den Mund. Dann trat sie schnell einen Schritt zurück und aus seiner Reichweite. »Ich warte unten auf dich.«

Mit einem warmen Gefühl in der Brust blickte Rey ihr hinterher. Er liebte es, wenn sie von selbst auf ihn zukam.

19

Was das Abendessen betraf, hätte Laurel sich keine Sorgen machen müssen. Zuerst hatten sie lange am runden Esszimmertisch gesessen und sich lebhaft unterhalten. Natürlich waren Reys Erlebnisse in Südafrika das Hauptthema gewesen. Aber sie hatten auch über andere Dinge gesprochen: die jeweiligen Jobs, die Hobbys, die jeder so hatte. Danach hatten sich die Frauen mit einem Kaffee ins Wohnzimmer zurückgezogen, während die Männer in der Küche die Spülmaschine einräumten. Eileen schien ihren Haushalt wirklich unter Kontrolle zu haben, dachte Laurel mit einem bewundernden Lächeln.

»Und was sind jetzt eure Pläne?«

Laurel wandte sich Sam zu, die neben ihr auf dem Sofa saß. »Irgendwann in den nächsten Tagen wird Rey mit mir in den Grand Canyon steigen, ich werde ihn dort beim Filmen beobachten und darüber einen Artikel schreiben.«

»Das klingt gut, aber eigentlich meinte ich die Geschichte mit den Wilderern.«

Während des Essens hatte Rey in kurzen Zügen davon berichtet, was passiert war, als sie sich in der Wildnis verirrt hatten, ohne allzu genau ins Detail zu gehen.

»Rey will den Film von seinem Freund schneiden und bearbeiten lassen. Außerdem soll er Standfotos von den Sequenzen machen, wo die Gesichter der Männer zu sehen sind.« Laurel zuckte mit den Schultern. »Wir hoffen, dass irgendjemand den Anführer erkennen wird und er so zur Rechenschaft gezogen werden kann.«

»Keine schlechte Idee. Das ist den Kerlen nur zu wünschen.« Sams blaue Augen sprühten Feuer. »Ich kann nicht verstehen, wie jemand überhaupt auf die Idee kommen kann, auf Tiere zu schießen. Früher, als Nahrung, ja. Aber doch nicht zum Spaß!«

Eileen nickte zustimmend. »Diesen Kerlen muss das Handwerk gelegt werden.«

Laurel wurde blass, als erneut das Bild des getöteten Nashorns vor ihren Augen erschien. Sie schluckte krampfhaft. »Auf jeden Fall. Und wenn wir hier nicht weiterkommen sollten, dann werden wir uns an die südafrikanische Parkverwaltung wenden. Vielleicht kann man dann wenigstens den Park-Mitarbeiter ermitteln, der mit von der Partie war.«

In diesem Moment kamen die Männer lachend aus der Küche. Als Rey die bedrückte Stimmung wahrnahm, blickte er mit besorgter Miene erst zu Laurel, dann zu seiner Mutter und Schwester. »Was ist los?«

Eileen richtete sich auf. »Wir haben eben über die Wilderer gesprochen.«

Reys Lippen wurden schmal. »Wir werden sie kriegen.«

Eileen lächelte ihren Sohn an und tätschelte seine Hand. »Da bin ich mir sicher.«

Rey ließ sich neben Laurel auf dem Sofa nieder und zog sie an sich. Für einen kurzen Moment lehnte sie sich an ihn, dann richtete sie sich wieder auf, sich der Blicke bewusst, die auf sie gerichtet waren. Die Farbe kehrte langsam in ihr Gesicht zurück, während sie auf ihre Fingerspitzen starrte. Rey schien sich überhaupt nicht darum zu kümmern, was seine Familie von ihrer Beziehung hielt, denn er nahm ihre Hand in seine und verschränkte ihre Finger ineinander.

»Alles in Ordnung?«

»Ja.« Ihr gelang ein kleines Lächeln. »Danke. Wann gehst du zu deinem Freund?«

»Das hatte ich morgen früh vor. Dann kann ich bei der Gelegenheit auch gleich den Mietwagen abgeben.«

»Und wie kommst du dann zurück?«

»Mit dem Bus.«

»Hast du kein Auto hier?«

Rey sah sie fragend an. »Doch, aber ich kann schlecht mit zwei Autos gleichzeitig fahren.«

»Das ist mir klar. Aber was hältst du davon, wenn ich mit deinem Wagen hinter dir herfahre?«

»Das …«

Laurel ließ ihm erst gar keine Gelegenheit zu protestieren. »… ist eine ganz vernünftige Idee.«

Rey lächelte. »Genau das wollte ich sagen.«

»Dann ist es ja gut.«

Mit einem Mal wurde Laurel bewusst, dass es um sie herum verdächtig still geworden war. Die amüsierten Gesichter der anderen Anwesenden machten ihr klar, dass alle interessiert ihrem Gespräch gelauscht hatten. Vermutlich hatte inzwischen auch der Letzte bemerkt, dass ihr Verhältnis nicht nur geschäftlich war. Verlegen wandte Laurel sich wieder Rey zu, der sie jedoch nur fröhlich angrinste.

Schließlich erbarmte Sam sich ihrer. »Willst du Laurel die Nord- oder die Südseite des Canyons zeigen?«, fragte sie, an ihren Bruder gewandt.

»Ich dachte, wir starten an der Nordseite, steigen hinab zum Colorado und gehen dann ein Stück am Fluss entlang. Vielleicht erkunden wir auch einen der Seitencanyons.«

»So spät im Jahr die Nordseite?«

»Unten im Canyon ist es ja immer noch warm. Natürlich muss ich auf die Wettervorhersagen achten und notfalls umplanen. Ich werde auf keinen Fall ein Risiko eingehen.«

Sein Vater meldete sich zu Wort. »Rey ist das erste Mal in den

Grand Canyon gestiegen, als er ein halbes Jahr alt war, er kennt ihn in- und auswendig.« Er lächelte Laurel beruhigend zu. »Sie können sich auf ihn verlassen.«

James Dyson war im Gegensatz zu seiner Frau relativ klein und gedrungen gebaut. Seine bedächtige Art wirkte im Vergleich zu Eileens sprühendem Temperament ausgleichend. Den ganzen Abend hatte er kaum etwas gesagt und die meiste Zeit seiner Frau das Kommando überlassen. Doch jetzt hatte er es offensichtlich für nötig befunden, Laurel von den Fähigkeiten seines Sohnes zu überzeugen. Seine Stimme war Reys sehr ähnlich. Warm und weich floss sie dem Zuhörer entgegen, zog ihn sofort in seinen Bann.

Laurel lächelte dankbar. »Das tue ich.«

»Allerdings ist er damals nicht selbst gegangen, sondern saß in einem Tragerucksack auf den Schultern seines Vaters.« Eileen warf ihrem Mann in der Erinnerung daran einen schmunzelnden Blick zu. »Sein erstes Wort war nicht etwa Mom oder Dad, sondern Cancan, seine Kurzform für Grand Canyon.«

Alle lachten.

Rey fühlte sich offensichtlich unwohl, dass man ihn plötzlich zum Gesprächsthema erkoren hatte. »Ich glaube nicht, dass meine Kindheitsgeschichten für Laurel so spannend sind.«

Laurels Augen glitzerten. »Oh doch, das sind sie.« Sie unterdrückte ein Gähnen. »Allerdings scheint es so, als hätte mich die Müdigkeit wieder eingeholt. Ich fürchte, ich muss ins Bett.«

Rey erhob sich. »Kein Problem, gehen wir nach oben.«

Laurel hielt abwehrend die Hände hoch. »Nein, nein. Bleib du ruhig noch hier unten, ich möchte nicht den ersten Abend mit deiner Familie stören.«

Rey erkannte wohl, dass Laurel im Moment lieber allein sein wollte, denn er ließ sich wieder in die weichen Sofakissen sinken. »Okay. Ich komme bald nach.«

»Lass dir ruhig Zeit.« Sie nickte in die Runde. »Vielen Dank für die Gastfreundschaft. Gute Nacht.«

»Gute Nacht. Schlaf schön.«

Laurel fühlte die Blicke in ihrem Rücken, als sie langsam die Treppe hinaufstieg. Obwohl sie am liebsten gerannt wäre, zwang sie sich dazu, gleichmäßig einen Fuß vor den anderen zu setzen, bis sie die Apartmenttür erreichte. Mit einem erleichterten Seufzen schloss sie sie hinter sich und lehnte sich an das glatte Holz. Mit geschlossenen Augen bemühte sie sich, ihr seelisches Gleichgewicht wiederzufinden.

An diesem Abend hatte sie erkennen müssen, dass sie nicht nur die Zweisamkeit mit Rey genoss, sondern er ihr auch im Kreis seiner Familie gefiel. Sie entdeckte ständig neue Eigenschaften an ihm, die ihr sympathisch waren. Vorzüge, die ihn ihr immer näherbrachten. Wie sollte sie ihm nur widerstehen können?

Trotz ihrer Müdigkeit lag sie noch eine Zeit lang mit weit geöffneten Augen in der Dunkelheit wach. Ihre Gedanken und Gefühle waren ein einziges Wirrwarr und ließen sie nicht zur Ruhe kommen. Erst als sie beschloss, die bevorstehenden Tage mit Rey einfach nur zu genießen und zu versuchen, nicht weiter über mögliche Verwicklungen nachzugrübeln, schlief sie erschöpft ein.

Rey schlich die Treppe hinauf und öffnete leise die Tür. Alles war dunkel. Wahrscheinlich schlief Laurel schon tief und fest. Er selber konnte auch eine Mütze voll Schlaf vertragen, so viel war sicher. Langsam gewöhnten sich seine Augen an das Dunkel. Sein Herz machte einen Sprung, als er erkannte, dass Laurel nicht auf dem Sofa schlief, wie er es schon fast befürchtet hatte. Das hieß wohl, dass sie nichts dagegen hatte, mit ihm das Bett zu teilen. Außer natürlich, sie erwartete, dass er auf der Couch übernachtete, aber das konnte er sich nicht vorstellen.

Er zuckte mit den Schultern. Solange sie nichts Gegenteiliges sagte, würde er das tun, was er für richtig hielt.

Auch diesmal schlief sie friedlich weiter, als er sich vorsichtig neben Laurel legte. Sie drehte sich sogar um und schmiegte sich an ihn. Rey lächelte zufrieden. Im Schlaf zumindest vertraute sie ihm vollkommen. Jetzt musste er sie nur noch dazu bringen, dass auch ihr Verstand es tat. Allerdings befürchtete er, dass es ihn noch eine Menge Überzeugungskraft kosten würde. Mit einem zufriedenen Seufzer zog er Laurel dichter an sich und schlief kurz darauf ein.

Am nächsten Morgen brachen sie gleich nach dem Frühstück in Richtung Cedar City auf. Wie es ihm gelungen war, nicht über Laurel herzufallen, als sie morgens immer noch dicht an ihn geschmiegt im Bett gelegen hatte, würde Rey ewig ein Rätsel bleiben. Nachdem sie den Mietwagen zurückgegeben hatten, fuhren sie zu der kleinen Fernsehstation, für die Cookie arbeitete. Vor dem Gebäude des Senders legte Rey eine Hand auf Laurels Oberschenkel, als er bemerkte, dass sie nervös auf ihrem Sitz herumrutschte.

»Du musst nicht mit hineinkommen, es dauert bestimmt nicht lange.«

Laurel legte ihre Hand auf seine. »Ich möchte aber. Es interessiert mich, wie der Sender von innen aussieht. Solange ich den Film nicht noch einmal anschauen muss …« Sie schluckte schwer.

»Das musst du nicht. Ich lasse von Cookie nur eine Kopie erstellen, die er dann weiterbearbeiten kann. Das Original nehme ich wieder mit nach Hause. Dauert nicht länger als zehn Minuten.«

»Okay.« Laurel blickte Rey neugierig an. »Cookie?«

Rey verzog den Mund zu einem schiefen Lächeln. »Der

Name wurde ihm während des Studiums verpasst, ich erspare dir die Details. Sein richtiger Name ist Constantine Blalock.«

»Autsch.«

»Genau. Ich glaube, mit seinem Spitznamen ist er gar nicht so unglücklich.«

Sie parkten vor dem lang gestreckten Gebäude des Senders und stiegen aus. Den Rucksack mit der Videoausrüstung auf dem Rücken und mit der Hand Laurels kalte Finger umklammernd, ging Rey zielstrebig durch den engen, dunklen Gang bis zu einer geschlossenen Tür. Ein Schild mit der Aufschrift: »Lebensgefahr! Freilaufende Cookies« war daran angebracht. Was gar nicht so sehr übertrieben war, denn man wusste bei Cookie tatsächlich nie, was als Nächstes passierte.

Aus diesem Grund klopfte Rey zuerst an und streckte dann vorsichtig den Kopf durch den Türspalt. Sein Freund saß über seine Tastatur gebeugt vor einer Reihe von Monitoren und schien völlig von seiner Arbeit gefangen zu sein. Seine dunkelblonden Haare standen zu allen Seiten des Kopfes ab, und er sah aus, als hätte er gerade in eine Steckdose gefasst. Neben seiner linken Hand lag eine Tüte mit Keksen, der Schreibtisch war von zahllosen leeren Hamburger-Verpackungen, Getränkedosen und Flaschen übersät. Alles in allem sah es hier genauso aus wie immer, stellte Rey kopfschüttelnd fest.

Er fasste sich ein Herz und betrat den Raum, während Laurel zögernd in der Türöffnung stehen blieb. Cookie hatte sie immer noch nicht bemerkt. Auch als Rey sich mehrmals räusperte und ihn schließlich direkt ansprach, reagierte er nicht. Das lag vermutlich an den Kopfhörern, die unter seiner wilden Frisur fast verborgen waren. Schließlich hielt Rey seinem Freund die Speicherkarte direkt vor die Nase. Auch das schien ihn nicht zu beeindrucken, Cookie zuckte nur leicht zusammen. Nachdem die Speicherkarte hartnäckig vor seiner Nase blieb, nahm Cookie sie dann doch in die Hand und betrachtete sie eingehend. Erst jetzt sah er auf und schenkte Rey seine volle Beachtung.

Breit grinsend rief er aus: »Rey Dyson!«

Rey lachte. »Kennst du etwa noch einen anderen Rey?«

Cookie schien ernsthaft über die Frage nachzudenken. »Nein. Sollte ich?«

Rey winkte ab. »Schon gut.« Er drehte sich zu Laurel um und gab ihr ein Zeichen, dass sie gefahrlos näher kommen konnte. »Ich habe in Südafrika einen Film gedreht. Etwas ganz Besonderes, und ich möchte, dass du ihn für mich schneidest und bearbeitest.«

»Südafrika, daher hast du also die nette Bräune. Kommt die Frau auch von dort?«

Laurel trat neben ihn. »Die Frau heißt Laurel und kommt aus Atlanta. Sonst noch Fragen?«

Cookie zuckte verlegen zusammen. »Nein, nein, das genügt fürs Erste.« Er wandte sich wieder an Rey. »Seit wann schneidest du deine Filme nicht mehr selbst?«

»Normalerweise tue ich das auch, aber mit diesem hier hat es eine besondere Bewandtnis. Du wirst es merken, wenn du ihn dir ansiehst. Ich möchte eine bestimmte Sequenz für das Fernsehen geschnitten haben. Sodass die Gesichter darauf sehr gut zu erkennen sind.«

Cookie drehte die Speicherkarte in den Händen hin und her. »Gesichter. Hm. Du machst mich immer neugieriger.«

»Es sind Aufnahmen, die du dir nicht unbedingt freiwillig anschauen würdest. Aber es muss sein. Du wirst gleich sehen, warum. Können wir hier eine Kopie von der Sequenz machen? Ich möchte die Originalkarte lieber wieder mitnehmen.«

Cookie zog den Stecker seines Kopfhörers heraus und rollte mit seinem Schreibtischstuhl zur anderen Seite des winzigen Raumes, wo er seine Videoausrüstung aufgebaut hatte. »Hast du zufällig deine Kamera dabei, ich weiß gerade nicht, wo mein Adapter für diese Art von Speicherkarten ist, und bis ich einen aufgetrieben habe …«

Rey hatte bereits seinen Rucksack abgesetzt und zog die Kamera aus ihrem Fach. Schweigend hielt er sie seinem Freund hin.

»Super.« Cookie pfiff leise. »Nettes Gerät. Du würdest mich nicht zufällig …« Er brach ab und seufzte. »Nein, natürlich würdest du nicht. Bei dem schlechten Ruf, den ich im Umgang mit Kameras habe.«

»Tut mir leid, ich brauche die Kamera in den nächsten Tagen. Aber ich komme bald mal vorbei und bringe sie wieder mit. Dann kannst du sie ausprobieren, wenn du möchtest. Unter Aufsicht natürlich.«

Cookie legte eine Hand auf sein Herz. »Hach, womit habe ich das nur verdient?«

Rey lächelte grimmig. »Mach was aus meinem Film, sorg dafür, dass die Gesichter gut zu erkennen sind, ganz einfach.«

»Die Sache scheint dir sehr wichtig zu sein. Ich tue mein Bestes.«

»Das weiß ich.«

Ohne weitere Umschweife machte Cookie sich an die Arbeit. Er verband die Kamera mit seinem Computer, schob die Speicherkarte wieder hinein und schaltete den Camcorder ein. Auf dem Bildschirm erschien eine Auflistung der gefilmten Sequenzen.

Rey tippte auf die Szene, die er direkt vor dem Nashornmord aufgenommen hatte. »Ab hier.« Rey drehte sich zu Laurel um, die immer noch neben ihm stand. »Möchtest du dich draußen etwas umsehen, während wir hier den Film kopieren?«

Laurel wurde bleich, als hinter ihm die ersten Bilder auftauchten, und drehte sich schnell um. »Ja, ich warte draußen.«

Rey wäre ihr am liebsten gefolgt, doch er würde sich die Aufnahme noch einmal anschauen müssen. Cookies Augen hingen wie gebannt an dem Geschehen. Bisher war nur das Nashorn zu sehen, wie es in das Wasserloch tauchte.

»Nettes Tier. Du hättest natürlich ein Teleobjektiv und ein Stativ verwenden sollen, aber das weißt du vermutlich selber.«

Rey nickte stumm.

»Und ich soll dir jetzt einen Tierfilm zurechtschneiden?«

Rey schnitt eine Grimasse. »Warte es ab.«

20

Kaum hatte Rey den Satz ausgesprochen, als auch schon ein scharfer Knall durch die Lautsprecher dröhnte. Cookie zuckte erschrocken zusammen. Auf dem Monitor sah man, wie die Kamera hin und her schwankte, bevor sie wieder auf das Nashorn ausgerichtet wurde. »Oh verdammt!«

Rey konnte Cookies Kommentar nur zustimmen. Als die schreckliche Szene erneut vor seinem Auge ablief, stieg Übelkeit in ihm auf. Die zitternde Hand vor den Mund gepresst, versuchte er das Gefühl zu unterdrücken, doch es half nicht. Er konnte spüren, wie die Hitze sein Rückrat hinaufkroch und sich in seinem Nacken sammelte, ein sicheres Zeichen dafür, dass er besser schnellstmöglich das Zimmer verließ. Er ignorierte Cookie, der ihm etwas hinterherrief, und stürzte zur Tür. Hektisch sah er sich auf dem langen Flur um, bis er das Zeichen für die Herrentoilette entdeckte. Mit einem Knall schlug die Tür gegen die Wand, als er sie heftig aufstieß und in die nächste Kabine flüchtete.

Minuten später trat er bleich und zittrig wieder auf den Korridor und traf dort auf Laurel, die vor der Tür auf ihn gewartet hatte. Es war ihm ziemlich peinlich, dass sie ihn in diesem Zustand sah, aber jetzt war es nicht mehr zu ändern. Laurel ging rasch auf ihn zu.

Zögernd berührte sie seinen Arm. »Geht es dir nicht gut?«

Rey nahm ihre Hand, lehnte sich gegen die Wand und schloss kurz die Augen. »Es geht schon. Ich kann nur kein …« Er stockte und blickte sie unsicher an. »… kein Blut sehen.«

Laurel strich ihm zärtlich über den Arm. »Und du wolltest Tierfilme drehen, wenn du den Anblick von Blut nicht verträgst?«

»Ich … ich dachte einfach, ich würde es schon aushalten.« Er seufzte. »Mit so etwas hatte ich nicht gerechnet.«

»Nein, ich auch nicht. Du solltest doch lieber beim Landschaftsfilmen bleiben, wenn dir so schnell übel wird …«

»Wie wahr.« Er lächelte schwach. »Aber das eben war gar nichts – du solltest dabei sein, wenn ich mein eigenes Blut sehe.«

»Lieber nicht.« Laurel lächelte ihm aufmunternd zu. »Bleib hier stehen, ich schaue nach, wie weit Cookie mit dem Kopieren ist.« Rey wollte protestieren, aber sie hielt entschlossen die Hand hoch. »Nein, ich habe noch eine bessere Idee: Geh den Gang hinunter, dort hinten ist ein Aufenthaltsraum mit einem Getränkeautomaten. Du brauchst jetzt etwas zu trinken.«

Damit drehte sie sich um und verschwand in Cookies Zimmer, bevor Rey noch etwas dagegen einwenden konnte. Langsam machte er sich auf den Weg in die Cafeteria, eine kalte Cola konnte jetzt wirklich nicht schaden. Er zog zwei Flaschen aus dem Automaten und ließ sich dann auf einen Stuhl sinken. Dass er sich ausgerechnet vor Laurel eine Blöße hatte geben müssen. Warum musste er auch den schwachen Magen seines Vaters erben? Seine Mutter und seine Schwester hingegen hatten eine viel robustere Natur. Von wegen schwaches Geschlecht!

Rey musste unwillkürlich lächeln, als er an seine Familie dachte, die alles andere als konventionell war. Doch Laurel schien sich von Anfang an bei ihnen wohlgefühlt zu haben. Sowohl beim Abendessen als auch beim Frühstück hatte sie völlig entspannt an den Gesprächen teilgenommen, als hätte sie schon immer dazugehört. Genauso wie Morgan. Obwohl er ein eher schweigsamer Mensch war, waren seine Gefühle für Sam für alle deutlich zu sehen gewesen.

Rey sah auf, als Laurel im Aufenthaltsraum erschien. Wortlos deutete er auf den leeren Stuhl ihm gegenüber und schob Laurel eine volle Flasche hin.

Wenig später erschien Cookie, in der einen Hand Reys Kamera und in der anderen seinen Rucksack. »Alles in Ordnung mit dir, Rey?«

»Ja, danke. Geht schon wieder. Hast du die Kopie fertig?« Rey spürte, wie seine Ohren heiß wurden.

»Ja, ich sehe zu, dass ich den Film morgen fertig habe.«

Rey nickte, während er seine Kamera vorsichtig in den Rucksack legte. Dann erhob er sich. »Vielen Dank für deine Hilfe, du hast was gut bei mir.«

»Nee, lass mal, wenn ich dabei helfen kann, dass diese Idioten geschnappt werden, dann bin ich völlig zufrieden.«

Rey berührte dankbar seine Schulter, nahm Laurels Arm und führte sie zur Tür. »Danke. Ich rufe dann morgen bei dir an, ich weiß nicht, wann ich zu Hause erreichbar bin.«

Cookie grinste. »Alles klar. Bis dann.«

Als sie auf den Parkplatz traten, hob Laurel das Gesicht der Sonne entgegen. »Und was machen wir jetzt?«

»Am besten, wir fahren gleich zurück, und ich mache mich an die Vorbereitungen für unseren Trip.«

»Was musst du denn alles vorbereiten?«

»Als Erstes muss ich eine Erlaubnis für den Canyon beantragen. Und das kann ein bis zwei Tage dauern.«

Besorgt blickte Laurel ihn an. »Meinst du, wir schaffen das, bis ich wieder zurückfliegen muss?«

»Aber klar.«

Erst hatte Cookie noch einige Stunden damit zugebracht, Filmmaterial für den Sender zu bearbeiten, das dringend fertiggestellt werden musste. Doch jetzt hatte er endlich Zeit, dem nachzugehen, was ihn wirklich interessierte: Reys Film aus Südafrika. Er brannte geradezu darauf, sein Können unter Beweis zu stellen. Es wäre doch gelacht, wenn es ihm nicht gelänge, den Film so zu bearbeiten, dass man hinterher genau erkennen konnte, wer das Nashorn abgeschlachtet hatte. Zufrieden vor sich hin summend öffnete er die Datei und begann mit dem Schneiden. Rasch kürzte er die Sequenz, damit ein eindringliches Dokument daraus wurde, das kurz genug war, um im Fernsehen gesendet zu werden. Dann machte er sich daran, die Gesichter dichter heranzuzoomen und zu schärfen. Besonders viel Mühe gab er sich mit dem offensichtlichen Anführer, damit ihn seine Umwelt garantiert wiedererkannte. Und genau das schien ihm nach ein paar Minuten gelungen zu sein.

Mit offenem Mund starrte Cookie auf den Bildschirm. »Verdammt!«

Er speicherte sein bisheriges Ergebnis ab und lehnte sich auf seinem Stuhl zurück. Langsam breitete sich ein Lächeln auf seinem Gesicht aus. »Sieh mal an, dich hätte ich hier nicht erwartet.« Sein Grinsen wurde breiter. »Bald wird dein sorgfältig gepflegtes Saubermann-Image irreparabel beschädigt sein.«

Ruckartig beugte er sich wieder vor und verbesserte noch einige Einstellungen, bis er mit dem Ergebnis zufrieden war. Dann steckte er eine DVD in den Brenner und kopierte den Film darauf. Schließlich holte er sie heraus und beschriftete sie mit Datum, Titel und Reys Namen.

Er griff zum Telefonhörer und wählte Reys Nummer, doch es nahm niemand ab. Ach ja, hatte Rey nicht gesagt, dass er schwer erreichbar wäre und er ihn wieder anrufen würde? Er suchte nach Reys Handynummer, musste sie aber wohl verlegt haben. Wieder einmal ärgerte er sich über das Durcheinander von Zetteln, auf die er Adressen und Telefonnummern gekritzelt hatte, statt sie ordentlich in ein Adressbuch einzutragen. Aber wahrscheinlich hätte das auch nichts genützt, er erinnerte sich daran, dass Rey sein Handy sowieso nie mitnahm.

Um nicht auch noch Reys Festnetznummer zu verlieren, schrieb er die Ziffernfolge kurzerhand auf die DVD. So hatte er alles beieinander. Dann loggte er sich ins Internet ein und gab den Namen des Mannes ein, den er eben in Reys Film identifiziert hatte. Die Suchmaschine listete mehrere Seiten von Informationen auf. Das war nicht weiter erstaunlich, schließlich war er eine Persönlichkeit des öffentlichen Interesses. Jemand, der sein Gesicht und seine Karriere zu verlieren hatte, wenn bekannt wurde, was er in Südafrika getrieben hatte.

Nervös kaute Cookie auf den Fingernägeln. Aus Erfahrung wusste er, dass es bei einem Dokumentarfilm, der eine sensationelle Nachricht über eine bekannte Persönlichkeit offenbarte, von Vorteil war, wenn man gleichzeitig eine Stellungnahme des Betroffenen mitlieferte. Egal ob derjenige etwas zugab oder abstritt, es würde auf jeden Fall für Aufsehen sorgen. Aber dies hier war ein mächtiger Mann, vielleicht würde er auch versuchen, rechtlich gegen sie vorzugehen und eine Ausstrahlung zu verhindern. Besser, er wusste nicht, woher der Film kam.

Ein Grinsen überzog Cookies Gesicht. Das war es! Er hatte eine anonyme E-Mail-Adresse, die niemand mit ihm in Verbindung bringen konnte, damit war er sicher. Über diese Adresse würde er eine E-Mail schicken und sehen, wie der hochehrenwerte Herr versuchte, sich herauszureden. Rey würde seine Idee bestimmt gutheißen, und da er ihn nicht erreichen konnte, würde er es eben ohne ihn tun. Er warf einen Blick auf die Uhr. Erst 17 Uhr. Vielleicht würde er sogar noch an diesem Tag eine Antwort erhalten. Bevor er es sich anders überlegen konnte, machte er sich an die Arbeit.

William R. Ashtree, Senator von Texas, saß an seinem Mahagonischreibtisch, als ein Piepton ihm den Eingang einer E-Mail ankündigte. Mit einem tiefen Seufzer legte er seinen goldenen Kugelschreiber auf die Papiere mit der Rede, die er gerade überarbeitete, und griff nach der Maus. Wahrscheinlich eine Nachricht von jemandem aus seinem Stab oder von Jacobs, seiner rechten Hand, der ihm neue Termine für seine Wahlkampftour durchgeben wollte. Er hatte sehr fähige Mitarbeiter, die alles taten, um sein öffentliches Ansehen zu vergrößern. Und die ihm mehr Auftritte verschafften, als er bewältigen konnte. Andererseits durfte er sich nicht beklagen, kannten sie gemeinsam mit ihm nur dieses eine Ziel: Er würde bei den Vorwahlen gewinnen und damit als aussichtsreicher Kandidat für das Weiße Haus bestimmt werden.

Ashtree strich sich mit seinen manikürten Fingern durch den gepflegten Haarschnitt. Seine Chancen standen im Moment nicht schlecht. Langsam, aber sicher wuchs sein Vorsprung innerhalb der Partei. Dieser gründete nicht nur auf seinen finanziellen Mitteln und seinem politischen Geschick, sondern auch auf seiner umgänglichen Art und dem attraktiven Aussehen. Und da weit und breit kein anderer ernst zu nehmender Kandidat für das höchste Amt in Sicht war …

Nein, er würde sich jetzt noch keine Gedanken darüber machen. Es konnte noch viel passieren, bis die Vorwahlen abgeschlossen waren. Ungeduldig klickte er auf das Icon für die Eingangspost. Er musste dringend an seiner Rede feilen, es gab noch einige Stellen, die ihm nicht so gefielen. Vielleicht hätte er sich doch nicht den Kurztrip nach Südafrika gönnen sollen, denn jetzt versank er in Arbeit.

Sein Blick glitt über den Bildschirm, und er erstarrte. Seine Hand krampfte sich um die Maus. Das konnte doch nicht …

From: Sugarbrain@hotmail.com
To: WRAshtree@Senator.com
Subject: Ihr Statement

Senator,

ich weiß, was Sie in Südafrika getan haben. Um genau zu sein, haben wir alles dokumentiert. Ein kleiner Ausschnitt davon als Beweis in der Anlage. Sollten Sie zu einem Statement bereit sein, melden Sie sich per E-Mail.

Ein Zeuge

Eine Hand vor den Mund gepresst, ließ sich Ashtree in den Stuhl zurücksinken. Oh Gott, wie konnte jemand wissen, dass er in Südafrika gewesen war? Er hatte so darauf geachtet, es geheim zu halten, war sogar unter falschem Namen gereist. Wahrscheinlich erlaubte sich nur jemand einen Scherz mit ihm. Genau, das war es! Energisch lehnte er sich wieder vor, öffnete den Anhang der Mail und erschrak. Auf dem etwas verschwommenen Ausschnitt war er dennoch ganz deutlich zu erkennen: mit dem Gewehr im Arm und einem Fuß triumphierend auf dem toten Nashorn. Schweißperlen traten ihm auf die Stirn. Mit einem Aufstöhnen vergrub er das Gesicht in den Händen.

Wenn das herauskam, war er erledigt. Seine ganze Arbeit, seine Erfolge, die großartigen Aussichten, alles wäre auf einen Schlag aus und vorbei. Egal wie viel er in seinem Amt geleistet hatte, dieses Foto wäre das Einzige, womit die Leute ihn in Verbindung brächten, wenn sie seinen Namen hörten. Und der Gipfel der Ironie war, dass er sich erst kürzlich lautstark für den Artenschutz ausgesprochen hatte. Seine politische Karriere war so gut wie erledigt.

Der Senator hörte nicht, wie sich die Tür öffnete, und erschrak, als hinter ihm eine Stimme erklang. »Sind Sie krank? Soll ich einen Arzt rufen?«

Verwirrt blickte Ashtree auf. »Wie? Ach, Jacobs.« Mit zittrigen Fingern rieb er über seine schweißnasse Stirn. »Nein, keinen Arzt. Besorgen Sie lieber gleich einen Leichenbestatter, ich bin erledigt.«

Ungläubig starrte Jacobs den Senator an. »Was ist passiert?«

Da Jacobs das einzige Mitglied seines Stabs war, das von seiner geheimen Leidenschaft wusste und ihn sogar auf dieser Reise begleitet hatte, deutete Ashtree auf den Monitor. Jacobs beugte sich über den Schreibtisch und starrte auf das Foto.

Er atmete scharf aus. »Das Bild stammt nicht von mir. Ich habe noch keine Zeit gefunden, die Daten aus der Digitalkamera herunterzuladen.«

»Das dachte ich mir schon.« Ashtree schloss die Bilddatei, und die Mail erschien wieder auf dem Bildschirm. »Lesen Sie das.«

Jacobs überflog den Text und fluchte. »Verdammt, was will dieser Kerl?«

»Geld vermutlich.« Die Farbe war aus Ashtrees Gesicht gewichen. »Was könnte er sonst wollen?«

»Einen Job, Ruhm, Rache, was weiß ich. Aber er wird damit nicht durchkommen.«

Hoffnungsvoll schaute Ashtree zu ihm auf. »Wird er nicht?«

»Nein. Ich werde mich darum kümmern. So wie ich es schon an Ort und Stelle hätte tun sollen. Ich hatte Ihnen ja gesagt, dass es Komplikationen geben könnte.«

»Ja, aber wer hätte geahnt, dass diese feigen Kerle auch noch Beweismaterial mitgenommen haben? Außerdem, was hätten Sie denn tun können? Sie höflich darum bitten, zu vergessen, was sie gesehen haben?«

Jacobs setzte eine verächtliche Miene auf. »Das ist nicht ganz das, was mir vorschwebte.« Er richtete sich auf und straffte die Schultern. »Dann werde ich eben jetzt erledigen, woran mich die hereinbrechende Dunkelheit in Afrika hinderte.«

»Aber wie wollen Sie ihn oder sie finden? Und wie bringen Sie sie dazu, die Beweismittel herauszurücken und zu schweigen?«

Ein schmales Lächeln umspielte Jacobs' Mund. »Das lassen Sie nur meine Sorge sein. Bereiten Sie in Ruhe Ihre Rede vor, ich werde mich um alles kümmern.«

Ashtree betrachtete seinen Vertrauten schweigend, dann nickte er. »Gut. Gut.«

21

Wohl zum tausendsten Mal kontrollierte Cookie sein E-Mail-Postfach. Wieder nichts. Seufzend lehnte er sich zurück. Nun ja, es konnte immerhin sein, dass der Senator gerade unterwegs war. Oder befand er sich noch in Afrika? Es brachte wahrscheinlich nichts, noch länger hier im Büro zu bleiben und auf eine Antwort zu warten. Er war mittlerweile schon der letzte Mitarbeiter im Gebäude, selbst der Pförtner hatte Feierabend gemacht. Im Sender war das Geld so knapp, dass sie sich nur einen Wachmann leisten konnten, der tagsüber darauf achtete, dass keine ungewollten Gäste das Gebäude betraten, nachts sorgte eine Alarmanlage für Sicherheit. Nicht dass es hier außer ein paar alten Filmen und meist veralteten Computern etwas zu stehlen gab.

Cookie stand auf und streckte sich ausgiebig. Vom langen Sitzen war er ganz verspannt, und seine Muskeln schmerzten. Verdammt, seine Knochen wurden allmählich morsch, wenn ihm schon diese paar Überstunden so zusetzten. Es war wirklich Zeit, nach Hause zu gehen. Vielleicht war noch eine Pizza in seinem Gefrierfach, die er sich auftauen konnte. Wie aufs Stichwort knurrte sein Magen.

»Okay, schon überredet.«

Seine Stimme schallte laut durch die Stille seines Büros. Unruhig sah Cookie sich um. Warum kam es ihm hier plötzlich so unheimlich vor? Er schüttelte den Kopf. So ein Unsinn, seine Nerven flatterten ein wenig, weil er noch nie mit so einer brisanten Sachte zu tun gehabt hatte. Rasch stopfte er die wertvolle DVD in seinen alten Rucksack und schwang ihn sich über die Schulter. Er war schon bei der Tür, als ihm einfiel, dass er seinen Schlüsselbund vergessen hatte. Rasch kehrte er zu seinem Platz zurück, um zwischen den Stapeln von Papieren und DVDs, die seinen Schreibtisch bedeckten, danach zu suchen. Er sollte hier wirklich mal wieder aufräumen. Morgen, entschied er. Es sei denn, der Senator hatte sich inzwischen gemeldet, dann hätte er bestimmt keinen Sinn dafür.

Cookie knipste die Schreibtischlampe aus und ging im Dunkeln zur Tür. Das hatte er bereits so oft gemacht, dass er sofort den Türgriff fand und herunterdrückte. Mit einem leichten Knarren öffnete sich die Tür, und er trat in den durch Notbeleuchtungen in grünliches Licht getauchten Gang. Wieder überkam ihn ein merkwürdiges Gefühl. Ja, es wurde eindeutig Zeit, dass er hier verschwand. Er hatte schon öfter bis spät in die Nacht hinein gearbeitet, aber die Dunkelheit und die Stille hatten ihn bisher nie gestört.

Rasch steckte er den Schlüssel ins Schloss, um sein Büro abzuschließen. Ein leises Quietschen ließ ihn in Richtung Ausgang blicken. Nichts zu sehen. Cookie ignorierte den eisigen Schauer, der über seinen Rücken lief, und wandte sich wieder der Tür zu. Gerade als er den Schlüssel umdrehte, packte ihn jemand an der Schulter. Erschrocken wirbelte er herum. Doch mitten in der Bewegung hielt ihn sein Angreifer fest und drückte ihn gegen die Tür. Eine Schrecksekunde lang war er wie erstarrt, doch dann fing Cookie an, sich zu wehren. Sein Ellbogen bohrte sich in den Bauch des Fremden hinter ihm, sein Fuß traf ein Schienbein.

Ein gedämpfter Fluch ertönte, dann fasste jemand in Cookies Haar und schlug seinen Kopf brutal gegen die Tür. Ein unangenehmes Knacken ertönte, und Cookie erfasste eine Welle des Schmerzes. Mühsam versuchte er, auf den Beinen und vor allem bei Bewusstsein zu bleiben. Wieder durchfuhr ihn der stechende Schmerz, als seine Arme brutal nach hinten gebogen wurden. Jetzt zerrte der Eindringling ihn nach hinten, sodass Cookie stolperte und nur durch den festen Griff, mit dem seine Hände auf dem Rücken zusammengeklammert wurden, auf den Beinen blieb. Ihm wurde schwindlig, in seinen Ohren rauschte es und vor seinen Augen flimmerten schwarze Punkte. Übelkeit stieg in ihm auf. Was wollte der Angreifer von ihm?

Ein leises Klicken ertönte, als der Schlüssel wieder herumgedreht und die Tür aufgestoßen wurde. Mit Wucht wurde er in sein Büro geschoben, er fiel vornüber und landete quer über seinem Schreibtisch. Polternd krachten Gegenstände auf den Boden, sein Kopf stieß gegen einen Monitor. Einen Moment lang blieb er stöhnend liegen, dann wälzte er sich mühsam herum. Sein Angreifer war hinter ihm in den Raum getreten, doch jetzt huschte ein zweiter Schatten durch die Tür. In dem spärlichen Lichtschein, der vom Flur hereindrang, sah Cookie, dass der zweite Mann kleiner und zierlicher war als der erste. Cookie richtete sich auf, seinen Blick ängstlich auf die dunkle Gestalt vor ihm gerichtet. Sein Gesicht war durch eine schwarze Maske verhüllt, die auch seine Haare verdeckte. Mit der Zunge benetzte Cookie seine trockenen Lippen. Er erschrak, als er Blut schmeckte. Vorsichtig fuhr er sich mit der Hand übers Gesicht: Es war feucht.

Vor Angst krampfte sich sein Magen zusammen. »Was …« Er räusperte sich. »… was wollen Sie von mir?«

Der Anführer lachte gedämpft. »Das solltest du eigentlich wissen, mit deinem Erpressungsversuch.«

»Erpressung?« Cookie brauchte einen Moment, um zu verstehen, was der Mann meinte. »Geht es um den Senator? Ich wollte doch nur eine Stellungnahme!«

»Mir egal. Wir haben jedenfalls unsere Befehle.«

Cookie wagte nicht zu fragen, welche das waren. Der Mann kam näher, immer näher, während Cookie an die Wand zurückwich. Doch der Mann beugte sich nur über den Tisch und schaltete die Lampe an. Licht strömte durch den Raum und ließ die beiden schwarz gekleideten Männer wie Figuren aus einem Computerspiel wirken. Doch Cookie konnte nicht darüber lachen. Die Bedrohung war zu real. Wie das Blut an seinen Fingern. Hastig wischte er es an seiner Jeans ab.

Der Mann streckte eine behandschuhte Hand aus. »Und jetzt bitte das Beweisstück.«

Cookie zuckte vor der Hand zurück, als wäre sie eine Schlange. »Ich weiß nicht, wovon Sie reden.«

Wieder ertönte das dumpfe Lachen. »Natürlich weißt du das. Was war es, ein Foto oder ein Video?«

Cookie schwieg.

Der Mann trat noch dichter an ihn heran. »Du kannst es jetzt gleich sagen oder später, aber du wirst auf jeden Fall reden. Wir haben da unsere Methoden …«

Er brauchte nicht weiterzusprechen, Cookie hatte verstanden. Was war, wenn er ihnen den Film aushändigte? Würden sie dann einfach wieder verschwinden? Er wusste es nicht, und das machte ihm wirklich Angst. Sein Blick glitt zu seinem Rucksack, der von seiner Schulter zu Boden gerutscht war.

Der Blick des Maskierten folgte ihm, dann grinste er zufrieden. »Na also. Wollen wir doch mal sehen, was wir da haben.« Er hob den Rucksack auf und wühlte darin, bis er die DVD fand. Ungeduldig zog er sie heraus und betrachtete sie von allen Seiten. »Ist sie das?«

Cookie blieb stumm.

Ohne Vorwarnung beugte sich der Mann vor und legte seine Hand um Cookies Kehle. »Ich habe dich etwas gefragt. Besser, du antwortest schnell.«

Der Griff an seiner Kehle verstärkte sich. Unwillkürlich umklammerte Cookie die Hand des Unbekannten und versuchte die Finger zu lösen, die ihm die Luft abdrückten. Doch der Griff wurde nur noch stärker, verzweifelt rang Cookie um Atem. Das Pfeifen in seinen Ohren verstärkte sich, seine Lunge brannte. Dann lockerte sich die Umklammerung ein wenig, und Cookie nahm sein eigenes Keuchen wahr, das durch den stillen Raum hallte.

»Also, ist dies hier das Material aus Südafrika?«

Nein, es lohnte sich nicht, für das Video zu sterben. Sollten sie es ruhig mitnehmen, schließlich hatte er den Film auf seinem Computer gespeichert, und Rey hatte das Originalband. Zögernd nickte er.

»Na siehst du, es geht doch.« Der Mann zog seine Hand zurück und winkte seinen Kumpan heran, der die ganze Zeit bei der Tür gestanden hatte. »Bring die Kanister herein.«

Verwirrt blickte Cookie ihn an. Kanister? Was für … Entsetzt keuchte er auf, als ihm klar wurde, was der Mann meinte.

»Sie … Sie können doch nicht …« Die Stimme versagte ihm.

Der Mann lachte. »Doch, ich kann. Es ist sogar zwingend notwendig. Wir wollen ja schließlich nicht, dass irgendetwas von dem Material an die Öffentlichkeit dringt, oder?«

»Aber Sie nehmen es doch mit!«

»Ja, sicher, aber ich glaube kaum, dass es die einzige Kopie war, oder?«

Cookie blieb stumm.

»Das dachte ich mir.«

Der zweite Mann betrat mit zwei Benzinkanistern beladen das Büro. Mit einem dumpfen Knall stellte er sie auf dem Linoleumboden ab. Dann sah er seinen Gefährten abwartend an.

»Fang mit der Ausrüstung an und gieß den Rest dann auf den Boden.«

Cookie sprang auf. »Das können Sie doch nicht machen! Sie haben das Video, nehmen Sie es mit und verschwinden Sie, ich werde niemandem etwas sagen.«

Wieder lachte der Mann. Diesmal hörte es sich fast amüsiert an. »Da hast du recht. Du wirst nichts sagen, weil du dazu keine Gelegenheit haben wirst.«

Cookie erstarrte. Sie wollten ihn töten! Verzweifelt schaute er sich um und versuchte einen Weg zu finden, diesen Mördern zu entkommen. Doch sein Fenster war mit Eisenstangen gesichert – ganz davon abgesehen, dass es von innen mit Geräten zugebaut war. Der einzige Ausgang war die Tür. Doch wie sollte er den beiden Männern entwischen? Es war der einzige Ausweg, er musste es zumindest versuchen. Er hatte nicht vor, für ein Video zu sterben, ganz egal wie brisant das Material war.

Was war ihm nur eingefallen, als er dem Senator die Mail geschickt hatte? Aber wie hätte er vermuten können, dass ein beliebter und scheinbar seriöser Politiker wie Ashtree zu solchen Methoden greifen würde?

Aus den Augenwinkeln beobachtete er, wie der Anführer sich dem zweiten Mann zuwandte und auf eine Stelle am Boden zeigte, die noch trocken war. Blitzschnell griff Cookie zu seinem Schreibtischstuhl, katapultierte ihn in Richtung der beiden Männer und rannte los. Er hatte Glück, die Tür stand noch offen, sodass er den Korridor erreichte, ohne auf ein Hindernis zu stoßen. Er rannte um sein Leben, obwohl das Schwindelgefühl immer größer wurde und sein Atem schmerzhaft durch die raue Kehle pfiff.

Doch er war nicht schnell genug. Nach wenigen Sekunden hatten ihn die beiden Männer eingeholt und rangen ihn zu Boden. Mit den Füßen traten sie auf ihn ein, dann packte der zweite Mann ihn unter den Armen und schleppte ihn zurück in sein Büro. Der durchdringende Benzingeruch verursachte Cookie erneut Übelkeit, ließ ihn schwindelig werden. Mit Gewalt hievten sie ihn auf den Stuhl und drückten ihn nieder. Während der Anführer ihn festhielt, schlang der andere Mann ein Seil um seine Hände und fesselte sie hinter die Stuhllehne. Panik stieg in ihm auf, er kämpfte gegen das Schwindelgefühl an und begann, sich heftig zu wehren. Doch schon schlang sich ein weiteres Seil um seine Beine. Noch immer wand er sich unter seinen Fesseln, doch es war aussichtslos.

Der Anführer nickte selbstgefällig. »Netter Versuch, aber er ändert nichts am Ergebnis.«

Er zog ein Feuerzeug aus der Hosentasche und ließ es aufschnappen. Eine kleine Stichflamme schoss heraus, das Flackern verlieh seinem verhüllten Kopf ein dämonisches Aussehen. Unwillkürlich zuckte Cookie mit dem Kopf zurück.

»Übrigens sind die Seile aus Hanf. Nach dem Feuer wird nichts mehr davon übrig sein. Die Polizei wird ihre Mühe haben herauszufinden, was hier passiert ist.« Er rieb sich nachdenklich am Kopf. »Du kannst ihnen dann ja auch nicht mehr weiterhelfen.«

Sein hohles Kichern ging Cookie durch Mark und Bein. Erneut zerrte er an den Fesseln, aber sie bewegten sich nicht. »Sie können mich doch nicht einfach hier verbrennen lassen!« Seine Stimme klang schrill und gehetzt.

»Doch, das können und werden wir. Du hättest dir vorher überlegen sollen, mit wem du dich anlegst.« Wieder ließ er die Flamme aufflackern. Er zog eine Zigarette aus seiner Jackentasche und zündete sie an.

Cookie versuchte sich zu entspannen. Wahrscheinlich wollten sie ihm nur Angst machen, ihn einschüchtern. Und sie hatten Erfolg damit. Er bebte am ganzen Körper und war kurz davor, sich in die Hose zu machen. Entschlossen presste er die Zähne zusammen. Nein, so weit würden sie ihn nicht kriegen!

Oder war es nur ein Traum, der wie ein Thriller vor seinen Augen ablief? Mordkommandos, die im Auftrag von irgendwelchen zwielichtigen Auftraggebern handelten, gab es doch sonst nur im Film, nicht hier in Cedar City, einem kleinen Nest in Utah. Aber er musste zugeben, dass sie ihre Sache richtig gut machten. Sie wirkten absolut authentisch. Genauso wie der Geruch nach Benzin und sein Angstschweiß, den er deutlich wahrnahm. Und der Rauch der Zigarette.

Genüsslich sog der Mann durch den Schlitz seiner Maske am Glimmstängel und ließ den Qualm in dichten Kringeln wieder entweichen. Bei jedem Zug glühte das Ende der Zigarette rot auf und machte Cookie bewusst, dass nur ein einziger Funke davon reichte, um den ganzen Raum in ein Flammenmeer zu verwandeln. Und er saß mittendrin. Festgebunden und ohne eine Chance zu entfliehen. Eiskalte Schauer rannen ihm über den Rücken, sein Nacken prickelte.

Schließlich straffte der Mann die Schultern, die brennende Zigarette immer noch in der Hand. »So, wir müssen jetzt leider gehen.« Er trat neben Cookie und legte ihm eine behandschuhte Hand auf die Schulter. »Du weißt ja, dass Rauchen ungesund ist …« Damit ließ er die Kippe auf den benzindurchtränkten Schreibtisch fallen. Mit einem Zischen, das sich schnell zu einem Tosen entwickelte, breiteten sich die Flammen aus.

Mit letzter Kraft wollte Cookie sich mit dem Stuhl in Richtung Tür schieben, doch der Mann hinderte ihn daran. »Oh nein, das wirst du nicht tun.«

Ein harter Schlag traf ihn am Hinterkopf. Das Letzte, was Cookie sah, waren die verschwommenen Figuren der Männer, die eilig den in Flammen stehenden Raum verließen. Dann wurde es schwarz um ihn.

Als der große Monitor hinter ihm mit einem lauten Krachen explodierte, kam er wieder zu Bewusstsein. Scharfe Splitter drangen in seine Haut, der Schmerz ließ ihn schlagartig hellwach werden. Hustend sah er sich um. Überall war Feuer, auf dem Boden, auf dem Schreibtisch, selbst sein Hosenbein brannte. Erst jetzt bemerkte er, wie die Flammen von allen Seiten nach ihm leckten. Die Luft war erfüllt von Rauch und dem Geruch nach verschmortem Plastik. Ein Hustenkrampf schüttelte ihn.

Er musste hier raus! Er wand sich auf seinem Stuhl, doch die Fesseln hinderten ihn daran, sich zu befreien. Dann spürte er, dass sich das Seil um seine Beine etwas gelockert hatte. Cookie atmete so tief durch, wie es die von Rauch erfüllte Luft erlaubte. Jetzt bloß ruhig bleiben, vielleicht würden die Fesseln durchschmoren und ihn doch noch freigeben. Bestimmt würde bald die Feuerwehr anrücken, schließlich war das Gebäude mit Rauchmeldern ausgestattet. Er musste nur zusehen, dass er aus dem Raum kam, bevor er verbrannte oder erstickte. Sein Blick fiel auf die scharfen Scherben des Monitors, die Schreibtisch und Boden übersäten. Ja, das könnte funktionieren, er musste es nur versuchen.

22

Mit fahrigen Bewegungen sortierte William Ashtree die Post auf seinem Schreibtisch. Natürlich hatte seine Sekretärin das bereits erledigt, doch er musste sich mit irgendetwas beschäftigen, während er darauf wartete, dass Jacobs wieder auftauchte. Und Ashtree von den Höllenqualen erlöste, die er durchlitt, seit er tags zuvor die E-Mail gelesen hatte. Er stützte die Ellbogen auf die Mahagoniplatte und vergrub das Gesicht in den Händen. Wenn es Jacobs nicht gelang, die Sache vom Tisch zu bekommen, dann hatte er die ganzen Jahre umsonst gearbeitet. Nicht nur das – er wäre erledigt, Ende, aus.

Der Schweiß brach ihm aus allen Poren und ließ das Hemd unangenehm auf seiner Haut kleben. Abrupt erhob er sich und stieß um ein Haar mit dem Sessel die wertvolle Skulptur um, die hinter ihm stand. Er achtete kaum darauf, sondern eilte zu dem großen Panoramafenster. Blicklos starrte er auf die geschäftigen Straßen und die winzigen Menschen weit unter ihm. Offenbar wusste die Welt da draußen noch nichts von seinen Verfehlungen, sonst wäre schon längst die Pressemeute vor seinem Büro aufgetaucht, um ihn bei lebendigem Leibe zu verspeisen.

Seine Mundwinkel bogen sich nach unten. Bisher hatte er stets die Nähe der Presse gesucht, sie dazu benutzt, seine Anliegen und seine Karriere zu fördern. Nie hätte er gedacht, einmal selbst zum Opfer einer Hetzjagd durch die Medien zu werden – wenn es so weit kam. Aber als solches fühlte er sich schon jetzt. Was hatte er sich schon zuschulden kommen lassen? Sollte seine Karriere wegen eines toten Nashorns zu Ende gehen? Bisher hatte er ein vorbildliches Leben geführt, es hatte weder Skandale noch Klatschgeschichten in seinem Umfeld gegeben.

Hinter ihm ging lautlos die Tür auf. Erst als Jacobs ihn ansprach, schreckte der Senator auf. Ängstlich glitt sein Blick über Jacobs' wie immer unbeteiligte Miene, Ashtrees Herz raste. »Nun?«

»Die Sache mit dem Erpresser ist erledigt, er wird Sie nicht mehr belästigen.«

Erleichtert atmete Ashtree aus. Seine Schultern sackten nach vorne. »Gut. Wie viel …«

»Das wollen Sie nicht wissen.«

Der Senator wischte sich eine Haarsträhne aus der Stirn. »Wie …«

»Alles, was Sie wissen müssen, ist, dass der Erpresser überzeugt wurde, die Videobeweise abzugeben und von einer öffentlichen Ausstrahlung abzusehen.«

Ashtree wurde bleich. »Es gibt ein ganzes Video?«

»Ich habe es mir nicht angesehen.« Jacobs hielt seinem Arbeitgeber die DVD hin. »Vielleicht sollten Sie es einfach vernichten.«

Der Senator dachte darüber nach, dann schüttelte er den Kopf. »Nein, ich will sehen, was er gegen mich in der Hand hatte.«

Jacobs ging zu dem DVD-Player, der gegenüber der Sitzecke stand, und steckte die DVD hinein. Während Ashtree sich in den Sessel fallen ließ, schaltete Jacobs den Fernseher an und drückte die »Play«-Taste.

Ashtree zuckte zusammen, als er das Nashorn sah. Das Blut wich aus seinem Gesicht, während er beobachtete, wie das Tier zusammenbrach und er und seine Begleiter auf der Lichtung erschienen. Das Bild war zwar stellenweise etwas wackelig und verschwommen, aber dennoch war er darauf eindeutig zu erkennen. Wenn das Material an die Öffentlichkeit gelangt wäre, dann wären seine schlimmsten Befürchtungen Wirklichkeit geworden. Als der Film zu Ende war, saß er lange Zeit zusammengesunken in seinem Sessel.

Schließlich hob er den Blick. »Das war meine letzte Jagd. Wenn ich jemals Präsident werden will, dann kann ich mir eine solche Sache nicht mehr leisten.«

»Eine kluge Entscheidung.«

Ashtree machte eine unglückliche Miene. »Ich fürchte, meine Trophäensammlung muss auch verschwinden. Sollte die jemals entdeckt werden …«

Jacobs nahm die DVD aus dem Player. »Ich werde mich darum kümmern. Und den Film vernichte ich auf der Stelle.« Er ging zur Tür, drehte sich aber noch einmal um. »Was wollen wir mit dem zweiten Beobachter machen?«

Ashtree wurde noch bleicher. »Den zweiten … den hatte ich ganz vergessen!«

»Ich nicht. Wir sollten jetzt überlegen, was passiert, wenn er davon hört, dass man ihnen auf die Schliche gekommen ist.«

»Was ist mit demjenigen, der den Film gedreht hat, war es der Gleiche, der die Mail geschrieben hat?«

»Ich weiß es nicht.«

»Hatten Sie nicht gesagt, Sie hätten zwei Frauen gesehen?«

»Von der Länge der Haare schienen es Frauen zu sein, ich kann mich aber geirrt haben. Der Erpresser war jedenfalls ein Mann.«

Ashtree trat zu ihm und nahm ihm die DVD aus der Hand. »Da steht ein Name … Rey Dyson. Und eine Nummer, sieht aus wie eine Telefonnummer. Wie heißt der Erpresser?«

»So jedenfalls nicht.«

Der Senator fuhr sich mit den Fingern durch die Haare.

»Ich denke, das beweist uns, dass mindestens einer dieser Kerle noch da draußen herumläuft.«

»Es sieht so aus.«

»Ich bin erledigt!«

»Nein, ich werde mich darum kümmern, genauso wie um die andere Sache. Es wird keine Probleme geben.«

Ein wenig erleichtert blickte Ashtree ihn an. »Gut. Informieren Sie mich, wenn Sie etwas über diesen Dyson erfahren haben.«

Rey wachte langsam auf. Als er Laurels Körper an seinem spürte, musste er lächeln. Er hatte die Arme um Laurel geschlungen, während sie seine Brust als Kopfkissen benutzte. Ihr nacktes Bein lag über seinen Schenkeln, ihre Mitte drängte sich an seine Hüfte. Ungewollt spannten sich Reys Arme an, zogen sie dichter an sich. Sein Gesicht vergrub er in ihren Haaren. Er könnte ewig so liegen bleiben, Laurels Atemzügen lauschen und ihre warme, weiche Haut spüren. Ein Blick auf den Wecker bestätigte ihm, dass er noch ein wenig Zeit hatte, bevor er aufstehen musste. Gleich nach dem Frühstück wollte er sich daranmachen, die Ausrüstung für ihre Canyon-Tour zusammenzustellen.

Der Gedanke an zwei oder drei Tage alleine mit Laurel verursachte ihm ein Hochgefühl, das ihn gleichzeitig erschreckte. Im Moment war sie bei ihm, aber wie wäre es für ihn, wenn sie wieder zurück nach Atlanta ging? Nein, er würde es nicht ertragen, sie nicht mehr in seiner Nähe zu haben. Er wollte, nein, musste sie unbedingt näher kennenlernen. Es war, als würde ihm eine innere Stimme sagen, dass er sie nie wieder loslassen sollte. Rey unterdrückte ein Lachen. Gott, langsam wurde er lächerlich. Er sollte vielleicht lieber darüber nachdenken, was er alles einpacken musste.

Falls er sich nicht mit etwas Praktischem beschäftigte, um auf den Boden der Tatsachen zurückzukehren, würde er womöglich etwas Idiotisches tun. Wie zum Beispiel Laurel aufzuwecken und sie zu fragen, ob sie nicht bei ihm bleiben wolle – und zwar für immer. Ja, genau. Und wo sollten sie leben? Ihr Arbeitsplatz war weit weg und er selber ständig unterwegs. Wie sollten sie so überhaupt eine vernünftige Beziehung aufbauen? Immer vorausgesetzt, dass Laurel das auch wollte. Bisher hatte sie es stets vermieden, ihn richtig an sich heranzulassen. Nur warum? Er wusste, dass sie ihn genauso begehrte wie er sie. Vielleicht hatte auch sie Angst davor, ihren Gefühlen freien Lauf zu lassen, weil eine dauerhafte Beziehung ihr illusorisch erschien.

Wahrscheinlich dachte er auch schon wieder viel zu weit. Okay, Zeit für ein neutrales Thema: Zelt, Heringe, Isomatten … Er unterbrach seine gedankliche Packliste, als Laurel sich rührte. Wie eine Katze begann sie, sich zu strecken, ihre Hand fuhr über seine Brust, ihr Bein schob sich noch ein Stückchen höher. Rey zuckte zusammen. Hitze breitete sich in seinem Körper aus. Er hielt den Atem an und bemühte sich, Laurel nicht noch enger an sich zu ziehen. Wahrscheinlich schlief sie noch und bekam überhaupt nicht mit, wie sehr er sich gerade beherrschen musste.

Wie um seine These zu widerlegen, hob sie in diesem Moment den Kopf und lächelte ihn schläfrig an. »Guten Morgen.«

Er räusperte sich, bevor er antwortete. »Guten Morgen. Hast du gut geschlafen?«

Laurel reckte sich ausgiebig, bevor sie sich wieder an seine Brust schmiegte. »Ja. Anscheinend tut es mir gut, neben dir zu liegen.«

Rey schloss gequält die Augen. Merkte sie nicht, was sie ihm antat? Da ihr Bein immer noch auf seiner empfindlichsten Stelle ruhte, musste sie es eigentlich wissen. Er fühlte, wie Laurel ihren Oberkörper bewegte. Wollte sie schon aufstehen? Gerade noch rechtzeitig schluckte er ein enttäuschtes Stöhnen hinunter. Doch statt sich von ihm zu lösen, fing sie an, seine Brust zu liebkosen. Laurel hatte sich über ihn gebeugt und bedeckte sie Zentimeter für Zentimeter mit federleichten Küssen. Ihre Haare fuhren sanft über seine Haut, ließen die Flammen in seinem Innern höher lodern.

Doch er hatte sich geschworen, sie nicht noch einmal zu bedrängen, deshalb blieb er erst einmal reglos liegen. Seine Hände lösten sich von ihren Armen, und er zwang sich, sie auf dem Bett liegen zu lassen, wo sie sich in das Bettlaken krallten. Laurels Blick traf seinen. Sie lächelte, dann beugte sie sich wieder hinunter, und ihr Mund setzte seine Wanderung fort. Ihre Lippen küssten, leckten und knabberten, bis er meinte, aus der Haut fahren zu müssen.

Ihre Finger begleiteten die Wanderung, glitten über Erhebungen und Täler. Mit der Zunge zeichnete sie eine feuchte Spur über seine Rippen, bis zu seiner flachen Brustwarze. Langsam leckte sie darüber, umkreiste sie. Als er scharf die Luft einzog, schenkte sie der anderen Seite neckend die gleiche Aufmerksamkeit. Ihre Hände erkundeten langsam jeden Winkel seines Körpers, und damit trieb sie ihn beinahe in den Wahnsinn.

Langsam rutschte Laurel noch tiefer, bis ihre Zunge in seinen Bauchnabel eintauchte. Noch ein Stück tiefer schob sie sich, bis ihr Gesicht über seiner Hüfte innehielt. Reys Hände krampften sich noch fester in das Bettlaken, die Fingerknöchel stachen weiß hervor. Mit dem Finger fuhr Laurel über seinen Bauch, bis hinunter zum Bund seiner Shorts. Seine Bauchmuskeln zogen sich zusammen, seine Hüfte hob sich unwillkürlich an.

Rey unterdrückte ein Stöhnen. Gott, sie würde ihn umbringen, wenn sie so weitermachte. Oder wohl eher, wenn sie nicht weitermachte. Als er merkte, wie ihre Finger sich am Bund seiner Shorts zu schaffen machten, riss er die Augen auf. In dem Moment schob sie ein Bein über ihn und kauerte jetzt über seinen Knien. Ihr Anblick, wie sie sich in ihrem knappen T-Shirt, unter dem sich deutlich ihre Brüste abzeichneten, über ihn beugte, ließ sein Herz für einen Moment aussetzen. Die zerzausten Haare hingen ihr ins Gesicht, ihre Lippen waren leicht geöffnet. Was sein Herz vollends zum Rasen brachte, waren ihre Hände, die sich nun unter den Stoff schoben. Er stöhnte auf, als sich ihre Finger um seinen Schaft schlossen. Nun konnte er nicht länger untätig bleiben. Er hob die Hände und legte sie auf Laurels Schenkel. Das Gefühl ihrer nackten Haut an seinen Fingerspitzen erregte ihn noch mehr. Er ließ sie höher gleiten, bis er ihre Taille umfasste.

Und stöhnte erneut auf, als Laurel die Boxershorts herunterzog. »Weißt du, was du da tust?«

Ihr Mund verzog sich zu einem verführerischen Lächeln. »Das hoffe ich doch.«

Unwillkürlich hob er die Hüfte an, als sie ihm die Boxershorts über die Beine streifte. Mit der einen Hand strich sie über seine Erektion, die andere liebkoste seine Hoden. Seine Hände wanderten unter dem T-Shirt weiter hinauf, strichen leicht über ihre Brüste, bevor sie wieder nach unten glitten. Laurel seufzte enttäuscht auf, doch dann hob er den Saum ihres T-Shirts und zog es ihr mit einer Bewegung über den Kopf. Seine Finger glitten über ihre Brüste, spielten mit den aufgerichteten Brustwarzen. Sie hatte perfekte Brüste mit dunklen Spitzen, die bei jeder ihrer Bewegungen sanft mitschwangen und geradezu um seine Berührung bettelten. Laurel hatte die Augen geschlossen, ihre Hände um seinen Penis genoss sie seine Liebkosungen. Schließlich hoben sich ihre Lider mit einem Seufzer. Ihre sonst hellbraunen Augen waren fast dunkelbraun in ihrer Intensität.

Laurel richtete sich auf, ihre Hand schloss sich fester um seine Erektion und begann, sie zu massieren.

Sofort streckte sein Schaft sich ihr entgegen. »Das gefällt ihm.«

Ihr Lächeln strahlte pure Freude aus. »Mir auch, wenn man es auch nicht so deutlich sehen kann.«

Reys Blick wanderte zu ihren Brüsten. »Doch, kann man.«

Sofort richteten sich ihre Brustwarzen höher auf, als hätte er sie mit mehr als seinem Blick gestreichelt. Ihre Hand um seinen Penis spannte sich an, während sie gemeinsam aufstöhnten. Laurel beugte sich vor und fuhr mit den Spitzen ihrer Brüste über seinen Schaft. Reys Hände glitten über ihren Rücken, bis hinab zu ihren Brüsten. Mit den Fingern drückte er sie sanft zusammen und genoss das Gefühl ihrer weichen Fülle, die nun sein hartes Fleisch umgab.

Ein lautes Klopfen ertönte an der Tür. Laurel schoss ruckartig in die Höhe, ihre Augen weit aufgerissen.

»Rey, seid ihr wach? Mom möchte wissen, ob ihr zum Frühstück kommt.« Sams Stimme drang durch die Tür.

Während Laurel hastig die Bettdecke hochriss und um sich wickelte, ließ sich Rey laut stöhnend zurücksinken.

»Rey?«

»Ja, wir sind wach.« Seine Stimme klang rau.

»Kommt ihr?«

»Ja, wir kommen gleich. Fangt ruhig schon an.«

Reys Blick ruhte auf Laurels geröteten Wangen, ihren glänzenden Augen. Sie waren so dicht dran gewesen …

»Okay, bis gleich.« Die Belustigung in Sams Stimme war nicht zu überhören.

Wahrscheinlich wusste sie genau, warum sie noch nicht zum Frühstück gekommen waren. Aber das war jetzt unwichtig. Er sah auf seine immer noch pulsierende Erektion und hob dann die Augen. Ein schmerzliches Lächeln umspielte seine Mundwinkel. »Es tut mir leid.«

»Mir auch.« Ihr Blick glitt sehnsüchtig an ihm hinab, dann seufzte sie. »Ein andermal.«

»Ich kann es kaum erwarten.« Rey zog Laurel an sich und küsste sie tief und verlangend. Nach einer Weile lösten sie sich schwer atmend voneinander. Schließlich fuhr Rey mit der Hand durch seine zerzausten Haare. »Wir sollten jetzt wohl besser aufstehen, sonst schickt meine Mutter gleich noch jemanden vorbei.«

»Läuft das bei euch immer so?«

»Nein, dann hätte ich mir längst ein anderes Quartier gesucht. Wenn ich länger hier bin, gibt sich das meist nach ein paar Tagen. Aber wir haben uns lange nicht gesehen und meine Mutter möchte uns alle um sich haben, jetzt, da endlich mal wieder beide Kinder zu Hause sind.«

»Ich verstehe.« Sie zog die Bettdecke bis zu ihrem Kinn hoch.

»Wenn dich das enge Familienleben stört, sag es einfach, wir müssen nicht unbedingt an allen Mahlzeiten teilnehmen.«

»Nein, ich finde es schön, dass ihr euch so gut versteht. Das ist heute nicht selbstverständlich.«

Rey schwang die Beine aus dem Bett. »Und in deiner Familie?«

Sie seufzte. »Das erzähle ich dir, wenn wir mal etwas mehr Zeit haben.«

Rey sah, dass sich ihre Miene verhärtet hatte. »Okay. Willst du zuerst ins Bad?«

23

Eine Viertelstunde später saßen sie bereits im Esszimmer. Rey hatte die amüsierten Blicke seiner Schwester ignoriert, als sie den Raum betraten. Er konnte wetten, dass es ihr mit Morgan vor nicht allzu langer Zeit genauso ergangen war wie ihm mit Laurel. Sams Augen haftete an diesem Morgen ein besonderer Glanz an, immer wieder glitt ihr Blick zärtlich über ihren Freund. Rey gönnte ihr das Glück, obgleich er sich wünschte, er und Laurel wären ebenso vertraut miteinander wie Sam und Morgan.

»Rey, hörst du überhaupt zu?«

Abrupt tauchte er aus seinen Gedanken auf. »Wie bitte?«

Seine Mutter seufzte. »Also nicht. Du hast schon als Kind ständig vor dich hin geträumt, ich dachte, das hätte sich mit den Jahren gebessert.«

»Anscheinend nicht.«

»Das sehe ich.« Eileen holte tief Luft. »Ich wollte wissen, wann ihr zu eurer Wanderung aufbrecht.«

»Morgen, ganz früh. Ich habe gerade noch ein Permit bekommen, aber auch nur über Beziehungen.« Zu Laurel gewandt fügte er hinzu: »Wenn man in den Canyon steigen und am Colorado übernachten will, braucht man eine spezielle Erlaubnis der Parkverwaltung. Manchmal dauert diese Prozedur ein paar Wochen, aber ein Freund, der dort arbeitet, hat mir eine Ausnahmegenehmigung ausgestellt. Wir sind unter den Letzten, die eine bekommen, der Nordrand wird in wenigen Tagen für den Winter geschlossen.«

»Meinst du, es könnte schon schneien?«

»Es sieht nicht so aus. Das Wetter kann natürlich ziemlich schnell umschlagen, aber unten im Canyon wird es auf keinen Fall schneien. Dort ist es wesentlich wärmer.«

»Das ist gut, ich bin nämlich kleidungstechnisch nicht für kalte Temperaturen gerüstet.«

»Kein Problem, wir finden bestimmt eine warme Jacke für dich.«

Nach dem Frühstück half Laurel erst Eileen beim Abräumen, dann stieg sie die Treppe zum Dachboden hinauf, wo Rey die letzten Teile seiner Ausrüstung zusammensuchte. »Was brauchst du denn noch? Ich dachte, du hättest alles noch von Südafrika beisammen?«

Rey blickte von der großen Kiste auf, in der er gerade kramte. »Das meiste schon, aber da wir zu zweit sind und es nachts kalt werden könnte, brauchen wir zwei Isomatten und Schlafsäcke.«

»Okay. Kann ich dir irgendwie helfen?«

Rey grinste. »Ja, du könntest mir einen Kuss geben.«

Unsicher schaute Laurel zur Luke, durch die sie hinaufgeklettert war. »Und wenn gleich jemand kommt?«

Er umfasste ihr Handgelenk und zog sie zu sich herunter. »Es ist ja nur ein kleiner Kuss …«

Laurel seufzte, bewegte sich aber keinen Zentimeter auf ihn zu. Ein undeutbarer Ausdruck stand auf ihrem Gesicht. Rey versuchte, aus Laurels Miene schlau zu werden, aber es gelang ihm nicht. Deshalb sah er sie nur abwartend an. Hatte sie es sich schon wieder anders überlegt?

Ihre goldenen Augen leuchteten im einfallenden Sonnenlicht, auch ihre Haut war in Gold gehüllt. Sie sah aus wie die Märchenfee, von der er als Kind immer geträumt hatte. Sein Herz machte einen Satz. Verdammt, es hatte ihn eindeutig erwischt. Endlich beugte sie sich zu ihm. Ihre Lippen näherten sich seinen, bis sie sie sanft berührten. Obwohl sich nur ihre Lippen berührten, war sein gesamter Körper wie elektrisiert. Rey konnte sich nicht erinnern, jemals bei einem so zarten Kuss so viel gefühlt zu haben. Das Herz hämmerte in seiner Brust. Gleichzeitig überkam ihn eine merkwürdige Ruhe, so als hätte er endlich seine Bestimmung gefunden. Langsam löste er sich von Laurel, damit er ihr in die Augen blicken konnte.

Laurel versuchte der wirren Gefühle Herr zu werden, die sie durchströmten, doch es war hoffnungslos. Als sie die Augenlider hob, zuckte sie fast vor der Intensität zurück, die in Reys Augen lag. Sie konnte sich gar nicht mehr vorstellen, wie sie es geschafft hatte, in den letzten Tagen immer wieder Rückzieher zu machen. Jetzt brauchte er sie nur anzusehen, und schon stieg das Verlangen in ihr auf. Egal was die Zukunft brachte, im Moment begehrte sie ihn. Mit Haut und Haaren.

Dann verschwand der intensive Ausdruck, und Rey lächelte sie an. »Das war zwar eher eine Ablenkung als eine Hilfe, aber ich hoffe trotzdem, dass wir bald fortfahren können, wo wir heute Morgen aufgehört haben.«

Laurel räusperte sich. »Ich kann es auch kaum erwarten. Also, was fehlt noch für unsere Tour?«

Während sie die Ausrüstung zusammensuchten, konnten sie es beide nicht lassen, sich immer wieder verstohlen anzusehen, sich zu berühren oder einen flüchtigen Kuss zu erhaschen. Nach einer halben Stunde kletterten sie mit Gepäck beladen und staubbedeckt die Leiter hinunter. Unten wartete bereits James auf sie, der sie amüsiert von oben bis unten betrachtete.

Mit der Hand entfernte er einige Spinnweben aus Laurels Haaren. »Habt ihr alles gefunden?«

Laurel errötete, klopfte eilig ihre Hose ab und schüttelte die Haare.

Rey grinste seinen Vater an. »Ja, mehr, als ich gedacht hätte.«

Verlegen blickte Laurel von James zu Rey, die beide lächelnd auf ihre Reaktion warteten. Am liebsten hätte sie Rey einen Ellbogen in die Rippen gerammt, aber das würde warten müssen, bis sie alleine waren. Es war eine Sache, sich zu küssen und zu berühren, aber es seinen Eltern zu offenbaren war eine völlig andere. Sie konnte sich gut vorstellen, wie sie jetzt aussah: die Wangen und Lippen gerötet, mit glitzernden Augen und zerzausten Haaren. Nicht unbedingt der beste Eindruck, den man auf die Eltern seines Freundes machen konnte. Halt! Was dachte sie denn da schon wieder? Hatte sie nicht beschlossen, nicht weiter darüber nachzudenken und die kurze Zeit zu genießen, die sie noch mit Rey hatte?

Da sie nicht wusste, was sie sagen sollte, lächelte sie James nur zu, während sie Rey zur Strafe unauffällig mit dem Finger in den Rücken piekste. Sein Zusammenzucken und sein anschließender entschuldigender Blick versöhnten sie weitgehend.

Während James mit ein paar Sachen beladen vorausging, stieg Laurel hinter Rey die Treppe hinab, den Blick versonnen auf seinen Rücken gerichtet.

Bis zum Nachmittag hatten sie die ganze Ausrüstung in Reys Jeep verstaut, mit dem sie am frühen Morgen zum Ausgangspunkt am Nordrand des Canyons fahren würden. Unterdessen erklärte Rey Laurel, wie er sich normalerweise auf eine Filmtour vorbereitete, wie er erst ausgiebig recherchierte und dann manchmal wochenlang durch das Gelände wanderte, bevor er überhaupt anfing, ernsthaft zu filmen. Doch diesmal erübrigten sich derlei Vorbereitungen, weil er den Canyon fast in- und auswendig kannte. Außerdem unternahm er nur Laurel zuliebe diese Tour und nicht, weil er wirklich vorhatte, einen Film zu drehen.

Oft übernahm er Auftragsarbeiten, wie er Laurel berichtete.

Nationalparks, Zoos, Naturschutzorganisationen oder Fernsehsender zählten zu seinen Auftraggebern. Derlei Filme drehte er, um Geld zu verdienen, sein Herz hing jedoch an seinen eigenen Projekten, für die er nicht immer einen Abnehmer fand. Oft waren dies Makroaufnahmen von Dingen, die er in der Vergrößerung unheimlich spannend fand, oder auch Landschaften und Vegetation im Wechsel der Jahreszeiten.

Laurel lauschte interessiert Reys Ausführungen und machte sich seitenweise Notizen. Es gefiel ihr, auf diese Weise Einblick in sein Leben und seine Arbeit zu erhalten. So lernte sie ihn immer besser kennen und konnte ihn nach Belieben ausfragen, ohne neugierig zu erscheinen, denn sie tat es ja aus beruflichen Gründen.

Bislang hatte sie gedacht, dass Rey einfach sein Hobby zum Beruf gemacht hatte und dass es außer des Talentes kaum mehr bedurfte. Doch jetzt wurde ihr bewusst, dass jede Menge Planung und Arbeit dahintersteckte. Es ging nicht einfach darum, die Kamera aufzubauen und dann auf einen Knopf zu drücken, sondern jede kleinste Einstellung war wohlüberlegt, wurde x-mal hinterfragt und so lange geändert, bis er sie für richtig befand. Und das war nur die Spitze des Eisbergs. Bedrückt erkannte sie, dass Rey für das Filmen lebte und seinem Beruf – oder sollte sie besser sagen seiner Berufung? – alles andere unterordnete.

Einerseits fand sie die Leidenschaft, mit der er in seiner Arbeit aufging, faszinierend, andererseits grübelte sie wieder darüber nach, wie es wäre, eine Beziehung mit ihm einzugehen. Auch die wäre wohl zwangsläufig zweitrangig für Rey, die Freundin jemand, den er für ein paar Tage zwischen zwei Reisen besuchen würde, bevor er dann wieder für Wochen, wenn nicht gar für Monate verschwand. Das würde er wahrscheinlich nicht zugeben, aber sie konnte es sich vorstellen. Stirnrunzelnd konzentrierte sie sich wieder auf ihre Notizen. Sie sollte sich ein Beispiel an ihm nehmen und mehr an ihren eigenen Job denken als daran, wie gerne sie mit Rey zusammen war.

Den Rest der Zeit ließ sie sich von nichts mehr ablenken, sondern konzentrierte sich nur noch auf ihren Artikel. Ihre Fragen an ihn waren rein geschäftsmäßig und bezogen sich ausschließlich auf das Filmen.

Rey bemerkte es, sagte aber nichts. Es war klar, dass sie versuchte, die Schranke, die am Morgen gefallen war, wieder zwischen ihnen zu errichten. Ihr plötzlicher Stimmungswechsel war ihm ein Rätsel, aber er konnte nichts dagegen tun. Dennoch nahm er sich vor, sie beim nächsten Beisammensein nicht mehr entwischen zu lassen. Weder körperlich noch emotional. Es wäre etwas anderes, wenn sie ihn nicht wirklich mögen würde, aber das Gegenteil war der Fall. Allein wie sie ihn ansah, wenn sie meinte, er bemerkte es nicht. Wie sie ihn berührte, ihn küsste. Ganz zu schweigen von ihren Zärtlichkeiten an diesem Morgen. Nein, sie musste etwas für ihn empfinden. Kopfschüttelnd überprüfte Rey ein letztes Mal den Inhalt des Kofferraums, dann richtete er sich auf und schloss mit einem dumpfen Knall die Klappe.

Aus den Augenwinkeln sah er, wie Laurel bei dem Geräusch zusammenzuckte. In ihren Augen stand wieder die Erinnerung an einen anderen Knall und den Todeskampf des Nashorns. Ihr Körper versteifte sich, ihr Gesicht verlor jede Farbe. Verdammt, er hatte sie nicht erschrecken wollen! Er nahm ihre Hand und ging mit ihr auf das Haus zu. Wortlos zog er sie mit sich, die Treppe hinauf zu seinem Apartment. Er schob sie hinein und schloss hinter ihnen die Tür. Dann lehnte er sich dagegen und zog sie in seine Arme. Erst sträubte sie sich, um schließlich doch seufzend den Kopf gegen seine Brust zu lehnen.

Allmählich entspannte sich ihr Körper, und sie schmiegte sich an ihn. Rey streichelte ihr beruhigend über den Rücken. Sein Kinn ruhte auf ihrem Kopf, seine Augen schlossen sich, während ein Gefühl der Zufriedenheit ihn durchströmte.

Er wartete, bis ihr Atem ganz ruhig war, dann hielt er sie um Armeslänge von sich. »Alles in Ordnung?«

»Ja. Nicht dass du denkst, ich wäre immer so schreckhaft, es ist nur …«

»Ich weiß. Mir geht es ja genauso.« Rey hauchte einen Kuss auf ihre Stirn. »Wir müssen die Sache mit dem Video rasch über die Bühne bringen. Wenn die Täter erst einmal bestraft sind …« Rey blickte auf seine Armbanduhr, dann löste er sich von Laurel. »Ich werde bei Cookie anrufen. Vielleicht ist er ja schon so weit. Bin gespannt, ob er es geschafft hat, die Personen deutlicher zu zeigen.«

Laurel nickte und setzte sich in den bequemen Sessel, der vor dem Fenster stand.

Rey suchte auf dem Schreibtisch nach seinem Adressbuch, schlug es auf und wählte Cookies Nummer. Er runzelte die Stirn, als er anstelle eines Freizeichens nur Stille vernahm. Erneut wählte er die Nummer, wieder kein Freizeichen. Hatte sich Cookies Nummer geändert? Das konnte doch nicht sein. Aus einer Schublade zog er ein regionales Telefonbuch und überprüfte die Nummer. Sie stimmte. Vielleicht hatte Cookie aus Versehen den Telefonstecker herausgezogen, zuzutrauen wäre es ihm. Trotzdem beschlich Rey ein ungutes Gefühl.

Statt Cookies Nebenstelle wählte er diesmal die Nummer der Zentrale. Ein Freizeichen. Erleichtert atmete er auf.

»URT, Melanie Koltz, w-was kann ich für Sie tun?« Die Stimme der Frau klang, als hätte sie eine schlimme Erkältung.

Rey runzelte die Stirn. »Rey Dyson, guten Tag. Ich habe gerade versucht, Constantine Blalock zu erreichen, aber irgendetwas scheint mit seinem Telefon nicht zu stimmen. Könnten Sie ihm bitte sagen, dass er mich anrufen möchte?«

Ein unterdrückter Laut ertönte, der sich wie ein Schluchzen anhörte. Vielleicht war es aber auch ein Niesen.

»Miss?«

»H-haben Sie es noch nicht ge-gehört? Letzte Nacht hat es hier im Sender gebrannt. Cookie war zu der Zeit wohl noch im Gebäude …« Wieder ein unterdrücktes Geräusch, diesmal eindeutig ein Schluchzen. »… sein ganzes Büro wurde zerstört und er … er ist dabei umgekommen.«

24

Fassungslos starrte Rey Laurel an. Das konnte nicht sein! Seine Beine gaben nach, und er sackte auf den Schreibtischstuhl. Mit der Hand fuhr er sich übers Gesicht und rieb sich die brennenden Augen. Nein, die Frau musste sich irren. Cookie saß bestimmt nicht mehr nachts bei der Arbeit. Außer natürlich, er wollte den Film von der Jagd unbedingt noch fertigstellen. Oh Gott, war er etwa schuld daran, dass Cookie … Nein, er musste sich jetzt zusammenreißen und genau erfahren, was eigentlich passiert war.

»Hat das ganze Gebäude gebrannt?«, fragte er, nachdem die Frauenstimme sich besorgt erkundigt hatte, ob er noch in der Leitung sei.

»Nein, nur Cookies Büro. Die Feuerwehr war früh genug zur Stelle, um ein Übergreifen des Brandes zu verhindern. Es war alles sehr merkwürdig, natürlich ist das ganze Gebäude durch den Qualm und die Löschmaßnahmen in Mitleidenschaft gezogen worden, aber richtig gebrannt hat es nur in dem einen Raum.«

Reys Gedanken überschlugen sich, während Laurel ihn mit aufgerissenen Augen anstarrte. »Hat die Feuerwehr schon eine Idee, was genau passiert ist? War es ein technischer Defekt oder …«

Wieder ein Schniefen. »Mir hat niemand etwas Genaues erzählt. Die Polizei war hier und hat jeden befragt. Außerdem ermitteln sie auch in seinem Familien- und Freundeskreis. Oh mein Gott, Sie gehören doch nicht zur Familie, oder? Es tut mir so leid, ich habe überhaupt nicht daran gedacht …«

Rey unterbrach ihren Redeschwall. »Nein, ich bin kein Familienmitglied. Cookie ist – war – ein Studienkollege und Freund von mir. Ich war gerade gestern bei ihm und habe ihm ein Video gebracht, das er für mich schneiden wollte.«

»Die Polizei möchte mit jedem sprechen, der in den letzten Tagen Kontakt mit ihm hatte.«

»Also glaubt die Polizei, dass es sich um ein Verbrechen handelt?«

Die Frau senkte die Stimme. »Sie haben nichts gesagt, aber so wie sie sich benehmen, gehe ich davon aus. Wenn Sie den Raum sehen würden …« Sie brach ab, und eine Weile hörte Rey nur ihr heftiges Atmen.

Reys Magen krampfte sich zusammen, als er sich vorstellte, wie das Büro nach dem Brand aussehen musste. Warum war Cookie nicht hinausgelaufen, wenn der Rest des Gebäudes sicher war? War er eingeschlafen oder ohnmächtig geworden? Aber eigentlich müsste man dann doch spätestens aufwachen, wenn der Rauch einem in die Nase stieg. Oder vielleicht hatten ihn die Kunststoffdämpfe betäubt. Heftig rieb Rey sich über die Stirn. Er musste irgendetwas tun.

»Hören Sie, Miss, ich werde gleich losfahren, dann bin ich in einer Stunde im Sendegebäude. Glauben Sie, die Polizei wird noch so lange dort sein?«

»Im Moment sind nur noch die Techniker von der Spurensicherung da. Die Polizisten sind schon wieder auf dem Revier oder vielleicht auch unterwegs, um Zeugen zu befragen.«

»Danke für die Auskunft.« Damit legte er auf. Wie betäubt starrte er einen Moment vor sich hin, erst als er Laurel neben sich fühlte, sah er auf.

Ihre Augen waren fragend auf ihn gerichtet, ihre Finger an seinem Arm eiskalt. »Was ist passiert?«

Rey zog sie an sich und verschränkte seine Finger mit ihren. Er schluckte mehrmals, bevor er einen Ton herausbrachte. »Cookie ist tot. Offenbar hat es in seinem Büro gebrannt und er ist dabei umgekommen.«

»Das ist ja furchtbar!« Laurel lehnte sich tröstend an ihn. »Fährst du gleich hin?«

Rey atmete heftig aus und drückte den Kopf gegen ihre Brust, bevor er sich langsam von ihr löste und von seinem Stuhl aufstand. »Ja. Ich werde mit der Polizei reden und ihnen eine Kopie des Videos übergeben.«

»Glaubst du etwa, es hat etwas mit seinem Tod zu tun?«

»Nein, ich wüsste jedenfalls nicht, wie. Aber die Polizei wird sicher wissen wollen, woran er zuletzt gearbeitet hat. Und da alles verbrannt ist …« Er brach ab und schluckte schwer.

Laurel fuhr mit der Hand über seine Wange. »Ich komme mit.«

»Nein!« Rey senkte die Stimme. »Nein. Ich möchte nicht, dass du da mit hineingezogen wirst. Außerdem könntest du ihnen auch nichts anderes erzählen als ich.«

»Aber …«

Rey legte einen Finger auf ihre Lippen. »Bitte, Laurel. Bleib einfach hier bei meiner Familie, ja?«

Laurel sah ihm lange in die Augen, dann nickte sie widerstrebend. »In Ordnung.«

Rey drückte ihr einen Kuss auf die Stirn. »Danke.«

Er nahm die Speicherkarte mit dem Originalfilm vom Schreibtisch, holte seine Kamera und startete den Film an der Stelle, an der das Nashorn das erste Mal auftauchte. Dann stöpselte er den Camcorder in den PC ein. Er suchte eine neue DVD heraus, steckte sie in den Schlitz und überspielte mit grimmigem Gesichtsausdruck die Sequenz, die er Cookie überlassen hatte.

Als er damit fertig war, drehte er sich wieder zu Laurel um, die ihn besorgt betrachtete. »Gibst du ihnen das Original?«

»Nein. Das Original werde ich in den Aufbewahrungssafe bei der Bank bringen, wo auch meine anderen Originale gelagert sind.«

»Und wenn sie damit nicht einverstanden sind?«

»Warum sollten sie nicht? Sie können sich auch gerne vorher das Original ansehen und es vergleichen, aber ich werde nicht zulassen, dass die Speicherkarte auch noch zerstört wird.«

»Wenn es aber doch ein unglücklicher Zufall war …«

Rey steckte die DVD und seine Kamera in den Rucksack. »Ich werde kein Risiko eingehen.«

Damit nahm er ihre Hand und führte sie zur Tür. Gemeinsam stiegen sie die Treppe hinab und traten in das Wohnzimmer, wo der Rest der Familie versammelt war.

Seine Mutter blickte ihn erstaunt an. »Wollt ihr noch mal weg?«

»Ich schon, aber Laurel bleibt hier.«

Sein Vater merkte sofort, dass etwas nicht mit ihm stimmte. »Was ist los?«

»Cookie ist gestorben.« Reys Stimme klang belegt.

»Was?«

»Dein Freund vom Studium?«

»Wie denn?«

Aufgeregt redeten alle durcheinander, bis Rey die Hand hob. »In seinem Büro beim Sender hat es gebrannt, und er … er ist in den Flammen umgekommen.« Rey schluckte schwer.

»Die Umstände sind noch nicht bekannt. Ich fahre jetzt zum Sendegebäude und dann zur Polizei.«

»Warum Polizei, war es Brandstiftung?«

»Das weiß ich nicht. Aber da ich gerade gestern bei ihm war, ist es wohl besser, wenn ich selber die Polizei darüber informiere.« Er sah auf die Uhr. »Ich weiß nicht, wie lange es dauern wird.« Er wandte sich um und ging zur Tür.

»Es tut mir so leid, Rey.« Sams Stimme klang erstickt.

Rey nickte stumm. Zu mehr war er im Moment nicht fähig. Mechanisch öffnete er die Tür und ging zu seinem Jeep. Er setzte sich hinter das Lenkrad und steckte den Schlüssel ins Zündschloss. Dann schloss er die Augen und lehnte die Stirn gegen das Lenkrad. Verdammt! Er hatte Cookie wirklich gemocht. Natürlich war er ein bisschen verrückt und manchmal schwer zu ertragen gewesen, aber er war ein guter Kerl. Sie hatten oft die Semesterferien hier zusammen verbracht und ausgiebig die Umgebung erkundet. Auch in all den Jahren nach dem Studium hatten sie sich niemals ganz aus den Augen verloren. Cookie war einer der wenigen Freunde, die ihm bei seinem unsteten Lebensstil die Treue gehalten hatten. Doch jetzt war er fort, sein Leben einfach so von einem Augenblick zum anderen ausgelöscht. Gott, hoffentlich hatte er nicht gelitten und es war schnell vorbeigegangen.

Langsam hob Rey den Kopf und starrte mit brennenden Augen durch die Windschutzscheibe. Ein Ruck lief durch seinen Körper. Wenn er jetzt nicht losfuhr, würde er nie nach Cedar City kommen. Mit zitternden Fingern drehte er den Schlüssel und fuhr los.

Am frühen Abend parkte Rey erschöpft vor dem Haus seiner Eltern. Noch bevor er aussteigen konnte, war Laurel bei ihm und umarmte ihn. Rey schlang seine Arme um sie und vergrub das Gesicht in ihren Haaren. Sie fühlte sich so gut an, so lebendig. Er war froh, dass sie hier war, bei ihm. Ein Schauer durchlief ihn, als er sich an den Anblick der schwarz ausgebrannten Fensteröffnung von Cookies Büro erinnerte. Glücklicherweise war das Gebäude so weiträumig abgesperrt gewesen, dass er nicht in den Raum hatte hineinschauen können. In die Fernsehstation waren abgesehen von der Polizei nur die Brandermittler der Feuerwehr und das Personal des Senders zugelassen. Hinter den Absperrungen hatten sich allerlei Schaulustige versammelt und neugierig dem Treiben der Ermittler zugesehen, darum war er eilig weitergefahren.

Er küsste Laurel auf die Wange und schob sie dann ein Stück von sich. Er brachte ein kleines Lächeln zustande. »Schön, dass du da bist.«

Laurel betrachtete ihn forschend. »War es schlimm?«

Rey legte den Arm um ihre Schultern und ging mit ihr auf das Haus zu. »Ziemlich.«

In der Diele hatten sich die anderen schon versammelt. Die Sorge auf ihren Gesichtern versetzte Rey einen Stich. Er hatte die Rückfahrt so lange hinausgezögert, damit er sich wieder halbwegs gefasst hatte, aber offensichtlich war er darin nicht besonders erfolgreich gewesen. Rey ließ sich auf das Sofa sinken und zog Laurel eng an sich. Er brauchte jetzt ihre Nähe, das Gefühl ihres warmen Körpers an seinem. Nur langsam schmolz die Kälte, die ihn erfasst hatte, nachdem er das Gebäude gesehen hatte, in dem Cookie gestorben war.

Eileen ergriff das Wort. »Ist es wirklich wahr?«

»Ja. Ich war beim Sender, Cookies Büro ist völlig ausgebrannt.«

Sam gab einen unterdrückten Laut von sich. Cookie war nicht nur Reys Freund gewesen, sondern auch ihrer. In den Semesterferien, wenn er mit Rey zu ihnen nach Hause kam, hatten sie oft etwas zu dritt unternommen. Morgan legte schützend von hinten die Arme um ihre Schultern und zog sie an seine Brust. »Was sagt die Polizei?«

»Nicht viel. Die für den Fall zuständigen Detectives waren nicht da, als ich auf dem Polizeirevier ankam. Der diensthabende Beamte konnte keine Einzelheiten sagen, nur, dass sie noch weiter ermitteln.« Rey zuckte mit den Schultern. »Ich habe ihm die DVD und meine Adresse und Telefonnummer gegeben, und er meinte, wenn sie noch Fragen hätten, würden sie sich melden.«

»Wenn es ein Unfall war, dann werden sie die Ermittlungen bestimmt bald beenden. Und im Fall von Brandstiftung werden sie genug damit zu tun haben, den oder die Täter zu finden. Du hast ja schließlich nichts damit zu tun.« Eileens Stimme war fest, ihr Gesichtsausdruck zeigte, dass sie es mit jedem aufnehmen würde, der ihren Sohn beschuldigte.

»Genau. Falls doch jemand anrufen sollte, sagt ihnen bitte, dass ich in zwei Tagen wieder da bin und mich dann melde.«

Laurel hob den Kopf. »Willst du immer noch in den Canyon?«

»Ja. Ich hatte es dir doch versprochen.«

»Aber ich würde verstehen, wenn wir noch warten, bis …« Sie brach ab.

»So viel Zeit hast du doch nicht, und ein wenig Ablenkung wird uns sicher guttun. Außerdem hatte ich den Polizisten gefragt, und er meinte, die …« Er brach ab und schluckte. »… die Leiche würde noch untersucht werden, bevor sie zur Beerdigung freigegeben wird. Und das wird noch mindestens drei Tage dauern.«

Stille breitete sich im Wohnzimmer aus. Jeder hing seinen eigenen Gedanken nach, die Stimmung war gedrückt.

Schließlich räusperte James sich. »Was ist mit seiner Familie?«

»Ich glaube, Cookies Eltern haben in den letzten Jahren im Ausland gelebt. Ich habe leider die Nummer nicht, sonst hätte ich sie angerufen. Aber ich denke, die Polizei wird sich darum kümmern.« Rey drückte Laurels Hand, dann erhob er sich. »Entschuldigt mich, ich denke, ich werde mich nach oben zurückziehen.«

Damit drehte er sich um und ging mit müden Schritten die Treppe hinauf. Er fühlte die Blicke der anderen in seinem Rücken, aber er drehte sich nicht um. Sein ganzer Körper war wie betäubt, seine Brust schmerzte. Er musste dringend für eine Weile allein sein und das, was er gesehen und erfahren hatte, verarbeiten. Im Moment fühlte er sich, als wäre er aus dünnem Glas gemacht und stände kurz davor zu zerbersten. In seinem Apartment angekommen, warf er sich, ohne sich auszuziehen, auf sein Bett.

Unsicher sah Laurel ihm nach. Im ersten Impuls wollte sie Rey sofort nachgehen und versuchen, ihn zu trösten, doch sie kannte ihn noch nicht gut genug, um zu wissen, ob er in so einem Moment ihre Nähe wollte.

»Warten Sie noch ein wenig.« Erschrocken wandte sie sich zu James um. Er betrachtete sie mit einem wissenden Ausdruck im Gesicht. »Er muss eine Weile allein sein.«

Laurel sank auf das Sofa zurück, von dem sie sich bereits halb erhoben hatte. »Ich wollte nur sehen, ob ich etwas für ihn tun kann.«

Ein Lächeln erschien auf seinem Gesicht. »Ich weiß. Warten Sie einfach eine halbe Stunde, dann gehen Sie hinauf.«

Laurel nickte. Sein Vater kannte ihn besser, sicher hatte er recht. Ihre Hände ballten sich zu Fäusten. Es fiel ihr nur so schwer, hier ruhig sitzen zu bleiben, in dem Wissen, dass Rey oben alleine war und litt.

Eileen schien zu spüren, wie es ihr ging. Sie erhob sich und bedeutete Laurel mit der Hand, ihr zu folgen. »Kommen Sie, Laurel, wenn Sie möchten, können Sie mir ein wenig in der Küche helfen.« Laurel warf einen sehnsüchtigen Blick zur Treppe, ehe sie aufstand und Reys Mutter folgte.

Eileen holte bereits geschäftig Lebensmittel aus dem Kühlschrank. »Ihr werdet bestimmt nicht viel essen wollen, deshalb dachte ich, ein paar Sandwiches wären ideal. Die können Sie dann gleich mit nach oben nehmen.«

Laurel lächelte. »Das ist eine gute Idee. Danke.«

Eileen schob Laurel ein Holzbrett und einige Scheiben Brot sowie Schinken und Käse zu, dann machte sie sich selbst daran, die Brote mit Butter zu bestreichen.

Eine Weile arbeiteten sie schweigend nebeneinander, dann ergriff Eileen das Wort. »Rey ist ein sehr offener Mensch, der mit beinahe jedem gut zurechtkommt.«

Laurel nickte. Ja, das hatte sie auch schon bemerkt. Es schien so, als würden die Leute spüren, dass Rey jeden so akzeptierte, wie er war.

»Trotzdem gibt es nur einige wenige Personen, die sich wirklich seine Freunde nennen können.« Eileen brach ab und räusperte sich. Als sie wieder sprach, klang ihre Stimme belegt. »Cookie war einer davon. Rey ist niemand, der seine Sympathien leichtfertig verteilt, aber wer einmal in seinem Herzen ist, der bleibt dort für immer.«

Kam es Laurel nur so vor, oder sprach Eileen nicht nur von Cookie? »Ich möchte ihm gerne helfen, aber ich weiß nicht wie.«

Obwohl sie Tränen in den Augen hatte, lächelte Eileen sie an. »Doch, das wissen Sie. Seien Sie einfach bei ihm, reden Sie mit ihm.«

»Ich werde es versuchen. Allerdings kennen wir uns erst so kurze Zeit, vielleicht wäre es besser, wenn jemand …«

»Es spielt keine Rolle, wie lange ihr euch kennt, Rey hat Sie in sein Herz geschlossen, nur das zählt.«

»Ich …«

Eileen drückte ihr das Tablett mit den fertigen Schnittchen in die Hand und schob sie auch schon zur Tür. »Gehen Sie zu ihm, Sie werden merken, dass er Sie braucht.«

25

Vor der Apartmenttür überlegte Laurel, ob sie anklopfen sollte, entschied sich dann aber dagegen. Sie wollte ihn nicht aufwecken, falls er eingeschlafen war. Mit einem Ellbogen drückte Laurel die Klinke hinunter und schob die Tür auf. Draußen war es bereits dunkel, und im Apartment brannte kein Licht. Vorsichtig bahnte sie sich ihren Weg durch das Wohnzimmer und stellte das Tablett auf dem Sofatisch ab, bevor sie eine kleine Standlampe anmachte. Ihr Blick blieb an der halb geschlossenen Schlafzimmertür hängen. Sollte sie kurz nachschauen, ob Rey schlief? Sie schloss die Apartmenttür und ging leise auf den angrenzenden Raum zu. Durch den Spalt schaute sie ins Zimmer. Hier war es noch dunkler, trotzdem konnte sie den Umriss von Reys Körper auf dem hellen Laken erkennen. Einige Sekunden kämpfte sie mit sich, dann siegte ihr Bedürfnis, bei ihm zu sein. Auf Zehenspitzen schlich sie zum Bett und setzte sich vorsichtig auf die Kante. Von Rey war kein Laut zu hören, aber im schwachen, vom Wohnzimmer aus einfallenden Licht erkannte sie, dass seine Augen offen waren.

Mit den Fingern strich sie leicht über seinen Arm. »Wie geht es dir?« Ihre Stimme klang seltsam laut in der Stille des Zimmers. Erschrocken zuckte sie zusammen.

»Gut.« Was natürlich nicht stimmte, wie Laurel wusste.

»Möchtest du, dass ich hierbleibe und dir Gesellschaft leiste?«

Stille, dann … »Nein.«

Laurel bemühte sich, nicht zusammenzuzucken. Rey litt sehr, so viel war klar. Wenn er sie jetzt nicht sehen wollte, dann würde sie sich eben ins Wohnzimmer setzen und warten, bis er wieder bereit war, sich mit seiner Umwelt auseinanderzusetzen. Obwohl sie viel lieber bei ihm geblieben wäre.

Sie erhob sich. »In Ordnung. Wenn du etwas brauchst, dann ruf einfach.«

Schweigen.

Laurel ging auf die Tür zu, sich Reys Blicken bewusst, die sich in ihren Rücken bohrten. Sie trat durch die Türöffnung und wollte gerade die Tür hinter sich zuziehen, als Reys Stimme sie aufhielt.

»Laurel.«

Sie blieb stehen und schaute sich um. Rey lag immer noch genauso im Bett wie vorher. Hatte sie es sich nur eingebildet, weil sie es sich so sehr wünschte, dass er sie rief? Stumm wartete sie, während sie versuchte, mit ihren Augen die Dunkelheit zu durchdringen.

»Laurel?«

Langsam kehrte sie zum Bett zurück. »Ja?«

Reys Augen waren mit einer Intensität auf sie gerichtet, die sie selbst im Dunkeln spüren konnte. »Ich brauche dich.« Er sprach so leise, dass sie ihn kaum verstand.

Vorsichtig ließ sie sich wieder auf der Bettkante nieder. »Ich bin hier.«

»Zu weit weg.«

Das fand sie allerdings auch. Rasch schlüpfte sie aus ihren Schuhen und kroch zu ihm. Er streckte den Arm aus und zog sie an sich. Laurel schmiegte sich an ihn, ihre Hand strich beruhigend über seine Brust. Rey zog sie auf sich, sodass sie von Kopf bis Fuß auf ihm lag. Ihre Finger zeichneten die Linie seines Gesichts nach, von der Stirn zum Wangenknochen, dann über die Lippen und weiter zum Kinn. Rey fing ihre Hand ein und drückte einen Kuss darauf, bevor er sie auf sein Herz legte.

Laurel schloss die Augen, als sie den Schauer spürte, der durch seinen Körper lief. Sie hoffte, ihn durch ihre Anwesenheit trösten zu können. Ihre Lider öffneten sich, als Rey sie weiter nach oben zog. Ihr Gesicht war jetzt direkt über seinem, sie konnte seinen Atem auf ihrer Haut fühlen. Dann senkte sie ihren Mund auf seinen. Der Kuss war zärtlich, kaum mehr als ein Hauch. Ein leises Stöhnen entfuhr Rey, dann presste er die Lippen fest auf ihre.

Mit jäher Verzweiflung eroberte seine Zunge ihren Mund, und Laurel spürte, wie die Hitze langsam durch ihren Körper strömte. Doch sie hatte die Tränen gespürt, die in Reys Kehle gefangen waren. Noch konnte sie die Leidenschaft bannen, die versuchte, sich einen Weg in ihr zu bahnen. Was er jetzt brauchte – was sie beide brauchten –, war Trost und das Gefühl der Zusammengehörigkeit.

Zärtlich ließ sie die Zunge über seine Lippen fahren, ehe sie den Kopf auf seine Brust legte. Deutlich konnte sie seinen Herzschlag spüren, sein heftiges Atmen. Langsam wich die Anspannung aus seinem Körper. Seine Finger wanderten über ihren Rücken, gruben sich in ihre Haare. Laurel lächelte, als sie spürte, wie Rey mit den Strähnen spielte, sie um seine Finger wickelte. Allmählich wurde sie schläfrig. Ihre Augen schlossen sich, und sie glitt in einen leichten Schlaf hinüber.

Es schienen nur Sekunden vergangen zu sein, als Reys leise Stimme sie aus dem Schlummer riss. »Danke.«

Wie eine sanfte Welle rollte das eine Wort durch seinen Körper. Sie hob den Kopf und blickte Rey forschend ins Gesicht. In der Dunkelheit nahm sie nur das Glitzern seiner Augen wahr und die Wärme seines Blicks auf ihrer Haut. Als Antwort hauchte sie ihm einen Kuss auf das Kinn.

»Wie spät ist es?«

»Ich weiß es nicht.« Rey löste seine Hand aus ihren Haaren und griff nach dem Wecker. »Acht Uhr. Wir haben das Essen verpasst. Es wundert mich, dass Mom nicht an die Tür geklopft hat.«

Laurel setzte sich langsam auf. »Sie dachte, dass du allein sein wolltest. Ich habe Sandwiches mitgebracht.«

Rey betrachtete sie eine Weile stumm, dann schwang er die Beine aus dem Bett. »Dann sollten wir sie nicht verkommen lassen.«

In dieser Nacht wartete Rey, bis Laurel eingeschlafen war, dann schob er sich vorsichtig aus dem Bett und setzte sich im Wohnzimmer an seinen Computer. Das Video ließ ihm einfach keine Ruhe. Er hatte das unbestimmte Gefühl, dass Cookies Tod mit dem Film in Zusammenhang stand. In der Nacht, als er daran gearbeitet hatte, war sein Freund gestorben. Aber warum nur? Was hatte er herausgefunden? Er musste selbst das Video bearbeiten, dann würde er vielleicht auf eine Spur stoßen. Sobald der Film fertig war, konnte er ihn den Fernsehsendern zur Ausstrahlung anbieten.

Verbissen unterdrückte Rey die Übelkeit, die in ihm hochstieg, als er den Todeskampf des Nashorns erneut miterlebte. Mit zusammengebissenen Zähnen schnitt er die Szene und machte sich dann an die Vergrößerungen des Ausschnitts mit den Gesichtern der Wilderer. Keiner der Männer kam ihm bekannt vor, aber damit hatte er auch nicht gerechnet. Sicher hatte Cookie mehr aus den Aufnahmen herausgeholt. Außerdem würde die jeweilige Sendeanstalt ohnehin einen Cutter daransetzen.

Rey war so in seine Arbeit vertieft, dass er nicht bemerkte, wie Laurel hinter ihn trat. Erst als sich ihre warmen Hände auf seine Schultern legten, zuckte er zusammen. Hastig wandte er sich um und blickte in Laurels vom Bildschirm beleuchtetes Gesicht.

»Was machst du denn hier? Ich dachte, du schläfst.« Laurel legte die Arme um seine Schultern. »Das dachte ich auch von dir.« Sie schaute kurz auf den Bildschirm, dann wieder zu ihm. »Bist du fertig?«

»So gut wie. Ich lasse den Film gerade berechnen und überspiele ihn dann auf eine DVD.«

»Gut.« Sie drückte ihm einen Kuss auf die Schläfe. »Du hast mir gefehlt.«

Rey lächelte. »Du mir auch. Warum gehst du nicht wieder ins Bett und wärmst es schon mal vor? Ich fühle mich wie ein Eisklotz und würde gerne wieder auftauen.«

Wieder küsste sie ihn, diesmal auf den Mund.

Rey schloss die Augen. Verdammt, so wie sie vor ihm stand, nur in ihrem kurzen T-Shirt, mit den zerzausten Haaren und einem Lächeln im Gesicht, schoss die Hitze ihm von ganz allein durch den Körper. Er kämpfte mit sich, ob er noch rasch seine Arbeit beenden oder lieber gleich ins Bett gehen sollte, da zog Laurel ihn in die Höhe, legte ihm die Hände auf die Brust und ließ sie über seine glatte Haut wandern.

Seine Hände umspannten ihre Taille, glitten unter ihr T-Shirt und den Rücken hinauf. Sofort war die Welt um ihn herum vergessen. Seine Gefühle drohten ihn zu überwältigen. Hastig zog er ihr das T-Shirt über den Kopf, presste sie an sich, um ihre Brüste zu spüren. Genüsslich rieb er seinen Körper an ihrem und genoss die Empfindungen, die ihn dabei durchströmten. Ihre aufgerichteten Brustwarzen steigerten seine Lust – wie gerne hätte er sie jetzt ganz gespürt, nackt, heiß, verlangend.

Laurel schien es ebenso zu ergehen, drängend schoben sich ihre Hände in seine Boxershorts.

Rey küsste ihre Stirn. »Laurel …«

Ihre Hände wanderten über seine Pobacken, massierten sie, während sie zu ihm aufblickte. »Schscht. Entspann dich einfach.«

»Weißt du …« Sein Protest erstarb.

Ihre Hände kreisten und kneteten, wanderten langsam, ganz langsam nach vorne. Mit einem Stöhnen griff er in ihre Haare und bog ihren Kopf nach hinten. Wie ein Verhungernder stürzte er sich auf ihre Lippen. Ihre Zungen trafen sich, wanden sich umeinander, angetrieben von ihrem kaum zu bändigenden Verlangen nach Berührung und Nähe. Laurel rieb mit der Hüfte über seine Erektion und steigerte damit sein Begehren. Wenn sie so weitermachte, würde er sich nicht länger beherrschen können. Er brauchte sie so sehr, dass es schmerzte.

Am liebsten hätte sie Rey mit Haut und Haaren verschlungen. Auch wenn Laurel sich eingeredet hatte, ihn nur trösten, ihn ablenken zu wollen, so war ihr doch klar, dass sie es genauso für sich selber tat. Sie wollte ihn, sie brauchte ihn. Ganz. Ein elementares Verlangen hatte von ihr Besitz ergriffen, ein Verlangen, das sie all ihre Bedenken über Bord werfen ließ.

Ihre Bauchmuskeln zuckten in freudiger Erwartung, als seine Hände über ihren Bauch wanderten und am Rand ihres Slips kurz innehielten. Sie stöhnte auf, doch Rey entschied sich offenbar dafür, sie noch weiter zu quälen, denn seine warmen, rauen Hände strichen wieder nach oben. Wieder ließ er sich Zeit, doch dann umfasste er ihre Brüste. Ihre harten Brustspitzen drängten sich gegen seine Handflächen.

Ein verlangender Laut entrang sich Laurels Kehle, ihre Finger krallten sich in Reys Pobacken, und sie spürte, wie er zusammenzuckte. Laurel wunderte sich selbst über die Heftigkeit ihrer Lust. Es waren nicht nur Reys verführerische Zärtlichkeiten – der ganze Aufruhr der Gefühle, die Wut und die Trauer, schien sie zu steigern.

Mit Daumen und Zeigefinger zupfte er an ihren aufgerichteten Brustwarzen, ließ Pfeile glühender Lust durch ihren Körper schießen. Laurel biss sich auf die Lippe, um nicht laut aufzustöhnen. Wie um sie zu erlösen, senkte Rey die Lippen auf ihren Mund und küsste sie. Als er endlich wieder von ihr abließ, konnte Laurel das verlangende Stöhnen nicht mehr unterdrücken.

Rey beugte sich etwas hinab, bis sein Mund ihre Brust erreichte. Mit der Zunge strich er langsam über eine harte Brustspitze, die sich ihm verlangend entgegenreckte. Sein Mund wanderte zu der anderen Brust, die er ebenso zärtlich küsste, um dann an der Brustwarze zu saugen. Laurel stockte der Atem, ihr Körper erstarrte. Immer drängender wurden seine Liebkosungen, seine Hände strichen ruhelos über ihren Rücken. Als sie ihren Slip erreichten, zögerte er kurz, dann schob er ihn hinunter. Langsam, ganz langsam, bis Laurel fast meinte, den Verstand zu verlieren. Ihre Hände glitten über seine Hüften, tauchten in seine Boxershorts, umfassten seine Erektion.

Doch dann fing er ihre Hände mit seinen ein und legte sie wieder zurück an seine Brust. »Warte noch ein wenig.«

Sein raues Flüstern jagte ihr einen Schauer über den Rücken. Schon wollte sie protestieren, doch als er ihren Slip vollends hinunterzog, durchströmte ihren Körper ein Gefühl heißer Erwartung. Im nächsten Moment kniete er vor ihr, die Hände an ihren Schenkeln, während sich ihre Finger in seine langen, offenen Haare gruben. Rey sah mit einem Ausdruck purer Erregung zu ihr auf. Dann beugte er sich vor und ließ die Lippen über ihren Bauch wandern. Laurel zuckte wie unter einem Stromstoß zusammen. Unwillkürlich versuchte sie die Beine zusammenzupressen, doch Rey schob eine Hand zwischen ihre Schenkel, während er mit der anderen den Slip über ihre Füße streifte.

Er ließ die Lippen über die Innenseite ihres Schenkels wandern, fuhr neckend wieder hinauf. Ihre Finger krampften sich in seine Haare, ihr keuchender Atem erfüllte das Wohnzimmer, als er mit den Händen ihre Schenkel spreizte.

26

Einen Augenblick lang sog er tief ihren Duft in sich ein. Er wusste nicht, wie lange er es noch aushalten würde, sie zu berühren, sie zu schmecken, ohne sich in ihr zu vergraben. Mit der Zunge berührte er sachte ihre feuchte Weiblichkeit und freute sich über das tiefe Stöhnen, das Laurel entfuhr. Als seine Zungenspitze ihre Klitoris berührte, durchfuhr Laurels Körper ein Zittern, geräuschvoll atmete sie ein. Rey lächelte und leckte sie wieder und wieder. Laurels Hände gruben sich tiefer in seine Haare, drückten seinen Kopf näher an sich heran.

Gott, wie sehr er ihre Erregung genoss. Gleichzeitig steigerte sie das schmerzhafte Pochen in seinem Penis. Wenn er noch lange so weitermachte, würde er vor Verlangen sterben.

Laurel hatte den Kopf in den Nacken gelegt und hielt die Augen geschlossen, während er zwischen ihren Beinen kniete. Mit der Zunge stimulierte er ihre sensiblen Stellen, streichelte, leckte und saugte unablässig. Ihre Fingernägel krallten sich in seine Haare, und er merkte, dass sie kurz vor dem Höhepunkt stand.

»Rey …«

Rey hob die Augen, während seine Zunge weiterhin ihr Spiel trieb. Laurels Lider hoben sich, und sie sah ihn direkt an. Sein Blick bohrte sich in ihren, um sich an ihrer Lust zu weiden. Die Leidenschaft in ihren Augen trieb ihn weiter an. Er spreizte ihre Beine noch mehr und schob dann tief die Zunge in sie hinein, während er ihr weiter in die Augen blickte. Mit einem heiseren Schrei explodierte sie, wieder und immer wieder, getrieben von seiner gewandten Zunge. Schließlich zog er sich ein

Stück zurück, während sie von ihrem Höhenflug langsam auf die Erde zurückkehrte. Sein Herz hämmerte ihm in der Brust, sein ganzer Körper war steif vor unterdrücktem Verlangen.

Während er sich allmählich erhob, strich er zärtlich mit den Händen an ihrem Körper entlang. Als er sie in die Arme nahm, spürte er, wie die Zuckungen sie noch immer erbeben ließen. Hart und fordernd drückte seine Männlichkeit gegen ihren Bauch. Es drängte ihn so sehr, sie ganz zu spüren, doch noch unterdrückte Rey den Impuls.

Laurel fühlte Reys Schaudern und löste sich ein wenig aus seiner Umarmung. Ihre Beine fühlten sich kraftlos an, nur mit Mühe gelang es ihr, aufrecht zu stehen. Im Halbdunkel des Wohnzimmers, das nur von dem Monitor erhellt wurde, konnte sie nur die Umrisse von Reys Gesicht ausmachen. Doch der Druck seiner Erektion ließ keinen Zweifel darüber aufkommen, wie sehr er sie begehrte. Ihre Hände wanderten an seinen Hüften hinunter und umschlossen seinen harten Schaft.

Seine Hände zitterten, als sie sich um ihre legten. »Laurel …«

Sie beugte sich vor und küsste ihn auf den Mund. »Ich will mehr.«

Rey blickte ihr tief in die Augen. »Warte, ich bin gleich zurück.«

Widerstrebend löste er sich von ihr und tauchte ins Dunkel des Schlafzimmers. Kurze Zeit später kam er wieder zurück. Auf Laurels fragenden Blick drückte er ihr ein kleines Päckchen in die Hand.

Damit hob er sie hoch und trug sie mit sich, während Laurels Beine sich wie von selbst um seine Taille und ihre Arme sich um seinen Nacken legten. »Das Schlafzimmer ist aber in der anderen Richtung.«

»Ich weiß.«

Statt zum Bett führte er sie zum Schreibtisch und ließ sie vorsichtig darauf nieder. Dann zog er rasch seine Boxershorts aus und warf sie achtlos zur Seite. Im nächsten Moment schob er sich zwischen ihre Beine. Sein Penis berührte ihren feuchten Eingang, drängte sich ihr in voller Größe entgegen, sodass sie schon befürchtete, dass er zu groß für sie sei. Doch als Rey sich vorbeugte, sie küsste und sich von ihr löste, bebte sie vor Verlangen. Ungeduldig öffnete sie die Verpackung in ihrer Hand, zog das Kondom heraus und rollte es mit zitternden Fingern vorsichtig über Reys Erektion. Das Gefühl seiner pulsierenden Stärke in ihren Händen steigerte ihre Erregung ins Unermessliche. Nach einem letzten Blick in sein von Verlangen gezeichnetes Gesicht führte sie ihn zu ihrem Eingang. Rey küsste sie voller Leidenschaft, dann drang er mit einem Stoß tief in sie ein.

Gleichzeitig stöhnten sie auf. Rey versuchte, der in ihm tobenden Emotionen Herr zu werden, doch wie eine große Welle schwappten sie über ihn. Hitze breitete sich in ihm aus, prickelte in seinem Oberkörper und strömte durch seinen Penis. Seine Augen schlossen sich langsam, während er das Gefühl genoss, in Laurel zu versinken. Eine Weile zwang er sich dazu, einfach nur in ihr zu sein, dann fing er an, sich zu bewegen. Langsam, langsam, damit es nicht zu schnell vorbei war. Schweiß bildete einen dünnen Film auf seiner Stirn und perlte sein Rückgrat hinab. Verdammt, wie sollte er sich noch länger zurückhalten? Alles in ihm drängte danach, wieder und wieder in sie hineinzustoßen, der Erfüllung entgegen. Aber wieder hielt er inne, verlangsamte seine Stöße, auch wenn er meinte, es nicht länger ertragen zu können. Es war sein erstes Mal mit Laurel, und er wollte, dass auch sie es genoss.

Er packte ihre Beine, legte sie sich um die Hüfte und drang noch tiefer in sie ein. Den Oberkörper vorbeugend fuhr er mit der Zunge über ihre Brustspitzen, genoss das Zucken in ihrem Unterleib. Ihr erregtes Stöhnen trieb ihn weiter an. Er schob die Hände unter ihren Po und hob sie seinen Stößen entgegen, während er an ihren Brüsten saugte. Laurels Zuckungen verstärkten sich mit seinen Stößen, trieben auch ihn auf den Abgrund zu.

Rey biss die Zähne zusammen, um es noch weiter hinauszuzögern, sein Atem ging stoßweise. »Laurel …«

Ihr mit rauer Stimme geflüsterter Name ließ sie zum Höhepunkt kommen. Mit einem heiseren Schrei stürzte sie über die Klippe und riss Rey mit sich. Wieder und wieder stieß er in sie, ließ der angestauten Lust freien Lauf. Er stöhnte laut auf, vergrub den Mund in ihrer Halsbeuge und hielt sie mit den Armen an sich gepresst.

Minutenlang verharrten sie in dieser Position, kosteten das Gefühl der Verbundenheit aus, so lange es ging. Bis Laurel sich schließlich unter ihm regte und ihr Gewicht verlagerte. »Autsch.«

Besorgt blickte er sie an. »Habe ich dir wehgetan?«

»Nein, mir sind nur eben wieder meine Prellungen ins Gedächtnis gerufen worden.«

Rey, der noch immer in ihr war, lockerte nun seine Umarmung. »Tut mir leid, ich hätte daran denken müssen. Wahrscheinlich wäre das Bett doch die bessere Wahl gewesen.«

Ein Lächeln spielte um ihre Mundwinkel. »Nein. Die Erfahrung war es allemal wert.«

Mit einem tiefen Stöhnen grub Rey sich wieder in sie und lehnte die Stirn an ihre. »Du machst mich verrückt, weißt du das?«

»Ich hoffe, im positiven Sinn.«

Mit glühenden Augen starrte Rey sie an. »Seit ich dich das erste Mal gesehen habe, kann ich an kaum etwas anderes mehr denken, als genau das hier zu tun.« Wie um es ihr zu beweisen, zog er sich ein wenig zurück, nur um wieder tief in sie zu gleiten. Gemeinsam stöhnten sie auf. »Und noch vieles mehr. Aber vermutlich ist es besser, wenn wir jetzt ins Bett gehen, bevor wir noch das ganze Haus aufwecken.«

Heiße Röte schoss in Laurels Wangen, als ihr bewusst wurde, wie laut sie ihre Lust hinausgeschrien hatte. Sicher hatten die anderen sie gehört. Gott, wie sollte sie Reys Familie jemals wieder unter die Augen treten?

Rey schien ihre Gedanken zu erraten. »Wir sind morgen früh schon über alle Berge, wenn sie aufwachen. Selbst wenn sie etwas mitbekommen haben sollten, in drei Tagen ist alles vergessen.«

»Ich weiß nicht, ob mich das wirklich beruhigt.«

Lachend hob Rey sie hoch und trug sie ins Schlafzimmer. Dabei blieb er die ganze Zeit in ihr. Bei jedem Schritt lief ein Zittern durch ihren Körper, und als Rey sie vorsichtig auf das Bett setzte und sich dann aus ihr zurückzog, seufzte sie auf.

»Ich bin sofort wieder da.«

Laurel nickte stumm und beobachtete, wie Rey sich umdrehte und im Badezimmer verschwand. Kurze Zeit später tauchte er wieder auf, immer noch nackt, immer noch unendlich verführerisch. Obwohl es zwischen ihren Schenkeln noch pochte, wünschte sie sich, sie könnten das Ganze gleich noch einmal wiederholen. Doch dann dachte sie daran, dass sie am nächsten Morgen fit sein musste.

27

Jacobs nahm das Blatt aus dem Faxgerät und verzog den Mund. Endlich hatte Ugambo sich bequemt, die angeforderte Liste aller Personen zu schicken, die sich zur Zeit ihrer Jagd im gleichen Gebiet aufgehalten haben könnten. Er war froh, aus Südafrika fort zu sein, die Trägheit der Leute dort war wirklich nicht auszuhalten. Mit einem tiefen Seufzer ließ er sich in seinen Schreibtischsessel sinken und legte das Fax auf die Tischplatte. Er hoffte, dass zwei der Namen auf der Safariliste mit den Namen, die er hatte, übereinstimmten. Wenn er den Namen entdeckte, der auf der DVD stand … Ungeduldig schloss er seine Schublade auf und zog die DVD heraus. Mit dem Finger fuhr er die Liste entlang, bis er auf einmal innehielt.

Rey Dyson. Wochenendsafari im Gebiet des White Umfolozi River. Volltreffer! Jetzt nur nichts überstürzen. Erst würde er so viele Informationen wie möglich über diesen Typen sammeln und dann den beiden Herrschaften, die die andere Angelegenheit so souverän gemeistert hatten, einen weiteren Auftrag erteilen. Es wäre doch gelacht, wenn man nicht ein paar einfältige Urlauber zum Schweigen bringen könnte.

Am nächsten Morgen brachen Rey und Laurel nach einem schnellen Frühstück auf. Rey hatte seinen Eltern eine Karte hinterlassen, auf der er die Route eingezeichnet hatte, der sie folgen wollten. Das machte er meistens, wenn er zu einer Tour aufbrach, weil sie ein gutes Gefühl dabei hatten, ungefähr zu wissen, wo er sich gerade befand. Auf der Autofahrt zum Nordrand des Grand Canyon legte er einen kurzen Zwischenstopp bei seiner Bank ein, um die DVD im Safe zu hinterlegen. Während sie die siebzig Kilometer lange Strecke bis zum Nordrand zurücklegten, hingen sie beide schweigend ihren Gedanken nach. Rey war hin- und hergerissen zwischen dem Hochgefühl ihrer ersten Liebesnacht und der Trauer über die Ereignisse vom Vortag. Immer wieder grübelte er über Cookies rätselhaften Tod nach.

Aus den Augenwinkeln blickte er zu Laurel hinüber. Sie hatte ihre schwarzen Haare zum Zopf gebunden, die Baseballkappe lag auf ihrem Schoß. Dunkle Schatten lagen unter ihren Augen, und sie wirkte noch blasser als sonst. Sein Herz zog sich schmerzhaft zusammen. An seiner Seite hatte sie innerhalb einer Woche zwei schreckliche Ereignisse erlebt. Auch wenn keines von beidem wirklich seine Schuld war, wünschte er sich doch, sie hätten sich unter besseren Umständen kennenlernen können.

Rey verzog den Mund. Und dann hatte er sich gestern auch noch vor ihren Augen in einem Anfall von Trauer in sein Schneckenhaus zurückgezogen. Nur gut, dass sie ihm das nicht übel genommen, sondern sich so liebevoll um ihn gekümmert hatte. Er zwang sich, wieder auf die Straße zu schauen. Es fehlte nur noch, dass er in einen Graben fuhr, um ihre derzeitige Pechsträhne noch zu verlängern. Die Lippen fest zusammengepresst, konzentrierte er sich auf das Fahren, bis sie schließlich den Eingang des Parks erreichten.

An Laurel gewandt sagte er: »Gibst du mir bitte den Eintrittspass aus dem Handschuhfach?«

Schweigend suchte Laurel ihn heraus und reichte ihn Rey.

Er hätte gerne gewusst, was ihr gerade durch den Kopf ging. Am Eingang wickelte er so rasch wie möglich die Formalitäten ab. Dann steuerte er auf die Grand Canyon Lodge zu, wo sie den Jeep abstellen würden. Seine Gesichtszüge entspannten sich, als er das aus Stein und Holz gebaute Hotel vor dem Hintergrund der goldgelb gefärbten Zitterpappeln erblickte. Gleich hinter den Bäumen tat sich der gewaltige Abgrund auf.

Wie jedes Mal konnte er es auch jetzt kaum erwarten, endlich die Zivilisation hinter sich zu lassen und in die Stille und großartige Weite des Canyons einzutauchen. Hier rückten die Sorgen und Probleme wenigstens für eine Weile in den Hintergrund.

Schweigend holte er die vollgepackten Rucksäcke aus dem Kofferraum. Rey hatte Laurel einen Teil ihres Gepäcks abnehmen wollen, aber sie hatte darauf bestanden, alles in ihren eigenen Rucksack zu packen. Dieser wirkte fast übermächtig an ihrer zierlichen Gestalt, so als würde sie selbst ohne Probleme auch hineinpassen. Kopfschüttelnd sah Rey zu, wie sie sich energisch die Baseballkappe auf den Kopf setzte und die ersten Schritte ging. Nachdem er die Zentralverriegelung betätigt hatte, folgte er ihr.

Der befestigte Weg führte ein Stück weit am Abgrund entlang auf einem schmalen Grat bis hin zum Bright Angel Point, wo der Trail hinunter in den Canyon begann. Laurel blieb stehen und atmete scharf ein, als sie zum ersten Mal das grandiose Panorama des Grand Canyon vor sich sah. Die bizarre Terrassenlandschaft mit den unzähligen Plateaus, Schluchten und Graten leuchtete in der schräg stehenden Morgensonne rot auf. Ein paar Jahre zuvor war sie schon einmal am Südrand gewesen, aber vom nördlichen Punkt aus war die Aussicht noch spektakulärer. Im Süden war die Zivilisation mit all den Menschen, Gebäuden und Straßen noch zu präsent. Hier gab es nichts als Natur. Vor allem konnte man vom höheren Nordrand aus auch auf das Plateau des Südrandes schauen, das bis fast zur Abbruchkante mit Wäldern bedeckt war. Oft sah man in den Filmen und auf Fotos nur das rötliche Gestein des Canyons, aber wenn man den Canyon als Gesamtbild sah, mit der Vegetation und dem Wald oben auf dem Plateau, dann war es noch viel beeindruckender.

Ein Piepsen hinter ihr schreckte sie auf. Als sie sich umdrehte, bemerkte sie, dass Rey bereits wieder filmte. Die Kamera ruhte auf einem mächtigen Stativ, das nicht nur einen sicheren Stand gewährleistete, sondern auch perfekte Schwenks, wie er ihr tags zuvor erklärt hatte. Gott, war das wirklich erst gestern gewesen? Durch die Ereignisse schien es ihr fast, als wäre sie bereits seit Ewigkeiten mit Rey zusammen. Unwillkürlich musste sie lächeln, als sie beobachtete, wie Rey mit der Kamera hantierte und dabei alles um sich herum vergaß. Wie sie schon in Südafrika bemerkt hatte, konnte er, wenn er filmte, seine Umwelt völlig verdrängen und nur noch das wahrnehmen, was er durch den Sucher seines Camcorders sah. Sie zog ihre Digitalkamera aus der Seitentasche ihres Rucksacks und machte einige Fotos von Rey, wie er vor dem Hintergrund des Canyons seiner Arbeit nachging.

Im Display betrachtete sie die Ausbeute, steckte die Kamera wieder ein und ließ sich zufrieden auf einen großen Felsblock sinken. Besser, sie machte es sich bequem, es sah aus, als würde Rey noch einige Zeit brauchen, bis er seine Aufnahmen beendet hatte. Sie streifte sich die Träger des Rucksacks von den Schultern und stellte ihn neben den Felsen. Ein Bein angewinkelt, stützte sie ihr Kinn auf das Knie und genoss die Sonne, die langsam die Kühle der Nacht vertrieb. Ihr Blick glitt über die in verschiedenen Rottönen leuchtenden Felsen, die schroffen Vorsprünge und Plateaus, die sich plastisch gegen den tiefblauen Himmel abhoben.

Ja, sie konnte durchaus verstehen, warum Rey dieser Landschaft verfallen war und mit dem Naturfilmen begonnen hatte.

Es juckte ihr selber in den Fingern, diese wunderbare Stimmung einzufangen, aber sie hatte ja noch reichlich Gelegenheit dazu. Außerdem genoss sie es, Rey zuzuschauen, dessen Begeisterung sie regelrecht fühlen konnte.

Rey runzelte die Stirn. Irgendetwas hatte er vergessen, aber was? Er richtete sich langsam auf und blickte um sich. Seine Augen weiteten sich, als er Laurel auf dem Felsblock entdeckte. Oh, verdammt, er hatte tatsächlich vergessen, weshalb er hierhergekommen war. Er schaltete die Kamera aus und ging zu Laurel hinüber. Da sie wieder eine Sonnenbrille trug, konnte er nicht erkennen, ob sie ihn beobachtete oder vor sich hin döste. Auf jeden Fall sah sie völlig entspannt aus, wie sie da auf dem Felsen hockte. Als er neben sie trat, wölbten sich ihre Mundwinkel zu einem amüsierten Lächeln.

Sie rückte den Rucksack zur Seite, um ihm Platz zu machen, dann nahm sie seine Hand. »Es ist wunderschön hier.«

Reys ließ seinen Blick kurz über das Panorama schweifen, dann kehrte er zu ihr zurück. »Ja. Ich war schon immer von der Gegend fasziniert.« Wärme stieg in seine Wangen. »Was du vermutlich schon bemerkt hast.«

Laurel lachte. »Der Gedanke ist mir gekommen, ja.«

»Entschuldige, dass ich dich einfach so allein gelassen habe. Eigentlich habe ich die Landschaft schon bei jedem Wetter, jeder Stimmung, jeder Jahreszeit gefilmt, aber irgendwie kann ich es nicht lassen, noch einen Film und dann noch einen zu machen.« Er strich sich eine Haarsträhne aus dem Gesicht. »Wenn wir zurück sind, könnte ich dir tagelang Filme zeigen, die ich bereits aufgenommen habe.«

»Ich glaube es dir. Wenn ich nicht wüsste, dass mein Speicherplatz begrenzt ist, wäre ich nur am Fotografieren.«

Rey lächelte, dann beugte er sich vor und küsste sie sanft auf den Mund. »Okay, wir müssen los, sonst schaffen wir es nicht, einen guten Platz zum Zelten zu finden. Es sind zwar nur zweiundzwanzig Kilometer, aber wenn ich an jeder Ecke anhalte, wie ich es sonst immer tue …«

»Sagtest du *nur* zweiundzwanzig Kilometer?«

»Ja, immerhin sind es etwa 1750 Höhenmeter. Also kannst du dir vorstellen, dass der Weg dementsprechend steil ist.« Er sah Laurels entsetzten Gesichtsausdruck und lächelte. »Hey, es ist nicht so schlimm, schließlich gehen wir heute nur bergab. Bergauf ist etwas anstrengender.«

Laurel zog eine Grimasse. »Wenn mich das jetzt irgendwie beruhigen sollte, bist du kläglich gescheitert.« Sie ließ den Blick in den Canyon hinabschweifen und seufzte dann. »Heute würde ich gerne mal an unserem Ziel ankommen.«

Rey packte seine Videoausrüstung ein und schwang sich den Rucksack auf den Rücken. »Fertig?«

»Fertig.«

Mit einem letzten Drehen des Dietrichs öffnete der Mann die Hintertür des zweistöckigen Hauses. Vorsichtig schob er die Tür auf und trat in die Küche. Bemüht, kein Geräusch zu verursachen, schlich er durch den blitzblanken Raum. Er zuckte zusammen, als hinter ihm sein Kumpan mit dem Schuh gegen die Türschwelle stieß und nicht gerade lautlos in den Raum stolperte. Ruckartig drehte er sich um und packte den anderen Mann am Arm.

»Geht das auch etwas leiser?« Seine Stimme war ein dumpfes Flüstern hinter der schwarzen Maske.

»Wieso? Es ist doch keiner im Haus.«

»Woher weißt du das?«

»Wir haben doch selber zugesehen, wie die Leute das Haus verlassen haben.«

Der Anführer versuchte seinen Ärger im Zaum zu halten. »Und wer sagt uns, dass nicht noch mehr Menschen hier sind?«

»Na ja …«

Der Erste unterbrach ihn mit einer Handbewegung. »Halt den Mund und komm mit. Aber leise!«

Nachdem sie sich vergewissert hatten, dass niemand mehr im Haus war, begannen sie damit, sämtliche Schränke und Schubladen im Wohnzimmer zu durchsuchen. Im Regal neben dem Fernseher fanden sie eine kleine DVD-Sammlung. Titel für Titel gingen sie sie durch.

»Nichts, was mit Südafrika zu tun hat.«

Der Anführer kratzte nachdenklich an seiner Maske. »Wer weiß, vielleicht steckt das Video auch in einer falschen Hülle. Am besten nehmen wir alle DVDs, Speichermedien und Videobänder mit, die wir im Haus finden können.«

»Sollten wir nicht wieder ein nettes Feuerchen legen?«

»Nein, unser Auftrag besteht nur darin, das Video zu finden und sicherzustellen, dass keine anderen Beweise vorhanden sind.«

»Aber wenn dieser Dyson-Typ zur Polizei geht?«

»Das wird er nicht; nicht, wenn wir mit ihm fertig sind.«

Im ersten Stock fanden sie eine ganze Regalwand mit DVDs, alle säuberlich beschriftet und mit Datum versehen. Allerdings waren es nur Kopien, kein einziges Originalvideo war im Haus zu finden. Wortlos warfen sie alles in den großen Müllbeutel, den sie aus der Küche geholt hatten. Auch den Computer und verschiedene USB-Sticks aus dem oberen Apartment nahmen sie mit, falls hier eine weitere Kopie des Videos vorhanden war. Nachdem sie den Dachboden ebenfalls durchsucht und nichts gefunden hatten, machten sie sich wieder auf den Weg zur Hintertür. Der Anführer drehte sich noch einmal in der Türöffnung um und blickte in den Raum zurück. Wahrscheinlich würde niemand seine Videos in der Küche aufbewahren, aber es war besser, wenn sie trotzdem alles durchsuchten.

Er sah auf die Uhr. Sie waren bereits seit einer Dreiviertelstunde im Haus, es wurde Zeit, zu verschwinden, sonst liefen sie Gefahr, dass die Bewohner zurückkamen. Der Mann gab seinem Kollegen einen Wink, bevor er rasch sämtliche vorhandenen Verstecke in der Küche absuchte. Wie er sich schon gedacht hatte, fand er kein einziges Video, dafür allerdings eine am Kühlschrank mit Magneten angebrachte Skizze. Er studierte sie einen Moment, dann lächelte er grimmig. *Reys und Laurels Tour, 13. bis 15. Oktober*. Es sah so aus, als meinte es jemand gut mit ihnen.

Er zog das Blatt vom Kühlschrank und steckte es in seine Jackentasche. »Komm, gehen wir.«

»Wieso, wollten wir denn nicht auf diesen Rey warten und ihn beseitigen?«

Der Anführer ging zur Tür und winkte ungeduldig seinem Kumpan. »Keine Sorge, ich habe jetzt einen genauen Plan, wo er sich derzeit aufhält. Wir brauchen ihm nur zu folgen und dafür zu sorgen, dass er nie wieder zurückkommt.«

28

Je weiter sie abstiegen, desto wärmer wurde es. Auch die Vegetation wechselte rasch. Oben am Rand wuchsen Mischwälder und Bergsträucher, in der Übergangszone weiter unten dann Kiefernwälder und Wermutsträucher, während in den tieferen Schichten Nusskiefern und Wacholdersträucher vorherrschten. Am Grund des Canyons würden sie dann auf Kakteen, Yuccas und Trockensträucher treffen, wie Rey Laurel erklärte.

Staunend betrachtete Laurel die wechselnden Gesteinsschichten, deren Entstehungsgeschichte Rey ihr ebenfalls anschaulich begreiflich machte, während sie dem schmalen, sandigen Weg folgten. Hin und wieder trafen sie einzelne Wanderer oder kleinere Gruppen, aber die meiste Zeit war es fast, als wären sie die einzigen Menschen in dieser atemberaubenden Welt. Mauersegler flogen über ihre Köpfe hinweg, Echsen und Erdhörnchen huschten über den Weg.

Laurel blieb abrupt stehen, als sie ein blaues, glitzerndes Band in der Schlucht erblickte. »Ist das der Colorado?«

»Nein. Wir sind hier in einem Nebencanyon, das dort unten ist der Bright Angel Creek. Wir werden den Colorado erst sehen, wenn wir fast ganz unten angekommen sind.« Er betrachtete den Weg vor ihnen. »Wir sind bald da.«

»Hattest du das nicht vor einer Stunde schon gesagt?«

»Ja. Aber diesmal stimmt es wirklich. Wenn du ganz still bist, kannst du sogar schon das Rauschen des Colorado hören.«

Laurel lauschte angestrengt, konnte aber nicht sagen, ob sie wirklich Wasser hörte oder nur das Rauschen des Windes. Die

Wände aus Vishnu-Schiefer, der ältesten Gesteinsschicht des Canyons, rückten langsam näher, die Schlucht wurde immer enger. Rey hatte nicht gelogen: Sie waren kaum mehr als eine halbe Stunde gegangen, als sie an der Phantom Ranch vorbeikamen. Außer einem kleinen Campingplatz, der sich direkt am Flussufer befand, war die Ranch die einzige organisierte Übernachtungsmöglichkeit auf der Nordseite des Colorado. Sie gingen an den unter Pappeln stehenden, aus Stein und Holz gebauten Gebäuden vorbei und erreichten schließlich, nachdem sie auch den Campingplatz hinter sich gelassen hatten, das Ufer des Colorado River.

Der Anblick raubte Laurel fast den Atem. Wie konnte hier, scheinbar mitten in der Wüste, so viel Wasser fließen? Eine schmale Hängebrücke überspannte den Fluss in einiger Höhe. Den Flusslauf säumte eine grüne Oase, Weiden und Pappeln spendeten Schatten. Sogar das Quaken eines Frosches war zu hören. Ungläubig starrte Laurel auf das Wasser und ließ den Blick die Felsen gegenüber hinaufgleiten, bis sie weit, weit oben den Rand erkennen konnte. Und da sollte sie wieder hinaufkommen? Kopfschüttelnd richtete sie ihre Aufmerksamkeit wieder auf den Fluss. Darüber würde sie später nachdenken, jetzt war sie erst einmal hier. Sie bückte sich und ließ die Hand durch das angenehm kalte Wasser gleiten.

Als sie Reys Hand auf ihrer Schulter spürte, richtete sie sich langsam auf und drehte sich um. »Es ist fantastisch hier!«

Rey nickte lächelnd. »Ja, das ist es. Aber wir sind noch nicht ganz am Ziel, wir werden in einem Nebencanyon übernachten. Willst du dich etwas ausruhen, bevor wir weitergehen?«

»Wie viel Zeit haben wir denn noch, bevor die Sonne untergeht?«

»Ausreichend, um eine Pause einzulegen.«

Sehnsüchtig blickte Laurel auf das Wasser, dann schüttelte

sie den Kopf. »Nein, ich trinke nur etwas, dann können wir sofort weiter.«

Lachend betrat Sam, gefolgt von Morgan, das Haus. Ihre Eltern brachten noch das Auto in die Garage. Die gemeinsame Ausfahrt im neuen Wagen hatte Sam sehr genossen. Schade, dass Rey und Laurel nicht dabei gewesen waren. Andererseits war es wohl das Beste für Rey, wenn er erst einmal in die Natur eintauchen und das Geschehene für kurze Zeit beiseiteschieben konnte. Auch wenn er es nie vergessen würde. Sie selber hatte auch nach fast einem halben Jahr immer noch den Anblick vor Augen, wie ihr Pick-up auf dem Parkplatz der Universität von Salt Lake City durch eine Autobombe in die Luft geflogen war. Mit ihrem ehemaligen Professor darin. Ein Schauer lief ihr über den Rücken. Sie schlang die Arme fest um sich und erinnerte sich daran, dass sie jetzt tot wäre, wenn sie selbst im Auto gesessen hätte.

Sie fühlte, wie Morgan hinter sie trat und sie sanft an sich zog. Lächelnd schloss sie kurz die Augen. Auch damals, als sie im Krankenhaus gelegen und die Angst sie gepackt hatte, war er zu ihr gekommen. Natürlich waren all diese Ereignisse überhaupt erst eingetreten, als sie ihn kennengelernt hatte: die wilde Flucht, die Anschläge auf ihr Leben und schließlich ihre gemeinsame Gefangenschaft bei Gerald White, dem Anführer einer Drogenbande. Auch wenn es nur wenige Stunden gewesen waren, sie hatte wirklich erwartet, sterben zu müssen. Gott sei Dank waren sie dann gerade noch im letzten Moment gerettet worden, aber niemals würde sie das Gefühl des kalten Pistolenlaufs an ihrer Stirn und Morgans entsetzten Gesichtsausdruck vergessen.

Morgan erriet auch jetzt wieder ihre Gedanken, wie er es so häufig tat. »Er sitzt lebenslänglich im Gefängnis, er wird uns nie wieder etwas antun können.«

Sam drehte sich um und schlang die Arme um seine kräftige Gestalt. »Ich weiß. Ich habe nur darüber nachgedacht, wie Rey sich jetzt fühlen muss. Hoffentlich findet er da unten im Canyon ein wenig Ruhe.«

Morgan küsste ihre Stirn. »Da bin ich sicher. Außerdem hat er ja auch Laurel dabei, die ihn sicher ein wenig ablenken kann.«

Ein Grinsen umspielte Sams Mundwinkel. »Da hast du wahrscheinlich recht.« Sie löste sich widerstrebend von ihm, ohne seine Hand freizugeben. »Hast du gesehen, wie er sie mit seinen Blicken verschlungen hat? Fast, als würde er verhungern, und sie wäre seine letzte Mahlzeit.«

»Also ungefähr so, wie ich dich immer anschaue, oder?«

Sam stimmte in sein Lachen ein. »Nein, du machst das etwas unauffälliger. Aber immerhin wohnen wir ja auch zusammen, da hast du mich Tag und Nacht in deiner Nähe.« Sie wurde ernst. »Glaubst du, Laurel und er werden zusammenbleiben?«

»Keine Ahnung. Ich denke, das überlassen wir auch lieber den beiden.«

Sam seufzte. »Du hast natürlich recht. Aber ich würde es ihm so wünschen, dass er ebenso glücklich wird wie ich.«

Morgan zog sie noch einmal an sich und senkte die Lippen auf ihren Mund. Nach einer Weile hob er den Kopf. »Das wird wahrscheinlich schwer werden.«

Ein Räuspern hinter ihnen ließ sie zusammenfahren. Hastig drehte Sam sich um. James betrachtete das Paar mit einem wissenden Lächeln. Während sich Morgans Ohren rot färbten, grinste Sam ihren Vater an. Schließlich hatte sie ihre Eltern schon häufig dabei erwischt, wie sie sich küssten, sogar in verfänglicheren Situationen …

»Wollt ihr wirklich den Film sehen, den Rey bei einem meiner Autorennen gedreht hat?«

Es war kaum zu glauben, dass ein so ruhiger und ausgeglichener Mensch wie ihr Vater noch vor einigen Jahren Autorennen gefahren war – sofern man noch nicht mit ihm in einem Auto gesessen hatte. Dann glaubte man es sofort. Wenn man noch lebte und nicht vor Schreck gestorben war. Sam war seine Fahrweise gewohnt und vertraute ihm blind, aber Morgan war doch einige Male aschfahl im Gesicht geworden. In weiser Voraussicht hatte sie eine Tüte mitgenommen, aber glücklicherweise hatte er sie nicht gebraucht.

»Ja, natürlich wollen wir ihn sehen.«

Gemeinsam gingen sie ins Wohnzimmer. Vor dem Regal neben dem Fernseher blieb Sam stehen und betrachtete es. Verwundert sah sie, dass es leer war.

»Habt ihr umgeräumt?«

»Nein, wieso?«

Sie drehte sich zu ihrem Vater um. »Weil die DVDs nicht mehr im Regal stehen.«

James trat neben sie und rieb sich verwundert die Stirn. »Merkwürdig. Ich könnte schwören, dass sie heute Morgen noch dort waren.« Er wandte sich um. »Ich frage Eileen, ob sie sie weggeräumt hat.«

Sam blickte Morgan an, der mit zusammengezogenen Brauen das leere Regal musterte. Ihr Nacken prickelte und ihr Magen zog sich zusammen. Bestimmt würde ihre Mutter die Sache gleich aufklären.

Doch auch Eileen war völlig erstaunt. »Ob Rey sie genommen hat?«

Sam schüttelte den Kopf. »Was sollte er damit machen, vor allem wo er eine Tour in den Canyon plante? Außerdem bin ich ziemlich sicher, dass sie gestern Abend noch im Regal standen.«

»Bleibt ihr hier, ich sehe mich mal im Haus um.«

An Morgans Stimme erkannte Sam, dass er keinen Widerspruch dulden würde. So nickte sie nur und sah ihm nach, wie er mit großen Schritten aus dem Zimmer strebte. Ihre Hände ballten sich zu Fäusten, während sie darauf wartete, dass er wieder zurückkam. Verdammt, sie hasste es, so untätig herumzustehen und sich Sorgen um ihn zu machen. So ging es ihr jedes Mal, wenn er für jemanden bei der Feuerwehr einsprang und gegen ein Feuer kämpfte, obwohl er seit Jahren eigentlich nur noch als Brandermittler arbeitete.

Erleichtert atmete sie auf, als er schließlich einige Minuten später wieder das Zimmer betrat. Dennoch gefiel ihr sein Gesichtsausdruck überhaupt nicht.

»Was ist?«

»Im Haus ist außer uns niemand, und auch sonst scheint fast alles an seinem Platz zu sein.«

»Aber?«

»Reys DVDs sind auch verschwunden.«

Sam hatte ihm Reys Filmsammlung gezeigt, als sie vor ein paar Tagen angekommen waren. Verwirrt sah sie ihn an. »Also hat er sie doch woanders hingebracht?«

»Das glaube ich nicht, es sah eher so aus, als hätte jemand in Eile den Schrank leer geräumt. Außerdem ist auch sein Computer verschwunden.«

Eileen wurde blass. »Ein Einbruch?«

»Ich kann es nicht genau sagen. Vielleicht solltet ihr nachsehen, ob sonst noch etwas fehlt.«

Während James und Eileen seinem Vorschlag nachkamen, blickte Sam ihn verwirrt an. »Aber warum sollte jemand DVDs und den Computer mitnehmen und die ganzen anderen Wertgegenstände hier lassen?«

»Ich weiß es nicht. Aber angesichts der Tatsache, dass der Freund deines Bruders einen – höchstwahrscheinlich brisanten – Film von ihm bearbeitet hat und jetzt tot ist und einen

Tag später hier sämtliche DVDs aus dem Haus verschwinden, werde ich langsam nervös.«

Sam presste eine Hand vor den Mund. Ihre Augen weiteten sich. »Glaubst du, da besteht ein Zusammenhang?«

Morgan strich beruhigend über ihren Arm. »Es mag ja auch ein Zufall sein, aber ich glaube irgendwie nicht an zu viele Zufälle auf einmal. Vor allem nicht, wenn sie so gut zusammenpassen.«

Der Ausdruck in Morgans Augen ließ sie schaudern. Er glaubte, dass eine Verbindung zwischen den Ereignissen bestand, und sie vertraute seinen Instinkten. Aber er schien noch etwas vor ihr zu verbergen. »Was ist dir noch aufgefallen?«

»Lasst ihr die Hintertür normalerweise offen, wenn ihr weggeht?«

»Nein! Sie war offen?«

Morgan nickte.

Sam ballte die Hände zu Fäusten. »Wenn Mom und Dad herunterkommen, rufen wir die Polizei.«

»Ich wäre dafür.«

Es stellte sich heraus, dass Eileen die Hintertür abgeschlossen hatte, bevor sie losgefahren waren. Sie war sich hundertprozentig sicher. Gemeinsam standen sie in der Küche und sahen Morgan zu, wie er das Türschloss gründlich untersuchte. Schließlich richtete er sich auf.

»Nichts zu erkennen. Entweder hatte jemand einen Schlüssel oder ein anderes Profiwerkzeug, um die Tür zu öffnen.«

Eileen hatte den Hörer bereits in der Hand und wählte die Nummer der Polizei, als ihr Blick auf den Kühlschrank fiel. Ihr Gesicht wurde weiß, mit weit aufgerissenen Augen legte sie den Hörer wieder auf das Telefon. Die anderen sahen sie erschreckt an.

»Mom?«

»Eileen, sag doch was!«

Ihre Hand zitterte, als sie auf die Kühlschranktür deutete. Morgan sah nichts Ungewöhnliches und runzelte die Stirn. Auch Sam und James waren verwirrt. Fragend schauten sie Eileen an.

»Die Skizze, sie ist weg!«

Morgan und Sam sahen sich verdutzt an, während James zu verstehen schien, was sie meinte. Auch er wurde blass.

»Was meinst du damit?« Sams Stimme zitterte.

»Reys Notiz mit der Wegbeschreibung der Tour. Ich hatte sie an den Kühlschrank gehängt, wie ich das immer mache. Jetzt … ist sie weg.«

Sam versuchte einen klaren Kopf zu behalten. »Vielleicht ist sie nur heruntergefallen und liegt irgendwo unter dem Tisch?«

Sie wusste, dass sie nach Strohhalmen griff, aber sie konnte einfach nicht glauben, dass jemand hier eingebrochen war und Reys detaillierten Tourenplan mitgenommen hatte. Außer er wollte wissen, wo Rey sich gerade aufhielt und dann … Sam fiel auf die Knie und fahndete mit zittrigen Fingern unter dem Küchentisch nach dem Papier. Dann stand sie auf und sah im Abfalleimer nach. Schließlich zog Morgan sie wieder hoch und legte den Arm um sie. Sein Gesicht war eine undurchdringliche Maske, die Kiefermuskeln waren angespannt.

»Lass es, Sam. Die Skizze ist nicht mehr da.«

James schob seine Frau sanft vom Telefon weg und nahm selber den Hörer in die Hand.

29

Seine Stimmung war gereizt, als er den Hörer abnahm und ans Ohr hielt. »Jacobs.«

»Wir haben uns im Haus umgesehen.« Der Mann meldete sich nicht mit Namen, sondern ging davon aus, dass Jacobs genau wusste, wer er war – und auf seinen Anruf gewartet hatte.

»Ja, und?«

»Jede Menge DVDs, aber keine Original-Filmdateien, außerdem ein Computer.«

»Verdammt.« Jacobs atmete tief durch. »Habt ihr den Filmer befragt?«

»Der war nicht da.«

»Dann eben seine Familie.«

»Zu viele auf einem Haufen.«

Jacobs verlor die Geduld. »Soll das heißen, dass ihr nichts tun könnt?«

»Nein, das heißt es nicht. Wir wissen genau, wo er sich aufhält, ich wollte nur hören, ob wir immer noch mit unserem Plan fortfahren sollen.«

Was war das denn für eine blöde Frage? »Ja, natürlich!«

»Gut. Dann bekommen wir das Doppelte.«

»Was? Wir hatten eine Abmachung!« Schweiß trat auf seine Stirn, als er sich vorstellte, was der Senator dazu sagen würde.

Der Mann lachte spöttisch. »Ja. Da hat aber niemand gesagt, dass wir den verdammten Grand Canyon hinunterklettern müssen.«

»Was?«

»Doppelt oder gar nicht. Überlegen Sie es sich und rufen Sie innerhalb der nächsten fünf Minuten an.« Damit legte er auf.

Jacobs hörte das Klicken, nahm den Hörer vom Ohr und starrte ungläubig darauf. Wie kam dieser … Handlanger dazu, ihm zu sagen, was er zu tun hatte? Das war ja Erpressung! Ruhelos lief Jacobs in seinem Büro auf und ab. Und das Ganze nur, weil der Senator so dämlich gewesen war, sich ausgerechnet ein so moralisch fragwürdiges Hobby auszusuchen, welches das Ende seiner Karriere bedeutete, wenn es herauskam. Nun, zur Strafe musste er für die Beseitigung seines Problems eine ganze Stange Geld herausrücken. Natürlich hatte er genug davon und würde es wohl verschmerzen können. Und er, Jacobs, würde wieder einmal die Drecksarbeit machen dürfen, während der Senator seine lilienweißen Hände in Unschuld wusch. Aber das war schließlich sein Job, und er wurde nicht schlecht dafür bezahlt.

Er wählte die Nummer und wartete, bis der Mann sich meldete. »Warum wollen Sie in den Canyon steigen?«

»Weil unser Mann sich dort gerade aufhält.«

»Warten Sie doch einfach, bis er wieder rauskommt.«

Ein dumpfes Lachen ertönte. »Aber dort unten können einem Menschen doch so schöne Unfälle passieren.« Als Jacobs schwieg, wurde er ungeduldig. »Also was ist jetzt, kriegen wir das Geld oder blasen wir die ganze Sache ab?«

»Machen Sie weiter.«

»Ich habe gewusst, dass Sie sich so entscheiden würden. Das Geld schicken Sie wieder an das bereits genannte Postfach.«

»Melden Sie …« Jacobs' Stimme erstarb, als er erkannte, dass sein Gesprächspartner bereits aufgelegt hatte.

Am nördlichen Flussufer entlang gingen sie westwärts, und bald waren auch die letzten Zeichen der Zivilisation aus ihrem Blickfeld verschwunden. Auf der anderen Uferseite sah Laurel noch hin und wieder einen Weg aufscheinen, doch hier waren sie völlig allein. Immer wieder holte Rey seine Kamera heraus und filmte den Flusslauf, wie er sich meist träge durch das Tal schlängelte, aber hin und wieder auch gewaltige Stromschnellen aufwies, vorbei an grünen Oasen, schroffen Felsen und steinigen Buchten. Die schräg einfallende Sonne brachte einzelne Felsen zum Glühen, andere lagen in tiefe Schatten getaucht. Das trübe Wasser des Colorado glitzerte strahlend hell, und Laurel war froh, dass sie die neue Sonnenbrille aufgesetzt hatte, um ihre empfindlichen Augen zu schützen. Ihre alte Brille hatte sie auf der Safari während ihrer wilden Flucht verloren.

Rey hatte ihr gesagt, dass die Strecke bis zu dem Nebencanyon nicht weit wäre, doch sie kamen nur langsam voran, weil der Weg stellenweise beschwerlich war. Immer wieder mussten sie über Felsen klettern. Und dort, wo der Fluss die Richtung wechselte, gab es entweder Buchten mit Schwemmmaterial, Sand und Steinen, oder das Wasser reichte direkt an den Fuß der Felsen heran. Schließlich, nachdem sie wenige Meilen flussabwärts gewandert waren, kamen sie zu einem Einschnitt in den Felsen, in dem ein kleiner Bach in den Colorado mündete. Am Ufer wuchsen Bäume und Büsche, die dem roten Gestein ein dramatisches Aussehen verliehen.

Laurel ließ sich am Ufer auf einen Felsblock sinken und betrachtete das unwirkliche Panorama, das sich ihr bot. Ringsherum erhoben sich Reihen scharfer Felsgrate, die von gewaltigen Plateaus unterbrochen wurden. Sie konnte regelrecht die immensen Kräfte spüren, die über Jahrmillionen dazu geführt hatten, dass diese imposante Kulisse entstanden war, vor der sie sich wie ein unbedeutender Wurm vorkam.

Rey stellte sich hinter sie und legte die Hände auf ihre Schultern. »Dies ist einer der zahlreichen kleineren Nebencanyons, und der Felsen, der darüber aufragt, heißt Cheopspyramide.«

»Geht er weit hinein?«

»Der Bach ist etwa anderthalb Meilen lang, am Ende ist ein höhlenartiges Gewölbe mit einem kleinen Wasserfall. Es könnte sein, dass der Canyon noch weiter in das Felsmassiv hineinführt, aber ich habe es bisher nie ausgekundschaftet. Ich dachte, wir schlagen unser Lager in der Nähe des Wasserfalls auf, außer du möchtest lieber hierbleiben.«

»Nein, du wirst uns schon einen schönen Platz zum Übernachten ausgesucht haben.« Sie stand auf und rückte den Rucksack zurecht. »Die paar Meter werde ich wohl auch noch schaffen.«

Rey nahm ihre Hand und drückte einen Kuss darauf, dann ging er voran, an dem kleinen Flusslauf entlang in den Seitencanyon hinein.

»Bist du sicher, dass es eine tolle Idee ist, heute Abend noch in den Canyon zu steigen? Wir sehen doch überhaupt nicht, wo wir langlaufen!«

Der Anführer drehte sich ungeduldig um. »Dafür haben wir doch die Taschenlampen. Und außerdem ist es von Vorteil, wenn unsere Beute uns nicht kommen sieht.«

»Ja, weil wir sie überhaupt nicht finden werden.«

Das sagte der hintere Mann wohlweislich so leise, dass sein Kumpan es nicht verstehen konnte. Unbehaglich blickte er sich um. Verdammt, diese Landschaft war einfach gruselig, besonders wenn es langsam dunkler wurde und sie immer tiefer in den Schlund der Erde stiegen. Jedenfalls kam es ihm so vor. Er war noch nie am Grand Canyon gewesen, und er würde es wohl auch nie wieder sein. Da sagte ihm die Stadt schon mehr zu, die ungebändigte Natur hingegen löste ein Gefühl der Unruhe in ihm aus, vor allem wenn sie so gewaltig und Furcht einflößend war wie hier. Erneut stolperte er über eine der Steinstufen, die zur Entwässerung in unregelmäßigen Abständen quer über den Weg liefen. Fluchend rappelte er sich wieder auf und lief prompt in den Rücken seines Kumpans.

Dieser packte ihn am Arm und richtete seine Taschenlampe auf den Weg. »Wie wäre es, wenn du zur Abwechslung mal dahin leuchtest, wo du langgehst, und nicht irgendwo in die Luft?«

Der Mann schwieg. Er konnte schließlich schlecht erklären, dass er ein ganz komisches Gefühl in der Magengrube hatte, eine Art Angst, nie wieder aus dieser Schlucht herauszukommen. Es war klar, dass der andere ihn nur auslachen und einen Feigling nennen würde. Verdammt, vielleicht war er das auch, aber er war lieber ein lebendiger Feigling als ein toter Held. Wobei er bei seinem derzeitigen Beruf wohl nicht gerade ein Anwärter auf diesen Titel war. Heroisch konnte man es wohl nicht gerade nennen, wenn jemand für Geld Menschen einschüchterte oder sogar tötete. Er zuckte mit den Schultern und machte sich wieder an den Abstieg. Immerhin lebte er nicht schlecht davon.

Morgan erwischte Sam gerade noch am Ärmel, bevor sie aus der Tür rennen konnte. »Wo willst du denn hin?«

Sam drehte sich ruckartig zu ihm um, ihre blauen Augen glühten, Zornesröte hatte sich in ihrem Gesicht ausgebreitet. »Ich gehe jetzt, um Rey zu warnen.«

»Wie willst du das machen? Willst du vielleicht im Dunkeln in den Canyon steigen?«

Sam stemmte die Hände in die Hüften. »Warum sollte ich das nicht können? Warte mal ab.« Damit drehte sie sich wieder um und wollte ihren Weg fortsetzen.

Erneut hielt Morgan sie fest. »Sei doch vernünftig, Sam, du kannst im Augenblick überhaupt nichts für ihn tun.«

Ihre Augen füllten sich mit Tränen. »Ich kann doch nicht einfach hier herumsitzen, während Rey und Laurel in Gefahr sind! Eigentlich wäre es Aufgabe der Polizei, aber die denken ja, wir bilden uns das alles nur ein.«

Morgan zog sie an sich und strich beruhigend über ihren Rücken. »Nun ja, ein Einbruch, bei dem außer DVDs, einem Computer und einer Skizze nichts gestohlen wurde, ist ja auch nicht unbedingt ein schlagender Beweis dafür, dass dein Bruder in Gefahr ist.«

Sam stemmte die Fäuste gegen seine Brust, ihre Augen verengten sich. »Und du, glaubst du etwa auch, dass das alles nichts zu bedeuten hat?«

»Nein. Ich denke, es besteht eine große Wahrscheinlichkeit, dass jemand hinter Rey und seinem Video her ist.« Er zuckte unbehaglich mit den Schultern. »Das Prickeln in meinem Nacken ist ein sicheres Zeichen dafür, dass etwas nicht stimmt.«

Sam gelang ein kleines Lächeln. »Wie, und die Polizei hat das nicht als Beweis angesehen?«

Morgan legte seine Stirn an ihre. »Nein, leider nicht. Aber ich nehme es ernst und werde auch etwas unternehmen, allerdings bei Tage, also morgen.« Er legte den Zeigefinger auf Sams Lippen, als sie etwas entgegnen wollte. »Es bringt nichts, wenn wir im Dunkeln herumlaufen und womöglich über diejenigen stolpern, die hinter Rey her sind. Ich werde nicht zulassen, dass du wieder in Gefahr gerätst.«

Sam hauchte einen Kuss auf seinen Finger, dann küsste sie ihn auf den Mund. »Okay, morgen.«

Es war schon beinahe dunkel, als sie an ihrem Ziel ankamen. Laurel stellte den Rucksack an einen Felsen und streckte sich erst einmal ausgiebig. Dann sah sie sich neugierig um. Es war ein merkwürdiges Gefühl, das Rauschen eines kleinen Wasserfalls zu hören, ihn in der Dunkelheit aber nicht zu sehen. Da die Canyonwände sowohl das restliche Tageslicht als auch den Mondschein aussperrten, war es auf einmal extrem finster, vor allem, wenn man wie Laurel die Helligkeit der Stadt gewöhnt war. Fast kam es ihr wie eine Wiederholung der Nächte vor, die sie mit Rey zusammen in Südafrika verbracht hatte. Sie schauderte, doch ehe sie das Gefühl von Panik überkommen konnte, war Rey schon an ihrer Seite und nahm ihre Hand.

»Wenn du mir die Taschenlampe hältst, baue ich schnell das Zelt auf.«

»Machen wir kein Feuer?« Sie knipste die Lampe an und leuchtete in Reys Richtung.

»Nein, das ist außerhalb der Campingplätze nicht erlaubt.« Er zog das zusammengefaltete Zelt aus seinem Rucksack. »Richte den Lichtstrahl bitte auf den Boden, damit ich eine ebene Stelle ohne Steine finde.«

Zehn Minuten später hockten sie vor dem aufgebauten Zelt und verzehrten das mitgebrachte Abendessen. Dicht nebeneinander saßen sie auf einer Isomatte, den Rücken an einen Felsen gelehnt.

Laurel legte den Kopf in den Nacken und sah zum Himmel hinauf, wo bereits einzelne Sterne funkelten. In Reys Gegenwart fühlte sie sich so sicher wie seit langer Zeit nicht mehr. »Ich bin froh, dass wir hier sind.«

Rey stellte seinen Teller beiseite und legte den Arm um ihre Taille. »Ich auch.« Er zog sie dichter an sich. »Hier kann ich mir fast vorstellen, dass Cookie irgendwo da oben auf einer Wolke sitzt, in der Hand eine Tüte mit Keksen, und sich über uns kaputtlacht.«

Laurel schwieg eine Weile. »Vielleicht würde er aber auch lieber hier unten bei uns sein.«

Rey schüttelte den Kopf. »Auf keinen Fall. Cookie hatte es nicht so mit Natur. Nur einmal ist er mit mir in den Canyon gestiegen, und da musste ich ihn beinahe hinunterprügeln. Alles Technische und Computer waren schon eher sein Fall.« Er seufzte, dann erhob er sich. »Wollen wir schlafen gehen?«

»Eine gute Idee, ich bin hundemüde.«

»Dann geh schon mal vor, ich komme gleich nach.«

Laurel wollte erst protestieren, erkannte dann aber, dass Rey eine Weile allein sein wollte. Auch wenn er den ganzen Tag kaum über Cookie geredet hatte, würde er bestimmt noch lange brauchen, um über die Sache hinwegzukommen. Besonders, weil er sich Vorwürfe machte, dass Cookies Tod mit seinem Video zu tun hatte. Dabei war es einfach nur Pech gewesen, dass sein Freund genau am Abend, als er daran arbeitete, von dem Brand überrascht wurde. Immer wieder redete Laurel sich das ein.

Sie wusch sich rasch, putzte die Zähne und kroch dann mit der Taschenlampe ins Zelt. Die Luft war immer noch warm, sodass sie lediglich ihre Jeans auszog und sich in T-Shirt und Slip in den Schlafsack schob. Die Hose steckte sie sich als Kissen unter den Kopf. Mit einem tiefen Seufzer schloss sie die Augen. Oh ja, das tat gut. Noch immer spürte sie die zahlreichen Prellungen und schmerzenden Muskeln von ihrer wilden Flucht in Südafrika. Ein Tagesmarsch den Canyon hinunter half dabei auch nicht wirklich. Wenn sie nach Atlanta zurückkehrte, würde sie sich viel Ruhe und eine ordentliche Massage gönnen.

Laurels Brust zog sich schmerzhaft zusammen. Nach Hause zurückkehren – wenn das bedeutete, dass sie Rey dadurch verlor … Tränen brannten hinter ihren geschlossenen Lidern. Nein, sie konnte jetzt nicht darüber nachdenken, wie es wäre, ihn zu verlassen. Nicht nach der vergangenen Nacht. Als Rey wenig später den Reißverschluss öffnete und ins Zelt gekrochen kam, drehte sie sich hastig auf die Seite. Sie wollte nicht, dass er ihren Kummer mitbekam.

Rey zog den Reißverschluss hinter sich zu und hockte sich auf seine Isomatte. Sein Blick glitt über Laurel, die mit dem Rücken zu ihm in ihrem Schlafsack lag. Im ersten Moment dachte er, dass sie bereits schlief, doch dann bemerkte er an der Art, wie ihre Hand sich um den Schlafsack krampfte, dass sie noch wach war. Ein Stich fuhr in sein Herz. Laurel hatte ihn gestern gehalten und getröstet, und was tat er? Er merkte es noch nicht einmal, wenn sie traurig war, sondern trieb sich draußen herum und hing seinen eigenen trüben Gedanken nach. Ein toller Freund war er! Rasch schlüpfte er aus seiner Jeans, dann kroch er zu ihr hinüber. Er berührte ihre Schulter und drehte sie zu sich herum.

»Laurel?«

Langsam schlug sie die Augen auf. Das Licht der Taschenlampe war hell genug, dass er das Glitzern in ihren Augen sehen konnte.

»Ja?« Ihre Stimme klang rau.

»Es tut mir leid, dass ich dich in die ganze Angelegenheit mit hineingezogen habe.«

Erstaunt sah sie ihn an. »Du hast mich …« Irritiert schüttelte sie den Kopf. »So ein Unsinn! Die Nashörner hast du ja wohl nicht bestellt, genauso wenig wie die Wilderer. Und was Cookie angeht, das war ein Unglück, niemand trägt daran die Schuld.«

Rey presste die Lippen aufeinander. Mit den Fingern fuhr er sanft über ihre Wange. »Was bedrückt dich dann?«

»Nichts.«

»Laurel …«

Laurel legte einen Finger auf seine Lippen. »Nicht jetzt, Rey. Leg dich lieber hin, damit wir schlafen können.«

Rey öffnete den Mund, erkannte aber, dass es keinen Sinn hatte, in sie zu dringen. Das Einzige, was er tun konnte, war, sie festzuhalten und dafür zu sorgen, dass es ihr besser ging und sie gut schlief. Kurz entschlossen zog er den Reißverschluss ihres Schlafsacks auf.

»Hey, was tust du denn da?«

»Ich baue uns ein Doppelbett.«

Erstaunt sah Laurel zu, wie er die Reißverschlüsse ihrer beiden Schlafsäcke zusammenschloss. Ein Lächeln spielte um ihre Lippen. »Eine wunderbare Idee. Komm schnell rein, damit es nicht kalt wird.«

Rey schlüpfte neben sie, schaltete die Taschenlampe aus und schlang den Arm um Laurel. Kurz darauf glitten sie eng aneinandergeschmiegt in den Schlaf hinüber.

30

Nachdem er wahrscheinlich zum hundertsten Mal gestolpert war, hielt der Anführer schließlich an. »Mir reicht es. Wir machen hier Rast und gehen dann morgen früh weiter. Dyson wird sicher auch nicht im Dunkeln weiterlaufen.«

Schweigend löste sein Kumpan den Rucksack und warf ihn auf den Boden.

Stundenlang waren sie am Flussufer herumgekraxelt, bis sie dann schließlich, der Skizze folgend, in diesen Seitencanyon abgebogen waren. Der Vorteil war, dass sie nicht mehr über irgendwelche scharfkantigen Felsen klettern mussten, allerdings lagen hier so viele Steine, Äste und andere Stolperfallen herum, dass das Gehen eher noch schwieriger wurde. Zumindest wenn es so dunkel war, dass man die Hand nicht mehr vor Augen sah. Ihre kleinen Taschenlampen halfen da nicht wirklich, da sie den Boden nur punktuell beleuchteten.

Er holte zwei Decken aus dem Rucksack, warf eine davon dorthin, wo ein Lichtkegel den Aufenthaltsort seines Partners anzeigte, und breitete die andere an einer sandigen Stelle auf dem Boden aus.

»Wer hält zuerst Wache?«

Keine Antwort. Der Anführer leuchtete hinüber und erkannte, dass ihm niemand mehr antworten würde. Also würde er wohl selbst Wache halten müssen. Er rechnete zwar nicht damit, dass jemand verrückt genug sein würde, hier mitten in der Nacht herumzulaufen, aber sicher war sicher. Er wollte nicht, dass dieser Dyson ihnen durch die Lappen ging, nur weil sie schliefen. Also breitete er die Decke auf dem Boden aus, setzte sich darauf und begann, im Licht der Taschenlampe seine Pistole zu reinigen.

Er nahm seinen Job sehr ernst und konnte mit Stolz behaupten, dass ihm noch nie jemand entkommen war, der auf seiner Liste stand. Am liebsten hatte er Aufträge, die ihm bei der Ausführung freie Hand ließen. So wie dieser hier. Es war langweilig, von irgendeinem Hinterhalt aus die Waffe auf das jeweilige Zielobjekt zu richten und mit sicherer Hand abzudrücken. Klar, auch das wollte gekonnt sein, aber es war keine wirkliche Herausforderung. Nein, er zog es vor, wenn eine gewisse Planung und Kreativität gefragt waren. Natürlich sprang bei solchen Aufträgen auch mehr Geld heraus. Da seine Klientel ziemlich hoch in der Gesellschaft angesiedelt war, stellte das Honorar eigentlich nie ein Problem dar. Bei seinem guten Ruf musste er auch nie lange auf den nächsten Auftrag warten.

Zufrieden legte er seine Waffe beiseite, lehnte sich zurück und dachte darüber nach, was er mit dem vielen Geld machen würde, das er für diesen Job bekam: zuerst einmal ein neues Auto und ein ausgedehnter Urlaub auf Hawaii, dort konnte er sich dann überlegen, was er mit dem Rest machte.

Unsanft wurde Rey geweckt, als etwas Schweres in seiner Magenkuhle landete. »Verdammt!« Er schoss in die Höhe und blickte panisch um sich. Es war immer noch dunkel, kein Lichtschimmer drang in das Zelt.

»Tut mir leid.« Laurels Hand strich über seine Bauchmuskeln und dann tiefer, anscheinend auf der Suche nach etwas.

»Was suchst du denn?«

»Die Taschenlampe. Ich wollte sie anschalten, und dabei ist sie mir aus der Hand gerutscht.«

Ah, das war es gewesen, was ihn in den Magen getroffen hatte. Rey tastete über die Matratze und den Boden. Gerade als seine Finger die Taschenlampe berührten, gab Laurel einen triumphierenden Laut von sich.

»Ich habe …«

Rey versuchte ein Lachen zu unterdrücken, als Laurels Hand sich um etwas Hartes schloss, das jedoch nicht die Taschenlampe war. Fast seufzte er enttäuscht auf, als sie rasch ihre Finger wegzog. Verdammt, es hatte sich so gut angefühlt, wieder von ihr berührt zu werden.

»Das war keine Absicht.«

Rey unterdrückte einen Seufzer. »Wie schade. Gib mir deine Hand.«

»Wie bitte?«

»Deine Hand.«

Laurels Stimme klang unsicher. »Warum?«

»Damit ich dir die Taschenlampe geben kann. Was dachtest du denn?«

»Oh.«

Vorsichtig streckte Laurel abermals die Hand aus, bis ihre Fingerspitzen seine Haut berührten. Rey umschloss ihre Hand mit seiner und drückte ihr die Taschenlampe in die Finger.

»Danke.«

»Bitte. Wozu brauchst du Licht?«

Sie drehte sich von ihm weg, das Licht flammte auf, dann kroch sie aus dem Schlafsack und leuchtete mit der Taschenlampe in jede Ecke.

»Laurel?«

»Hmm?«

»Was tust du da?«

Sie strich sich eine Haarsträhne aus den Augen und blickte ihn kurz an. »Ich glaube, mir ist irgendetwas über das Gesicht gekrabbelt.«

Rey setzte sich träge auf und zog die Beine an, während Laurel um ihn herumkroch und das Zelt Zentimeter für Zentimeter absuchte.

»Eigentlich ist das Zelt dicht, es ist sehr unwahrscheinlich, dass etwas Größeres hereingekommen ist.«

»Mir reicht schon was Kleines, danke.«

Mit Mühe verkniff Rey sich ein Grinsen, als sich Laurels nur mit einem Slip bekleidetes Hinterteil in die Höhe reckte, während sie unter dem Schlafsack nachschaute.

»Hatte ich dir erzählt, dass es hier Vogelspinnen gibt?«

Ruckartig setzte Laurel sich auf und leuchtete ihm ins Gesicht. Geblendet schloss Rey die Augen. »Das ist nicht dein Ernst!«

»Warum sollte ich dich anlügen?«

»Rey …«

Abwehrend hob er die Hände, als sie drohend auf ihn zukroch. Die Taschenlampe fiel zu Boden, als sie sich auf ihn stürzte. Lachend verlor Rey das Gleichgewicht und kippte zur Seite. Bevor er sich wieder aufrappeln konnte, hockte Laurel bereits über ihm und hielt seinen Körper gefangen.

»Also, willst du das noch einmal wiederholen?«

»Okay, okay, ich gebe auf. Es ist keine Vogelspinne hier im Zelt.« Er grinste. »Aber draußen krabbeln schon welche herum.«

»Du …«

Mit einem Aufschrei rollte sie sich auf ihn, fasste ihn an den Handgelenken und bog seine Arme zurück. Normalerweise hätte er sie mit Leichtigkeit von sich schieben können, aber er war vom Lachen so geschwächt, dass er hilflos unter ihr gefangen war. Zumindest tat er so. Denn er genoss es, ihren warmen Körper an seinem zu spüren. Ihre Brüste streiften seinen Brustkorb, ihre Hüfte drückte gegen seine Erregung. Wenn es nach ihm ginge, könnten sie gerne weitermachen.

So plötzlich, wie sie ihn überfallen hatte, stellte Laurel ihren Angriff ein und lag schwer atmend auf ihm. Rey befreite eine Hand, strich ihr die wirren Haare aus dem Gesicht und betrachtete sie eingehend. Während eine Seite ihres Gesichts von der Taschenlampe in Licht getaucht war, lag die andere im Schatten. Mit den Fingerspitzen fuhr er ihre Wangenknochen nach, berührte die Linie ihres Mundes. Jeder heftige Atemzug ließ ihre Brüste über seinen Brustkorb streichen. Wenn sie jetzt beide nackt wären … Rey schloss für eine Sekunde die Augen, um die Kontrolle über seinen Körper wiederzuerlangen. Er konnte Laurels Stimmung nicht einschätzen, daher beschloss er, ihr die Entscheidung zu überlassen, wie es weitergehen sollte.

»Soll ich dir suchen helfen?«

»Ich bitte darum.« Laurels Augen glitzerten, ein Mundwinkel hob sich, als sie Reys enttäuschten Gesichtsausdruck bemerkte. »Später vielleicht.«

Damit wurde es dunkel im Zelt, und Rey fühlte, wie Laurel sich von ihm entfernte. Was hatte sie vor? Die Antwort bekam er, als Sekunden später ihre Finger seinen Bauch berührten und das T-Shirt langsam nach oben schoben. Es war stockfinster im Zelt, sodass er Laurel nur fühlen konnte. Warme Handflächen legten sich auf seinen Brustkorb, fuhren darüber, bis sie seine Brustwarzen erreicht hatten. Fingernägel strichen leicht über die empfindlichen Kreise, ließen Hitze durch seinen Körper schießen. Noch immer regungslos ließ er es geschehen. Gott, er liebte es, Laurel dabei zuzusehen, wenn sie ihn berührte, aber es war mindestens ebenso verführerisch, sie nur zu fühlen, zu hören und zu riechen. Parfüm und heiße Haut, der Geruch von Wüste und Wasser, der Duft ihrer Haare – alles erregte ihn. Laurel war seltsam still, so als versuchte sie, jeglichen Laut zu unterdrücken. Ein Lächeln zuckte um Reys Lippen. Er würde sie noch zum Stöhnen bringen, so viel war sicher.

Mit einem leichten Ruck zog Laurel ihm das T-Shirt über den Kopf und warf es zur Seite. Ihre Haare strichen über ihn, als sie sich vorbeugte, um seine Haut zu kosten. Sie spürte, wie Rey zuckte, als ihre Lippen sich über seiner Brustwarze schlossen. Oh ja, sie genoss es, seine Erregung ganz langsam zu steigern, bis er schließlich die Beherrschung verlor und sich tief in ihr vergrub.

Hitze breitete sich in ihrem Unterleib aus und trieb sie dazu, mit ihrer Zunge verführerisch seine Brustwarzen zu umkreisen. Ein Stöhnen zeigte ihr, dass sie auf dem richtigen Weg war. Ihre Lippen wanderten auf die andere Seite, der sie die gleiche Behandlung zuteilwerden ließen. Ihre Hände fuhren über seinen Oberkörper, erkundeten die Muskeln und Sehnen, ehe sie nach unten über seinen Bauch strichen.

Gerade als sie ihre Finger in seine Boxershorts gleiten lassen wollte, rollte Rey sich herum, sodass sie unter ihm zum Liegen kam. Sie konnte seinen Atem in ihrem Gesicht fühlen, die Hitze seines Körpers brannte durch ihr T-Shirt. Sie hatte eindeutig zu viel an.

Worin sie offenbar mit Rey übereinstimmte, denn schon hatte er ihr das T-Shirt über den Kopf gezogen. Gierig glitten seine Hände über ihre Haut, fanden ihre Brüste. Seine rauen Finger reizten die harten Spitzen, bis Laurel meinte, allein durch diese Berührung explodieren zu müssen. Ungeduldig hob sie die Hüfte und rieb sich an seiner Erektion. Ihre Hände gruben sich in seinen Rücken, um ihn näher an sich zu ziehen. Doch Rey widerstand ihrem Drängen. Sein Atem fuhr über ihre Brüste, heiß schloss sich sein Mund über einer Spitze. Laurel konnte einen kleinen Schrei nicht unterdrücken, als er hart an ihr saugte, während seine Finger an ihrer anderen Brustwarze zupften. Ein Zittern lief durch ihren Körper, als die Lust sich immer stärker in ihr ausbreitete und jeden anderen Gedanken verdrängte.

Hastig schob sie Reys Boxershorts nach unten und umfasste seinen Penis, der sich ihr in voller Größe entgegenreckte. Diesmal war es Rey, der aufstöhnte.

Immer fieberhafter wurden seine Berührungen. Laurel atmete heftig aus, als seine Finger in ihren Slip schlüpften und gleich darauf in sie glitten. Als hätte ihr Körper einen eigenen Willen, bäumte er sich Rey entgegen. Gleichzeitig stöhnten sie auf. Mit einem Ruck streifte Rey ihr den Slip über Hüfte und Beine. Erneut schob er die Finger in sie, weitete sie, testete ihre Bereitschaft. Sie war mehr als bereit.

»Laurel …«

Anstelle einer Antwort zog sie ihn über sich und positionierte seinen Schaft vor ihrem Eingang. Ihre Finger fuhren an seinem Penis entlang, der hart in ihrer Hand pulsierte, umfassten die empfindlichen Hoden.

Rey zuckte zusammen. Gott, sie brachte ihn um! Langsam glitt er ein kleines Stück in sie. Hitze und Feuchtigkeit umfingen ihn. Ungeduldig hob Laurel die Hüfte an und schob ihn damit tiefer in sich. Ihre Finger bohrten sich in seine Pobacken, zogen ihn noch dichter heran.

Rey stöhnte auf, um sich gleich darauf wieder ein wenig zurückzuziehen. »Warte …«

Laurel kümmerte sich nicht um seinen Einwand, denn sie hob die Beine und schlang sie um seine Hüfte. Wieder glitt er tief in sie hinein.

»Laurel, wir haben …«

Laurel griff in seine Haare und zog seinen Kopf zu sich herunter. Ihre Lippen legten sich heiß und gierig auf seinen Mund, forderten Einlass. Als Rey den Mund öffnete, schlüpfte ihre Zunge hinein und wand sich um seine. Selbst wenn er gewollt hätte, er hätte nichts mehr zu sagen vermocht. Die Erregung gewann die Oberhand, ließ ihn tief in sie stoßen. Seine Hüfte hob und senkte sich im rhythmischen Stakkato seiner Zunge, immer schneller, härter. Fieberhaft wanderten seine Hände über Laurels Brüste, massierten sie, entlockten ihr heisere Schreie der Lust, die er mit seinem Mund dämpfte. Die Hitze verbrannte ihn geradezu, sein wild pochendes Herz drohte zu zerspringen. Noch einmal drang er tief in sie, küsste sie wie ein Ertrinkender und reizte mit seinen Fingern ihre Brustwarze. Mit einem letzten Aufbäumen erreichte sie ihren Höhepunkt und löste damit seinen eigenen aus. Immer wieder tauchte er in ihre Wärme, bis er den Kopf auf ihre Brust senkte und atemlos auf ihr liegen blieb.

Nur langsam kam er wieder auf die Erde zurück – und zu Verstand. Verdammt, was hatte er getan? Noch nie war er so verantwortungslos gewesen! Er hätte auf keinen Fall ohne Kondom mit Laurel schlafen dürfen. Auch wenn sie sich an ihn gedrängt hatte, hätte er sich unter Kontrolle haben müssen. Aber eine ungekannte Leidenschaft hatte jeden Anflug von Vernunft überrollt und sein Handeln bestimmt. Rey wollte sich von Laurel lösen, doch sie hielt ihn weiter fest umklammert. Ihre Arme hatte sie um seinen Hals geschlungen, ihre Beine fesselten noch immer seine Taille. Plötzlich bemerkte er, wie sie zuckte. Weinte sie etwa? Rey schloss die Augen und verfluchte sich im Stillen. Zögernd hob er eine Hand und strich ihr die Haare aus dem Gesicht. Das Beben wurde stärker, schüttelte ihren ganzen Körper. Erst jetzt erkannte Rey, dass Laurel lachte.

»Laurel?«

»J… ja?«

»Lachst du?«

Ein schnaubendes Lachen entkam ihr. »Sieht so aus.«

»Warum?«

»Einfach so.« Ihre Finger strichen über seinen Brustkorb,

ließen seinen Penis in ihr zucken. »Vermutlich freue ich mich einfach.«

Rey lehnte seine Stirn an ihre. »Ich mich auch. Aber dir ist schon klar, dass wir nicht gerade sonderlich verantwortungsvoll waren, oder?«

»Du hast recht. Aber um dich zu beruhigen: Ich versichere dir, dass ich keine ansteckenden Krankheiten habe, und wenn du auch gesund bist, dann dürften die Konsequenzen minimal sein.«

»Ja, so ungefähr in Babygröße.«

Laurel zuckte unter ihm mit der Schulter. »Ach, das meinst du. Nein, da brauchst du keine Angst zu haben, ich nehme die Pille.«

Mit einem Stöhnen rollte Rey sich auf die Seite. »Verdammt noch mal, warum hast du mir das nicht gleich gesagt? Ich habe mir Sorgen gemacht.«

Ein Klicken ertönte, und Licht flutete das Zelt. Laurel beugte sich über Rey und blickte ihn ernst an. »Entschuldige. Ab einem gewissen Moment konnte ich einfach an nichts mehr denken. Ich wollte dich nur noch in mir fühlen, mit dir eins werden.«

Rey berührte ihre Lippen. »Mir ging es genauso. Und jetzt, wo ich weiß, dass ein Kondom nicht nötig ist, werde ich das in Zukunft einkalkulieren.«

»Irgendwelche Pläne, von denen ich wissen sollte?«

Rey lächelte sie an. »Das erzähle ich dir morgen.«

31

Ein merkwürdiges Geräusch durchdrang Reys Schlaf und weckte ihn. Schlaftrunken setzte er sich auf und lauschte. Es war immer noch stockdunkel im Zelt, aber es kam ihm so vor, als würde es draußen schon dämmern. Da war es wieder. Ein seltsames Klicken, wie wenn Billardkugeln zusammenstießen. Oder Steine! Auf einmal war er hellwach. Er kroch zum Ausgang des Zeltes, öffnete den Reißverschluss und spähte hinaus. Nichts zu sehen. Der Himmel hob sich etwas heller von den Felsen ab, der Bach war nur ein dunkles Band mit einzelnen Lichtreflexen. Er wollte gerade seinen Kopf zurückziehen, als wieder das Geräusch ertönte. Diesmal kam es ihm näher vor, allerdings konnte das auch daran liegen, dass es nicht mehr durch den Zeltstoff gedämpft wurde.

Unruhig blickte er zu den Felswänden hinüber, welche die Öffnung des Canyons verbargen. Sosehr er seine Augen auch anstrengte, er konnte einfach nichts erkennen, es war noch zu dunkel. Wahrscheinlich hatte nur ein kleiner Steinschlag die Geräusche ausgelöst oder ein Kojote auf Nahrungssuche. Gerade wollte er sich abwenden, als er aus den Augenwinkeln ein merkwürdiges Blitzen wahrnahm. Beunruhigt starrte er in die Dunkelheit. Dann sah er es wieder: Lichtflecken, die über die Felswände huschten. Wie … Taschenlampen. Sie kamen eindeutig in ihre Richtung. Welcher normale Mensch würde frühmorgens im Dunkeln durch den Grand Canyon laufen?

Niemand. Die Antwort ließ sein Herz schneller schlagen, ein kalter Schauer lief sein Rückgrat hinab. Mit einer Hand griff er hinter sich, ertastete Laurels Bein und rüttelte daran. Wie er es schon gewöhnt war, ließ sie sich davon nicht beeindrucken, sondern murmelte nur etwas, bevor sie wieder in tiefen Schlaf versank. Doch diesmal konnte er sie nicht in Ruhe lassen. Er wusste nicht, wer dort durch den Canyon lief, aber das beunruhigende Gefühl beschlich ihn, dass diejenigen nicht in guter Absicht kamen. Erneut schüttelte er Laurel.

»Was ist denn, Rey?«

Er zuckte zusammen. Ihre Stimme kam ihm in der Morgenstille unendlich laut vor. Hastig drehte er sich um und kauerte sich dicht vor sie. »Pst, nicht so laut. Ich glaube, da kommt jemand den Canyon entlang.«

Schlagartig war Laurel wach, krabbelte eilig zu ihm hinüber und schaute ebenfalls aus der Öffnung. »Bist du sicher?« Diesmal dämpfte sie ihre Stimme.

»Ich weiß es nicht. Ich habe Geräusche gehört, und eben waren Lichter an den Felsen zu sehen.«

»Wer könnte das sein?«

Rey hörte das Zittern in ihrer Stimme. Er hätte sie gerne beruhigt, doch sein Instinkt sagte ihm, dass sie in Gefahr waren. Er sah ihr tief in die Augen. »Ich halte es nicht für klug, hier sitzen zu bleiben und darauf zu warten, dass wir es herausfinden.« Er berührte ihren Arm. »Pack nur das Allerwichtigste ein, den Rest lassen wir hier.«

Laurel nickte. Rasch leerte sie den kleineren Rucksack und packte Wasser und ihre Papiere hinein. Dann schlüpfte sie in ihre Jeans und die Wanderstiefel. Rey hatte ebenfalls Hose und Schuhe angezogen und hielt die Taschenlampe in seiner Hand. Jetzt waren die Geräusche ganz deutlich zu hören. Nicht nur das Klicken der Steine, sondern auch Stimmen, die langsam näher kamen. Die Geräusche hallten von den Canyonwänden wider, vermischten sich, sodass nur Bruchstücke zu verstehen waren.

»… weit … noch?«

»Bis … ankommen.«

Erneut scheppernde Steine. Lichter tanzten über die Wände.

»… dunkel …«

»… Auftrag … Dyson …«

Laurel und Rey sahen sich entsetzt an, dann erkannte er, dass sie keine Sekunde zu verlieren hatten. Nacheinander schlüpften sie lautlos aus dem Zelt und griffen sich Rucksack und Taschenlampe, bevor er den Reißverschluss hinter sich wieder herunterzog. Vielleicht konnten sie dadurch einen kleinen Vorsprung gewinnen. Rasch umrundeten sie das Zelt, bemüht, keinen Laut zu verursachen. Wahrscheinlich würden die Männer sie nicht hören, weil sie selber so viel Lärm veranstalteten, aber es war sicherer, gar nicht erst ihre Aufmerksamkeit zu erregen. Rey hatte seine Hand so um die Taschenlampe gelegt, dass nur ein schmaler Spalt ihnen Licht spendete.

So führte er sie immer dichter an den Wasserfall, bis sie direkt am Rand des kleinen Teichs standen, in dem sich das Wasser sammelte, bevor es den Bachlauf hinabströmte, um schließlich in den Colorado zu fließen. Er nahm Laurels Hand in seine und zog sie mit sich in das knietiefe Wasser. Sie keuchte unterdrückt, als das eiskalte Wasser durch die Hose und in ihre Stiefel drang.

»Achtung, bücken.«

Dicht neben ihnen rauschte das Wasser, eiskalte Tropfen trafen Rey im Gesicht und ließen ihn zurückzucken. Rey schob eine Hand über Laurels Kopf und veranlasste sie, sich tiefer zu ducken, trotzdem schrappte ihr Rücken gegen massiven Fels. Sie befanden sich jetzt in einer Höhle unterhalb des Wasserfalls. Wasser plätscherte auf die Felsen, es war feucht und kühl, die Luft roch modrig. Er spürte, wie Laurel schauderte, doch er führte sie unerbittlich weiter, bis sie schließlich an eine glitschige Wand stießen. Nachdem er die Taschenlampe gelöscht hatte, war es stockdunkel. Die Arme um Laurel geschlungen, lauschte er auf Geräusche von draußen. Doch weder Stimmen noch das Klicken von Steinen waren in dem Rauschen des Wassers zu hören.

Rey legte den Mund an Laurels Ohr. »Bleib hier stehen, ich will nachsehen, ob uns jemand gefolgt ist.«

Dicht an den Felsen gedrückt stand Rey am Eingang der Grotte und beobachtete die beiden Lichtpunkte, die sich stetig ihrem Lager näherten. Er konnte genau den Augenblick benennen, in dem die Männer das Zelt entdeckten. Hektisch wurden die Lichter auf den Boden gerichtet, die schattenhaften Figuren traten dicht zusammen. Wahrscheinlich berieten sie, wie sie vorgehen sollten. Rey konnte jetzt etwas mehr erkennen, da der Himmel langsam aufhellte, die Nacht dem Tag wich. Vorsichtshalber zog Rey sich wieder ein Stück zurück. Vielleicht würden sie ja einfach wieder verschwinden, wenn sie merkten, dass das Zelt leer war. Rey schüttelte den Kopf. Nicht sehr wahrscheinlich. Aber solange noch eine Möglichkeit bestand, dass die Männer wieder kehrtmachten und den Canyon verließen, würde er nichts Unüberlegtes tun.

Er hielt den Atem an, als die beiden das Zelt erreichten. Während die eine Gestalt einen Gegenstand auf das Zelt gerichtet hielt, hockte sich der andere davor und zog mit einem Ruck den Reißverschluss auf. Er warf sich zur Seite, während der Erste mit dem Gegenstand in das Zelt zielte. Eine Pistole! Deutlich konnte Rey sie im Lichtstrahl erkennen. Wie gebannt starrte er auf die Figuren. Was wollten die bewaffneten Männer hier? Hatten sie es speziell auf ihn abgesehen, oder überfielen sie jeden, der hier unten übernachtete?

Wohl eher nicht. Doch wenn sie wirklich hinter ihm her waren – und er war sich ziemlich sicher, dass einer der Männer vorhin ›Dyson‹ gesagt hatte –, was wollten sie dann von ihm? Er konnte sich nur vorstellen, dass es mit dem Video zusammenhing. Hatten sie irgendwie seine Adresse herausgefunden und waren ihm bis hierher gefolgt? Das klang zwar etwas weit hergeholt, aber wieso sollte sonst auf einmal jemand mit einer Waffe vor seinem Zelt im Grand Canyon stehen? Hatten sie ihn hier gesucht oder wussten sie womöglich schon vorher, wo er sich gerade befand? Natürlich konnten sie im Parkbüro nachgefragt haben, wer gerade ein Permit beantragt hatte, aber auch dort wusste keiner genau, welche Route Rey gehen wollte. Die Einzigen, denen er es gesagt hatte, war seine Familie.

Sein Herzschlag setzte kurz aus. Hoffentlich war ihnen nichts passiert! Seine Hände verkrampften sich an der Felswand. Natürlich, etwas anderes durfte er gar nicht annehmen. Außerdem waren ja auch Sam und Morgan da gewesen, und er konnte sich nicht vorstellen, dass die Männer sich mit vier Personen angelegt hatten, nur um an ihn ranzukommen. Rey atmete tief ein und aus. Er musste sich beruhigen, sonst konnte er nicht klar genug denken, und das musste er jetzt dringend, wenn er Laurel und sich aus dieser Situation herausbringen wollte.

Der eine Mann beugte sich jetzt ins Zelt und schien es zu untersuchen, bevor er sich wieder aufrichtete. Er hob den Kopf und blickte um sich. Seine Taschenlampe leuchtete über die Felsen, glitt kurz über den Eingang der Grotte, bevor der Strahl weiterwanderte. Rey zuckte zurück und lehnte sich schwer atmend an die Wand. Sein Herz raste so sehr, dass er fürchtete, man könnte es einige Meter entfernt auch noch hören. Stimmengemurmel erklang, dann trennten sich die Männer und suchten, jeder mit seiner Taschenlampe, ein anderes Gebiet ab. Sie mussten erkannt haben, dass Laurel und er noch vor kurzer Zeit im Zelt gewesen waren. Rey presste die Zähne zusammen. Wahrscheinlich waren die Schlafsäcke noch warm gewesen. Verdammt! Wenn sie mehr Zeit gehabt hätten, hätte er alle Sachen zusammengepackt und mitgenommen, aber die Männer waren einfach zu nah gewesen.

Während die Verfolger mit den Taschenlampen die Felswände nach einem möglichen Versteck absuchten, kamen sie stetig näher. Laurel und er mussten hier verschwinden, und zwar schnell. Behutsam löste Rey sich vom Felsen und schlich zurück zu Laurel. Als das Dunkel ihn umschloss, schaltete er die Taschenlampe an. Laurel blickte ihm mit weit aufgerissenen Augen entgegen. Es schien, als hätte sie sich die ganze Zeit nicht einen Zentimeter bewegt.

Rey trat ganz dicht an sie heran. »Sie suchen uns. Es wird bestimmt nicht lange dauern, bis sie hier sind. Wir müssen weg.«

»Gibt es hier einen hinteren Ausgang?«

»Nein. Aber einen oberen.«

Er richtete den Strahl nach oben. In der Decke befand sich ein gezacktes Loch, gerade groß genug für einen Erwachsenen. Rey wusste, dass die Öffnung in eine höhere Ebene der Höhle führte. Er schaltete die Lampe wieder aus, steckte sie in seine Jackentasche und verschränkte die Hände zu einer Stufe. »Klettere hinauf.«

Laurel zögerte nicht lange, sondern setzte ihren Fuß in die Wölbung seiner Hände. Mit Schwung hob er sie hoch, sodass sie bis zur Taille in die über ihnen liegende Höhle ragte. Mit beiden Händen stützte sie sich auf den glitschigen Felsen ab und robbte auf dem Bauch vorwärts, bis ihre Beine ebenfalls Halt fanden. Rasch drehte sie sich um und schaute hinunter. Rey hatte nur darauf gewartet und reichte ihr die Taschenlampe und den Rucksack, bevor er sich mit einem kräftigen Klimmzug nach oben stemmte.

Doch gerade als er meinte, es geschafft zu haben, glitten seine Hände auf den mit Moos bewachsenen Steinen ab, und er drohte, wieder nach unten zu rutschen. Mit zusammengebissenen Zähnen kämpfte er um sein Gleichgewicht. Lange würde er sich nicht mehr halten können. So weit sie konnte, schob Laurel sich auf den Steinen vorwärts und fasste ihn unter der Achsel. Während er sich erneut hochstemmte, zog sie mit aller Kraft, bis er schließlich hoch genug war, um ein Bein auf den feuchten Boden zu schwingen. Keuchend lag er einen Moment da, dann richtete er sich auf.

»Danke.« Langsam kam er auf die Füße und stieß prompt mit dem Kopf gegen die niedrige Höhlendecke. »Verdammt!«

Mit einer Hand stützte er sich an der Felswand ab, während er mit der anderen die schmerzende Stelle rieb. Dadurch löste sich ein Stein und fiel mit einem lauten Klacken auf den steinernen Höhlenboden. Rey erstarrte. Wenn jetzt jemand nach oben leuchtete, wären sie gut sichtbar, denn sie standen genau in der Öffnung der Höhle.

Und tatsächlich: Ein Lichtstrahl wanderte über das schäumende Wasser unter ihnen, über die bemoosten Felsen. Rey erwachte aus seiner Erstarrung und zog Laurel mit sich hinter eine Wand aus hängenden Farnen. Er wagte kaum zu atmen, während sie dort kauerten und beobachteten, was unter ihnen vor sich ging.

Kurz darauf standen die Männer auch schon vor dem kleinen Teich. Die Pistolen im Anschlag, leuchteten sie in die Tiefe der Höhle und suchten nach ihnen.

Einer der beiden, seinem Gebaren nach offensichtlich der Anführer, hatte schließlich genug von dem Versteckspiel. »Wir wissen, dass Sie da drin sind. Kommen Sie heraus.«

Stille. Hoffentlich konnten die Männer nicht das laute Hämmern seines Herzens hören.

»Wir wollen nur mit Ihnen sprechen.«

Ja, sicher.

»Okay, Sie haben es so gewollt. Ich zähle bis drei, wenn Sie dann nicht mit erhobenen Händen herauskommen, schießen wir.«

Rey drückte Laurel noch enger an die feuchte Felswand und schob sich schützend vor sie. Er spürte ihr Zittern. Oder war es sein eigenes?

Er neigte den Mund dicht an ihr Ohr. »Ganz still. Sie können uns nicht sehen. Sie müssten schon hier hochklettern, um uns zu kriegen. Schießen werden sie nicht, das wäre zu riskant, denn jetzt machen sich die ersten Wanderer aus dem Camp auf den Weg.«

Plopp. Gestein splitterte herab und traf ihn am Arm.

Verflucht! Sie hatten Schalldämpfer und konnten schießen, so viel sie wollten – niemand würde es hören. Weitere Kugeln hagelten auf die Felsen und das Wasser ein, drangen bis tief in die Höhle vor. Sie mussten schleunigst hier weg, bevor sie von den Kugeln durchsiebt wurden. Wenn sie den richtigen Moment abwarteten, sobald die Männer nachluden oder sich durch den Eingang zwängten, denn noch immer standen sie direkt davor …

Aufs Äußerste angespannt kauerte Rey an der Wand und beobachtete die Bewegungen der Männer. Endlich war es so weit, einer hantierte mit seiner Waffe, der andere watete durch das Wasser und bückte sich in den Eingang hinein. In diesem Moment schlichen Laurel und Rey an den Rand der Grotte. Von hier aus konnten sie auf eine höhere Ebene gelangen. Mochten sie auch vom Wasser durchnässt werden, das hier den Berg hinunterfloss und in mehreren Wasserfällen schließlich in den Teich gelangte: Es war der einzige Ausweg, unten waren die Männer und warteten nur darauf, dass sie ihnen in die Arme liefen. Also half Rey Laurel wieder mit verschränkten Händen hinauf, bis sie sich über die Kante hangeln konnte, dann kletterte er selbst hinterher.

Kaltes Wasser spritzte ihm ins Gesicht, rann seinen Körper entlang und nahm ihm fast den Atem. Aber sie mussten weiter, nichts anderes zählte mehr. Er krallte die Finger in den Felsblock vor ihm und zog sich das letzte Stück hoch. Laurel hatte sich bereits hinter einen Vorsprung gekauert, um aus der Schusslinie zu sein. Rey kroch neben sie und schob sich die nassen Haarsträhnen aus dem Gesicht. Wenn sie dem Wasser weiter nach oben folgten, würden sie für ein paar Meter völlig ungeschützt sein. Doch das war der einzige Weg, ringsherum ragten die Felswände fast senkrecht in die Höhe. Ohne Kletterausrüstung würden sie sie nie bezwingen können. Also blieb nur der feuchte, moosbewachsene Wasserlauf, in dem sie Gefahr liefen, auszurutschen und zu stürzen.

Rey beugte sich zu Laurel hinunter. »Immer dem Wasser nach. Versuch ganz leise zu sein und dich möglichst ruhig zu bewegen.«

»Und was ist, wenn sie uns entdecken?«

»Dann kletterst du, als wäre der Teufel hinter dir her.«

Laurel küsste ihn auf den Mund. »Sei vorsichtig.«

»Du auch.«

Rey schaute um die Ecke. Er konnte nur den einen Mann sehen, der immer noch vor dem Teich stand, während der andere im Innern der Höhle verschwunden war. Sie mussten sich beeilen, er konnte jederzeit den Durchgang entdecken, durch den sie nach oben geklettert waren. Rey nickte Laurel aufmunternd zu, worauf sie ebenfalls nickte und los kroch. Am liebsten hätte er sie zurückgerufen, weil es zu gefährlich war, aber hierzubleiben wäre Selbstmord. Er wartete, bis Laurel ein Stück geklettert war, dann schlich auch er los. Gerade als er dachte, sie würden es schaffen, ohne entdeckt zu werden, erschien ein Kopf an der Abbruchkante.

»Da sind sie!«

Rey zuckte zusammen. Verdammt! Laurel hatte sich zu ihm umgedreht, ihre Augen waren weit aufgerissen. »Weiter!«

Plopp. Steine rieselten von der Felswand. Laurel wartete nicht auf eine weitere Aufforderung, sondern kletterte so schnell es ging weiter. Rey folgte so dicht hinter ihr, dass er sie möglichst mit seinem Körper vor den Kugeln schützen konnte.

32

Morgan reichte Sam die Wasserflasche und wischte sich den Schweiß von der Stirn. Obwohl die Sonne noch gar nicht richtig aufgegangen und es ziemlich kühl war, schwitzte er schon. Sie liefen in einem Tempo den Pfad hinunter, das fast selbstmörderisch war. Jedenfalls war es sogar schwierig für ihn, Sam zu folgen. Zwar war er gut trainiert, dafür jedoch kein Leichtgewicht, vielleicht lag es aber auch daran, dass er nicht mehr der Jüngste war … Wie auch immer, er würde mit Sam mithalten, sie keinen Augenblick allein lassen. Noch einmal würde er nicht zulassen, dass sie in Gefahr geriet. Er steckte die Flasche wieder ein und machte sich an den Abstieg. Er hoffte inständig, dass Rey und Laurel gar nicht bedroht wurden, sondern fröhlich durch die Gegend wanderten und sich von ihnen eher gestört fühlen würden. Doch sein Gefühl sagte ihm eindeutig etwas anderes, und er hatte gelernt, seinen Instinkten zu vertrauen.

»Wie weit ist es noch?«

Sam warf ihm einen Blick über die Schulter zu. »In diesem Tempo noch etwa eine Stunde bis in den anderen Canyon.« Damit ging sie noch schneller. »Gott, wir müssen uns beeilen! Wenn jemand die Skizze genommen hat und ihnen gefolgt ist, dann kommen wir vielleicht zu spät. Ich hätte doch schon gestern Abend losgehen sollen.«

»Das hätte überhaupt nichts gebracht, und das weißt du auch.« Morgans Stimme wurde weicher. »Ich verstehe ja, dass du dir Sorgen machst, Sam, aber es hilft ihnen nicht, wenn du ebenfalls in Gefahr gerätst.«

Sam schwieg kurz, dann seufzte sie. »Ich weiß. Aber ich fühle mich so verdammt hilflos!«

»Mir geht es genauso. Aber wir haben es bald geschafft, dann wissen wir, woran wir sind. Du wirst sehen, wir werden Rey und Laurel finden.«

Sam schwieg, aber ihr ging sicher das Gleiche durch den Kopf wie Morgan: Sie würden sie bestimmt finden, aber würde es ihnen dann noch gut gehen?

Rey fluchte tonlos, als er rasch über die rutschigen Steine kletterte. Endlich war Laurel in Sicherheit. Er selbst befand sich allerdings immer noch mitten in der Schusslinie, beleuchtet vom Strahl zweier Taschenlampen, und auch der Himmel wurde mit jeder Minute heller. Es war nur eine Frage der Zeit, bis er getroffen wurde. Rey warf sich die letzten Meter nach vorne. Er spürte einen Schlag am Bein, robbte aber weiter, bis er hinter den Felsen war. Sofort war Laurel bei ihm, fasste ihn besorgt am Arm.

Rey schob sie sanft von sich, dann erhob er sich. »Komm, wir müssen weiter.«

Er nahm sie bei der Hand und zog sie mit sich, hinter den schützenden Felsen weiter das Bachbett hinauf. Rufe und Poltern wurden hinter ihnen laut, die Männer folgten ihnen also. Das Bett, welches das Wasser in den Fels gegraben hatte, führte in zahlreichen Windungen immer höher hinauf. Durch die sich zu beiden Seiten auftürmenden Felswände konnten sie nicht erkennen, wo sich die Männer befanden oder wie weit es bis zum nächsten Plateau noch war. Das Wasser floss immer kräftiger, je höher sie kamen, zumindest schien es Rey so. Manchmal mussten sie sich links und rechts am Rand des Wasserbetts abstützen, um nicht mit nach unten gerissen zu werden. Das Rauschen schluckte sämtliche Geräusche, die ihre Verfolger verursachten. Deshalb konnte Rey nicht bestimmen, ob sie noch weiter unten oder schon dicht hinter ihnen waren. Er konnte nur hoffen, rechtzeitig das Plateau zu erreichen, ehe sie von einer Kugel in den Rücken getroffen wurden.

Mit dieser Gefahr im Nacken kämpften sie sich keuchend auf dem gefährlichen Weg weiter, bis sie schließlich unvermittelt aus dem Canyon hinaus ins Freie traten. Erstaunt blickte Rey sich um. Sie standen auf einem schmalen Absatz, der einmal um den Felsen herumführte. Hoch über ihnen thronte ein gewaltiges Plateau, etwa dreißig Meter unter ihnen floss der Colorado dahin. Die Sonne war inzwischen aufgegangen und beleuchtete die roten Felswände. Unten im Canyon war es dagegen immer noch schattig, wenn auch nicht mehr ganz so dunkel wie zuvor. Für die beiden Männer würden sie also ein gut sichtbares Ziel sein. Ohne eine Sekunde zu verlieren, liefen sie den schmalen Grat entlang. Über und unter ihnen taten sich Geröllfelder auf, die eine Überquerung so gut wie unmöglich machten. Sie konnten nur immer weiter rennen und hoffen, dass irgendwann ein Weg nach unten oder oben führte und sie die Verfolger vielleicht abschütteln konnten. Rey warf einen Blick über die Schulter. Noch waren sie nicht zu sehen, aber sie konnten jederzeit auftauchen.

Laurel lief voraus, darauf hatte er bestanden. Er hatte ihr nicht erklärt, dass er hoffte, sie so mit seinem Körper abschirmen zu können, sondern als Grund angegeben, die Männer im Auge behalten zu wollen. Ein dumpfer Schmerz breitete sich unerbittlich in seinem Bein aus, weswegen er immer langsamer vorwärtskam. Er hatte keine Zeit, um nachzuschauen, wo er sich verletzt hatte, aber es kam von dem Schlag, den er vorhin im Felsspalt verspürt hatte. Er biss die Zähne zusammen und folgte Laurel, so schnell er konnte. Plötzliche Geräusche hinter ihm ließen ihn so schnell herumfahren, dass er fast das

Gleichgewicht verloren hätte und in die Tiefe gestürzt wäre. Im letzten Moment fing er sich wieder und richtete sich auf. Die Männer kletterten gerade über die Kante! Rey rannte wieder schneller, auch wenn der Schmerz in seinem Bein pochte. Er holte Laurel rasch ein, die sich nun ebenfalls umwandte, als sie ihn kommen hörte.

»Lauf! Wir müssen irgendwo Schutz finden. Sie sind dicht hinter uns.«

Laurel warf einen Blick hinter ihn und erbleichte. Wortlos lief sie wieder los, schneller als zuvor. Ihre Verfolger hatten sie jetzt anscheinend auch entdeckt, denn sie riefen etwas, das Laurel nicht verstehen konnte, weil das Blut zu sehr in ihren Ohren rauschte. Ganz zu schweigen von dem Lärm, den die von ihren Füßen losgetretenen Steine verursachten. Gott, wenn sie nur einen falschen Schritt machte, würde sie den Abhang hinunterstürzen. Sicher würde sie so einen Sturz nicht überleben. Wenn sie allerdings die Wahl hatte zwischen einer Kugel und dem Steilhang, dann würde sie sich garantiert für Letzteres entscheiden.

Verzweifelt suchte sie nach einem Felsspalt, einer Höhle, irgendeinem Ort, an dem sie sich verstecken konnten. Weit und breit war jedoch keine Zuflucht in Sicht. Der schmale Sims wand sich auf gleicher Höhe um die Canyonwand, immer in direkter Schusslinie ihrer Verfolger. Die nächste Biegung war einfach zu weit entfernt, und die Chance, sie noch rechtzeitig zu erreichen, war minimal. Laurel fühlte sich nackt und wehrlos. Wieder warf sie einen kurzen Blick über die Schulter. Die Männer hatten ihren Abstand verringert, deutlich konnte sie die Waffen in ihren Händen sehen. Was sie aber noch mehr entsetzte, war Reys bleiches, schweißbedecktes Gesicht. Mühsam quälte er sich vorwärts und zog beim Laufen eines seiner Beine nach. Er war verletzt!

Laurel blieb stehen und wartete, bis er sie eingeholt hatte.

»Lauf weiter!«

»Wir werden ihnen nicht davonlaufen können, erst recht nicht, wenn du verletzt bist.«

»Wir müssen.«

»Ich denke, wir sollten versuchen, zum Wasser hinunterzukommen.«

Rey warf einen Blick nach unten. »Das ist viel zu gefährlich!«

Laurel packte ihn am Arm. »Es ist noch gefährlicher, hier in der Schusslinie herumzurennen.«

Wie um ihre Worte zu untermauern, zischte eine Kugel dicht an Reys Ohr vorbei. Erschreckt fuhr Laurel zusammen. Sie blickten sich nur kurz an, dann sprangen sie gleichzeitig auf die Geröllwand nach unten in Richtung Fluss. Sofort kam Laurel ins Rutschen, Sand und Steine lösten sich und kullerten den Hang hinunter. Nur mühsam gelang es ihr, das Gleichgewicht zu halten, während sie mit Rey den trügerischen Abhang hinunterstolperte. Kugeln bohrten sich neben ihnen in die Steine und ließen sie in Panik um ihr Leben laufen. Laurel verlor das Gleichgewicht, fiel hin und rutschte einige Meter auf dem Hinterteil weiter, bis ein größerer Felsblock ihren Sturz unsanft bremste. Augenblicklich kam sie wieder auf die Füße und lief weiter.

Sie hatte keine Zeit, darüber nachzudenken, was ihr alles wehtat, da um sie herum tödliche Geschosse durch die Luft flogen und sie mehrmals nur um wenige Zentimeter verfehlten. Rey war immer noch dicht hinter ihr, sein Gesicht eine schmerzverzerrte Maske. Wenn er jetzt zusammenbrach … Laurel mochte nicht darüber nachdenken. Also lief und rutschte sie wild entschlossen weiter, bis sich plötzlich ein Abgrund vor ihr auftat.

Abrupt kam sie zum Stehen. Sie standen auf einer Kante, die eine senkrechte Felswand begrenzte, und unter ihnen strömte der Colorado. Laurel wurde schwindelig. Sie waren noch mindestens zehn Meter über dem Wasser und sie hatten keine andere Möglichkeit als …

»Spring!«

Reys raue Stimme ließ ihren Kopf zu ihm herumfahren. »Das ist Wahnsinn! Wir wissen gar nicht, ob das Wasser tief genug ist.«

Rey blickte sich zu ihren Verfolgern um, die immer noch oben auf dem Sims standen und Schüsse auf sie abfeuerten. »Es ist tief genug. Du kannst doch schwimmen, oder?«

»Ja, natürlich, aber …«

»Gut, dann springen wir.«

Er nahm ihre Hand, drückte sie kurz, und schon stürzten sie gemeinsam in die Tiefe.

Sam und Morgan hatten endlich den Seitencanyon erreicht, in dem Rey sein Lager hatte aufschlagen wollen. Ob er es wirklich getan hatte, wussten sie jedoch noch nicht. Bisher hatten sie jedenfalls keine Spuren gefunden, die darauf hindeuteten.

Am liebsten hätte Morgan Sam auf der Phantom Ranch zurückgelassen, an der sie auf dem Weg hierher vorbeigekommen waren, aber natürlich hätte sie niemals eingewilligt. Außerdem kannte sie sich hier im Canyon besser aus als er. Sie wusste auch, wo die Stelle lag, an der Rey campen wollte. Dennoch machte Morgan sich Vorwürfe, sie nicht daran gehindert zu haben, dass sie sich in Gefahr begab. Er konnte sich nicht vorstellen, wie es wäre, sie zu verlieren. Zwar kannten sie sich erst seit ein paar Monaten, dennoch hatten sie bereits so viel miteinander durchgemacht, dass es für ein ganzes Leben reichen würde.

Immer wieder wanderte seine Hand zu dem Messer, das in einer Scheide an seinem Gürtel hing. Eine andere Waffe hatte er nicht dabei. Eine Pistole wäre ihm zwar lieber gewesen, doch die war nicht verfügbar, und auch James besaß keine Waffen.

Natürlich waren im Nationalpark Schusswaffen verboten, aber diejenigen, die vermutlich hinter Rey her waren, würden sich bestimmt nicht darum scheren. Aufmerksam schaute Morgan sich in dem engen Canyon um. Unter anderen Umständen hätte er die bizarre Landschaft mit Freude erkundet, doch jetzt wurde ihm jäh bewusst, wie gefährlich es wäre, an dieser Stelle auf Verbrecher zu treffen. Sein Magen krampfte sich zusammen.

Sam versuchte angestrengt, mit den Augen den Canyon zu durchdringen, der noch immer im Dämmerlicht lag. Bald müssten sie das Ende erreicht haben, wenn sie sich richtig erinnerte. Unwillkürlich ging sie langsamer und so leise wie möglich, damit sie nicht bemerkt würden, sollte jemand dort sein. Morgan passte sich schweigend ihrem Tempo an. Aus den Augenwinkeln betrachtete sie sein ernstes Gesicht. Sie war froh, dass er mit ihr hierhergekommen war. Mochte sie auch noch so mutig getan haben, innerlich hatte sie schreckliche Angst – um Rey und Laurel, um sich selbst. Sie war Paläontologin und keine Spezialagentin, die es mit Verbrechern aufnehmen konnte. Ruckartig blieb sie stehen, als sie den Wasserfall am Ende des Canyons und das davor aufgebaute Zelt erblickte.

Unsicher blickte sie Morgan an. »Was jetzt?«

»Da scheinbar alles ruhig ist, würde ich sagen, wir gehen zum Zelt und sehen vorsichtig nach, ob Rey und Laurel darin sind.«

Sie nickte ihm nur zu, dann bewegten sie sich auf das Zelt zu. Sofort bemerkte sie, dass die Klappe offen stand. Sam ging in die Knie und beugte sich in das Innere. Das Zelt war leer. Schlafsäcke und Kleidungsstücke, Essen und andere Gegenstände lagen verstreut herum. Es war offensichtlich, dass irgendetwas passiert war. Aber was? Hatte jemand Rey und Laurel überfallen und sie entführt oder waren sie geflüchtet? Wenn ja, wo waren sie dann jetzt?

Sanft schob Morgan sie beiseite. »Lass mich mal sehen.«
Er streckte den Kopf ins Zelt und betrachtete das Durcheinander. »Ein Rucksack fehlt, sie können unmöglich alles in diesem einen gehabt haben. Keine Schuhe, keine Papiere, kaum Wasser.« Er berührte die Schlafsäcke, dann kroch er wieder hinaus. Er sah Sam an, die nervös neben ihm hockte. »Ich kann es nicht beschwören, aber für mich sieht es so aus, als wären sie überhastet und nur mit dem Nötigsten verschwunden. Die Schlafsäcke sind kalt, also wird es schon eine Weile her sein.«
Hoffnungsvoll blickte Sam ihn an. »Denkst du, dass sie sich in Sicherheit bringen konnten?«
»Ich weiß es nicht. Sie müssen einen Grund gehabt haben, so eilig zu verschwinden. Und da sie nicht die Informationen haben, über die wir verfügen …«
Er brauchte den Satz nicht zu beenden. Sam fuhr sich zittrig durch die kurzen Haare. »Sie haben bemerkt, dass ihnen jemand folgt, und sind geflüchtet. Also sind die Verbrecher wahrscheinlich noch hinter ihnen her, oder …«
Morgan strich über ihre Wange. »Wir können es nicht mit Bestimmtheit sagen. Mal sehen, ob wir noch andere Hinweise finden, wohin sie gegangen sein könnten.«
Gemeinsam sahen sie sich um, aber auf dem unebenen Untergrund waren keine Spuren zu entdecken.
»Wenn wir davon ausgehen, dass die Verfolger, sofern es welche gibt, vom Colorado her kamen, dann werden sie wohl in die entgegengesetzte Richtung geflohen sein.« Morgan deutete auf den Wasserfall. »Bleib du hier, ich sehe ihn mir mal näher an.«
»Aber …«
»Bitte, es hat keinen Sinn, wenn wir beide nasse Füße bekommen. Wenn ich dort nichts entdecke, verlassen wir den Canyon wieder und halten uns dann flussabwärts.«
»In Ordnung. Sei vorsichtig.«

Morgan brachte ein kleines Lächeln zustande. »Das bin ich immer.«

Mit vor Anspannung geballten Fäusten beobachtete Sam, wie Morgan durch das knietiefe Wasser watete und an den Felswänden hinaufblickte. Gebückt verschwand er dann in der kleinen, hinter dem Wasserfall liegenden Höhle. Sie hatte schreckliche Angst um ihn. Als Morgan plötzlich eine Etage höher wieder auftauchte, zuckte sie erschreckt zusammen. Er untersuchte die Felswand, dann sah er nach oben, wo das Wasser in kleinen Kaskaden über die Steine floss. Er drehte sich zu Sam um.

»Ich klettere kurz hoch und prüfe nach, wohin der Spalt führt. Vielleicht kann ich weiter oben etwas entdecken. Warte hier, und wenn du etwas hörst, versteck dich sofort, ja?«

»Pass auf dich auf.«

Sam blickte Morgan nach, bis er aus ihrer Sicht verschwand. Schließlich, nach endlosen Minuten, tauchte er wieder auf. An seinem angespannten Gesichtsausdruck erkannte sie, dass er etwas gefunden hatte.

»Was?« Mehr brachte sie nicht heraus.

Morgan kletterte noch eine Stufe herunter, dann räusperte er sich. »Ich glaube, du solltest doch hochkommen. In den Felsen habe ich Einschusslöcher gefunden, und weiter oben führt ein schmaler Sims an der Canyonwand entlang, darauf war eine Spur dunkler Tropfen. Blut vermutlich.«

Sam konnte einen entsetzten Aufschrei nicht unterdrücken, augenblicklich sprang sie in das Wasser und watete eilig auf die Höhle zu.

33

Laurel atmete genau in dem Moment ein, bevor die kalten Fluten des Colorado über ihrem Kopf zusammenschlugen. Durch die Wucht des Aufpralls halb betäubt, verlor sie unter Wasser völlig die Orientierung. Ihre Lunge drohte zu bersten, während sie wild strampelnd den Weg zur Oberfläche suchte. Ihre vollgesogene Kleidung und die schweren Schuhe zogen sie nach unten. Nach einer Ewigkeit stieß ihr Kopf endlich durch die Wasseroberfläche. Ein Hustenkrampf schüttelte sie, ihre Augen brannten. Langsam kam ihr wieder zu Bewusstsein, wo sie war und was sie hier tat. Hastig sah sie sich um. Oh Gott, wo war Rey? Sie versuchte auf der Stelle zu paddeln, doch die Strömung riss sie unweigerlich mit sich. Mit der einen Hand wischte sie sich die Haare aus den Augen, mit der anderen hielt sie sich über Wasser, während sie weiter nach Rey Ausschau hielt. Panik breitete sich in ihr aus, als sie ihn immer noch nicht entdecken konnte. Womöglich war er unter Wasser gegen einen Felsen gestoßen und hatte das Bewusstsein verloren. Sie tauchte wieder unter, doch das Wasser war so trüb, dass sie nichts erkennen konnte. Himmel, was sollte sie bloß tun?

Plötzlich spritzte eine kleine Wasserfontäne vor ihrem Gesicht auf. Verwundert starrte sie auf das Wasser, bis sie verstand, was das bedeutete: Die Männer schossen von dort oben noch immer auf sie! Unwillkürlich wanderte ihr Blick zur Canyonwand, wo sie deutlich die beiden Figuren erkennen konnte, die dort standen und das Wasser fixierten. Sie mussten so schnell wie möglich flussabwärts schwimmen, um den Schüssen zu entkommen. Doch wo war Rey nur?

»Rey!«

Nichts. Laurel holte tief Luft und ließ sich wieder unter die Wasseroberfläche sinken. Vielleicht würden die Verbrecher sie so aus den Augen verlieren. Schließlich ging ihr die Luft aus, und sie musste wieder auftauchen. Die Figuren waren kleiner geworden, obwohl sie auf dem Sims ebenfalls flussabwärts liefen. Sie versuchte zu erkennen, an welcher Stelle sie am besten zum Ufer zurückgelangen könnte. Immer wieder blickte sie sich um und rief nach Rey, als auf einmal etwas von hinten gegen sie prallte und unter Wasser zog. Prustend stieß sie wieder an die Oberfläche. War sie angeschossen worden? Nein, es war etwas Größeres gewesen, das sie getroffen hatte. Ein Baumstamm vielleicht. Ihr Herz klopfte wild, während sie sich umschaute. Nichts zu sehen. Die Männer hatten aufgehört zu schießen, sie waren hinter der Biegung des Flusses verschwunden. Erneut prallte etwas gegen sie. Panisch versuchte Laurel sich zu befreien, doch sie war gefangen. Wild mit den Händen paddelnd bemühte sie sich, an der Oberfläche zu bleiben, um nicht mit in die Tiefe gezogen zu werden.

Sie schrie auf, als sie erkannte, dass es etwas Lebendiges war, das sie umfing. Gab es hier etwa Wasserschlangen? Doch im nächsten Moment verwarf sie den Gedanken, als sie spürte, dass es ein Mensch war. Aber das … Rey! Panisch drehte sie sich um und sah eine Wolke braunen Haares an der Wasseroberfläche schwimmen. Jetzt verlieh die Sorge ihr neue Kraft. Sie schob die Arme um seinen Brustkorb und zog ihn höher, sodass sein Kopf an der Oberfläche trieb. Was war mit ihm geschehen? Lebte er noch? War er verletzt? Seine Augen waren geschlossen, das Gesicht bleich. Wieder überkam Laurel Panik, verzweifelt suchte sie nach Lebenszeichen, fand aber keine.

Sie musste ihn sofort aus dem Wasser schaffen. Zum Glück war sie eine ausgezeichnete Schwimmerin. Sie drehte ihn auf den Rücken und schwamm mit ihm im Rettungsgriff auf das Ufer zu. Während sie mit den Beinen gegen die starke Strömung ankämpfte, steuerte sie mit Rey im Arm auf das Ufer zu. Die Sorge um ihn verlieh ihr zusätzliche Kraft, und obwohl sie immer wieder Wasser schluckte, erreichte sie schließlich keuchend das Ufer. Mit letzter Kraft zog sie Rey mit sich auf den sandigen Uferstreifen.

Der Atem rasselte in ihrer Lunge, ihr Herz drohte zu bersten, doch sie hatte keine Zeit, um sich zu erholen. Sie musste sich sofort um Rey kümmern. Sie beugte sich über seinen leblosen Körper. Mit zitternden Fingern prüfte sie seinen Puls und fand ein schwaches Pochen. Doch seine Atmung hatte ausgesetzt, kein Hauch war mehr zu spüren. Laurel kniete sich über ihn, öffnete mit den Fingern seinen Mund und untersuchte ihn. Sein Rachen schien frei zu sein. Sie legte ihren Mund auf seinen und begann mit der Beatmung. Abwechselnd blies sie Luft in seine Lunge und massierte sein Herz, bis er sich nach bangen Sekunden endlich rührte. Sie rollte ihn auf die Seite, wo er sich hustend und würgend von dem Wasser in seiner Lunge befreite. Laurel strich ihm über den Rücken und hielt seinen Kopf, bis er sich ein wenig erholt hatte.

Rey schaffte es kaum, die Lider zu öffnen. Verschwommen erkannte er Felsen, Büsche und Wasser. Die Sonne brannte auf seine nasse Kleidung und ließ seine Haut unangenehm kribbeln. Sein Kopf lag im Schatten auf etwas Weichem. Ganz langsam drehte er das Gesicht herum, bis er nach oben blicken konnte. Laurel! Mit Macht kam die Erinnerung zurück, die Verfolgung, die Schüsse, der Sprung in die Tiefe. Er musste vom Aufprall ohnmächtig geworden sein, denn er konnte sich nicht daran erinnern, wie er hierhergekommen war. Wo war er überhaupt? Sein Blick wanderte über Laurels feuchtes Gesicht, die tropfenden Haare, ihr zerrissenes T-Shirt. Ihre Augen schauten ihn unverwandt an, während Tränen daraus hervorquollen und über ihre bleichen Wangen rannen. Zärtlich strich ihre Hand über seinen Kopf, schob ihm eine Haarsträhne aus dem Gesicht.

Rey befeuchtete die Lippen mit der Zunge. »Was …« Er brach ab und räusperte sich. »Was ist passiert?«

»Du bist fast ertrunken.« Laurel beugte sich hinunter und strich mit ihrem Mund sanft über seine Lippen. »Beinahe hätte ich dich verloren.«

Ein Ruck ging durch ihren Körper. Sie richtete den Oberkörper auf und suchte hektisch mit den Augen die Umgebung ab. »Kannst du aufstehen? Wir müssen dringend hier weg, als ich die Männer das letzte Mal gesehen habe, waren sie hinter einer Biegung verschwunden. Doch das kann nicht allzu weit weg sein.«

Rey wollte sich hochstemmen, fiel aber wieder zurück. Wieso war er so schwach? Es war fast, als hätte er überhaupt keine Muskeln mehr. »Hilfst du mir?«

»Natürlich.«

Laurel bettete seinen Kopf vorsichtig in den Sand, dann stand sie auf. Mit vereinten Kräften gelang es ihnen schließlich, ihn aufzusetzen. Erneut schüttelte ein Hustenkrampf Reys Körper. Schwer atmend stützte er sich an Laurels Bein ab.

»Okay, noch einmal.«

Während sie ihn an den Händen hochzog, stemmte sie sich mit dem ganzen Gewicht nach hinten, wobei sie fast selber das Gleichgewicht verlor. Endlich gelang es ihr, Rey auf die Füße zu ziehen. Er taumelte und stützte sich dann schwer gegen sie. Jäh erinnerte er sich wieder, warum er beim Aufprall ohnmächtig geworden war. Sein Bein schmerzte höllisch. Das Schlimmste fürchtend, blickte er nach unten. Es war nichts zu sehen. Die Jeans war triefend nass und klebte an seinem Bein. Sein Blick wanderte zu Laurel, die wie gebannt auf den Boden starrte. Er folgte ihrem Blick und entdeckte einen dunklen Fleck im hellen Sand. Dann sah er, wie das Blut aus seiner Hose tropfte. Rasch wandte er den Blick ab.

»Zieh dein T-Shirt aus.«

Verwirrt blickte er sie an. »Warum?«

»Damit ich die Wunde verbinden kann. Wir können uns nirgendwo vor den Männern verstecken, wenn wir eine deutlich sichtbare Blutspur hinterlassen.«

Rey wurde schwindelig. »Blut …«

Laurel blickte ihn besorgt an. »Ja. Du hast schon zu viel verloren, wenn die Wunde von der Verletzung im Canyon herrührt.«

Rey schwankte, in seinem Kopf drehte sich alles. »Ich … ich weiß nicht.«

»Komm schon, mach mir jetzt nicht schlapp. Ich kann dich nicht wegtragen, du musst selber laufen.«

»O… okay.«

Hitze stieg sein Rückgrat hinauf und prickelte in seinem Nacken. Sein Blickfeld verengte sich und wurde schwarz. Punkte flimmerten vor seinen Augen.

Wie aus weiter Ferne hörte er Laurels Stimme. »Setz dich, nicht dass du hinfällst!«

Schwerfällig sank er zu Boden. Ein Stöhnen drang über seine Lippen, als ein scharfer Schmerz durch sein Bein fuhr. Halb bewusstlos hing er in Laurels Armen und kämpfte gegen die Dunkelheit an, die ihn zu verschlingen drohte. Laurel sagte etwas zu ihm, aber er verstand sie nicht. Schwärze hüllte ihn ein.

Laurel betrachtete ängstlich Reys bleiches Gesicht. Er war einfach ohnmächtig geworden. Langsam ließ sie ihn wieder in den Sand gleiten. Sie zog ihm das T-Shirt aus und beugte sich über sein Bein. Vorsichtig fuhr sie mit den Händen über seine sandige Jeans, auf der Suche nach der Verletzung. Schließlich fand sie im Unterschenkel ein kreisrundes Loch im Stoff und darunter eine blutende Wunde. Ihr Magen hob sich, doch sie kämpfte die Übelkeit energisch zurück. Sie hatten keine Zeit zu verlieren. Jeden Moment konnten ihre Verfolger hier auftauchen, und dann waren sie so gut wie tot.

Schnell riss sie das T-Shirt entzwei, band es, ohne die Jeans auszuziehen, über die Wunde und knotete es zusammen, so fest sie konnte. Sie verzog den Mund. Gut, dass Rey bewusstlos war, das hätte ihm sicher wehgetan. Laurel stand auf und bedeckte hastig die Blutflecken im Sand und auf den Steinen. Vermutlich würde man bei genauerem Hinsehen erkennen, wo sie sich an Land geschleppt hatten, doch von Weitem war es vielleicht nicht so ersichtlich. Dann hockte sie sich neben Rey. Wie sollte sie ihn wach bekommen? Da blieb nur eins. Zuerst tätschelte sie nur sanft seine Wangen, aber als er sich immer noch nicht rührte, schlug sie etwas kräftiger zu. Das wirkte.

Sekunden später war Rey hellwach und schaute verwirrt um sich. »Was ist passiert?«

»Du hast das Bewusstsein verloren.«

Rey runzelte die Stirn. »Warum sollte ich …« Er erbleichte, als es ihm wieder einfiel.

Laurel sah ihn streng an. »Oh nein, nicht noch mal. Du bleibst jetzt schön wach, damit wir endlich von hier wegkommen. Verstanden?«

»Ja, Ma'am.«

Erneut zog sie ihn auf die Beine, dann legte sie seinen Arm über ihre Schultern und stützte ihn so. »Weit kommen wir mit deiner Verletzung nicht, ich würde vorschlagen, dass wir uns hier irgendwo in der Nähe verstecken, bevor die Männer uns sehen.«

Rey nickte und humpelte neben ihr her auf die Büsche zu.

Laurel blickte sich um. Bis auf einige Wassertropfen hinterließen sie keine Spur, wie sie befriedigt feststellte. Wenn die Männer auf dem Sims weitergelaufen waren, dann würden sie aus der Entfernung keine Details erkennen. Aber was, wenn sie herunterkamen … Instinktiv blickte sie sich nach einer brauchbaren Waffe um, damit sie sich notfalls verteidigen konnte. Außer dem, was sie am Leib trugen, hatten sie nichts bei sich, sogar den Rucksack hatte Rey im Wasser verloren. Aber es war sowieso nichts darin gewesen, was als Waffe getaugt hätte. Blieben nur Äste und Steine. Natürlich würden sie damit nicht gegen Pistolen ankommen, außer sie versteckten sich und griffen dann aus dem Hinterhalt an.

Endlich tauchten sie in ein dichtes Gebüsch ein, das sie vor den Blicken ihrer Verfolger verbergen würde, solange sie sich nicht rührten. Sie half Rey, sich in einer Mulde zwischen größeren Felsblöcken niederzulassen, dann kroch sie weiter, um sich zu bewaffnen. Hastig sammelte sie als Knüppel taugliche Äste und faust- bis fußballgroße Steine auf, die gereicht hätten, um einen halben Trupp zu bewaffnen. Es war immer besser, zu viel als zu wenig Munition zu haben. Schließlich war sie mit ihrer Ausbeute zufrieden und ließ sich neben Rey auf den Boden sinken.

Die Stelle, wo jemand den Grat verlassen und über das Geröllfeld gerutscht war, konnten sie gut erkennen. Jäh endeten die Blutstropfen auf dem Sims, also schien derjenige, der verletzt war, an dieser Stelle hinunter zum Colorado geflüchtet zu sein. Wenn man die Einschusslöcher in den Felsen im Canyon als

Indiz nahm, dann war es wahrscheinlich, dass entweder Laurel oder Rey verletzt war. Vielleicht auch beide.

Sam sah Morgan verzweifelt an. »Was machen wir jetzt? Folgen wir der Spur, oder bleiben wir auf dem Grat?«

»Ich wäre dafür, dass wir erst einmal hier oben bleiben, ich glaube, so haben wir einfach einen besseren Überblick. Vielleicht können wir sie dort unten entdecken, wenn wir dem Grat folgen.«

Sam wäre am liebsten sofort hinuntergestürmt, um endlich ihren Bruder zu finden. Doch sie sah ein, dass Morgans Vorschlag vernünftiger klang. »Okay. Aber wenn wir nicht bald etwas entdecken, kehren wir um und folgen den Spuren.«

»Das war mein Plan.«

Morgan zog sie kurz an sich, dann drehte er sich um und lief weiter den schmalen Sims entlang.

»Verdammt, wo sind sie abgeblieben?«

Der Anführer suchte das Gelände Millimeter für Millimeter mit den Augen ab. Irgendwo mussten sie doch sein! Außer sie waren nicht ans Ufer gekommen, sondern immer weiter von der Strömung flussabwärts getrieben worden. Oder vielleicht waren sie auch ertrunken, das würde die Sache natürlich extrem erleichtern. Allerdings würden sie es nie sicher wissen, denn der Colorado gab seine Opfer selten wieder frei. Vielleicht würden sie irgendwann im Lake Mead am Hoover Dam auftauchen. Aber er konnte sich nicht vorstellen, dass die beiden kampflos untergegangen waren. Sie hatten bereits bewiesen, dass sie von der zähen Sorte waren.

Er hatte gesehen, wie die Frau nach dem Sprung wieder aufgetaucht und mit der Strömung geschwommen war. Ihre Kugeln hatten höchstwahrscheinlich das Ziel verfehlt, denn die Frau war weitergeschwommen. Der Mann war allerdings untergegangen wie ein Stein, und er hatte ihn nicht wieder auftauchen sehen. Natürlich war genau an der Stelle ein Felsvorsprung gewesen, deshalb hatte er nicht genau erkennen können, was sich darunter abgespielt hatte. Es konnte durchaus sein, dass der Mann ertrunken war. Da kurz darauf der Fluss eine Biegung machte, hatte er dummerweise auch die Frau aus den Augen verloren.

Falls der Mann ertrunken war, dann wäre ihr Auftrag eigentlich erledigt. Aber die Frau war eine Zeugin, deshalb musste auch sie verschwinden. Wenn sie sie fanden. Ein letztes Mal blickte er sich um, dann gab er seinem Kumpan das Zeichen zum Weitergehen.

34

Laurel lehnte sich mit dem Rücken gegen einen Felsblock und bettete Reys Kopf auf ihre ausgestreckten Beine. Womöglich mussten sie Stunden hier ausharren – falls ihre Verfolger sie nicht schon früher fanden. Inständig hoffte sie, dass sie die Verfolgung aufgaben. Immerhin liefen sie Gefahr, auf andere Wanderer zu treffen.

Als ihre Finger durch seine nassen, zerzausten Haare glitten, seufzte Rey leise auf. »Das tut gut.«

Laurel lächelte. Ja, auch ihr tat es gut, sich so zu vergewissern, dass er noch am Leben war. Sie war so kurz davor gewesen, ihn zu verlieren … Ein Kloß bildete sich in ihrer Kehle. Ob sie jemals wieder glücklich geworden wäre ohne ihn? Zwar kannte sie Rey erst seit ein paar Tagen, aber er hatte sich dermaßen tief in ihrem Herzen eingenistet, dass es ihr beinahe Angst machte. Ihre Finger fuhren die Linie seiner Augenbrauen nach, glitten über die gerade Nase und hinunter zu den festen Lippen. Mühsam kämpfte sie die Tränen zurück, die sich wieder in ihren Augen bildeten. Sie waren beide zusammen und am Leben. Wenn die Männer verschwänden, könnte sie mit Rey zum Campingplatz zurückgehen und von dort aus einen Rettungshubschrauber rufen, der Rey aus dem Canyon fliegen würde.

Rey öffnete die Augen und blickte in Laurels Gesicht. Langsam hob er eine Hand und strich vorsichtig über ihre Wange. »Es tut mir leid, Laurel. Ich wollte dir eigentlich einen interessanten Ausflug und einen Einblick in meine Arbeit bieten, und jetzt ist schon wieder ein Horrortrip daraus geworden.«

Laurel legte ihm einen Finger auf die Lippen. »Es ist nicht deine Schuld. Mach dir um mich keine Sorgen. Versuch lieber, deine Kräfte aufzusparen, du wirst sie noch brauchen.«

Rey verzog den Mund. »Das befürchte ich auch.« Er küsste ihren Finger. »Versprich mir, dass du mich irgendwo liegen lässt und Hilfe holst, wenn ich nicht mehr weiterkann.«

»Nein, das werde …«

»Bitte, Laurel. Ich weiß nicht, ob ich es schaffe, den ganzen Weg zurückzulegen. Wenn du alleine gehst, kannst du viel schneller wieder in der Zivilisation sein.«

Laurel betrachtete ihn eine Weile schweigend. Anscheinend war es ihm völlig ernst. Gott, sie konnte sich nicht vorstellen, ihn einfach irgendwo hilflos liegen zu lassen, aber er hatte trotzdem recht. »In Ordnung. Aber nur, wenn ich sicher bin, dass unsere Verfolger aufgegeben haben.«

Rey brachte ein gequältes Lächeln zustande. »Danke.«

Sie beugte den Kopf zu ihm hinab und berührte mit dem Mund seine Lippen. Sie küssten sich sanft, schließlich hob Laurel wieder den Kopf.

»Weißt du, ich liebe deinen Mut und die Kraft, die in deinem Körper steckt.« Reys warme Stimme ließ ihr Herz schneller schlagen. Er liebte …

Ihr Kopf schnellte herum, als nicht allzu weit entfernt das Geräusch von aneinanderreibenden Steinen erklang. Auch Rey hatte sich auf die Ellbogen aufgerichtet, seine Lippen waren fest zusammengepresst. Rasch zog sie die Beine zurück und richtete sich in gebückter Haltung auf. Die Büsche verdeckten ihr die Sicht.

Sie beugte sich zu Rey hinunter. »Ich werde nachsehen, was das war.«

»Nein!«

»Doch.«

»Dann komme ich mit.«

»Du bleibst hier sitzen. Es bringt nichts, wenn du nach drei Schritten umfällst.« Sie kroch auf eine Stelle zu, wo die Büsche sich ein wenig lichteten. »Ich bin gleich wieder da.«

Bevor Rey weiter protestieren konnte, war sie schon im Gestrüpp untergetaucht. Verdammt! Er hasste es, tatenlos zusehen zu müssen, wie Laurel sich in Gefahr begab und er dabei völlig machtlos war. Sie hatte natürlich recht, im Moment war er nicht zu viel nütze, aber dennoch würde er am liebsten weiterhin den Beschützer spielen. Wenn er daran dachte, was für eine kleine, zarte Person Laurel war, schnürte es ihm die Kehle zu. Was konnte sie alleine gegen zwei bewaffnete Männer schon ausrichten? Im Moment vermutlich mehr als er, aber das besserte seine Stimmung auch nicht gerade.

Gerade hatte er sich mühsam aufgesetzt, als Laurel bereits zurückkam. Ihr Gesicht war blass, die Augen geweitet. Alarmiert starrte er ihr entgegen. »Was ist los?«

»Die Männer kommen gerade den Abhang herunter. Sie steuern direkt auf uns zu.«

»Das kann nicht sein, sie können uns nicht gesehen haben.«

»Nein, aber es ändert nichts an der Tatsache, dass sie in ein paar Minuten hier sein werden.«

Rey zog sie an der Hand zu sich hinunter. »Bitte, Laurel, bring dich in Sicherheit. Du kannst noch weglaufen. Wenn du dich beeilst, werden sie dich nicht mehr einholen können.«

Er kannte ihre Antwort schon, bevor sie den Mund aufmachte. Ihr Gesicht trug einen entschlossenen Ausdruck, die Augen funkelten. »Ich werde nicht ohne dich gehen. Und da deine Verletzung zu schwer ist …« Sie ließ den Satz unbeendet und zuckte mit den Schultern. »Ich habe nicht vor, kampflos aufzugeben.«

Rey legte seine Stirn an ihre. »Du bist verrückt.«

So wie er es sagte, klang es fast wie ein Kompliment – und er meinte es auch so. Er hatte noch nie eine mutigere Frau gesehen.

»Danke, ich bemühe mich.« Sie lächelte kläglich. »Erinnere mich daran, dass ich eine Lebensversicherung abschließe, bevor ich noch einmal mit dir irgendwohin gehe.«

Rey sah ihr nach, als sie wieder zu ihrem Beobachtungsposten zurückkroch. Seine Augen schlossen sich. Glaubte Laurel wirklich, dass sie lebend hier herauskämen, oder hatte sie nur versucht, ihm Hoffnung zu machen? Ihre Chancen, den bewaffneten Männern zu entgehen, waren angesichts seiner Verletzung gleich null. Abrupt riss er die Augen auf. Was saß er hier eigentlich herum und vergrub sich in Selbstmitleid? Es war überhaupt keine Option, aus dieser Schlacht als Verlierer hervorzugehen. Wenn sie die schlechteren Waffen hatten, dann mussten sie das eben durch eine bessere Taktik ausgleichen. Er ließ sich auf seine unverletzte Seite fallen und begann mit schmerzverzerrtem Gesicht das zusammenzusammeln, was sie brauchen würden.

Mit Zweigen und Blättern getarnt, saßen Laurel und Rey angespannt in ihren Verstecken und warteten darauf, dass die Verfolger in ihrem Hinterhalt erschienen. Hin und wieder warfen sie Steine oder Äste in verschiedene Richtungen, sodass die Männer annehmen mussten, ihre Opfer hätten sich auf der Flucht durch das dichte Gestrüpp getrennt. Gegen beide Männer zusammen hätten sie keine Chance, aber vielleicht konnten sie ihnen einzeln begegnen und sie nacheinander ausschalten. Schließlich schienen die Männer sich tatsächlich getrennt zu haben, denn die Schritte des einen entfernten sich in eine andere Richtung. Offensichtlich durchkämmten sie nun an verschiedenen Stellen die Büsche.

Indem sie gezielt Geräusche produzierte, führte Laurel den anderen immer näher an ihr Versteck heran, wo sie mit einem dicken Stein bewaffnet auf ihn wartete. Zuerst hatten sie überlegt, die Männer durch Geräusche von ihrem Versteck wegzulocken, aber irgendwann hätten die Verbrecher sie doch gefunden, weil es in der kleinen Bucht keine Fluchtmöglichkeit gab und sie zu viele Spuren hinterlassen hatten. Wenn sie hier lebend herauskommen wollten, mussten sie ihre Verfolger außer Gefecht setzen.

In ihrem grünen T-Shirt war Laurel im dichten Laub kaum zu erkennen. Rey hatte sich tiefer vergraben, mit seinem nackten Oberkörper wäre er zu leicht zu entdecken gewesen. Laurel hielt den Atem an, als der Mann eine Armeslänge entfernt an ihr vorbeischlich. In dem Moment verursachte Rey absichtlich ein Rascheln, während Laurel sich hinter dem Verfolger aufrichtete und mit beiden Händen den Stein auf seinen Hinterkopf niedersausen ließ. Mit einem dumpfen Laut brach er augenblicklich zusammen. Angewidert ließ Laurel den Stein fallen und wich zurück. Oh Gott, was hatte sie getan?

Immer weiter wich sie zurück, bis zwei Arme ihre Knie umfingen. *Rey*. Er hielt sie fest, den Kopf an ihre Hüfte gelegt, während ein Schauer nach dem anderen durch ihren Körper lief. Schließlich beruhigte sie sich so weit, dass sie sich von ihm löste. Es war schwer damit klarzukommen, dass sie einen anderen Menschen verletzt hatte, auch wenn dieser sie töten wollte.

Erschrocken sah sie sich um. »Wo ist der andere hin?«

Verdammt, sie hatten ihn aus den Augen verloren! Vorsichtig richtete Rey sich ein Stück auf, um über die Büsche spähen zu können. Der Mann war verschwunden. Wieder machten sie sich daran, Steine in verschiedene Richtungen zu werfen, aber nichts rührte sich. Unsicher schaute Laurel Rey an. Was sollten sie jetzt tun? Warten, bis er sie womöglich überraschte, oder ihn suchen?

Laurel straffte entschlossen die Schultern. »Ich sehe nach, wo er ist.«

»Nein, das ist zu gefährlich.«

»Und hier sitzen und warten, bis er uns erschießt, findest du besser?«

Gleichzeitig fiel ihr Blick auf den Mann am Boden. Die Pistole! Hastig kroch Laurel zu dem leblosen Körper und durchsuchte seine Kleidung nach einer Waffe. Sie musste hier irgendwo sein. Rey folgte ihrem Beispiel. Seine Finger schoben sich gerade unter den Leib des Mannes, als unvermittelt hinter ihm eine Stimme ertönte.

»Loslassen und umdrehen. Sofort!«

Laurel erstarrte. Entsetzt blickte sie Rey an. Sie hatte den zweiten Mann überhaupt nicht gehört, und Rey ging es offenbar genauso. Anscheinend hatte der Verbrecher mitbekommen, wie sein Kumpan überrumpelt worden und zusammengebrochen war, und sich dann angeschlichen.

Rey bedeutete ihr mit den Augen, weiter nach der Waffe zu suchen, während er sich um den Mann kümmerte. Laurel wurde noch blasser, nickte aber unmerklich. Schwerfällig und stöhnend richtete Rey sich auf, dann ließ er sich abrupt gegen die Beine des Verbrechers fallen, sodass dieser das Gleichgewicht verlor. Die Waffe flog in die Büsche hinter ihm, außerhalb seiner Reichweite. Rey wälzte sich auf den Mann und versuchte ihn am Boden zu halten, doch er war zu geschwächt und konnte ihm nicht viel entgegensetzen. Wütend stieß der Angreifer Rey von sich und gewann die Oberhand.

Rey stöhnte auf, als das Gewicht des Mannes sich auf sein verletztes Bein legte. Schwarze Punkte flimmerten ihm vor den

Augen. Verbissen kämpfte er darum, Laurel genug Zeit zu verschaffen, die Waffe zu finden und den Verbrecher zum Aufgeben zu zwingen. Mit beiden Händen drückte er gegen den Brustkorb seines Gegners, um ihn von sich zu stoßen, doch es gelang ihm nicht. Im Gegenteil, der Mann packte ihn am Hals und drückte zu.

Mit letzter Kraftanstrengung riss Rey das Knie seines unverletzten Beines hoch und stieß es seinem Kontrahenten in die Nieren. Einmal. Zweimal. Endlich lockerte sich der Griff etwas, und Rey konnte wieder Sauerstoff in seine schmerzende Lunge pumpen. Aus den Augenwinkeln sah er, wie Laurel fieberhaft nach der Waffe suchte. Lange würde er nicht mehr durchhalten. Er versuchte, ihr ein Zeichen zu geben, dass sie sich retten solle, solange noch Zeit war, doch wieder packte der Mann ihn am Hals. Mit Macht schlug er Reys Kopf auf einen Felsblock. Rey stöhnte auf. Ein ungekannter Schmerz schoss durch seinen Körper, ließ ihn fast besinnungslos werden. Sein Griff am Hemd des Gegners lockerte sich, die Hände fielen kraftlos herab.

Fieberhaft suchte Laurel nach der Waffe. Irgendwo musste sie doch sein! Sie zuckte zusammen, als sie sah, wie der Angreifer Reys Kopf wieder und wieder gegen den Felsen schlug.

Gerade wollte sie die Suche aufgeben und Rey zu Hilfe eilen, als ihre Finger an einen kalten, glatten Gegenstand stießen. Rasch beugte sie sich etwas weiter vor und griff danach. Ihre klammen Finger schlossen sich um die Pistole. Am ganzen Körper zitternd stand sie auf und richtete die Waffe auf den Mann.

»Lassen Sie ihn los. Sofort!«

Laurels Stimme bebte fast genauso wie ihre Hand, aber sie würde sich davon nicht irritieren lassen. Rey schien bewusstlos zu sein, Blut rann aus einer Kopfwunde über den Felsen und tropfte auf den trockenen Boden. Gott, was machte sie, wenn er schwer verwundet war? Oder gar tot! Nein, das konnte nicht sein, sie würde es nicht zulassen. Der Mann hatte sich langsam zu ihr umgedreht, seine Hände immer noch am Hals seines Opfers. Seine stechenden Augen bohrten sich in ihre, dann formte sich langsam ein Lächeln in seinem Gesicht. Ohne ein Wort zu sagen, wandte er sich wieder zu Rey um und schlug seinen Kopf ein weiteres Mal auf den Stein.

»Aufhören!« Laurel zuckte bei dem hysterischen Klang ihrer Stimme zusammen. Verdammt, sie musste ruhig bleiben, sonst waren sie beide verloren. »Ich schieße, wenn Sie ihn nicht auf der Stelle loslassen.«

Diesmal schien ihre Drohung zu dem Mann durchzudringen. Er ließ Rey los und erhob sich langsam. Seine Hände hingen locker seitlich herab, während er einen Schritt auf Laurel zu tat.

»Bleiben Sie da stehen, sonst …«

Der Mann grinste höhnisch. »Sonst was? So ein kleines Püppchen wie du wird garantiert nicht auf einen Menschen schießen. Da würdest du dir ja die Hände schmutzig machen.« Er streckte eine Hand aus. »Sei ein braves Mädchen und gib mir die Waffe. Nun komm schon, ich tu dir ja nichts.«

Laurel trat einen Schritt zurück. »Das glaube ich kaum.« Sie holte tief Luft. »Drehen Sie sich um und hocken Sie sich hin.« Als er sich nicht rührte, wedelte sie mit der Pistole. »Tun Sie, was ich sage.«

Laurel atmete auf, als er sich langsam umdrehte und in die Knie sank. Sie hatte sich zu früh gefreut. Aus dieser Bewegung heraus katapultierte er sich in ihre Richtung. Mehr aus einem Reflex heraus krümmte sich ihr Zeigefinger am Abzug, ein Schuss löste sich. Der Mann prallte gegen sie, sein Gewicht warf sie zu Boden. Mit Händen und Füßen kämpfte sie gegen ihn, bis sie merkte, dass er sich überhaupt nicht rührte, sondern allein seine Masse sie gefangen hielt. *Oh Gott, oh Gott!* Hastig krabbelte sie rückwärts, bis sie an ein Hindernis stieß. Mit dem Rücken an einem Felsblock blickte sie mit geweiteten Augen auf den Mann, der reglos am Boden lag. Ihr Atem kam in rauen Stößen und hallte laut durch die plötzliche Stille. Sogar die Vögel waren nicht mehr zu hören. Es war, als hielte die Natur den Atem an.

35

Nur langsam erwachte Laurel aus ihrer Erstarrung. Wieder kroch sie auf den Mann zu, die Pistole fest im Griff. Möglicherweise stellte er sich tot, um sie dann in einem schwachen Moment wieder anzugreifen. Oder er war wirklich tot. Laurel rieb sich mit einer zitternden Hand über den Mund. Sie musste einfach sichergehen, damit sie nicht erneut von ihm überrascht wurde. Zögernd streckte sie eine Hand aus und berührte ihn an der Schulter. Nichts. Ihre Finger glitten über seinen Hals zu seinem Puls. Sie schien nur ihren eigenen rasenden Herzschlag zu fühlen, ihre Finger kribbelten. So würde sie keine Gewissheit erlangen! Schließlich fasste sie genug Mut, um ihn am Arm zu packen und mit Schwung auf den Rücken zu drehen. Sein Blick bohrte sich in ihren. Erschrocken sprang sie zurück. Das Herz hämmerte ihr in der Brust. Dann erkannte sie, dass er sie nicht wirklich anschaute, sondern seine Augen starr nach oben gerichtet waren. Tot.

Die Waffe glitt aus ihren klammen Fingern. Mit einem dumpfen Laut prallte sie auf den Boden. Laurel presste beide Hände vor den Mund, um den Schrei zu unterdrücken, der in ihr anschwoll. Oh Gott, sie hatte jemanden getötet! Übelkeit überkam sie, drohte sie zu ersticken. Sie hockte am Boden, die Arme um sich geschlungen, und wiegte sich hin und her.

Ein Stöhnen ließ sie aufblicken. Lebte er doch noch? Nein, es war Rey! Wie konnte sie hier ihre Zeit und vor allem mit ihren Schuldgefühlen verschwenden, wenn Rey ihre Hilfe brauchte? Rasch sprang sie auf und lief mit wackligen Beinen zu ihm.

Seine Augen waren geschlossen, das Gesicht war kalkweiß. Blut rann aus seinen Haaren über den Stein und versickerte im Sand. In dem schummrigen Licht unter dem Blätterdach versuchte sie zu erkennen, wie schwer er verletzt war. Sanft strich sie mit der Hand über seinen Hinterkopf, suchte nach der Verletzung. Seine langen, nassen Haare ließen es nicht zu, eine Wunde zu erfühlen. Aber sein Hinterkopf war durchtränkt – ob von Flusswasser oder Blut konnte sie nicht sagen. Tränen traten ihr in die Augen, doch energisch wischte sie sie wieder weg.

Sie beugte sich zu ihm hinunter. »Rey, kannst du mich hören?« Mit den Fingern fuhr sie ihm über die Wange. Sie fühlte sich kalt und klamm an. »Bitte, Rey, ich brauche dich doch.«

Abermals ein Stöhnen.

Seine Augenlider hoben sich langsam. Warum waren sie so schwer? Auch sonst konnte Rey kaum etwas bewegen, nur seine Finger zuckten leicht. Schließlich schaffte er es, den Blick auf Laurel zu richten. Doch das Bild, das er sah, ließ ihn stutzen. Er zwinkerte, aber die Unschärfe und das doppelte Bild blieben.

»Laurel.« Seine Stimme war so tonlos, dass er selbst erschrak.

Laurel beugte sich dicht über ihn. »Beweg dich nicht, ich werde versuchen, dir zu helfen.«

Nicht bewegen? Selbst wenn er es gewollt hätte, könnte er es nicht. Ein Teil seines Gehirns schien jedoch noch zu funktionieren. »Männer?«

Laurel Finger verkrampften sich um seine. »Einer ist tot.« Ihre Stimme bebte. »Ich habe ihn umgebracht.«

Rey zuckte zusammen, dann fühlte er Erleichterung in sich aufsteigen. Wenigstens konnte er Laurel nun nicht mehr verletzen. Sein Herzschlag setzte aus. Oder hatte er das schon? »Bist … okay?«

Er schien Mühe zu haben, mehr als ein Wort herauszubringen. Wahrscheinlich eine Gehirnerschütterung. Laurels Nicken ließ ihn erleichtert aufatmen. Sofort schüttelte eine Hustenattacke seinen Körper. Scharfe Schmerzen schossen durch seinen Kopf und raubten ihm fast die Besinnung. Laurels Hände stützten ihn, bis er sich beruhigt hatte.

»Geht es wieder?« Laurels Stimme wehte beruhigend über ihn.

Müde … so müde. Rey versuchte die Augen offen zu halten, aber es fiel ihm immer schwerer. »Ja.« Schon das kurze Wort war fast zu viel Anstrengung. Aber etwas musste er noch loswerden. »Anderer Mann?«

Laurel sah zu der Stelle hinüber, wo der andere immer noch am Boden lag. Er hatte sich nicht mehr gerührt, seit sie ihn mit dem Stein niedergeschlagen hatte. »Er scheint noch bewusstlos zu sein, oder er ist auch tot, ich weiß es nicht.«

»Fesseln.«

Laurel schaute stirnrunzelnd um sich. Womit sollte sie ihn fesseln? Dann fiel ihr Blick auf seinen Gürtel. Okay, das würde vielleicht gehen. Und zur Not könnte sie auch noch die Schnürbänder benutzen. Sie wollte sich gerade erheben, als Reys Stimme sie innehalten ließ.

»Hol … Hilfe.«

»Aber ich kann dich doch hier nicht so zurücklassen!« Ihre Stimme überschlug sich.

»Lass … mich. Schnell … Hilfe.« Laurels Brust schmerzte, ein dicker Kloß saß ihr im Hals. Panisch blickte sie sich um. Was sollte sie bloß tun? Alles in ihr sträubte sich dagegen, Rey zurückzulassen. Aber sie musste Hilfe holen. »Hast … versprochen.«

Als wenn sie das vergessen könnte! Sie erinnerte sich noch gut an ihr Gespräch, als Rey ihr das Versprechen abgenommen hatte, im Notfall alleine zurückzulaufen und Hilfe zu holen. Aber als sie ihn jetzt so blass und still dort liegen sah, zog sich ihr Magen zusammen. Was war, wenn er hier alleine und verlassen starb? Das würde sie niemals überwinden. Andererseits würde er garantiert sterben, wenn sie nicht bald jemanden benachrichtigte. Energisch wischte sie sich die Tränen aus den Augen und richtete sich auf. Sie zog ihr T-Shirt aus und band es Rey vorsichtig um den Kopf. Vielleicht würde dieser provisorische Verband helfen, den Blutfluss zu stoppen oder wenigstens einzudämmen. Reys Stöhnen, als sie die Wunde berührte, ging ihr durch Mark und Bein, aber es musste sein.

Schließlich kroch sie zu dem ersten Mann hinüber. Mit einer Hand prüfte sie seinen Herzschlag. Er lebte noch. Hastig zog sie den Gürtel aus den Schlaufen seiner Hose, wickelte ihn so fest um seine Fußgelenke, wie sie konnte, und schnallte ihn zu. Dann entfernte sie die Schnürbänder von seinen Schuhen und fesselte mit ihnen seine Arme hinter dem Rücken. Die Schuhe warf sie mit aller Kraft in die Büsche. Ein letztes Mal prüfte sie sämtliche Fesseln und nickte dann zufrieden. Das müsste halten, sollte er überhaupt in nächster Zeit wieder zu sich kommen.

Plötzlich kam ihr eine Idee. Vielleicht hatte er ein Handy dabei! Falls man hier unten überhaupt Netzkontakt hatte. Sofort kniete sie sich wieder neben ihm nieder und durchsuchte seine Kleidung. Nichts. Enttäuscht ließ sie sich auf die Fersen zurücksinken. Das wäre vielleicht die Rettung gewesen. Ihr Blick fiel auf den Toten. Es widerstrebte ihr, noch einmal in seine Nähe zu kommen, aber wenn nur die geringste Möglichkeit bestand, dass er ein Handy dabeihatte, dann würde sie es tun. Sie sprang auf und lief zu ihm. Nach kurzem Zögern ließ sie die Hände über seinen Körper wandern. Übelkeit stieg in ihr hoch, als sie das große Loch sah, das die Kugel in seinen Oberkörper gerissen hatte. Überall war Blut, auf seiner Kleidung, ihren Händen und auch auf dem Boden. Mit zusammengepressten Lippen zwang sie sich weiterzusuchen. Schließlich stießen ihre Finger auf etwas Hartes in seiner Jackentasche. Aufgeregt zog sie den Gegenstand heraus. Es war ein Handy!

Mit blutigen Fingern wählte sie den Notruf. Zitternd hielt sie den Hörer ans Ohr. Nichts. Nur ein Rauschen war zu hören. Ungläubig schaute sie auf das Display. Nein, das konnte nicht sein! *Netzsuche*. Sie sah nach oben. Kein Wunder bei über 1600 Meter hohen Felswänden ringsherum. Verdammt! Laurel warf das Handy neben den Toten, wischte sich die Finger mit Erde und Gras ab und erhob sich. Sie konnte sich nicht mit verpassten Möglichkeiten aufhalten, sie musste handeln, Hilfe holen.

Rasch kniete sie sich noch einmal neben Rey. Ihre Finger strichen über sein Gesicht. »Ich beeile mich. Bitte, halte durch.«

Reys Augen blieben geschlossen, sein Atem war nur noch schwach. Seine Lippen bewegten sich. »Hm.«

Bleierne Angst fraß sich in Laurels Eingeweide. Es schien ihm mit jeder Minute schlechter zu gehen. Sie beugte sich hinab und küsste seine bleichen Lippen. »Wenn du durchhältst, verrate ich dir auch ein Geheimnis. Etwas, das ich noch nie jemandem gesagt habe.«

Reys Augenlider flatterten, kurz hoben sie sich, dann fielen sie wieder zu. »Ich … warte.« Sein Murmeln war kaum noch zu vernehmen.

Entschlossen sprang Laurel auf und machte sich auf den Weg. Sie schlug sich durch die dichten Büsche, strauchelte, fiel hin, raffte sich augenblicklich wieder auf und lief weiter. Wie ein Mantra hallte es durch ihren Kopf. *Er darf nicht sterben. Er darf nicht sterben. Er darf nicht sterben.* Und es trieb sie dazu an, noch schneller zu laufen. Es hing an ihr, ob Rey Dyson weiterlebte oder nicht. Sie durfte einfach nicht versagen! Keuchend hetzte sie am Ufer entlang. Auf dem Sand und den kleinen Kieseln zu laufen bereitete ihr noch keine große Mühe, aber bald würde sie die steile Felswand entlangklettern müssen. Wie sie das in ihrem Zustand bewerkstelligen sollte, wusste sie nicht, aber sie würde es tun. Und sie würde nicht gehen, sie würde rennen, so schnell sie konnte. Ihre Lunge brannte, ihre Beine drohten zu versagen, als sie schließlich stolpernd die Felsen erreichte.

Unerwartet ertönte ein Ruf. Ruckartig blieb Laurel stehen, das Herz raste in ihrer Brust. Waren etwa noch mehr Männer hinter ihnen her? Sie hätte die Pistole mitnehmen sollen! Doch jetzt war es zu spät, die Waffe lag irgendwo in den Büschen, wo sie sie hatte fallen lassen. Mit der flachen Hand beschattete sie die Augen gegen das schräg einfallende Sonnenlicht und sah zwei Personen den Abhang herunterrutschen. Panisch blickte sie sich um. Was sollte sie tun? Weiterlaufen? Sich verstecken?

Erneut ein Ruf. Diesmal hörte sie ihn deutlich: »Laurel!«

Ihre empfindlichen Augen tränten, während sie gegen die Sonne anblinzelte. Ärgerlich wischte sie die Tränen weg und kniff die Augen zusammen. Waren das … Sam und Morgan? Aber das konnte doch nicht sein, wie sollten sie hierherkommen? Als sie näher kamen, erkannte Laurel, dass es keine Fata Morgana war. Reys Schwester war tatsächlich hier! Aufgeregt lief sie auf die beiden zu, rannte um Reys Leben. Einige Meter vor ihnen kam sie keuchend zum Stehen. Tränen liefen ihr über die Wangen.

Sie öffnete den Mund, aber es kam nur ein Stammeln heraus. »Rey … Rey …« Sie brach ab, als Sam sie an den Schultern packte.

»Was? Was ist mit Rey? Wo ist er?«

Laurel atmete tief durch. »Er ist … dort … nicht weit von

hier … im Gebüsch.« Sie deutete in die Richtung, aus der sie gekommen war. »Z… zwei Männer haben versucht uns um… umzubringen. Rey ist schwer verletzt, er braucht dringend Hilfe.«

Sam schaute sie entsetzt an. »Und er liegt jetzt allein da? Verletzt … und was ist mit den Männern?«

Laurels Mund öffnete sich, aber kein Ton kam heraus.

Morgan wiederholte Sams Frage. »Laurel, wo sind die Männer jetzt?«

Laurel schluckte heftig. »Einer ist … tot, der andere bewusstlos und gefesselt.« Unruhig wanderte ihr Blick zurück zu dem Platz, wo Rey lag. »Wir müssen sofort Hilfe holen, er muss ausgeflogen werden.«

Morgan legte ihr eine Hand auf den Arm. »Komm mit und zeig mir, wo Rey ist, während Sam zur Phantom Ranch zurückläuft und jemanden benachrichtigt.«

Sam protestierte sofort. »Aber ich muss zu meinem Bruder! Er braucht meine Hilfe.«

Morgan umarmte sie. »Ja, die braucht er. Schau dir doch Laurel an, sie ist mit ihrer Kraft am Ende. Ich bezweifle, dass sie den Weg in diesem Zustand bewältigt. Ich würde selber gehen, aber ich habe mehr Erfahrung in Erster Hilfe als du.«

Sam schaute ihn schweigend an, dann nickte sie. »Du hast recht.« Sie griff nach Laurels Hand und drückte sie. »Pass gut auf Rey auf.«

Damit wandte sie sich ab und lief los.

Morgan musste Rey nur anschauen, und er begriff den Ernst der Lage. Sein Zustand war bedenklich. Er reagierte weder auf Worte noch Berührungen und blieb bewusstlos. Sein Gesicht war kalkweiß und schweißnass, die Hose und das T-Shirt, das Laurel ihm um den Kopf gewickelt hatte, waren blutdurchtränkt. Morgan setzte seinen Rucksack ab und suchte die Erste-Hilfe-Tasche heraus, die er vorsichtshalber eingesteckt hatte. Damit konnte er auch keine Wunder bewirken, aber vielleicht Reys Zustand so lange stabilisieren, bis der Hubschrauber kam. Mit grimmigem Gesicht begann er, Reys Wunden zu versorgen. Laurel saß still neben ihm im Gras, reichte ihm Verbände, Pflaster, Schere oder was immer er verlangte und hielt ansonsten Reys Hand fest in ihrer.

Schließlich waren auch Morgan die Hände gebunden. Langsam ließ er sich auf die Fersen zurücksinken und strich sich die Haare aus der feuchten Stirn. Es war inzwischen ziemlich heiß geworden, auch unter dem schützenden Blätterdach war es kaum auszuhalten. Sein Blick wanderte zu Laurel. Sie wandte die Augen nicht von Reys Gesicht ab, während sie dasaß und seine Hand hielt. Er hätte sie vorhin fast nicht wiedererkannt. Bisher hatte er sie nur gepflegt gesehen, jetzt sah sie aus wie jemand, der eine Schlacht überlebt hatte. Und das hatte sie ja auch.

Er hatte die beiden Männer gesehen – einer tot, der andere verletzt – und konnte sich vorstellen, welch ein Kampf hier stattgefunden hatte. Laurel war über und über mit Blut und Dreck beschmiert, ihre feuchten Haare hingen ihr wirr in das fleckige Gesicht. Sie trug nur noch ein knappes Top und ihre nasse Jeans. Ihre helle Haut war übersät mit Kratzern, Schürfwunden und Prellungen. Wieder und wieder lief ein Zittern durch ihren Körper, sie stand vermutlich unter Schock. Morgan holte eine Wasserflasche aus dem Rucksack und drückte sie Laurel in die Hand.

»Hier, trink.«

Verwirrt blickte sie ihn an. Es dauerte eine Weile, bis sie verstand, was er von ihr wollte. Mit langsamen Bewegungen nahm sie schließlich die Flasche und hob sie an den Mund. Gierig trank sie einige Schlucke, bevor sie sie zurückreichte.

»Danke.« Ihr Blick wanderte wieder zu Rey. »Er wird doch durchkommen, oder?« Als Morgan schwieg, schaute sie ihn ängstlich an. »Sag es mir bitte.«

»Wenn du die Wahrheit hören willst, ich weiß es nicht. Wenn er jetzt sofort eine Bluttransfusion bekommt und keine schweren inneren Verletzungen hat, dann wird er es schaffen. Allerdings macht mir die Wunde an seinem Kopf Sorgen.« Er zuckte hilflos mit den Schultern. »Aber ich bin kein Arzt.«

Morgan sah, wie erneut ein Zittern durch sie lief. Er holte sein Sweatshirt aus dem Rucksack und hielt es ihr hin. Es war zwar heiß, aber wenn sie unter Schock stand, brauchte sie etwas zum Überziehen, das sie ein wenig wärmte. Außerdem würden bald andere Menschen hier sein, da wollte sie bestimmt nicht in ihrem knappen Top gesehen werden. Obwohl es nicht so aussah, als würde sie das kümmern oder überhaupt bemerken.

Laurel schaute auf das Sweatshirt in seinen Händen, dann hob sie den Blick. Ihre Augen schwammen in Tränen, aber ihr gelang ein schwaches Lächeln. »Danke.«

36

Scheinbar unendlich lange Zeit später erfüllte endlich das Knattern von Hubschrauberrotoren die Luft. Während Morgan bei Rey blieb, lief Laurel aus den Büschen hinaus und auf das offene Ufer zu, um dem Piloten zu signalisieren, wo sie waren. Ängstlich sah sie zu, wie der Helikopter mehrere haarsträubende Manöver absolvierte, ehe er unsanft auf einem relativ flachen Stück Ufer landete. Ungeduldig wartete sie, bis der Sanitäter und der Notarzt ausgestiegen waren, ihre Taschen und eine Trage gegriffen hatten, dann lief sie ihnen voraus zu Rey.

Laurel war froh, dass Rey endlich professionelle Hilfe bekam, aber die ernsten Mienen der Männer machten ihr Angst. Zur Untätigkeit verdammt, hatte sie jetzt viel zu viel Zeit, um sich die schlimmsten Dinge auszumalen. Die Zähne zusammengepresst, beobachtete sie, wie Rey erst mit einer stabilisierenden Kopf- und Nackenstütze geschützt und dann behutsam auf die Trage gehoben wurde. Während Morgan und der Sanitäter die Trage zum Hubschrauber trugen, kontrollierte der Arzt Reys Zustand.

Im Bauch des Hubschraubers legten Arzt und Sanitäter eine Infusion und bereiteten eine Bluttransfusion vor.

»Wissen Sie, welche Blutgruppe er hat?«

Laurel zuckte zusammen, als sie plötzlich angesprochen wurde. »Nein, tut mir leid.«

»Dann nehmen wir erst mal Blutgruppe 0, die verträgt fast jeder.«

»Wo bringen Sie ihn hin?«, fragte Morgan. »Seine Familie

kennt bestimmt seine Blutgruppe, und sobald ich angerufen habe, lasse ich es Sie wissen.«

Der Arzt hängte einen mit Blut gefüllten Beutel an die dafür vorgesehene Verankerung. »Wegen seiner Kopfverletzung möchte ich ihn ungern hohen Druckschwankungen aussetzen. Wir werden im Canyon entlang nach Las Vegas fliegen. Lake Mead Hospital, Medical Center.«

»Verstehe. Wir werden so schnell wie möglich dorthin kommen.«

Als der Arzt die Tür schließen wollte, hielt Laurel ihn zurück. »Ich möchte bitte mit.«

»Ich bedaure, Miss, aber wir können nur einen Patienten transportieren. Ein Polizeihubschrauber ist bereits auf dem Weg hierher.«

»Aber ich muss bei ihm sein!«

Morgan legte seine Hand auf ihre Schulter. »Nehmen Sie Laurel mit, sie ist ebenfalls verletzt und steht unter Schock. Es könnte sein, dass sie ärztliche Hilfe benötigt.«

Der Arzt sah ihn schweigend an, dann nickte er. »Okay, steigen Sie ein.«

Laurel lächelte Morgan dankbar an.

»Ich werde Sam sagen, dass Rey in guten Händen ist.« Nach einem letzten Händedruck duckte sich Morgan unter den Rotoren weg.

Laurel schluckte die Tränen hinunter, die wieder in ihrem Hals aufstiegen, und kletterte rasch in den Hubschrauber. Der Motor heulte laut auf und machte jede weitere Unterhaltung unmöglich. Arzt und Sanitäter trugen beide Kopfhörer, um sich untereinander verständigen zu können. Laurel sah nur ihre Mienen und Lippenbewegungen, aber sie verstand auch so, dass es nicht sehr gut um Rey stand. Endlich hob der Helikopter schwankend ab und schwebte einige Meter über dem

Colorado. Dann schwenkte er herum und folgte dem Flusslauf durch den Canyon. Laurel hatte nur Augen für Rey, die an den Fenstern vorbeifliegende Landschaft würdigte sie mit keinem Blick.

Der Arzt bot Laurel an, sie auch zu untersuchen, doch sie lehnte ab. Ihr ging es gut genug, sie konnte sich auch später noch im Krankenhaus behandeln lassen. Wenn sie wusste, dass Rey wieder gesund werden würde. Während sich Arzt und Sanitäter auf den Sitzen niederließen, die an Kopf und Fuß der Trage angebracht waren, kauerte Laurel sich neben Rey auf dem Boden nieder und legte die Hand vorsichtig auf seine, um nicht die Nadel, die darin steckte, zu berühren. Ihr Blick wanderte zu dem kleinen Monitor, der Reys Herzschlag überwachte. Gleichmäßig ging die Kurve bei jedem Klopfen nach oben, um dann wieder abzusinken.

Erleichtert senkte sie den Kopf und drückte einen Kuss auf Reys Hand. »Wir werden das schaffen, du wirst sehen.«

Keine Reaktion. Aber sie hatte auch keine erwartet. Rey war zu tief in seiner Bewusstlosigkeit versunken. Erschöpft bettete sie den Kopf neben seinem Arm auf die Trage. An ihrer Wange konnte sie seinen Puls fühlen. Ihre Lider schlossen sich, als sie das beruhigende Pochen vernahm. Augenblicklich fiel sie in einen leichten Dämmerschlaf, aus dem sie erst wieder erwachte, als der Arzt sie sanft schüttelte.

Abrupt schoss ihr Kopf in die Höhe, ihr Blick wanderte zu Rey und dann weiter zum Herzmonitor. Er lebte noch! Erleichtert atmete sie auf. Der Arzt bedeutete ihr, etwas Platz zu machen. Ängstlich beobachtete sie, wie er Rey eine Manschette anlegte und seinen Blutdruck überprüfte. War etwas nicht in Ordnung? Ging es ihm etwa schlechter? Der Sanitäter schien ihre Angst zu spüren, denn er deutete zum Fenster. Laurel schaute hinaus. Unten war ein riesiger Stausee zu sehen, gesäumt von hoch aufragenden roten Felsen. Sie flogen so tief, dass sie sogar den Wasserskifahrer erkennen konnte, der dort auf dem tiefblauen Wasser seine Runden drehte. Jetzt verstand sie, was der Sanitäter meinte. Um zum Krankenhaus zu kommen, mussten sie über diese Felsen hinwegfliegen, und es konnte sein, dass sich Reys Zustand durch die Veränderung des Luftdrucks verschlechterte.

Sie ballte die Hände zu Fäusten, ihre Fingernägel gruben sich in ihre Handflächen. Sie waren fast angekommen, er musste einfach den Rest des Weges noch überstehen! Wenn er erst einmal den Flug geschafft hatte und im Krankenhaus war, würde alles getan werden, um seinen Zustand zu bessern. Jedenfalls hoffte sie das. Sie konnte sich nicht vorstellen, dass ein so lebensfroher Mensch wie Rey einfach starb. Der Druck in ihrer Brust drohte sie zu zersprengen. Nein, sie würde nicht darüber nachdenken – das konnte, das durfte nicht passieren. Und wenn doch? War nicht auch einer ihrer Verfolger einfach so gestorben, durch eine Kugel, die sie auf ihn abgefeuert hatte? Nur weil Rey kein Verbrecher war, hieß das nicht, dass er nicht genauso sterben konnte wie der andere. Ihre Fingerknöchel traten weiß hervor, so fest presste sie die Hände zusammen. Wer auch immer dafür verantwortlich war, würde dafür bezahlen.

Endlose Minuten später landeten sie auf dem Dach des Medical Centers. Reys Zustand war unverändert geblieben. Seine tiefe Bewusstlosigkeit zeugte jedoch davon, dass etwas nicht stimmte. Ob es nun am Blutverlust lag oder an der Kopfverletzung, würden erst spätere Untersuchungen zeigen. Laurel ließ sich aus dem Hubschrauber helfen, dann trat sie rasch zur Seite, um der Trage Platz zu machen. Als zwei Sanitäter Rey auf das Gebäude zuschoben, umringt von einem Pulk aus Ärzten und Schwestern, wollte sie hinterhereilen, aber eine Hand schob sich unter ihren Arm.

Der Sanitäter aus dem Hubschrauber stand neben ihr. »Kommen Sie, ich bringe Sie hinein.«

»Aber ich muss zu Rey!«

»Nein, erst einmal müssen Sie sich untersuchen lassen.« Bevor sie etwas erwidern konnte, hob er beschwichtigend die Hand. »Man wird Sie sofort unterrichten, wenn etwas über den Zustand Ihres Freundes bekannt wird.«

Laurel bemühte sich zu lächeln. »Danke.«

Der Mann lächelte ebenfalls. »So ist es gut. Sie wollen schließlich gesund und munter sein, wenn er wieder aufwacht, richtig?«

Laurel nickte stumm. *Wenn* er wieder aufwachte.

Nervös lief Laurel im Wartezimmer auf und ab. Es waren einige Stunden vergangen, und sie hatte immer noch nichts über Reys Zustand erfahren. Wann immer sie nachfragte, hörte sie das Gleiche: Er wird operiert, es wird noch etwas dauern. Herrgott, wie lange konnte denn so etwas dauern? Jedes Mal, wenn die Tür aufging, war sie am Rande eines Nervenzusammenbruchs, nur um wieder gar nichts zu erfahren. Sie wollten ihr ein Beruhigungsmittel geben, welches sie jedoch abgelehnt hatte. Sie wollte ganz bewusst mitbekommen, wenn Rey wieder aufwachte – oder wenn es ihm schlechter gehen sollte.

Eine Stunde zuvor waren zwei Detectives erschienen, die den Fall untersuchten. Sie hatten sich von ihr Aufklärung darüber erhofft, warum die Männer sie verfolgt hatten, doch Laurel konnte ihnen nichts sagen. Sie konnte sich einfach nicht vorstellen, warum jemand versuchen sollte, sie und Rey zu töten. Also erzählte sie alles, was in der Woche passiert war, seit sie Rey kennengelernt hatte, angefangen in Südafrika mit dem Nashorn über Cookies Tod bis hin zu der Verfolgungsjagd im Canyon. Die Polizisten sahen nicht so aus, als würden sie die verworrene Geschichte glauben, doch sie versprachen, sich mit dem Ermittlungsteam aus Cedar City in Verbindung zu setzen.

Vielleicht konnte Reys Familie etwas Licht in das Dunkel bringen, denn irgendetwas musste Sam und Morgan ja veranlasst haben, ihnen zu folgen. Laurel war dermaßen um Rey besorgt und erschöpft gewesen, dass sie überhaupt nicht daran gedacht hatte, Morgan danach zu fragen. Und bis Sam und Morgan hier waren, würde es noch etwas dauern, schließlich mussten sie erst wieder den Canyon hinaufwandern und dann nach Las Vegas fahren.

Laurel wirbelte herum, als die Tür hinter ihr aufschwang. »Wie …« Sie brach ab, als sie erkannte, dass es nicht der Arzt oder das Pflegepersonal war, die in den Raum traten. Es waren die Dysons, die sich sofort um sie herum versammelten, sie umarmten und auf sie einredeten. Ihre Ohren summten, ihr Herz klopfte schmerzhaft in der Brust und ihr war schwindelig.

Schließlich erhob Morgan die Stimme. »Gebt ihr ein bisschen Freiraum, seht ihr nicht, dass sie gleich umkippt?«

Abrupt kehrte Stille ein. Dann nahm Eileen ihren Arm, führte Laurel zu der Sitzreihe an der Wand, drückte sie sanft auf einen gepolsterten Stuhl und ließ sich neben sie sinken.

»Entschuldigen Sie, wir hätten Sie nicht so überfallen sollen. Geht es wieder?«

»Ja, natürlich.« Laurel befeuchtete die Lippen. »Ich kann nichts weiter zu Reys Zustand sagen, er ist noch immer im OP.«

»Wird die Schusswunde operiert?« Als Laurel zusammenzuckte, schnitt Eileen eine Grimasse. »Morgan hat uns alles berichtet.«

»Ich weiß nicht, ob es die Schusswunde ist. Eigentlich dürfte das doch nicht so lange dauern.« Niemand wusste darauf etwas zu sagen. »Vielleicht wollte mich auch niemand informieren, weil ich nicht zur Familie gehöre.«

»Das mag sein, aber nach dem, was Sie mit Rey zusammen erlebt und wie Sie ihm beigestanden haben, sind Sie bereits jetzt ein Ehrenmitglied.«

Als sie James' ruhige Stimme vernahm, konnte Laurel die Tränen nicht mehr zurückhalten. »Danke.« Die ganze Zeit hatte sie es geschafft, sie in ihr Innerstes zu bannen, aber nun gab es kein Halten mehr. Sie sprang auf und eilte zur Tür. »Entschuldigt mich.«

Als sie endlich den Waschraum auf dem langen Flur fand, stürzte sie hinein. Sie presste sich an die Wand, um sich aufrecht zu halten. Erleichtert atmete sie auf, als sie erkannte, dass sie alleine war. Wenn sie schon zusammenbrach, wollte sie es wenigstens nicht vor Zeugen tun. Langsam glitt sie mit dem Rücken an der gekachelten Wand nach unten, bis sie auf den kalten Fliesen saß. Das Gesicht vergrub sie in den auf den Knien verschränkten Armen, während stumme Schluchzer sie schüttelten.

Es mussten einige Minuten vergangen sein, als sich plötzlich die Tür öffnete und jemand hereinkam. Laurel erstarrte. Vorsichtig blickte sie über ihren Arm hinweg in Sams besorgte Augen.

Sie bezwang den Drang, sich wieder zu verstecken, und hob den Kopf. »Gibt … gibt es etwas Neues über Rey?«

»Nein. Wir haben uns Sorgen um dich gemacht.«

Mit den Fingern wischte Laurel die Tränen aus dem Gesicht. »Das braucht ihr nicht, mir geht es gut.«

Sam zog eine Augenbraue hoch. »Ja, das sieht man.« Sie nahm ein Papiertuch aus dem Spender und reichte es Laurel. »Weißt du, du bist hier nicht allein. Wir verstehen, wie du dich fühlst, am liebsten würde ich mich zu dir setzen und mitheulen.« Sie schüttelte den Kopf. »In anderen Worten: Wenn es dir nicht gut geht oder du Hilfe und Trost brauchst, dann sag es einfach, wir sind für dich da.«

Ein neuer Schwall Tränen lief über Laurels Gesicht, während sie vergebens mit dem Tuch dagegen ankämpfte.

Sam ließ sich neben sie sinken, auch ihre Augen waren feucht. »Ach verdammt, ich bin nicht gut in solchen Sachen.«

»Doch, das bist du. Danke.«

Eine Viertelstunde später war sie in der Lage, wieder in den Warteraum zurückzukehren. Falls jemand ihr gerötetes Gesicht und ihre geschwollenen Augen bemerkte, sagte jedoch keiner etwas. Sie warf Sam, die den Waschraum schon früher wieder verlassen hatte, einen dankbaren Blick zu. Ihr Aufmunterungsversuch hatte wirklich gefruchtet. Zwar war sie immer noch mit den Nerven am Ende und konnte die Ungewissheit kaum ertragen, aber immerhin wusste sie jetzt, dass sie nicht allein dastand. Sam lächelte ihr über Morgans Schulter zu, der tröstend den Arm um sie gelegt hatte. Laurel wünschte, sie könnte ihren Optimismus teilen. Doch Sam hatte Rey nicht gesehen, wie er mit bleichem Gesicht und besinnungslos auf dem Boden gelegen hatte. Oder sein Blut, das über die Felsen gelaufen und im Sand versickert war.

Laurel wandte den Blick dem Fenster zu. Es war kaum zu glauben, dass draußen die Sonne von einem strahlend blauen Himmel schien, die Bäume sich sanft im Wind wiegten und Vögel zwitscherten, während derjenige, den sie liebte, um sein Leben kämpfte. Sie schloss die Augen. Die letzten Tage hatte sie es geahnt, aber jetzt wusste sie genau, dass sie Rey nicht nur mochte, sondern wirklich liebte. Warum musste erst so etwas Schreckliches geschehen, um ihr bewusst zu machen, wie sehr er ein Teil von ihr geworden war? Wie …

Als die Tür aufschwang, wirbelte Laurel herum.

37

Senator Ashtree lief unruhig in seinem Büro auf und ab, während er darauf wartete, dass Jacobs ihm Bericht erstattete. Erneut sah er auf die Uhr. Es war schon viel zu viel Zeit vergangen. Die ganze Angelegenheit sollte doch einfach und schnell erledigt werden! Er überlegte sich in allen Einzelheiten, was passieren würde, wenn sich der Filmer nicht bestechen ließ und mit seinem Video zur Presse ging. Vielleicht sollte er schon einmal eine Presseerklärung aufsetzen, um notfalls eine Stellungnahme parat zu haben. Im Geiste sah er jetzt schon die Schlagzeilen in den Zeitungen: Tierliebender Senator stürzt über totes Nashorn. Oder einen ähnlichen Schwachsinn. Mit zitternder Hand fuhr er sich über das Gesicht. Er würde sein politisches Mandat verlieren, sein gesellschaftliches Ansehen, und nicht zuletzt viel Geld. Und vielleicht würde er sogar einen erniedrigenden Prozess über sich ergehen lassen müssen. Vermutlich würde es niemand wagen, ihn wegen der Lappalie mit dem Nashorn einzusperren, aber der Schaden wäre nicht wiedergutzumachen.

Ungehalten ging er zu seinem Schreibtisch und drückte auf den Kurzwahlknopf, der ihn mit Jacobs verband. »Jacobs, warum habe ich noch nichts von Ihnen gehört?«

Rascheln, und dann ertönte ein Klicken durch die Sprechanlage. »Weil ich selber noch nicht auf dem Laufenden bin.«

»Aber Sie hatten gestern gesagt, es würde sich jemand darum kümmern!« Ashtree fuhr sich mit der Hand durch die sorgfältig frisierten Haare. Jacobs' Antwort ließ auf sich warten. »Nun?«

»So ist es auch. Haben Sie etwas Geduld.«

»Ich bin am Ende meiner Geduld! Es ist schließlich mein Hals, der in der Schlinge steckt.«

Jacobs seufzte. »Auch mein Job hängt davon ab, dass Sie im Amt bleiben. Sie können also sicher sein, dass ich alles tun werde, um ihn mir zu erhalten.«

»Oh. Ja, das ist richtig. Also informieren Sie mich sofort, wenn Sie etwas Neues erfahren.«

»Darauf können Sie sich verlassen.« Damit unterbrach Jacobs die Verbindung.

Es war gut, dass der Senator ihn nicht sehen konnte. Seine Kleidung war verknittert, und seine geröteten Augen zeugten davon, dass er die ganze Nacht nicht geschlafen hatte. Er hatte bereits mehrmals versucht, den Mann mobil zu erreichen, doch stets meldete sich nur die Mailbox. Was machte dieser Mann bloß so lange da unten im Canyon? Immer vorausgesetzt, er befand sich überhaupt noch dort und hatte nicht einfach die Hälfte des vereinbarten Honorars eingestrichen, ohne den Job zu erledigen. Jacobs biss die Zähne zusammen. Hätte er sich doch bloß selber darum gekümmert!

Ängstlich blickte Laurel in das Gesicht des Arztes, der gerade das Wartezimmer betreten hatte. Seine Miene wirkte ernst, die Stirn lag in Falten. Laurels Herz setzte aus. Oh Gott, Rey war tot! Nur langsam nahm sie die anderen Personen, die neben und hinter sie getreten waren, wahr. Auch in ihren Gesichtern konnte sie die Anspannung und Angst sehen. Diese Menschen kannten Rey sein ganzes Leben lang: Wenn es sie selbst so mitnahm, obwohl sie Rey erst ein paar Tage kannte, wie mussten sich die anderen dann erst fühlen? Laurel straffte die Schultern. Diesmal würde sie Trost spenden, nicht andersherum.

Schmerzhaft klopfte das Herz in ihrer Brust, während sie atemlos auf die Ankündigung des Doktors wartete.

»Sind Sie die Familie von Rey Dyson?«

James räusperte sich, dann nickte er. »Ja.«

»Wir haben ihn operiert. Die Operation am Unterschenkel, wo wir die Kugel entfernt haben, ist sehr gut verlaufen. Es werden aller Voraussicht nach keine Schäden zurückbleiben.« Er unterbrach das kollektive Aufatmen, indem er die Hand hob. »Die zweite Operation, am Schädel, ist ebenfalls erfolgreich gewesen. Allerdings müssen wir erst abwarten, bevor wir Genaueres zu seinem Zustand sagen können. Er hatte ein Hämatom unter der Schädeldecke, das auf das Gehirn drückte. Deshalb war er auch so lange bewusstlos. Wir mussten den Schädel aufbohren und das Blut entfernen, sonst wäre er gestorben. Da er erst ziemlich spät eingeliefert wurde, bedarf es weiterer Untersuchungen, um sicherzugehen, dass er nicht bleibende Schäden davongetragen hat. Im Moment befindet er sich in einem künstlichen Koma, um den Druck auf sein Gehirn zu verringern. In ein paar Tagen wollen wir das Koma beenden.« Der Arzt steckte seinen Kugelschreiber in die Kitteltasche. Dann sah er auf und versuchte ein mitfühlendes Lächeln. »Wir müssen einfach abwarten. Es tut mir leid, dass ich Ihnen keine besseren Nachrichten bringen kann. Sie können jetzt zu ihm, aber wenn möglich nicht alle auf einmal.« Damit drehte er sich um und verließ den Raum.

Totenstille breitete sich aus. Schließlich rührte sich Eileen. Sie wandte sich ihrem Mann zu. »Ich will zu ihm.«

James' Gesicht wirkte zusammengefallen, deutlich faltiger als vorher. »Dann gehen wir.«

Mit zugeschnürter Kehle sah Laurel Reys Eltern nach, wie sie hinausgingen, dann drehte sie sich um. Morgan umarmte Sam, redete leise auf sie ein und versuchte sie zu beruhigen.

Laurel wandte sich ab, ging zu der Stuhlreihe an der Wand und setzte sich. Sie kam sich vor wie betäubt. Natürlich hatte sie gewusst, dass Rey schwer verletzt war, und das Schlimmste befürchtet. Aber jetzt, da ein Arzt es bestätigt hatte, war sie wie versteinert. Die Arme um sich geschlungen, kauerte Laurel auf dem Stuhl, die Augen ins Leere gerichtet.

Sam setzte sich neben Laurel und strich ihr schweigend über den Rücken. Schließlich kamen James und Eileen wieder in das Wartezimmer, beide mit feuchten Augen.

Sam erhob sich halb, setzte sich dann aber wieder hin. »Geh du zuerst, Laurel.«

»Nein, du bist seine Schwester. Außerdem hatte ich vor, länger bei ihm zu bleiben.« Laurel zögerte. »Wenn ich darf.«

Sam war schon bei der Tür. »Wir beeilen uns.«

»Nein, lasst euch ruhig Zeit.«

Immer wieder versicherten ihr die Dysons, dass es Rey bald wieder gut gehen würde, doch Laurel hörte ihnen nur mit halbem Ohr zu. Sie meinten es gut, aber Laurel musste ihn selber sehen, seine Nähe fühlen, um es wirklich glauben zu können. Sowie Sam und Morgan zurückkamen, sprang sie auf und rannte aus dem Wartezimmer. Auf dem Flur sah sie sich kurz um und suchte die Zimmernummer, die der Arzt ihnen genannt hatte. Als sie endlich vor der Tür stand, zögerte sie. Nein, sie musste jetzt stark sein, sonst würde sich ihre Angst auf Rey übertragen. Sie atmete tief durch, ehe sie schließlich die Klinke herunterdrückte.

Beim Anblick der bleichen Gestalt, die an unzählige Apparaturen angeschlossen im Bett lag, wäre sie am liebsten wieder umgekehrt. Aber Rey brauchte sie, und sie wollte bei ihm sein, auch wenn er sie im Moment nicht bewusst wahrnahm. Langsam schloss sie die Tür hinter sich und ging zum Bett hinüber. Ihr Blick glitt über Reys geschundenen Körper, das bandagierte

Bein, das auf einem erhöhten Gestell ruhte, bis hin zum Kopf, der in zahlreichen Schichten umwickelt war.

Laurel zog einen Stuhl heran und ließ sich darauf sinken. Vorsichtig nahm sie seine Hand in ihre und strich zärtlich darüber. »Ich bin bei dir, Rey. Ich werde nicht gehen, ehe du die Augen aufgemacht hast. Aber lass dir ruhig Zeit, du musst dich erst einmal erholen.« Lediglich das Piepsen der Geräte antwortete ihr. Mühsam schluckte sie die Tränen hinunter, die sich in ihrer Kehle sammelten. Sie versuchte ein Lächeln. »Weißt du, im Moment siehst du gar nicht mehr so knackig aus.« Eine Träne lief ihr über die Wange. »Aber ich liebe dich trotzdem.« Sie beugte sich vor und strich mit den Fingerspitzen über seine Wange. »Hast du das gehört? Das habe ich noch nie zu einem Mann gesagt. Du bist der erste. Und ich meine es ernst.« Ihr Lachen war gefährlich nahe an einem Schluchzen. »Also, ich hoffe, du hast zugehört, denn ich möchte, dass du das weißt. Und wenn du aufwachst, erinnere mich daran, dass ich es dir noch einmal sage, okay?«

Die nächsten Tage verbrachte Laurel fast ausschließlich im Krankenhaus. Von Sam und Morgan ließ sie sich ihren Koffer und den Laptop mitbringen. Anfangs kam Laurel überhaupt nicht in den Sinn, ihren Chef über die Geschehnisse zu informieren. Als sie Herb schließlich anrief, zeigte er sich verständnisvoll und versicherte ihr, dass sie sich mit dem Artikel ruhig Zeit lassen könne. Es sei auch kein Problem, wenn sie sich nicht in der Lage sehe, ihn zu schreiben. Doch Laurel wollte, musste über Reys Arbeit schreiben. Es war ihr Herzenswunsch gewesen, darüber zu berichten, und die Reportage konnte sie auch schreiben, während er hier im Krankenhaus lag. Material hatte sie jedenfalls genug gesammelt. Sogar ihre Kamera war ihr gebracht worden, die noch in dem Zelt gelegen hatte. Einen Tag später hatte sie den Artikel fertig und die entsprechenden Fotos ausgewählt. Beides schickte sie per E-Mail an Herb. Natürlich nicht ohne vorher Rey vorzulesen, was sie geschrieben hatte. Da er nicht protestierte, nahm sie an, dass es ihm gefiel.

Die Detectives hatten sie nochmals im Krankenhaus aufgesucht. Inzwischen hatten sie den Überlebenden der beiden Verfolger verhört, und sie hielten Laurel über die Ergebnisse der Ermittlungen auf dem Laufenden. Es sah so aus, als bestände tatsächlich ein Zusammenhang zwischen den Ereignissen in Südafrika und der Verfolgungsjagd im Grand Canyon. Dann stellte sich heraus, dass die beiden Verfolger Auftragskiller waren – ihr Auftraggeber wollte verhindern, dass seine Tat von den Augenzeugen öffentlich gemacht wurde. Die Spur führte die Polizei schließlich zu einem Mann namens Jacobs, der ein enger Mitarbeiter von Senator Ashtree war. Sowohl Jacobs als auch Ashtree waren auf dem Video, das Rey der Polizei in Cedar City überlassen hatte, deutlich auszumachen. Und auf dem Foto, das die beiden Detectives Laurel zeigten, erkannte sie eindeutig den Mann wieder, der sie im Umfolozi-Park verfolgt hatte.

Sie schauderte jetzt noch, wenn sie darüber nachdachte, wie knapp sie damals entkommen waren. Der verletzte Auftragsmörder hatte außerdem zugegeben, auch den Anschlag auf Cookie geplant und durchgeführt zu haben. Auf Weisung von Jacobs und damit Senator Ashtree. Laurel überkam eine unbändige Wut auf den Trophäensammler, der mit seinem perversen Hobby das Leben mehrerer Menschen zerstört hatte. Es wurde Zeit, einen Bericht über die Wilderei in Südafrika und die anschließenden Erlebnisse zu schreiben und die Wilderer anzuprangern. Und das tat sie dann auch.

In einem nahe gelegenen Hotel hatte sie sich ein Zimmer gemietet. Dort ging sie nur hin, um zu duschen oder sich für ein paar Stunden ins Bett zu legen, aber meist erst, nachdem sie aus dem Krankenzimmer vertrieben worden war. Am liebsten wäre sie Tag und Nacht bei Rey geblieben. Die Ärzte sagten, dass die Schwellung in seinem Gehirn zurückgegangen sei und er jederzeit aufwachen könne. Sie konnten ihr jedoch nicht vorhersagen, ob sein Gehirn nicht doch einen Schaden davongetragen hatte. Die Ungewissheit zerrte an Laurels Nerven. Nachts konnte sie nicht schlafen, und tagsüber arbeitete sie wie eine Besessene, wenn sie nicht gerade an Reys Bett saß und seine Hand hielt, während sie ihm alles erzählte, was ihr gerade einfiel. Manchmal meinte sie, ein Zucken zu spüren, doch die Ärzte hatten ihr erklärt, dass es wahrscheinlich nur Muskelreflexe waren. Trotzdem setzte sie ihre Monologe fort, wenn auch nur, um die Stille im Zimmer zu übertönen.

Ängstlich blickte sie auf sein bleiches Gesicht. Was war, wenn er nicht wieder aufwachte? Ihre Finger strichen sanft über seine Wange. Sie beugte sich über ihn und presste die Lippen auf seinen kühlen Mund. Tränen standen ihr in den Augen, als sie sich schließlich erhob. Wenn sie weiter darüber nachdachte, wie lebendig er noch vor Kurzem gewesen war, würde sie zusammenbrechen, und das konnte sie sich nicht leisten. Sie musste arbeiten, Dinge erledigen, die keinen Aufschub duldeten.

Der Schuldige würde für das, was er getan hatte, zwar nicht mit dem Leben bezahlen, doch er sollte es sein Leben lang bereuen, dafür würde sie schon sorgen. Natürlich waren der Senator und Jacobs verhaftet worden, aber bisher war noch nichts an die Öffentlichkeit gedrungen. Mit grimmigem Gesichtsausdruck setzte sie sich an den Laptop, rief das angefangene Dokument auf und las noch einmal durch, was sie bereits geschrieben hatte.

Es braucht nicht mehr als ein geladenes Gewehr, um ein anderes Lebewesen zu töten. Wenn dieses noch dazu unbewaffnet und arglos ist, hat man ein leichtes Spiel. Einige würden Jagd dazu sagen, ich nenne es Mord. Vor gerade einmal einer Woche konnte ich aus nächster Nähe beobachten, wie solch ein Verbrechen begangen wurde. Durch Umstände, auf die ich später näher eingehen werde, wurde ein Mensch getötet und zwei weitere lebensgefährlich verletzt. Noch ist nicht klar, ob sie ihr Leben so werden fortsetzen können wie bisher …

Laurel warf einen Blick zum Bett hinüber, dann legte sie die Finger auf die Tastatur und begann zu tippen. Währenddessen las sie Rey das Geschriebene laut vor. Sie hatte sich so daran gewöhnt, mit ihm zu reden und nie eine Antwort zu erhalten, dass sie vor Schreck fast vom Stuhl fiel, als er plötzlich sprach.

»Laurel.«

Ruckartig drehte sie sich zu ihm um. Er lag genauso da wie immer. Enttäuscht sank sie in sich zusammen. Wahrscheinlich hatte sie es sich nur eingebildet, weil sie so gerne seine Stimme gehört hätte. Sie beobachtete ihn noch eine Weile, und als er sich nicht rührte, wandte sie sich wieder ihrer Arbeit zu.

»Durst.«

Die heisere Stimme war kaum zu verstehen, aber diesmal sprang Laurel auf und lief zum Bett. Aufgeregt suchte sie nach einem Zeichen, dass Rey wirklich wach war. Seine Augen waren immer noch geschlossen, aber ging sein Atem nicht heftiger?

Sie nahm seine Hand und hielt sie sich an die Wange. »Rey, bist du wach?«

Seine Augenlider bebten, der Mund bewegte sich leicht.

»Hast du Durst?«

Sie nahm das schwache Stöhnen, das über seine trockenen Lippen drang, als Bestätigung. Mit zitternden Fingern griff sie nach dem Alarmknopf, der am Kopfende des Bettes hing, und drückte ihn. Sie wagte es nicht, auch nur einen Moment den Blick abzuwenden, aus Angst, er könnte inzwischen wieder in die Bewusstlosigkeit versinken.

Eine Krankenschwester riss die Tür auf und stürmte in das Zimmer. »Was ist passiert?« Ihr Blick wanderte zum Herzmonitor, der weiterhin einen ruhigen Rhythmus anzeigte.

»Er ist wach!«

»Wirklich?« Man hörte deutlich den Zweifel in ihrer Stimme. Sie kam näher und blieb neben dem Bett stehen.

»Ja! Er hat meinen Namen gesagt und dass er Durst hat.« Laurel blickte zur Schwester auf. »Darf er etwas trinken?«

Die Frau schaute abermals auf den Monitor, dann zuckte sie mit den Schultern. »Wenn er wach ist, schon. Ich hole ein Glas Wasser, dann sehen wir weiter.«

Laurel strich mit den Fingern über seine Wange. »Also, Rey, du hast es gehört. Wenn du Durst hast, dann kommst du jetzt besser ganz schnell zurück.«

Stöhnend drehte er den Kopf ein winziges Stück zu Laurel.

»So ist es richtig. Kannst du die Augen öffnen?«

Wieder zitterten die Lider. »Hell.«

»Dir ist es zu hell im Raum? Tut das Licht deinen Augen weh?« Ein Zucken seiner Hand. »Okay, ich mache es aus. Lauf bloß nicht weg.«

Ein Laut entkam Reys Kehle, fast wie ein Lachen. Rasch lief sie zum Schalter und dimmte das Licht. Dann ließ sie sich vorsichtig auf der Bettkante nieder. »Und, ist das besser?«

Als Antwort öffneten sich Reys Augen einen Spaltbreit. Laurel lächelte, während ihr Tränen über die Wangen liefen. Gott, er war wirklich wach! Vorsichtig nahm sie seine Hand und führte sie zu ihrem Mund. Sie hauchte einen Kuss darauf, dann schmiegte sie die Wange an seine Hand.

Reys Finger bewegten sich an ihrer Haut. »Nass.«

Laurel lachte. »Stimmt.« Ihre Stimme bebte. »Ich bin so froh, dass du wieder bei mir bist.«

»Auch.«

Laurel küsste noch einmal seine Hand, dann machte sie Platz für die Krankenschwester, die mit einem Glas Wasser zurückkam. »Er ist wirklich wach.«

Die Schwester lächelte. »Ja, das sehe ich.«

Vorsichtig führte sie den Strohhalm an seine Lippen. Sie beobachtete, wie Rey daran saugte, dann drückte sie Laurel das Glas in die Hand. »Passen Sie auf, dass er sich nicht verschluckt. Ich hole den Arzt.«

»In Ordnung.«

38

Der Arzt untersuchte Rey und zeigte sich mit seinem Zustand sehr zufrieden. Rey musste noch einige Tage liegen bleiben, um seinen Kopf zu schonen, aber schon am nächsten Tag wurde er von der Intensivstation in ein anderes Zimmer verlegt. Seine Eltern waren überglücklich, ihn wieder wach und halbwegs munter zu sehen, als sie ihn besuchten. Jetzt, wo er außer Lebensgefahr war, konnten sie nach Hause fahren, um dort auf ihn zu warten. Auch Sam und Morgan fuhren nach Denver zurück, um ihre Arbeit wiederaufzunehmen.

Laurel blieb. Eigentlich hätte auch sie nach Atlanta zurückkehren müssen, zu ihrem Job und ihrer Wohnung, aber das tat sie nicht. Sie konnte Rey hier nicht alleine lassen – nein, sie wollte es nicht. Sie hatte es nicht eilig, von hier fortzugehen So blieb sie die ganze Zeit an Reys Seite, während er sich allmählich von seinen Verletzungen erholte. Sein Bein würde er eine ganze Weile nicht gebrauchen können, die Kugel hatte den Knochen und einige wichtige Muskeln und Sehnen verletzt, aber geistig war er nach wenigen Tagen schon fast wieder der Alte. Von seiner Kopfverletzung zeugte nur noch die kahle Stelle an seinem Hinterkopf, wo man ihm vor der Operation die Haare abrasiert hatte. Er sah ein wenig aus wie ein mittelalterlicher Mönch, nur dass seine übrigen Haare länger waren. Laurel musste unwillkürlich lächeln, während sie auf seine schlafende Gestalt hinabsah.

Plötzlich öffneten sich seine Augen, und er blickte sie hellwach an. »Was ist so lustig?«

Als hätte er sie bei etwas Schlimmem ertappt, zuckte Laurel zusammen, konnte sich aber ein Grinsen nicht verkneifen. Vorsichtig ließ sie sich auf die Bettkante sinken und nahm seine Hand. »Ich freue mich einfach, dass du wieder wach bist und gesund wirst.«

»Ich mich auch, aber das war es nicht, woran du gedacht hast.« Er zog sie mit überraschender Kraft zu sich herunter. »Los, sag es mir.«

Protestierend versuchte Laurel sich wieder aufzurichten. »Hey, sei vorsichtig, sonst verletze ich dich noch.«

»Dann sag es mir.«

Seufzend gab Laurel nach. »Deine Frisur.«

Rey zog eine Grimasse. »So schlimm?«

»Na ja, einen Schönheitswettbewerb wirst du in nächster Zeit nicht gewinnen, aber mir gefällst du auch so.«

Reys Augen funkelten. »Hast du nicht etwas vergessen?«

»Nein, was denn?«

Rey zog sie dichter an sich, bis ihre Nasenspitzen einander berührten. »Ich sollte dich daran erinnern, dass du mir etwas sagen willst.«

Wärme kroch in Laurels Wangen. »Das weißt du noch?«

»Ja.« Sein Atem strich warm über ihre Haut. »Lass hören.«

Laurel schloss die Augen, um den Mut aufzubringen, ihm das zu sagen, was sie ihm bisher nur gestanden hatte, während er im Koma lag. Sie fühlte seine Fingerspitzen an ihrer Wange.

»Hey, so schlimm kann es doch nicht sein.«

Laurel öffnete die Augen. Rey schaute sie besorgt an. Warum fiel ihr das, was sie sagen wollte, nur so schwer? Wenn er ihre Gefühle nicht erwiderte? Wenn er sie zurückwies? Alleine der Gedanke daran ließ ihr Herz schneller schlagen. »Ich …« Sie hielt kurz inne. »Ich liebe dich.«

Gebannt blickte sie ihm in die Augen, bemüht, darin zu lesen, was er empfand. Sie brauchte nicht lange zu warten. Ein Feuer schien in den Tiefen seiner Augen zu lodern, während sich ein Lächeln auf seinem Gesicht ausbreitete.

»Das trifft sich gut. Ich hatte mich schon gefragt, wie ich dir klarmachen sollte, dass du zu mir gehörst und ich nicht gedenke, dich je wieder gehen zu lassen.« Er beugte sich vor und küsste sie sanft auf die Lippen. »Ich liebe dich.«

Sein heiseres Flüstern verursachte Laurel eine Gänsehaut. Ihr Herz pochte so wild, dass sie Angst hatte, es könnte ihr aus der Brust springen. Sie hätte wissen müssen, dass Rey ihre Gefühle teilte, fast von Anfang an war da etwas zwischen ihnen gewesen, und mit der Zeit und den Geschehnissen war dieses Gefühl unaufhörlich gewachsen. Natürlich würden sie sich jetzt überlegen müssen, wie sie ihre Beziehung über die große Entfernung aufrechterhalten wollten, aber sie hatte keinen Zweifel daran, dass es ihnen gelingen würde. Allerdings gab es im Moment Wichtigeres zu tun. Sie küsste ihn, dann löste sie sich widerstrebend von ihm und erhob sich.

»Wo willst du hin? Komm zurück, ich finde, wir sollten das in aller Ausführlichkeit ausdiskutieren.«

Laurel lachte. »Diskutieren nennst du das?«

Er sah sie flehentlich an. »Bitte, ich werde sonst noch verrückt hier im Bett.«

Das konnte Laurel sich gut vorstellen. Wenn man es gewöhnt war, die meiste Zeit in der freien Natur unterwegs zu sein und sich viel zu bewegen, dann musste wochenlange Bettruhe die Hölle für einen sein.

»Der Arzt hat gesagt, ich kann dich heute für eine kurze Zeit mit einem Rollstuhl herumkutschieren. Was sagst du dazu?«

Rey verzog den Mund. »Ich würde lieber laufen, aber wenn das alles ist, was ich haben kann, dann nehme ich es gerne.«

»Das dachte ich mir. Warte hier, ich bin gleich zurück.« Damit verließ sie das Zimmer.

Rey blickte ihr hinterher. Er war so glücklich, Laurel endlich wieder fröhlich zu sehen, nicht mehr mit sorgenvoller Miene und Schatten unter den Augen. Er lehnte sich in die Kissen zurück und lächelte. Laurel liebte ihn. Konnte der Tag noch besser werden? Okay, sie könnte wiederkommen, die Tür abschließen und sich nackt ausziehen, bevor sie sich schändlich an ihm verging, aber das wäre in seinem jetzigen Zustand wahrscheinlich kaum möglich. Obwohl … Hitze stieg in ihm auf, als Laurel mit einem Rollstuhl das Zimmer betrat. Sie drehte sich um, schloss die Tür hinter sich und lächelte ihn an. Sein Herz klopfte heftiger, als sie langsam auf ihn zukam.

»Soll ich dir helfen?«

»W… wobei?«

»Beim Anziehen natürlich, oder wolltest du in einem hinten offenen Nachthemd durch die Flure rollen?«

Erregt durch seine abwegigen Gedanken und gleichermaßen enttäuscht schaute Rey zur Seite. Laurel legte zwei Finger an sein Kinn und hob es etwas an, damit er ihr in die Augen schaute. »Hey, ich habe dich schon nackt gesehen.«

»Ich weiß.« Rey seufzte. »Das ist mein Problem. Irgendwie kann ich mir etwas viel Besseres vorstellen, als von dir angezogen zu werden.« Er grinste. »Ausziehen zum Beispiel. Du könntest hier zu mir ins Bett kriechen und dich an mich schmiegen.« Er blickte auf und versuchte Laurels Gesichtsausdruck zu deuten. »Entschuldige, das war wohl eine unverschämte Idee.«

Laurels goldbraune Augen bohrten sich in seine grünen, dann lachte sie. »Nein, aber leider nicht durchführbar.« Sie beugte sich dichter zu ihm. »Ich war zwar kurz davor, auf deinen Vorschlag einzugehen …« Langsam richtete sie sich wieder auf. »… aber da ich Angst habe, dir wehzutun, muss das noch ein paar Tage warten. Außerdem wollte ich dir etwas zeigen.«

Rey stieß enttäuscht den Atem aus. Dann erwachte seine Neugier. »Was denn?«

Laurel sah ihn geheimnisvoll an. »Das wirst du dann sehen.«

Sie ging zum Schrank und holte die Jogginghose heraus, deren eines Bein sie wegen des Gipses aufgeschnitten hatte. Rey schnitt eine Grimasse, als er sich langsam aufrichtete und die Bettdecke zur Seite schob. Er kam sich vor wie jemand, der aus weich gekochten Nudeln bestand, schon diese kleine Bewegung erschöpfte ihn. Schweiß trat ihm auf die Stirn.

Laurel betrachtete ihn besorgt. War es vielleicht doch zu früh, ihn aus dem Bett zu holen? Entschlossen schüttelte sie den Kopf. Nein, der Arzt hatte gesagt, es sei in Ordnung, und sie wollte auch nicht noch länger mit ihrer Überraschung warten. Sie hätte es ihm natürlich auch einfach sagen können, aber sie fand es besser, wenn er sich mit eigenen Augen davon überzeugen konnte. Also streifte sie ihm behutsam die Hose über die Beine und half ihm dann in den Rollstuhl. Kreidebleich im Gesicht und mit geschlossenen Augen saß er darin, erst allmählich kehrte die Farbe wieder zurück. Laurel hockte sich neben ihn, die Hand auf seinem unverletzten Bein. »Geht es?«

Reys Augen öffneten sich. Er schluckte. »Ja. Mir war nur schwindelig.« Sein Lächeln wirkte ein wenig gequält. »Lass uns losrollen.«

Laurel fixierte sein verletztes Bein an der Fußstütze, damit es nicht herunterrutschte, dann schob sie ihn aus dem Zimmer und den langen Gang hinunter.

Als er ein Schild mit der Aufschrift »Cafeteria« entdeckte, hellte sich seine Miene auf. Er sah Laurel hoffnungsvoll an.

»Ich kriege endlich etwas Vernünftiges zu essen, oder? Eine tolle Idee!«

Laurel schüttelte lachend den Kopf. »Nein, das wollte ich dir nicht zeigen. Aber auf dem Rückweg können wir gerne hier haltmachen. Ich muss dich allerdings warnen, das Essen ist hier auch nicht viel besser.«

»Glaub mir, alles ist besser.«

Kurze Zeit später waren sie am Ziel angekommen, ein weiteres Krankenzimmer.

Erst erstaunt und dann besorgt blickte Rey auf die Tür und dann zu Laurel. »Ist etwa noch jemand verletzt worden?«

Tränen standen in ihren Augen, was ihn gleich noch nervöser machte. »Nein.« Damit klopfte sie, öffnete die Tür und schob ihn hindurch.

Beunruhigt durch ihre Reaktion sah Rey sich im Zimmer um. Er konnte nur erkennen, dass jemand im Bett lag. Das Herz hämmerte ihm gegen die Brust, obwohl er sich nicht erklären konnte, warum. Fragend schaute er Laurel schließlich an. »Warum …?«

Sie legte einen Finger an die Lippen, als sich die Gestalt im Bett bewegte.

»Wer ist da?« Die raue Stimme war kaum zu verstehen, trotzdem …

Rey beugte sich vor. »Cookie?«

Der Kopf im Bett drehte sich, das Gesicht wandte sich ihm zu. Gott, es war wirklich Cookie! Aber wie war das möglich, er war doch tot? Reys Blick wanderte über die verbrannten Hautpartien, die Verbände, die kurz geschorenen Haare.

Tränen traten ihm in die Augen, während er gleichzeitig lächelte. »Schön, dich zu sehen.«

Cookie versuchte erst gar kein Lächeln, seine Brandwunden

ließen es vermutlich nicht zu. »Ebenso.« Sein Blick wanderte über Rey. »Du siehst auch nicht viel besser aus als ich.«

Rey hob eine Augenbraue. »Geben sie dir hier etwa keinen Spiegel?« Er rollte näher ans Bett und legte eine Hand auf Cookies Arm. »Ich bin so froh, dass du noch lebst.« Seine Stimme klang belegt, und er räusperte sich.

»Du weißt doch, Unkraut vergeht nicht.«

»Das sehe ich.«

Aber Himmel, es schien so, als hätte sein Freund überall Verbrennungen.

Cookie folgte seinem Blick zu den dick verbundenen Händen und verzog den Mund. »Offenbar werde ich in nächster Zeit nicht mehr an einem Computer arbeiten.«

Rey zuckte zusammen. Das war alles seine Schuld, hätte er Cookie den Film nicht gegeben, dann wäre er gar nicht erst in Gefahr geraten! Wie sollte er das jemals wiedergutmachen? »Was haben die Ärzte gesagt?«

»Dass ich Narben behalten werde, und dass ich die Finger vielleicht nur noch eingeschränkt werde bewegen können.«

»Es tut mir so leid. Das alles wegen meinem Film …«

Cookie rollte mit den Augen. »Red keinen Unsinn, es war meine eigene Schuld. Ich hätte niemals diese Mail an den Senator schicken dürfen. Wie konnte ich nur so blöd sein!«

Laurel hatte Rey, nachdem er längere Zeit wach bleiben konnte, alles erzählt, was sich zugetragen hatte. Über Ashtree und seinen Vertrauten Jacobs, die derzeit beide in Untersuchungshaft saßen und darauf warteten, dass ihnen der Prozess gemacht wurde. Die Aussage des Verfolgers, der nur leicht verletzt worden war, hatte maßgeblich dazu beigetragen. In einem Mietwagen vor dem Eingang des Grand Canyon National Parks waren der Sack mit den Videos sowie Reys Computer sichergestellt worden. Die beiden Angeklagten beschuldigten sich gegenseitig. Während Jacobs aussagte, er habe nur auf Befehl gehandelt, beharrte Ashtree darauf, dass Jacobs eigenmächtig vorgegangen sei. Die Wahrheit lag wahrscheinlich irgendwo dazwischen.

Reys Blick wanderte zu Laurel, die schweigend hinter ihm stand. Sie hatte ihm nur nicht erzählt, dass Cookie noch lebte und dass er sich offenbar an den Senator gewandt hatte. Nur so hatte er überhaupt wissen können, dass das Video existierte. Jetzt lauschte er angespannt Cookies Erklärungen. Übelkeit stieg in ihm auf, als er hörte, wie sein Freund im Büro um sein Leben gekämpft hatte. Und er vermutete, dass Cookie ihnen nur eine abgespeckte Version dessen, was sich wirklich zugetragen hatte, zumutete. Ein Blick in seine Augen bestätigte dies.

»Und die Polizei hat dann entschieden, dich zunächst für tot erklären zu lassen, damit die Täter nicht noch einmal versuchen würden, dich zu umzubringen?«

»Ja. Sie hofften, dass ich aufwache und ihnen sage, wer es getan hat und warum. Sonst hatten sie keinen Hinweis, ich war der einzige Zeuge. Und so, wie ich in den ersten Tagen aussah, befürchteten sie vermutlich, dass ich ihnen wegsterben würde. Sobald ich wach und einigermaßen vernehmungsfähig war, haben sie mich befragt.«

Rey runzelte die Stirn. »Aber wenn sie alles wussten, warum haben sie nichts unternommen? Laurel und ich waren in Lebensgefahr!«

»Du vergisst, dass zwischen dem Angriff auf mich und auf euch nicht einmal zwei Tage lagen. Währenddessen lag ich noch im Koma.«

»Natürlich. Entschuldige.«

»Jedenfalls bin ich froh, dass ihr es geschafft habt.« Cookies Augen leuchteten. »Laurel hat mir alles erzählt, es scheint so, als wärt ihr ein echt starkes Team.«

Rey lächelte und nahm Laurels Hand. »Das sind wir.« Sein Blick traf ihren. »Obwohl ich zugeben muss, dass ich kaum mehr getan habe, als blutend irgendwo herumzuliegen, während Laurel um unser Leben gekämpft hat. Sie hat uns gerettet.«

Laurel errötete. »So ein Unsinn. Außerdem waren Morgan und Sam schließlich auch noch da. Ohne die beiden hätte ich nicht so schnell Hilfe holen können.«

Rey nickte zustimmend. Dennoch hatte er Morgan Vorhaltungen gemacht: Wie hatte er es zulassen können, dass seine Schwester sich überhaupt in solch eine Situation begab? Morgan hatte ihn nur mitleidig angesehen. »Warte ab, wenn du erst mal länger mit einer Frau wie Sam oder Laurel zusammen bist, wirst du merken, wie wenig du gegen ihren Willen ausrichten kannst. Vor allem, wenn jemand in Gefahr ist, den sie lieben.« Morgan könnte recht haben, dachte er jetzt bei sich. Aber er würde es nie laut zugeben.

Rey drückte Laurels Hand und lächelte sie an, dann wandte er sich wieder an seinen Freund. »Kann ich dir irgendwie helfen? Brauchst du vielleicht Geld, um die Krankenhausrechnungen zu bezahlen?«

»Nein, danke. Erst einmal übernimmt meine Krankenversicherung die Kosten für die Behandlung und danach eine Zeit lang mein Arbeitgeber, bis ich wieder arbeiten kann. Falls ich jemals wieder arbeiten kann.« Er räusperte sich. »Es geht mir gut, Rey.«

Epilog

Bedrückt verließen Laurel und Rey das Krankenzimmer. Als sich die Tür hinter ihnen geschlossen hatte, wandte sich Rey zu Laurel um. »Glaubst du, dass sein Arbeitgeber ihn unterstützen wird, wenn er noch nicht wieder arbeiten kann?«

»Allerdings.«

Skeptisch zog Rey die Augenbrauen hoch. »Wirklich?«

»Ja. Ich habe mit seinem Chef gesprochen, als er hier war.«

»Ich kann es nicht glauben. Der Sender hat sicher kein Geld zu verschenken, noch dazu wenn nicht klar ist, ob Cookie jemals wieder dort arbeiten wird.«

Bei dem Gedanken überkam ihn wieder eine ungeheure Wut auf die Männer, die ihm das angetan hatten. Ja, er wusste, dass einer tot war und die beiden Auftraggeber für lange Zeit ins Gefängnis wandern würden, aber irgendwie erschien ihm das nicht Strafe genug. Sie hatten seinen Freund fast umgebracht, ihn selbst verletzt und, was noch schlimmer war, Laurels Leben bedroht. Er hätte nie gedacht, dass er so viel Hass fühlen konnte, aber er tat es. Er blickte über die Schulter zu Laurel, die ihn langsam den Gang hinunterschob. Ein zufriedenes Lächeln lag auf ihrem Gesicht.

Er runzelte die Stirn. »Okay, heraus mit der Sprache, was hast du gemacht?«

Laurel lächelte ihn schuldbewusst an. »Ich habe ein wenig nachgeholfen, was die Unterstützung anbelangt, die Cookie von seinem Arbeitgeber bekommt.«

Rey lehnte sich zurück. »Und wie?«

»Eine Abmachung. Der Sender bekommt die Rechte an dem Filmausschnitt, der den Senator beim Töten des Nashorns zeigt, und zahlt dafür Cookies Lohn, solange er nicht arbeiten kann.« Sie wurde unsicher. »Ich weiß, ich hätte dich vorher fragen sollen, aber als ich hörte, dass Cookie noch lebt und so schwer verletzt ist, da …« Laurel brach ab, als sie Reys ernsten Gesichtsausdruck sah.

»Halt an.«

Gehorsam stoppte sie den Rollstuhl und ging um ihn herum, damit Rey sich nicht den Hals verrenkte, während er ihr – zu Recht – die Leviten las. Sie hätte so etwas nicht eigenmächtig entscheiden dürfen. Es war Reys Film, nicht ihrer.

»Entschuldige …«

Reys Augen glühten. »Komm näher.«

Verunsichert trat Laurel näher an ihn heran.

»Tiefer.«

Sie beugte sich vor, bis sich ihr Kopf auf gleicher Höhe mit seinem befand. Sie zuckte zusammen, als sich seine Hände um ihre Arme schlossen und er sie ruckartig an sich zog. Sein Mund legte sich auf ihre Lippen, sanft erst, dann immer fordernder. Nur zu gern ließ Laurel sich in seine Umarmung ziehen und genoss seinen Kuss, alles andere war vergessen. Schließlich hob sie zögernd den Kopf und stand schwer atmend über Rey gebeugt da.

»Hatte ich schon gesagt, dass ich dich liebe?«

Die Worte, seine heisere Stimme, der heiße Blick verursachten ein Kribbeln in ihrem Bauch und ließen ihr Herz heftiger schlagen. »Ja, das hattest du.«

»Gut. Ich liebe dich, deinen Mut, deine Stärke, deine Intelligenz, dein großes Herz.« Tränen stiegen in ihre Augen. »Natürlich hattest du das Recht dazu, über die Rechte zu dem Film zu verfügen und damit zu machen, was du für richtig hieltest.

Und das war gut so.« Er nahm ihre Hand und küsste sie. »Wirst du bei mir bleiben?«

Laurel lachte überrascht auf, während sie gleichzeitig gegen die Tränen ankämpfte. »Ich bin doch hier, oder nicht?«

Rey sah sie ernst an, seine Gefühle für sie waren deutlich sichtbar. »Ich meinte für immer.«

Laurels Augen weiteten sich, doch dann strahlte sie ihn an. »Nichts lieber als das.« Ihre Augenbrauen schoben sich zusammen. »Allerdings weiß ich nicht, ob ich hierbleiben kann, meine Arbeit ist schließlich in Atlanta.« Sie knabberte an der Unterlippe. »Ich könnte natürlich versuchen, hier einen Job …«

Rey zog sie energisch in die Arme und brachte sie mit einem Kuss zum Schweigen. Schließlich gab er sie wieder frei. »Das ist nicht nötig. Solange du bei mir bist, kann ich überall leben, auch in Atlanta. Natürlich würde ich häufig unterwegs sein, um meine Filme zu drehen, aber ich verspreche dir, meine Reisen so kurz wie möglich zu halten.«

Laurel legte ihm einen Finger auf die Lippen. »Darüber können wir immer noch reden, wenn du aus dem Krankenhaus heraus bist.« Sie richtete sich auf und trat hinter ihn. »Jetzt bringe ich dich in dein Zimmer zurück, und dann kannst du dich entscheiden, ob du etwas zu essen willst oder vielleicht lieber den Gedanken von vorhin aufgreifst …«

»Welchen?«

Schelmisch lächelte sie Rey an. »Wie war das noch mal mit dem Aus- statt Anziehen …?«

Sie brach mit einem Lachen ab, als er an die Räder des Rollstuhls griff und kräftig mit anschob, um so schnell wie möglich zu seinem Zimmer zu gelangen.